Gerd Joe Fes

Auf schiefer Bahn
im Milieu Berlin-Brandenburgs

ein Kriminalroman

Bibliografische Information der Deutschen Nationalbibliothek:
Die Deutsche Nationalbibliothek verzeichnet diese Publikation in der Deutschen Nationalbibliografie; detaillierte bibliografische Daten sind im Internet über http://dnb.dnb.de abrufbar.

Herstellung und Verlag: Books on Demand, Norderstedt

ISBN 9 783752 684247

1.

Bernd Keller vom Polizeipräsidium Potsdam sitzt auf seinem Balkon und frühstückt. Es ist ein Freitagmorgen so Ende August. Noch ist es Sommer, und draußen scheint die Sonne. Sonderlich braucht sich Keller, wie er glaubt, heute mit dem Frühstück nicht zu beeilen. Er muss nämlich erst später als üblich zum Dienst, da es gestern Abend mal wieder reichlich Überstunden gab. Und dann beginnt im Anschluss an den heutigen Feierabend auch wieder das Wochenende, eine für Keller von der Tretmühle der Arbeit willkommene Auszeit, nach der er sich inzwischen sehr viel dringlicher sehnt als es früher der Fall war, während er noch jünger war.

Jahrzehnte gewissenhaften Dienstes bei der Kripo haben Keller müde gemacht. Die Mitte fünfzig hat er inzwischen überschritten, und zum Glück sind es da nicht mehr allzu viele Jahre bis zu seiner Pensionierung. Und die werden bestimmt auch noch rumgehen, so dass sich Keller schon jetzt darauf freuen kann, bald seinen verdienten Ruhestand genießen zu dürfen. Dann, so denkt er sich, wird er eigenmächtig über seine Zeit verfügen und das unternehmen können, wonach ihm selbst der Sinn steht, sei es zum Beispiel die Bücher zu lesen, die er schon immer mal lesen wollte, nur bisher noch nicht dazu gekommen ist, oder zu den Orten und in die Länder zu reisen, wo er schon immer oder wieder mal hin wollte. Dann wird Keller auch sicherlich die Zeit finden, seine Tochter wieder zu besuchen, die in den Vereinigten Staaten lebt und inzwischen selbst zwei Töchter hat.

Noch aber ist es für Keller, selbst wie jetzt, wo er eigentlich dienstfrei hat, kaum möglich, seine Gedanken ganz von der Arbeit mit der sich darin wiederholenden Routine fernzuhalten. Und diese Arbeit läuft häufig nach folgendem Schema: Eine Straftat passiert, wird, wenn auch nicht immer, zur Anzeige gebracht, woraufhin sich Keller und seine Kollegen, in letzter Zeit darunter auch immer häufiger Kolleginnen, um die entsprechende Aufklärung bemühen. Viele der Straftäter werden auch dingfest gemacht. Aber wird die Welt dadurch besser? Wohl eher nicht. Ein Großteil von denen, die von Keller und überhaupt der Polizei verhaftet werden, sind, wie es ausschaut, unverbesserliche Wiederholungstäter. So wie auch gestern Abend wieder, als es spät wurde

5

und um die Aufklärung einer Einbruchserie ging. Auch hier konnten die Täter zwar schließlich verhaftet werden. Doch wieder die alte Leier: zwei Wiederholungstäter, im Heim groß geworden, kaum aus dem Knast entlassen und nun dort schon wieder eingeliefert. Von so was hat Keller die Schnauze voll, ist es leid. Da freut er sich lieber auf seine Pensionierung, die ihm, als ein Vorteil Beamter zu sein, zusteht und zum Glück für ihn auch nicht mehr in allzu weiter Ferne liegt.

Trotzdem, noch ist für Keller seine Arbeit nicht zur bloßen Last verkommen, sondern noch immer auch eine Aufgabe, der er sich zuwendet. Zumal er seit einigen Jahren allein lebt, nämlich seitdem seine Ehefrau an Krebs verstorben ist, was, obwohl er es inzwischen einigermaßen überwunden hat, schlimm für ihn war und für seine verstorbene Frau natürlich erst recht. So ist er nun allein und fühlt sich deshalb mitunter nicht nur ausgebrannt, sondern dazu auch noch einsam. Aber sich deshalb hängen zu lassen, kommt für ihn nicht in Frage. Regelmäßig macht er, um einigermaßen fit und in Form zu bleiben, seinen Sport: Jogging, Fahrrad fahren, Work-Out. Dem Rang nach ist er inzwischen Kriminalhauptkommissar. Nach der Wende, das heißt dem Zusammenbruch der realsozialistischen DDR und deren anschließendem Beitritt zur Bundesrepublik Deutschland, ist er vom Westen hierher nach Potsdam beordert worden. Er wurde dabei zum Kriminalhauptkommissar befördert und hat bei der Reorganisation des Potsdamer Polizeipräsidiums mitgeholfen, dort speziell im Bereich der Gewalt- und Schwerkriminalität, also Mord, Totschlag, schwerer Diebstahl, organisiertes Verbrechertum und dergleichen. Leicht war das damals für ihn als hierher gekommenen Wessi nicht gewesen, in dieser Nachwendezeit, als die alten DDR-Kader sehen mussten, wo sie blieben und unterkommen konnten. Da war es für Keller kaum möglich gewesen, jemanden der alteingesessen Kollegen und Kolleginnen vorbehaltlos zu trauen.

Immer wieder kam es damals in dieser Nachwendezeit auch im Polizeidienst vor, dass ehemalige IMs, das heißt informelle Mitarbeiter des Stasi- und Spitzelapparats der ehemaligen DDR, enttarnt wurden. Leute, die nach der Wende versucht hatten, ihre frühere Spitzeltätigkeit zu verheimlichen, und deshalb dann, als das aufflog, aus dem öffentlichen Dienst entlassen wurden.

Und überhaupt diese haltlose und rechtsfreie Wendezeit mit insbesondere hier im Großraum von Berlin, wozu auch Potsdam zählt, einem zunehmenden Einfluss der organisierten Kriminalität, vor allem durch die sogenannte Russenmafia und Kriminelle, die aus dem Balkan eingereist waren. Bis es allmählich dazu kam, dass es in dieser Gegend wieder spürbar geordneter zuging.

Auch in diese Vergangenheit zurück schweifen Kellers Gedanken wieder, als er an diesem sonnigen Freitagvormittag auf seinem Balkon beim Frühstück sitzt und glaubt, genug Muße zu haben, in Ruhe seinen Kaffee austrinken zu können und danach vielleicht sogar die Zeit zu haben, einen Blick in die Tageszeitung oder ins Internet werfen zu können, bevor er sich dann allmählich auf dem Weg zu seiner Arbeit machen würde. Dass daraus jedoch nichts werden sollte, ahnt er schon, als ihn das plötzliche Klingeln seines Diensthandys jäh aus seinen Gedanken reißt, er auf den Handyknopf zur Annahme des Telefonats drückt und sich mit „Keller" meldet.

„Ich bin 's, Babsi", meldet sich am anderen Ende der Leitung die etwas piepsig klingende Stimme seiner Assistentin, Kriminalkommissarin Barbara Weißmüller, genannt Babsi. „Es tut mir leid, Chef, dich stören zu müssen, aber es ist leider wichtig. Du wirst wohl früher als abgesprochen heute herkommen müssen. Es scheint, dass es hier ein Tötungsdelikt gegeben hat, für das unsere Abteilung zuständig ist. Ich selbst bin schon vor Ort."

Babsi gibt Keller noch die genaue Adresse durch, die zu einer dieser aufwändig restaurierten alten Villen in der Nähe des Potsdamer Parks am Schloss Cecilienhof gehört, und Keller macht sich sogleich auf den Weg nach dorthin. Das Frühstücksgeschirr und den nicht einmal ausgetrunkenen Kaffee lässt er auf dem Balkon stehen.

Auch wenn die Pflicht ruft, ärgert sich Keller trotzdem. Wahrscheinlich wird es wieder Überstunden geben, vielleicht sogar bis ins anstehende Wochenende hinein.

Als Keller am Tatort ankommt, einer schick restaurierten zweigeschossigen Potsdamer Stadtvilla im klassizistischen Stil, sind viele der Kollegenschaft von ihm schon vor Ort. Einer der Polizeibeamten ist am Hauseingang postiert und gewährt nur Leuten mit berechtigtem Anliegen den Zutritt ins Haus. Das Grundstück, auf dem das Haus steht, ist von einem schmiedeeisernen Gitter umgeben. Auf der Straße vor dem Grundstück stehen, teilweise in zweiter Reihe geparkt, mehrere Autos der Potsdamer Schutz- und Kriminalpolizei. Für den Verkehr sind diese vielen Autos aber kein Problem, denn die Durchfahrt auf dieser Nebenstraße ist vorerst sowieso gesperrt worden, und auf beiden Seite der Absperrung achtet ein jeweils weiterer der eingetroffenen Polizeibeamten darauf, dass die Durchfahrtsperre auch eingehalten wird.

Keller hat, als er in diese Nebenstraße einbog, aufgrund der Absperrmaßnahme gleich erkannt, wo er hinmusste. Er stellt sein Auto ebenfalls vor dem Haus ab und begibt sich raschen Schrittes in die betreffende Wohnung. Dort sind eine Reihe von Kolleginnen und Kollegen bereits bei der Arbeit. Keller sieht auf dem ersten Blick, dass die Wohnung mit ihren geräumigen Zimmern und der großzügigen Einrichtung, darunter auch Kunstgegenständen, exquisit zum Baustil des Hauses passt.

Mit einem „Hallo Chef" wird Keller von seiner attraktiven Assistentin Babsi begrüßt. „Es tut mir leid, dass ich dich beim Morgenkaffee stören musste, aber dass das hier passieren würde, konnte ja gestern keiner wissen, als wir uns darauf verständigt hatten, dass du heute später zum Dienst kommen könntest", sagt sie.

Mit „das hier" meint Babsi offenbar die Tötung des Mannes, der noch immer im großen Wohnzimmer inmitten einer riesigen, an den Rändern bereits in Verkrustung übergehenden Blutlache liegt. Babsi, an Kellers Seite gekommen, erklärt dazu: „Sein Name ist Björn Schneider. Kurz nachdem ich heute Vormittag im Präsidium angekommen bin, wurde ich von den Kollegen der Schutzpolizei wegen dieses Vorfalls angerufen und bin gleich hierher gekommen. Ich hab' dann alles Weitere in die Wege geleitet, also dich und die Kollegen von der Spurensicherung herbestellt. Auch jemand von der Rechtsmedizin müsste jeden Moment eintreffen. Frau Lehman, die Frau, die ganz aufgelöst dort drüben am Fenster sitzt, hat Herrn Schneider heute Morgen, als sie fürs Reinemachen herkam, so vorgefunden. Sie ist bei der Gebäudereinigungsfirma Paschke in Potsdam angestellt, hat einen eigenen Schlüssel zu dieser Wohnung und kommt zweimal in der Woche, jeweils dienstags und freitags, hierher zum Reinemachen. Also, die hat Björn Schneider hier so vorgefunden und gleich übers Telefon die Polizei alarmiert. Die angerufenen Kollegen von der Schutzpolizei haben noch von ihrer Wache aus als Erstes den Notarzt hierher beordert, und, als sie dann selbst am Tatort eingetroffen waren, haben sie bei uns im Präsidium angerufen und sind zu mir durchgestellt worden. Als ich hier dann ankam, war der Notarzt noch da, hatte aber natürlich nur noch den Tod von Björn Schneider feststellen können. Ich habe noch kurz mit dem Arzt sprechen können, jetzt ist der aber zusammen mit den Rettungssanitätern schon wieder weg. So ist der Stand der Dinge."

Während Babsis kurzer Unterredung mit ihrem Vorgesetzten Keller sind auch die angeforderten Kollegen von der rechtsmedizinischen Abteilung am Tatort eingetroffen und werden kurz, bevor sie sich dann genauso emsig wie die Leute von der Spurensicherung an die Arbeit machen, von Babsi ähnlich wie zuvor schon Keller über das informiert, was hier, soweit bekannt, vorgefallen ist.

Keller begibt sich unterdessen hinüber zu Frau Lehmann, der Reinemachefrau, die so schätzungsweise Anfang 50 sein dürfte. Er stellt sich kurz mit „Bernd Keller, Kriminalhauptkommissar" vor und bittet Frau Lehmann, ihm noch einmal alles zu erzählen, was hier von ihrer Warte aus passiert sei, dabei auch nicht das wegzulassen, was sie bereits Kellers Kollegin Frau Weißmüller erzählt habe. „Aber nur ruhig, wir haben Zeit", denn Keller merkt natürlich, dass Frau Lehmann noch immer mächtig unter Schock steht, und es ihr sichtlich schwer fällt, über das zu sprechen, was sie heute Morgen hier vorfinden musste. Erst nach anfänglichem Stocken gelingt es der Frau schließlich, über das Vorgefallene einigermaßen flüssig reden zu können.

Sie erzählt, wie sie heute Morgen, wie freitags üblich, so gegen halb neun mit ihrem Dienstfahrzeug herkam, das Auto unten auf der Straße abgestellt hat, sich daraus die notwendigen Putzutensilien nahm und zu Schneiders Wohnung hochgegangen ist. Mit dem Schlüssel für die Wohnung, der in ihrem Besitz ist, habe sie aufgeschlossen, nein, die Wohnungstür sei nicht schon auf gewesen, sondern wie üblich zugezogen, wenn auch nicht zusätzlich noch abgeschlossen, da sei sie sich ganz sicher. Es sei eben so wie üblich gewesen, entgegnet sie auf Kellers Nachfrage hin. Sie habe also mit dem Schlüssel die Wohnung aufgemacht und sei eingetreten. Auf dem ersten Blick sei ihr auch groß nichts verändert vorgekommen. Aber dann sei sie in den großen Wohnraum gekommen und habe dort Herrn Schneider liegen gesehen, regungslos, in einer großen Blutlache. Sie sei dann fast in Panik geraten und habe es nur unter äußerster Anstrengung geschafft, auf ihrem Handy über die Nummer 110 die Polizei zu alarmieren. Nein, nicht sie, sondern die von der Polizei müssten dann den Notarzt alarmiert haben. Gott sei dank seien dann sowohl der Notarzt wie die Polizei hier bald eingetroffen. Sie sei nämlich nicht mehr in der Lage gewesen, überhaupt noch irgendetwas zielgerichtet zu tun. Nur hier am Fenster habe sie wie gelähmt dagestanden und es gerade mal geschafft, die Wohnungstür zu öffnen, als hier zuerst der Notarzt und kurz darauf die alarmierten Polizisten eingetroffen seien und geklingelt hätten. Irgendjemand habe ihr bald danach einen Stuhl gebracht und seitdem säße sie nun hier. Lediglich mit Kellers Kollegin, dieser hübschen Frau Weißmüller, habe sie seitdem gesprochen und ihr schon das erzählt, was sie jetzt auch ihm, Herrn Keller, gesagt habe.

„Aber junger Mann", und das sagt sie, obwohl Keller keineswegs mehr jung ist, sich so auch nicht vorkommt und durch diese Anrede auch nicht geschmeichelt fühlt, „könnten Sie jetzt vielleicht auch mir einen Gefallen tun, und bei meinem Chef anrufen und ihm klarmachen, was hier passiert ist, und ihm sagen, dass ich heute so fertig bin, dass ich nicht mehr in der Lage bin, noch irgendetwas heute zu tun. Er soll jemanden vorbeischicken, der das unten abgestellte Auto abholt. Ich geb' ihnen dafür hier mein Handy. Da brauchen Sie nur die ‚1' drauf zu drücken und dann auf den grünen Knopf. Dann meldet sich mein Chef oder seine Sekretärin, und dem oder der sagen Sie das dann bitte! Sind Sie wohl so nett?" Frau Lehmann gibt Keller das Handy, und der macht auch, worum sie ihn gebeten hat. Die Sekretärin der Reinigungsfirma meldet sich und hat, nachdem Keller sich vorgestellt und entsprechend Bericht erstattet hat, auch Verständnis dafür, dass Frau Lehmann heute nicht mehr in der Lage ist, ihre Arbeit fortzusetzen. Die Sekretärin würde sich um alles kümmern und auch jemanden vorbeischicken, um das geparkte Firmenauto abzuholen.

Im weiteren Gespräch mit Frau Lehmann versucht Keller noch herauszufinden, was sie sonst Näheres über den Ermordeten wisse. Demzufolge ist beziehungsweise war, so müsste man jetzt eigentlich sagen, Björn Schneider so circa Anfang bis Mitte 40, wahrscheinlich Eigentümer dieser Wohnung und außerdem Mitinhaber einer Potsdamer Immobilienfirma, der Schneider & Kamp GmbH & Co. KG, die, wie Keller schnell übers Internet mittels Smartphone herausfindet, ihren Firmensitz in der Hegelallee von Potsdam hat. Frau Lehmanns Wissen zufolge lebte Herr Schneider allein in dieser Wohnung. Ob er noch oder schon mal verheiratet war oder eine feste Partnerin hatte, wisse sie nicht, genauso wenig, ob es Kinder von ihm gebe, oder ob Herr Schneider, wie Keller nachfragt, eventuell gar homosexuell gewesen sei. So oft sei Frau Lehmann ihrer Aussage nach mit Björn Schneider auch überhaupt nicht zusammengekommen, da er in der Regel, wenn sie hier sauber gemacht habe, nicht zu Hause gewesen sei.

Keller teilt Frau Lehmann noch mit, dass sie für eine offizielle Aussage sicher noch einmal ins Polizeipräsidium vorgeladen würde, aber darüber brauche sie sich jetzt keine Sorgen zu machen, das sei jetzt nicht weiter wichtig. Er notiert sich aber noch ihre Personalien und Wohnadresse sowie den Namen und die Adresse ihres Arbeitgebers, um sich von dem später einige von Frau Lehmanns Aussagen noch einmal bestätigen oder auch korrigieren zu lassen bzw. dort eventuell noch zusätzliche Informationen zu erhalten. Mit Frau Lehmann ist Keller damit erst einmal fertig. Den anwesenden Rechtsmediziner weist er noch darauf hin, dass Frau Lehmann vermutlich noch ein Beruhigungsmittel brauche, und einen der Schutzpolizisten beauftragt er, Frau Lehmann dann bald, wenn sie nichts dagegen habe, zu ihr nach Hause zu chauffieren.

Anschließend begibt sich Keller hinüber zu seiner Assistentin, Frau Kriminalkommissarin Barbara Weißmüller, allgemein Babsi genannt. Zwar ist die mit jenseits Mitte 40 auch nicht mehr ganz jung, schaut mit ihrer schlanken, sportlichen Figur, den blondierten Haaren und ihrem ebenmäßigen, dezent geschminkten Gesicht aber noch immer ziemlich apart und jugendlich aus. Sie ist in zweiter Ehe verheiratet und hat zwei Kinder. Im Umgang mit Keller erweckt sie nicht selten den

Eindruck, als sei sie insgeheim ein wenig in ihn, ihren Vorgesetzten, verknallt.

Während sich Keller ausgiebig mit Frau Lehmann unterhalten hat, hat Babsi die Arbeit der Spurensicherung verfolgt. Nach deren ersten Erkenntnissen hat es zwischen dem Tötungsopfer und dem Täter zwar offensichtlich ein Gerangel gegeben, jedoch gibt es keinerlei Anzeichen dafür, dass es sich hier um einen Raubmord gehandelt hat, da offenbar einige wertvolle Sachen und nicht wirklich verstecktes Bargeld unangetastet blieben, und dem Anschein nach auch keine Schubladen durchwühlt wurden. Es sei natürlich trotzdem möglich, dass der Täter ein Einbrecher war, und der bei dem Einbruch von dem Wohnungsinhaber überrascht wurde, es dann zu dem Tötungsdelikt kam, und der Täter anschließend in Panik den Tatort verlassen hat, ohne etwas groß mitzunehmen. Gegen diese Version spricht allerdings, dass die Wohnungstür und die Fenster unversehrt geblieben sind. Einen gewaltsamen Einbruch könne es also kaum gegeben haben. Da aber die Tür zu Björn Schneiders Wohnung vermutlich nicht zusätzlich verriegelt oder abgeschlossen war, dürfte es für einen versierten Einbrecher bei einem Vorgehen ähnlich dem, wie es ein Schlüsseldienst macht, wahrscheinlich auch kein allzu großes Problem gewesen sein, diese Tür aufzubekommen, ohne dabei Spuren eines gewaltsamen Einbruchs zu hinterlassen. Natürlich wäre es auch möglich, dass der Täter in die Wohnung hereingelassen wurde oder selbst im Besitz eines Wohnungsschlüssels war, sei der dann original oder nachgemacht worden. Wurde der Täter aber hereingelassen oder war er im Besitz eines originalen Wohnungsschlüssels, würde das für eine Beziehungstat sprechen, bei der sich Opfer und Täter gut kennen. Und so ein Täter lässt sich nach Erfahrung der Kripo meistens schnell ermitteln. Im Übrigen konnte die Tatwaffe bisher noch nicht gefunden werden, was jedoch nicht sonderlich überrascht.

Der Rechtsmediziner kann ebenfalls erste Erkenntnisse liefern. Demnach handelt es sich bei dem Ermordeten tatsächlich um einen Mann so Anfang bis Mitte 40 von größerer, schlanker und durchaus sportlicher Gestalt, der eigentlich in der Lage gewesen sein sollte, sich einigermaßen verteidigen zu können. Vermutlich ist er aber bereits durch einen der ersten von insgesamt sieben Messerstichen in den Brustbereich so schwer oder gar tödlich verletzt worden, dass er schnell verteidigungsunfähig wurde. Wahrscheinlich war er auf so eine gefährliche Attacke in dem Moment auch nicht gefasst gewesen. So zwischen 22 Uhr und 23 Uhr 30 gestern Abend ist nach ersten Einschätzungen des Rechtsmediziners der Tod Björn Schneiders eingetreten.

Während die Spurensicherung vor Ort weiter ihrer Arbeit nachgeht, dabei unter anderem auf der Suche nach hinterlassenen DNA-Fragmenten ist, und der Rechtsmediziner die Überführung der Leiche ins gerichtsmedizinische Institut in die Wege leitet, will Keller bereits aufbrechen, um erste Ermittlungen außerhalb des Tatorts aufzunehmen.

Sanft schuppst er deshalb seine Kollegin Frau Weißmüller in die Seite: „Komm Babsi, die kommen hier auch ohne uns zurecht. Lass uns unsere eigene Arbeit machen. Schließlich muss man das Eisen schmieden, solange es heiß ist. Wir fahren rüber zur Hegelallee, zu der Firma von Björn Schneider. Mal sehen, was es da so zu erfahren gibt."

Trotzdem es bis da hin mit dem Auto dann nur eine kurze Wegstrecke ist, nutzen Bernd Keller und Babsi Weißmüller bereits diese Fahrzeit, um sich darüber zu verständigen, was es außer dem Besuch bei der Firma von Herrn Schneider als Nächstes noch zu tun gäbe.

So wäre beispielsweise festzustellen, ob und welche näheren Angehörigen der Ermordete hat, die es darüber zu informieren gilt, was mit Björn Schneider jetzt leider passiert ist. „Wir sollten außerdem möglichst rasch ermitteln, wer allgemein zum näheren Bekanntenkreis des Ermordeten gehört hat, aus dem ja durchaus sein Mörder stammen könnte", meint Keller, was Babsi mit einem kurzen „Sicherlich" beantwortet. „Und natürlich sollte jemand von uns bald auch noch einmal bei dieser Reinigungsfirma vorbeischauen, um sich von denen einige Aussagen von Frau Lehmann bestätigen oder eventuell auch berichtigen zu lassen. Vielleicht lassen sich dort auch noch weitere Informationen gewinnen, wie zum Beispiel, ob es bei der Reinigungsfirma noch weitere Schlüssel zur Wohnung des Ermordeten gibt außer denen, die im Besitz von Frau Lehmann sind."

2.

Der Weg vom Tatort des Mordfalls bis zum Sitz der Firma Schneider & Kamp ist dann rasch zurückgelegt. Bei der Adresse handelt es sich um eine dieser prunkvoll restaurierten, repräsentativen Potsdamer Villen, die im 19. Jahrhundert bzw. um 1900 herum erbaut wurden und heute häufig, wie auch dieses Haus hier in der Hegelallee, als exquisites Bürogebäude für zum Beispiel kleinere, aber renditestarke Firmen oder Anwaltskanzleien dienen. Glücklicherweise gehört zu dem Grundstück auch ein großzügig angelegter Parkplatz, auf dem Keller nun sein Auto parken kann.

Die Firma Schneider & Kamp befindet sich, ausgewiesen durch eine goldfarbene Plakette am Hauseingang, im ersten der beiden Obergeschosse des Hauses. Keller und Babsi gehen hinauf. Bei der attraktiven Sekretärin im Eingangsbereich des Geschäftssitzes – andere Personen außer ihr sind dort zunächst nicht zu sehen – stellen sich die zwei als Kriminalhauptkommissar Keller und Kriminalkommissarin Weißmüller vor und weisen sich entsprechend aus. „Wir hätten gern Herrn Kamp gesprochen, ist der denn da?" „Ja, ich geh' Sie schnell anmelden." „Nicht nötig, wir finden den Weg schon allein. In welchem dieser Zimmer hier sitzt er denn!" Die Sekretärin weist mit der Hand auf eine vom Eingangsbereich abgehende Tür. Keller und Babsi sind zwar höflich genug an der entsprechenden Tür anzuklopfen, treten dann aber, noch bevor sie hereingebeten werden, gleich ein.

Kamp sitzt in dem geräumigen Bürozimmer hinter einem großen Schreibtisch und blickt erstaunt auf. Er ist ein gepflegter Herr im Alter von circa Anfang 50. „Entschuldigen Sie die abrupte Störung, aber wir müssen Sie dringend sprechen!", erhebt Keller das Wort. „Ein Aufschub ist da leider nicht möglich. Mein Name ist Bernd Keller. Ich bin Hauptkommissar bei der Kriminalpolizei Potsdam, und dies hier ist meine Assistentin, Frau Kommissarin Weißmüller, und hier sind unsere Ausweise." Kamp reagiert auf diesen doch ziemlich überfallartigen Besuch erstaunlich gelassen und nimmt sich sogar die Zeit, einen ausführlichen Blick auf die ihm gezeigten Ausweise zu werfen.

„Ach, nehmen Sie doch bitte dort drüben Platz!", sagt er dann jovial und zeigt dabei auf eine in seinem Büro stehende

Sitzgruppe. „Darf ich Ihnen etwas anbieten? Kaffee, Tee oder vielleicht ein Wasser?" „Nein, danke", entgegnen Keller und Babsi fast unisono, nehmen aber, wie angeboten, Platz.

„Was führt Sie denn zu mir?", fragt Kamp, während er Keller und Babsi gegenüber ebenfalls Platz nimmt. Kamps gepflegte, von gehobenem Geschmack zeugende Erscheinung passt gut zu dem exquisiten Stil des Büros, in dem er und seine Firma residieren. Er trägt einen perfekt sitzenden, aus teurem Seidenstoff gefertigten Anzug, glänzend schwarze Schuhe, ein frischweißes Hemd mit von Stoff verdeckter Knopfleiste und zwei oben am Kragen geöffneten Knöpfen. Eine Krawatte dazu trägt er nicht. An dem einen Handgelenk prangt eine erkennbar teure Uhr, am anderen ein schweres Weißgoldkettchen und an einem seiner Finger ein übergroßer Siegelring. Ein Ehering ist dagegen nicht zu sehen. Er hat ein glatt rasiertes Gesicht, trägt keinen Bart und hat auch keine Brille auf. Das noch ziemlich volle Haar ist dunkel und leicht gegelt, hier und da schon ein wenig grau meliert. Die Statur ist kräftig, durchaus sportlich zu nennen und erweckt den Eindruck, dass Kamp ein bisschen Bodybuilding betreibt. Seine Größe dürfte bei etwas über einem Meter achtzig liegen. Geld scheint für Kamp offenbar wichtig zu sein, jedenfalls tritt er so auf, auch wenn er als seriöser Geschäftsmann erscheinen will.

„Der Grund unseres Hierseins", beginnt Keller das weitere Gespräch, „ist Herr Björn Schneider. Sie beide betreiben doch zusammen diese Firma hier, oder nicht?" „Mein Geschäftspartner heißt in der Tat Björn Schneider, das ist richtig. Stimmt denn irgendetwas nicht mit ihm?" „Björn Schneider wurde heute Nacht ermordet!" Keller und Babsi beäugen genau, wie Kamp auf diese Nachricht reagiert. Der bleibt jedoch wieder ziemlich abgeklärt. Nur einen kurzen Moment zunächst rot und anschließend fahl wird sein Gesicht. „Wie ermordet? Das ist ja furchtbar. Und Sie sind sich sicher, dass es sich dabei um meinen Geschäftspartner handelt?" „Da haben wir keinen Zweifel. Ihr Björn Schneider wohnt doch in der Nähe vom Schloss Cecilienhof?" „Ja." „Außerdem haben wir auch entsprechende geschäftliche Unterlagen in seiner Wohnung gefunden und es gibt auch schon Zeugenaussagen dafür, dass es sich bei dem Ermordeten um Ihren Geschäftspartner handelt. Sagen Sie mal Herr Kamp, wann haben Sie denn überhaupt Björn Schneider das letzte Mal gesehen?"

„Das war gestern hier im Büro bei der Arbeit. Björn hat etwas früher als ich Feierabend gemacht. Er wollte noch in seinem Club eine Runde Golf spielen gehen. Ich habe noch etwas länger hier im Büro zu tun gehabt und bin dann als Letzter gegangen. Sie können das auch meine Sekretärin fragen, die kann Ihnen das sicherlich bestätigen."

Keller fragt daraufhin, ob er, Kamp, ihnen denn noch allgemein mehr über den Ermordeten mitteilen könne, zum Beispiel über seine Herkunft, seine Familie, sein bisheriges und zuletzt geführtes Leben. „Sicherlich!", meint Kamp wieder jovial. „Wie Sie wahrscheinlich schon wissen, war Björn unverheiratet, und meines Wissens nach hatte er auch keine Kinder." „Ja, das wissen wir schon", wirft zur Abwechselung mal Babsi ein, die bisher in diesem Gespräch ihrem Vorgesetzten Keller das Wort überlassen hatte, „aber wie sah es jetzt zuletzt bei ihm aus? Hatte er eine feste Partnerin, von der Sie etwas wissen, oder war er gar homosexuell?" „Also schwul war Björn bestimmt nicht, das hätte ich mitbekommen. Aber er hat sich auch nicht gern binden wollen. Irgendwie lief bei ihm aber immer was mit Frauen. Aber wie das jetzt zuletzt bei ihm war, kann ich Ihnen nicht sagen. Von einer momentan festen Beziehung weiß ich jedenfalls nichts." Wiederum ist es dann Babsi, die nachfragt: „Und hat Björn Schneider sonst denn Familie gehabt, von der Sie etwas wissen, ich meine Eltern oder Geschwister?" „Ja, eine Mutter und zwei Schwestern. Sein Vater ist schon vor mehreren Jahren verstorben. Seine Mutter lebt in einer südhessischen Kleinstadt in der Nähe von Darmstadt, wo auch Björn herstammt. Seine Mutter dürfte jetzt so etwas über 70 Jahre alt sein." „Haben Sie von ihr vielleicht die Telefonnummer oder Adresse?", fragt Keller dazwischen. „Ich glaub schon, dass Ihnen meine Sekretärin das raussuchen kann. Soll ich ihr schnell Bescheid sagen?" „Das können wir später machen", entgegnet Keller, „aber sagen Sie mal, wie alt war Björn Schneider eigentlich jetzt genau?" „Er war genau 47. Erst vor ein paar Wochen haben wir zusammen ein wenig seinen letzten Geburtstag gefeiert."

Nun mischt sich Babsi wieder ein: „Noch mal zurück zu seiner Familie. Was wissen Sie denn über die beiden Schwestern von ihm, haben Sie da vielleicht auch eine Adresse oder Telefonnummer von?" „Also die ältere der beiden Schwestern wohnt hier in Berlin, in West-Berlin, um genauer zu sein. Ich glaube, von der hab' ich in meinem Handy auch eine Telefonnummer gespeichert, weil ich sie nämlich vor einiger Zeit mal angerufen hab' und von ihr was wissen wollte. Irgendwas mit Immobilien, was ja unser Geschäft hier ist. Was es aber genau war, weiß ich nicht mehr." Kamp fingert eine kurze Weile an seinem Handy herum. „Ja, hier hab' ich ihre Telefonnummer." Er liest die Telefonnummer vor, die Babsi mitnotiert. „Björns Schwester heißt übrigens auch Schneider, zumindest wieder Schneider, Angelika Schneider", fährt Kamp anschließend fort. „Ob sie vorher einen anderen Namen hatte, als sie noch nicht geschieden war, weiß ich nicht. Jetzt heißt sie auf jeden Fall wieder Schneider. Ich glaube, sie ist von Beruf Lehrerin. Soviel ich außerdem weiß, hat Björn mal 'ne Zeit lang bei ihr gewohnt, als er von Westdeutschland hierher zog. Ich glaube, die beiden hatten, zumindest damals, ein recht enges Verhältnis zueinander, geschwisterlich gemeint natürlich. Von Björns jüngerer Schwester weiß ich nicht so viel. Ich glaube, die wohnt noch da irgendwo im hessischen Raum, in der Gegend eben, wo Björn herkommt, aber genau kann ich Ihnen das nicht sagen."

„Und was wissen Sie denn sonst noch so über den Bekanntenkreis von Björn?", fragt Keller weiter. „Also, da kann ich Ihnen fast gar nichts zu sagen. Ich weiß nur, dass er in seiner Freizeit gern Golf spielen gegangen ist. Soviel ich weiß, hatte er dort im Club auch mit ein paar Leuten näheren Kontakt." „Und Sie?", fragt Keller dazwischen. „Hatten Sie denn mit ihm privat keinen Kontakt?" „In letzter Zeit", antwortet Kamp, „über das Berufliche hinausgehend eigentlich weniger. Dafür waren wohl unsere Interessen dann doch zu unterschiedlich. Gut, früher, als wir vor ungefähr fünfzehn Jahren gemeinsam diese Firma hier gegründet haben, da hatten wir noch mehr auch privat miteinander zu tun. Da haben wir uns irgendwie ganz gut ergänzt. Kennen gelernt haben wir uns übrigens hier in Potsdam in den neunziger Jahren, als wir beide freiberuflich beim selben Bildungsträger als Dozent tätig waren. Das war in der Erwachsenenbildung, hauptsächlich mit Teilnehmern, die in und nach der Wende arbeitslos geworden waren.
Björn war da vorher aus den U.S.A. zurück nach Deutschland gekommen und dann fast gleich hier in die Berliner Gegend gezogen. Erst hat er dann auch direkt in Berlin gewohnt, zunächst,

wie ich meine und auch schon gesagt habe, bei seiner Schwester. Auch nachdem wir dann gemeinsam diese Firma hier gegründet hatten, ist er zunächst immer aus Berlin hierher nach Potsdam gekommen. Na ja, ist ja auch nicht sehr weit. Erst vor ungefähr fünf Jahren hat er sich dann diese Wohnung hier gekauft und ist auch nach Potsdam gezogen."

„Wie lange war Herr Schneider denn in den U.S.A., und was hat er dort eigentlich gemacht?", fragt Babsi nach. „Björn ist, soviel ich weiß, gleich nach Beendigung seines BWL-Studiums in die U.S.A. gegangen und dort dann ein paar Jahre geblieben. Er hat da in einem Start-Up der IT-Branche gearbeitet und ist dabei auch zu ein bisschen Vermögen gekommen. Einen Teil davon hat er dann übrigens in unsere gemeinsame Firma investiert."

„Herr Kamp", mischt sich Keller jetzt wieder ein, „Sie haben eben erwähnt, dass Sie sich früher, wahrscheinlich auch noch als Sie gemeinsam diese Firma hier gegründet haben, mit Björn noch besser als jetzt zuletzt verstanden haben. Wie sah denn Ihre Beziehung zueinander damals aus?" „Ich schätze", meint Kamp, „dass dabei auch Neugierde aufeinander eine große Rolle gespielt hat, die Neugierde auf die andere Welt, aus der der jeweils andere kam. Es war ja quasi noch die Nachwendezeit. Da haben wir auch oft über Politisches miteinander diskutiert. Björn hatte ja diese westliche Sichtweise und Sozialisation und war sogar für einige Jahre in den U.S.A., also sozusagen dem Mutterland des Kapitalismus gewesen. Ich dagegen war ein Sprössling der DDR und hatte im Sozialismus studiert, übrigens ebenfalls Ökonomie, hab' sogar meinen Doktor in Ökonomie gemacht und war für einige Jahre während und kurz nach dem Studium in der Sowjet-union gewesen. Nach meiner Zeit dort im sozialistischen Bruder-land", letzteres sagt Kamp mit leicht spöttischem Unterton, „bin ich dann hier in der damaligen DDR in die Praxis gegangen und war wissenschaftlicher Mitarbeiter in der DDR-Planungskommis-sion. Also bei dem Background, den wir beide hatten, waren Björn und ich, was das Politische anbelangt, natürlich längst nicht immer einer Meinung gewesen. Aber interessant waren diese Diskus-sionen allemal und haben mir und wahrscheinlich auch Björn neue Perspektiven eröffnet. Wir hatten ja auch gemeinsam, wenn auch in ganz unterschiedlichen Ländern, einige Jahre Auslandserfahrung und waren dadurch Toleranz gegenüber anderen Lebensweisen gewohnt." „Und dann", bohrt Keller weiter, „als Sie gemeinsam diese Firma gegründet hatten, haben Sie sich beide irgendwann, privat zumindest, nicht mehr ganz so gut miteinander verstanden, oder wie muss ich das sehen?" „Ja, so war das wohl. Während wir früher auch freizeitmäßig so einiges miteinander unternommen hatten, wurde das dann irgendwann immer weniger. Vielleicht waren wir schließlich doch nicht genug auf einer Wellenlänge, oder wir waren beruflich durch die Firma so eng miteinander verbunden, dass wir nicht auch noch unsere Freizeit gemeinsam verbringen wollten? Ich weiß es nicht so genau."

„Könnten Sie sich denn", jetzt ist es wiederum Babsi, die diese Frage stellt, „vorstellen, wer hinter dem Mord an Ihrem Geschäftspartner Björn Schneider stecken könnte? Hatte er irgendwelche Feinde, denen so etwas zuzutrauen wäre? Hätten Sie diesbezüglich vielleicht sogar irgendeinen Verdacht?" „Nein, wirklich nicht", antwortet Kamp. „Björn war bestimmt kein Heiliger, aber ein liebenswerter, allseits geachteter und sensibler Mensch. Nein, solche Feinde hatte er nicht. Zumindest nicht, dass ich das wüsste. Einen diesbezüglichen Verdacht kann ich nicht äußern." „Und gestern Abend und gestern Nacht, was haben Sie selbst da gemacht, Herr Kamp?", fragt Babsi anschließend weiter. „Da war ich zu Hause, meine Frau wird Ihnen das bestätigen können!", lautet Kamps knappe Antwort auf diese Frage.

„Ich denke", meint dann Keller, „für heute reicht uns das erst mal, oder was meinst du Babsi? Hast du sonst noch irgendwelche weitere Fragen an Herrn Kamp?" „Fürs Erste, nein!" „Gut", sagt dann Keller, „das wär 's erst einmal, Herr Kamp. Es kann aber gut sein, dass wir uns für weitere Fragen noch einmal an Sie wenden werden. Halten Sie sich dafür also bitte bereit. Und, sollten Sie in nächster Zeit vorhaben, für längere Zeit ins Ausland zu verreisen, dann lassen Sie uns das doch bitte vorher wissen!"

Keller und Babsi stehen daraufhin auf, Kamp ebenfalls. „Ich werde Sie noch hinausbegleiten!", sagt dieser dabei und dann, ein wenig später und schon im Empfangsbereich, an seine hübsche Sekretärin gewandt: „Stellen Sie sich vor, Björn ist heute Nacht ermordet worden." „Nein, das ist ja schrecklich!", entgegnet die Sekretärin und sieht echt erschüttert aus. „Sagen Sie mal Frau Braun", fährt Kamp trotzdem fort, „wir haben doch sicherlich irgendwo die Adresse und Telefonnummer von Björns Mutter hinterlegt?" Die Sekretärin scheint nach der gerade gehörten Schreckensmeldung aber nicht mehr richtig in der Lage zu sein, noch irgendetwas zielgerichtet erledigen zu können. Starr und kurz vor einem Heulkrampf stehend deutet sie nur auf einen Ordner im Regal hinter ihr: „In dem Ordner gleich hier rechts, da müsste es stehen." Kamp nimmt sich also selbst diesen Ordner heraus und blättert darin ein wenig herum. „Ja, hier haben wir ja schon das Gewünschte." Er liest Adresse und Telefonnummer von Schneiders Mutter vor, und Babsi schreibt beides mit.

„Leider", sagt dann Keller, „müssen wir an Sie, Frau Braun, jetzt trotzdem noch zwei weitere kurze Fragen stellen. Stimmt es erstens, dass Herr Schneider, als Sie gestern Ihren Arbeitsplatz zum Feierabend verlassen haben, schon gegangen war, und nach Ihnen zu dem Zeitpunkt nur noch Herr Kamp allein hier länger im Büro war? Können Sie uns das bestätigen? Sie wissen vielleicht auch, dass Sie verpflichtet sind, der Polizei gegenüber die Wahrheit zu sagen!" „Ja", entgegnet Frau Braun unter leichtem Schluchzen, „das kann ich so bestätigen. Zuerst ist gestern Björn gegangen. Nach ihm dann ich, und Herr Kamp ist noch länger geblieben." „Gut. Dann bräuchten wir aber trotzdem für eventuelle Nachfragen von uns noch zweitens Ihre private Anschrift und Telefonnummer, Frau Braun. Festnetz- und Handynummer, wenn es geht."

Die Sekretärin erteilt auch diese zuletzt gewünschten Auskünfte, die Babsi ebenfalls mitnotiert. „Ach so", fällt Keller schließlich noch ein, „wir bräuchten außerdem noch den Namen und den Ort des Golfclubs, den Herr Schneider immer besucht hat." Auch diese Informationen erhalten die Kriminalbeamten, nun wieder von Herrn Kamp, ehe sie sich dann, diesmal aber tatsächlich, von Kamp und seiner Sekretärin verabschieden und sich auf den Weg zurück ins Polizeipräsidium machen.

3.

Kaum dass die beiden Kriminalbeamten wieder im Auto sitzen, meint Keller: „Und Babsi, was ist denn deine Meinung zu diesem Herrn Kamp?" „Aalglatt der Typ, und scheint mächtig hinterm Geld her zu sein." „Ja, den Eindruck hatte ich auch. Aber, würdest du ihm auch den Mord zutrauen? Hältst du ihn für verdächtig?" „Was für 'ne Frage, Bernd. Wem wäre ein Mord nicht zuzutrauen? Kamp würde ich nicht dazu zählen. Also kann man ihn auch meiner Meinung nach aus dem Kreis der möglichen Verdächtigen, zum jetzigen Zeitpunkt jedenfalls, nicht herausnehmen!"

Zurück im Polizeipräsidium machen sich Keller und Frau Weißmüller erst einmal einen Kaffee und beratschlagen, wie im Mordfall Schneider weiter vorzugehen sei. Natürlich müssten mit als Erstes die nächsten Angehörigen des Toten unterrichtet werden.

Eine leichte Aufgabe ist so etwas nicht, zumal wenn, wie hier, der Verstorbene durch ein so grausames Verbrechen und in zudem noch recht jungen Jahren ums Leben gekommen ist. Angehörige von so was unterrichten zu müssen, ist mit die unangenehmste Aufgabe, die auf einen Polizeibeamten zukommen kann. Keller erklärt sich trotzdem bereit, das zu übernehmen. Er will versuchen, die ältere Schwester Schneiders übers Telefon zu erreichen und sich mit ihr, sofern das möglich ist, zu einem Treffen, und zwar am besten noch gleich an diesem Tag verabreden. Dann erst im persönlichen Gespräch unter vier Augen möchte er ihr die schreckliche Nachricht übermitteln.

Unterdessen könnte Babsi schon mal die Reinigungsfirma aufsuchen, bei der Frau Lehmann beschäftigt ist, um sich dort die Aussagen dieser Frau entweder bestätigen oder auch korrigieren zu lassen, so beispielsweise was die Schlüssel zur Wohnung des Ermordeten anbelangt, ob mit anderen Worten also Frau Lehmann bei der Firma tatsächlich die Einzige mit Zugriff auf einen solchen Schlüssel war. Natürlich um so besser, wenn Babsi dann dort noch weitere für die Ermittlungsarbeit nützliche Informationen in Erfahrung brächte. Anschließend oder eventuell auch davor wäre es zudem ganz gut, wenn Babsi noch beim Golfclub von Herrn Schneider vorbeifahren würde, um von dort ebenfalls Erkundigungen einzuholen, ob zum Beispiel und, falls tatsächlich, von wann bis wann und eventuell mit wem Björn Schneider in dem Club gestern Golf gespielt habe. Natürlich müsste ein solcher Spielpartner dann noch weitergehend befragt werden, sei es gleich dort im Golfclub oder später durch Vorladung ins Polizeipräsidium, wobei dafür dann natürlich die Adresse oder überhaupt die Kontaktdaten zu dieser Person oder auch Personen festzuhalten wären.

Ebenfalls sollte Babsi in dem Golfclub versuchen herauszubekommen, was Herr Schneider gestern nach dem dortigen Besuch, sofern der wirklich stattfand, dann noch vorhatte, und ob das eventuell auch zusammen mit jemandem aus dem Golfclub passierte. Natürlich müsste so jemand dann ebenfalls noch weitergehend befragt werden.

Soviel zu den als Nächstes anstehenden Aufgaben. Bevor es damit aber losgeht, wollen sich Babsi und Keller, nachdem nun schon einiges in die Wege geleitet wurde, erst einmal Zeit für eine Mittagspause gönnen und zum Essen in die hauseigene Kantine begeben, während sie ja noch weiter, auch was den Mordfall betrifft, miteinander quatschen können.

Und nach dieser Pause wird die Arbeit gleich wieder aufgenommen. Als Erstes ruft Keller einen der Kollegen an, die für die weitere Spurensuche am Tatort zurückgeblieben sind. Keller erkundigt sich nach dem aktuellen Stand der dortigen Ermittlungen und erfährt, dass diese einschließlich der Suche nach eventuellen DNA-Spuren jedenfalls für den heutigen Tag so gut wie abgeschlossen seien.

Von der Tatwaffe gab es natürlich keine Spur und auch sonst wurden in der Wohnung des Mordopfers keine für die Tatausführung verdächtigen Utensilien vorgefunden genauso wenig wie irgendwelche Anzeichen dafür, dass aus dieser Wohnung etwas geraubt oder gestohlen wurde. Frau Lehmann wurde inzwischen von einem der Polizeibeamten nach Hause gefahren. Auch die Leiche des Ermordeten befände sich jetzt nicht mehr am Tatort, sondern sei zur weiteren Untersuchung und Obduktion ins gerichtsmedizinische Institut gebracht worden. Mitte bis Ende der nächsten Woche könnte die Leiche dann wahrscheinlich, so hätte sich der Gerichtsmediziner geäußert, zur Bestattung freigegeben werden. Nein, Angehörige des Ermordeten wurden bis jetzt von den am Tatort zurückgebliebenen Kollegen noch nicht informiert.

Also versucht Keller gleich als Nächstes, die ältere Schwester des Ermordeten telefonisch zu erreichen. Da sie ja wohl Lehrerin und es jetzt früher Nachmittag ist, müsste man sie eigentlich erreichen können. Keller wählt die ihm von Kamp mitgeteilte Telefonnummer und hat auch Glück. „Angelika Schneider hier", meldet sich eine Stimme am anderen Ende der Leitung. „Keller mein Name, Bernd Keller. Ich bin Kriminalhauptkommissar der Kripo Potsdam. Es tut mir Leid, Frau Schneider, aber ich müsste Sie unbedingt mal sprechen, und zwar sehr dringend. Übers Telefon möchte ich das aber nicht machen, sondern in einem persönlichen Gespräch mit Ihnen. Und da es wirklich dringend ist, das am besten gleich heute Nachmittag. Ist das bei Ihnen möglich?" „Ja sicher, aber was gibt es denn so Dringendes, ist es was Schlimmes?" „Es tut mir wirklich Leid, Frau Schneider, aber ich möchte Ihnen das nicht direkt übers Telefon sagen. Wenn Sie mir bitte Ihre genaue Adresse mitteilen, komme ich noch gleich heut' Nachmittag bei Ihnen vorbei."

Angelika Schneider nennt ihre Berliner Adresse, die sich Keller notiert. „Frau Schneider, vielen Dank. Ich fahr dann gleich los und denke, dass ich so in einer bis anderthalb Stunden bei Ihnen bin. Bis dann also!" „Ja, bis dann!"

Keller schaut noch, bevor er dann losfahren will, im Internet nach, welchen Fahrweg er am besten nehmen muss, um zu der mitgeteilten Adresse zu kommen.

Und während er das tut, meint Babsi: „Wenn du jetzt nach Berlin zu der Schwester von Björn Schneider fährst, werde ich mich auf den Weg zur Reinigungsfirma von Frau Lehmann machen und anschließend noch Schneiders Golfclub aufsuchen." „Ja, Babsi, so machen wir 's", entgegnet Keller. „Danach dann, denke ich, dürfte es für den heutigen Tag auch Zeit für den Feierabend sein. Morgen ist zwar Samstag und eigentlich Wochenende, ich denke aber, wir sollten uns für 'ne kurze Lagebesprechung hier morgen früh für 'ne Stunde oder so treffen. Schließlich soll man ja das Eisen so lange schmieden, wie es heiß ist. Also Kollegin, ich würd' sagen, wir treffen uns hier morgen Vormittag gegen elf, ist das in Ordnung?" „Ja Chef. Geht in Ordnung, bis morgen also hier um elf!"

4.

Während sich Babsi an dem Nachmittag also auf den Weg zunächst zur Reinigungsfirma von Frau Lehmann macht und anschließend noch den Golfclub des Ermordeten aufsuchen möchte, begibt sich Keller auf die Fahrt zu Björn Schneiders Schwester. Die entsprechende Adresse befindet sich im Berliner Bezirk Tiergarten in der Nähe des Hansaplatzes.

Die Fahrtroute, die er dabei nehmen muss, hatte er sich zuvor gut eingeprägt und deshalb auch keine Schwierigkeiten, ans gewünschte Ziel zu kommen. Er klingelt bei der Schwester des Ermordeten an, und ihm wird gleich geöffnet. „Guten Tag, ich bin Bernd Keller, der Kriminalkommissar aus Potsdam, wir hatten miteinander telefoniert." „Ja, Angelika Schneider mein Name. Treten Sie doch bitte ein!", wird Keller von der offensichtlichen Schwester Björn Schneiders aufgefordert, und der Kommissar folgt, nachdem er pflichtgemäß seinen Ausweis vorgezeigt hat, auch der anschließend geäußerten Bitte der aufgesuchten Person, in ihrem Wohnzimmer Platz zu nehmen. Sie selbst setzt sich ihm vis-a-vis gegenüber.

„Was führt Sie denn zu mir?", richtet die Dame an Keller das Wort. „Leider, wie Sie sich vielleicht schon denken können, nichts Gutes. Sie sind doch die Schwester von Björn Schneider aus Potsdam, dem Mitinhaber der Immobilienfirma Schneider & Kamp?" „Ja, was ist denn mit ihm?" „Es tut mir außerordentlich Leid, Frau Schneider, aber ich muss Ihnen leider mitteilen, dass Ihr Bruder in der vergangenen Nacht ermordet wurde." „Mein Bruder, ermordet, das gibt 's doch nicht? Und Sie sind sich wirklich sicher, dass es sich dabei um meinen Bruder handelt?" „Ja, leider, Frau Schneider. Sicherheitshalber möchte ich Sie aber trotzdem bitten, mich nachher nach Potsdam zu begleiten, um dort Ihren Bruder zu identifizieren."

Keller merkt, wie die Frau ihm gegenüber kurz mit ihrer Fassung ringt und die aufkommenden Tränen unterdrücken muss. „Gut, das will ich gern machen, wenn es der Sache dienlich ist." „Vielen Dank dafür", entgegnet Keller. „Aber bevor wir losfahren, möchte ich vorher mit Ihnen noch ein bisschen über Ihren Bruder reden, wenn Sie gestatten. Danach, wenn es Ihnen recht ist, fahren wir dann zusammen nach Potsdam ins gerichtsmedizinische Institut, wohin der Leichnam des Ermordeten überführt wurde, und anschließend bringe ich Sie natürlich wieder nach hierher zurück. Sind Sie damit einverstanden?" „Gut, meinetwegen. Und, was wollen Sie denn dann noch von mir wissen?"

„Na, zum Beispiel, wie Sie zu ihrem Bruder zuletzt standen, und was Sie darüber wissen, wie er zuletzt gelebt hat, mit wem er so verkehrt hat, welche Bekannten und Freunde oder auch Feinde er in letzter Zeit hatte."

„Das ist ja 'ne Menge, was Sie von mir wissen wollen, Herr Keller. Aber ich will versuchen, einiges davon zu beantworten. Um ehrlich zu sein, war mein Verhältnis zu Björn in letzter Zeit nicht mehr das Allerbeste. So sehr eng waren wir nicht mehr miteinander wie früher einmal. Ich denke, dass wir nur noch so ein- bis zweimal im Monat miteinander telefoniert haben, und gesehen haben wir uns vielleicht sogar nur noch alle zwei bis drei Monate. Deshalb kann ich auch gar nicht viel dazu sagen, mit wem Björn in letzter Zeit so verkehrt hat. Vor einigen Jahren war das noch anders, da haben wir uns noch besser miteinander verstanden. Zum Beispiel als er hierher nach Berlin kam und sogar eine Zeit lang bei mir gewohnt hat. Aber dann hat Björn immer mehr den Lebemann rausgekehrt, hat schicke Autos gefahren, bevorzugt teure Sportwagen, hat exklusive Reisen unternommen, mondäne Kleidung getragen, ist Golf spielen gegangen und hat in den entsprechenden Kreisen verkehrt. Meine Welt war das nicht." „Die nämlich welche wäre?", fragt Keller dazwischen. „Na bodenständiger eben", bekommt er zur Antwort, „und auch kritischer den bestehenden Verhältnissen gegenüber, und nicht so geldorientiert. Schließlich bin ich Lehrerin, Deutsch und Sozialkunde sind meine Fächer. Da will ich meinen Schülerinnen und Schülern auch Werte vermitteln. Geld ist schließlich nicht alles. Nun gut, ich bin zwar auch geschieden, aber diese wechselnden Beziehungen, wie sie Björn hatte, das wäre nichts für mich und das finde ich auch nicht gut so. Ich selbst lebe nach meiner geschiedenen Ehe nun schon längst wieder und zwar seit vielen Jahren in einer festen Beziehung, wenn ich mit meinem jetzigen Partner auch nicht verheiratet bin. Der ist übrigens noch auf der Arbeit. Er ist Jurist und beim Finanzamt beschäftigt. Da kommt er meist später als ich nach Hause. Aber mit ihm wollen Sie ja wahrscheinlich nicht unbedingt auch noch sprechen, oder?" „Nein, im Moment ist das nicht nötig", gibt Keller zur Antwort.

„Mein Bruder Björn, so mein Eindruck", fährt Angelika Schneider dann fort, „wollte sich wohl nicht binden. Und Kinder wollte er wahrscheinlich auch nicht haben. Kann sein, dass er die Verantwortung dafür gescheut hat. Vielleicht hatte er auch noch nicht die richtige Frau dafür gefunden, ich weiß es nicht genau." „Haben Sie denn überhaupt mal eine Freundin von ihm näher kennen gelernt?", fragt Keller nach. „Vor einigen Jahren hatte Björn mal für etwas längere Zeit eine feste Freundin, die hab' ich dann auch kennen gelernt. Ich fand sie auch ganz sympathisch. Aber nachdem die beiden sich dann, ich weiß nicht warum, voneinander getrennt haben, hab' ich keine andere von ihm mehr kennen gelernt. Ich weiß auch nicht, ob Björn in letzter Zeit überhaupt was Festes hatte, keine Ahnung!" „Aber dass Björn keine Kinder hatte, da sind Sie sich sicher?", will Keller weiter wissen.

„Ja doch, ziemlich. Ich kann mir kaum vorstellen, dass er das verschwiegen hätte", kommt die Antwort, worauf Keller weiter fragt: „Und Sie selbst? Sie haben aber Kinder?" „Ja sicher, meine Tochter ist inzwischen aber schon erwachsen und aus dem Haus. Sie studiert zwar noch, hat aber bereits 'ne eigene Wohnung. Nun gut, von uns, also mir und meinem Partner finanziert." „Sie selbst", darauf wieder Keller, „sind aber doch älter als Björn, oder nicht?" „Ja, fast 5 Jahre. Wieso?" „Ach, nur so, 'ne besondere Bedeutung hat das nicht. Aber noch mal zum jetzigen Bekanntenkreis Ihres Bruders. Können Sie dazu irgendetwas sagen, Frau Schneider?" „Nein, absolut nichts. Ich kenne keinen davon, und Björn hat auch mit mir nie darüber geredet. Na ja, Björns Geschäftspartner, den Herrn Kamp, den kenn' ich natürlich. Leider!" „Wieso leider, mögen Sie den etwa nicht?", bohrt Keller nach. „Nicht sonderlich", bekommt er zur Antwort, und dann weiter: „ Der ist doch noch viel mehr hinterm Geld her, als es mein Bruder war. Und dabei auch irgendwie protzig. Für sonderlich seriös halte ich den jedenfalls nicht. Früher muss er wohl ziemlich eng mit dem DDR-Staat verbandelt gewesen sein, und jetzt ist er hinterm Geld her, als gäb 's kein morgen. Das ist meines Erachtens typisch für viele dieser ehemaligen DDR-Karrieristen. Würde mich nicht wundern, wenn der auch bei der Stasi war." „Aber dafür haben Sie keine Beweise, Frau Schneider, oder?" „Natürlich nicht, das gibt von denen ja keiner zu!" Worauf Keller nachfragt: „Würden Sie Kamp denn auch zutrauen, etwas mit dem Mord an Ihrem Bruder tun zu haben?" „Was heißt schon zutrauen?", antwortet Björn Schneiders Schwester. „So einen ungeheuren Verdacht möchte ich nicht äußern!" „Gäbe es denn da sonst irgendjemand, Frau Schneider, von dem Sie sich das vorstellen könnten, in dem Mord an ihrem Bruder verwickelt zu sein, oder mit anderen Worten, wissen Sie von irgendwelchen Feinden von ihm?"

„Nein, da habe ich überhaupt keinen Verdacht. Wissen Sie, Herr Keller, mein Bruder war sicherlich kein Engel, aber im Inneren ein wirklich sensibler und einfühlsamer Mensch. Ich kann mir absolut nicht vorstellen, dass er solche Feinde hatte, die ihm nach dem Leben getrachtet haben, nein wirklich nicht!"

„Sie selbst waren ja sicherlich gestern Abend und in der Nacht die ganze Zeit über hier zu Hause, Frau Schneider, oder nicht?" „Soll das jetzt etwa heißen, dass Sie auch mich verdächtigen?" „Nein, nein, Frau Schneider. Aber es gehört zu meinen Aufgaben als Kriminalkommissar in einem Mordfall routinemäßig dazu, einer befragten Person auch stets diese Frage zu stellen." „Nun gut, damit es Sie beruhigt!", antwortet Frau Schneider. „Ich war gestern Abend und die Nacht die ganze Zeit über hier mit meinem Partner zu Hause. Ich musste noch Arbeiten korrigieren. Das kann Ihnen mein Partner bestätigen. Wenn Sie ihn das selbst jetzt fragen wollen, müssen Sie aber warten, bis er nach Hause kommt!" „Nein, schon gut!", antwortet Keller. „Ich denke, dass ist jetzt nicht nötig. Aber wenn wir schon mal bei dem Thema sind, können Sie mir sicherlich auch sagen, wann Sie ihren Bruder das letzte Mal lebend gesehen haben und wann Sie überhaupt das letzte Mal mit ihm, zum Beispiel telefonisch, Kontakt hatten?" „Also gesehen", antwortet Björns Schwester auf diese Frage, „haben wir uns das letzte Mal so ungefähr vor drei Wochen. Da hatte mein Bruder was in Berlin zu erledigen und hat bei mir kurz vorbeigeschaut. Telefoniert miteinander haben wir das letzte Mal,

27

lassen Sie mich mal kurz nachdenken, ja am letzten Wochenende, am letzten Sonntagvormittag. Da klang Björn aber ganz normal. Es gäbe nichts Neues, meinte er, und wir haben dann auch nur ein paar Minuten miteinander gesprochen. Ja, so war 's!"

„Schön, Frau Schneider. Aber dann hätt' ich da doch noch eine weitere Bitte an Sie. Und zwar möchte ich Sie fragen, ob Sie es vielleicht übernehmen könnten, die anderen Verwandten Ihres Bruders, also in erster Linie Ihre mit Björn gemeinsame Mutter und Schwester von dem tragischen Ableben Ihres Bruders zu unterrichten?" „Auch das will ich gerne machen!" „Vielen Dank dafür! Das ist wirklich nett von Ihnen, Frau Schneider. Vielleicht könnten Sie mir dann auch noch etwas mehr von der Familie von Ihnen und Ihrem Bruder erzählen. Wie sind Sie denn zum Beispiel aufgewachsen?"

„Eigentlich ziemlich geordnet und kleinbürgerlich. Wir kommen aus Heppenheim. Das ist eine schöne, alte Kleinstadt ganz im Süden von Hessen, zwischen Darmstadt und Mannheim gelegen. Meine Mutter und jüngere Schwester wohnen noch immer dort. Unser Vater ist ja schon seit über 20 Jahren tot. Er ist nur etwas über 60 Jahre alt geworden und war als Bauingenieur bei der Kreisverwaltung tätig.
Mutter ist seitdem Witwe und lebt noch im elterlichen Haus. Zum Glück hat sie keine schlechte Rente. Auch meine jüngere Schwester wohnt noch in Heppenheim, ist dort verheiratet und hat sogar drei Kinder.
Eigentlich war Björn immer ein braves Kind und auch ein guter Schüler. Er war Muttis Liebling. Besonders als er dann in die U.S.A. ging und dort sogar ein bisschen Vermögen gemacht hat, war Mutti richtig stolz auf ihn. Besonders für Mutti wird es sehr schwer sein, wenn sie jetzt von dem Tod ihres Lieblings erfahren muss."

„Ja, Frau Schneider, das will ich Ihnen gern glauben. Auch deshalb nochmals vielen Dank dafür, dass Sie es übernehmen wollen, Ihrer Mutter diese Todesnachricht zu übermitteln. Ich nehme auch an, dass Sie sich mit Ihrer Familie um die Bestattung ihres Bruders und um seinen ganzen Nachlass, wie zum Beispiel seine Wohnung im Neuen Garten Potsdams, kümmern werden. Schauen Sie, ich schreibe Ihnen hier auf der Rückseite meiner Visitenkarte die Telefonnummer des gerichtsmedizinischen

Instituts auf. Da können Sie dann anrufen und erfahren, wann die Leiche ihres Bruders nach der notwendigen Obduktion für die Bestattung freigegeben wird. Ich denke, dass das so Ende nächster Woche der Fall sein dürfte."

... „Hier, bitte schön, also die Visitenkarte. Wenn Sie jetzt von Ihrer Seite aus keine Fragen mehr an mich haben, Frau Schneider, meine ich, dass wir dann jetzt nach Potsdam zum gerichtsmedizinischen Institut aufbrechen sollten."

„Ja gerne, nur 'ne Minute bitte!", antwortet die Angesprochene. „Ich will mich nur schnell etwas zurechtmachen und meinem Partner für den Fall, dass er eher hier sein sollte, als ich wieder zurück bin, 'nen Zettel schreiben, dass ich noch mal dringend weg musste. Ich bin sofort wieder zurück und dann können wir losfahren."

Während der anschließenden Fahrt zum gerichtsmedizinischen Institut in Potsdam geht es zwischen Bernd Keller und Angelika Schneider relativ schweigsam zu. Beide sind in Gedanken mit dem beschäftigt, was in Potsdam vor ihnen liegt.

Wie nicht anders zu erwarten war, wird dann im gerichtsmedizinischen Institut von Frau Schneider die Leiche des Ermordeten als tatsächlich die ihres Bruders identifiziert. Als Frau Schneider den auf einer Bahre entkleidet liegenden Leichnam sieht, von dem nur der Kopf und die nackten Füße unter einem weißen, die tödlichen Stichwunden zum Glück verdeckenden Laken hervorlugen, bricht sie in einen stillen Weinkrampf aus. Trotz der dadurch tränenerstickten Stimme antwortet sie aber mit einem deutlich hörbaren „Ja", als sie von Bernd Keller gefragt wird, ob es sich bei der Leiche um die ihres Bruders Björn Schneider handelt.

Voller Mitgefühl fasst daraufhin Keller die schluchzende Frau an die Schultern und führt sie mit sanftem Druck fort von diesem tristen Ort. Und auch danach auf der Rückfahrt nach Berlin und noch immer ganz mitgenommen von dem zuvor Erlebten wird zwischen Angelika Schneider und Keller zunächst nicht viel geredet.

Erst als Keller dann den Eindruck gewinnt, dass sich Frau Schneider wieder einigermaßen gefangen hat, beginnt er sich zu äußern und meint, dass ja sicherlich Björns Mutter, falls es kein anderweitiges Testament gäbe, als nächste Verwandte des Verstorbenen dessen Vermögen, sofern es ein solches gäbe, erben würde. „Sobald die ermittlungstechnischen Untersuchungen an der Wohnung und den Autos Ihres Bruders abgeschlossen sind, was wahrscheinlich ungefähr in ein oder zwei Wochen der Fall sein dürfte, könnten Sie, Frau Schneider, wie ich glaube, die Schlüssel für all das bekommen. Gut, streng genommen müssten Sie dafür wahrscheinlich einen Erbschein oder 'ne Vollmacht der erbberechtigten Person vorweisen, aber so streng muss man das jetzt nicht unbedingt handhaben." „Wo sind denn überhaupt Björns Autos im Moment?", wird Keller anschließend gefragt. „Wie viele hatte er denn eigentlich?", fragt der zurück, was die Schwester mit „Zwei, soviel ich weiß" beantwortet. „Waren das", meint dann wieder Keller, „so ein schickes Cabrio und ein exquisites SUV-Modell?" „So viel ich weiß, ja.", entgegnet die Schwester, worauf Keller sagt: „Beide Autos wurden, wie ich erfahren habe, von uns erst einmal sichergestellt. Sie standen auf den von Ihrem Bruder angemieteten Tiefgaragenplätzen in einem der Nachbargebäude von seiner Wohnung. Übrigens waren beide Autos unbeschädigt. Ob sie dort in der Tiefgarage stehen bleiben oder für kriminaltechnische Untersuchungen ins Präsidium überführt werden, kann ich Ihnen im Moment nicht genau sagen, Frau Schneider. Aber rufen Sie mich doch so in einer Woche an, dann kann ich Ihnen bestimmt Näheres dazu sagen. Meine Telefonnummer haben Sie ja auf der Visitenkarte, die ich Ihnen gegeben habe. Vielleicht rufe aber auch ich Sie an, wenn ich mehr weiß, mal sehen." „Okay!" „Natürlich sollten Sie, Frau Schneider, uns auch umgehend kontaktieren, wenn Ihnen selbst noch irgendetwas Wichtiges einfällt, was für die Aufklärung des Mordes an Ihrem Bruder nützlich sein könnte!" „Ja, natürlich." „Und, Sie können sich sicher sein, Frau Schneider, und teilen Sie das auch bitte Ihrer Mutter und Ihrer Schwester mit, dass wir von Seiten der Polizei aus alles unternehmen werden, was uns möglich ist, um den Mörder Ihres Bruders dingfest zu machen. Und glauben Sie mir, das werden wir auch schaffen!" „Ja, vielen Dank." „Nichts zu danken, Frau Schneider, schließlich ist das unser Job."

„Und denken Sie bitte an alles, was wir abgesprochen haben", gibt Keller Frau Schneider noch abschließend mit auf den Weg, als sie wieder bei der Wohnung von Frau Schneider in Berlin angekommen sind, und sich die beiden, bevor Frau Schneider aus Kellers Auto aussteigt, voneinander verabschieden.

5.

Kaum, dass Keller mit seiner trotz ihres auch nicht mehr ganz jugendlichen Alters noch immer sehr aparten Assistentin Babsi Weißmüller das Büro von Herrn Kamp verlassen hat, greift der zu seinem Handy. Davon hat er drei oder vier Stück, die er sich absichtlich, nämlich zur Verschleierung im Fall irgendwelcher Überwachungen, seien diese nun staatlicher oder sonstiger Art, mehrfach angeschafft hat, und die zum Teil auch unter einem anderen als seinem eigenen Namen laufen.

Als Erstes ruft er seine Ehefrau an. „Was gibt es denn so Dringendes, Schatz", meldet sich die am anderen Ende der Leitung, „dass du mich um diese Zeit jetzt anrufst?", worauf Kamp ihr in knappen Worten mitteilt, dass ihn vorhin die Potsdamer Kriminalpolizei aufgesucht habe, von der er erfahren musste, dass in der vergangenen Nacht Björn ermordet wurde, und zwar in dessen eigener Wohnung. Frau Kamps daraufhin entsetzter Aufschrei, mit dem sie auf diese Nachricht reagiert, scheint Kamp aber nicht groß zu berühren, denn er fährt unbeirrt fort, ihr noch Weiteres mitzuteilen, weshalb er sie anruft.

Nämlich dass er von der Kripo heute Morgen wegen dieses Mordfalls bereits so einer Art von Verhör unterzogen wurde, er den Mord an Björn selbstverständlich ebenfalls furchtbar schrecklich fände und auch ihn das total geschockt und außer Fassung gebracht habe, er aber mit diesem Verbrechen natürlich absolut nichts zu tun hätte, was die Kripo aber anscheinend wohl für möglich halte.

Es könne nun sein, dass die deshalb herausfünden, dass es da in letzter Zeit so einige Spannungen zwischen ihm und Björn als gleichberechtigte Geschäftsführer bei verschiedenen Projektvorhaben der Firma gegeben hätte, beispielsweise bei Projekten, in die er, Kamp, gern habe einsteigen wollen, von denen Björn aber alles andere als begeistert gewesen sei. Falls sich jetzt die Kriminalpolizei, und man wisse ja nicht, wie schnell so etwas bei denen

31

gehen könne, bei Frau Kamp melden sollten, und irgendwann würden die das bestimmt auch machen, also in dem Fall solle sie als seine Ehefrau, um unnötige weitere Verhöre und Verdächtigungen seiner Person zu vermeiden, dann solle sie also auf jeden Fall aussagen, dass er, ihr Ehemann, den gestrigen Abend ab circa 21 Uhr und natürlich auch die anschließende Nacht bei ihr, Petra Kamp, verbracht hätte. Das würde im Prinzip so ja auch stimmen, nur sei er eben gestern etwas später nach Hause gekommen, und da habe sie, Petra, eben schon im Bett gelegen, und er sei dann, um sie nicht weiter zu stören, gleich in sein Schlafzimmer gegangen. Aber dass sie getrennt schlafen würden und er gestern etwas später nach Hause gekommen sei, brauche man ja der Polizei nicht unbedingt aufzutischen. Wie gesagt, dass würde nur unnötigen Ärger verursachen, was sicherlich auch nicht in Petras eigenem Interesse wäre. Heute Abend würde er übrigens wahrscheinlich etwas früher als sonst oft nach Hause kommen. Da könne man es sich mal wieder zusammen schön gemütlich machen, vielleicht ein bisschen Rotwein oder so trinken, oder, wenn sie wolle, auch auswärts essen gehen. Eigentlich hätte er ja noch heute Abend dieses wichtige Geschäftsessen mit einer russischen Delegation gehabt, wovon er ihr ja schon erzählt habe, aber dass würde er wegen der schrecklichen und besonderen Umstände heute bestimmt absagen oder zumindest verschieben können.

Kamps Ehefrau bleibt während dieser Ausführungen ihres Ehemanns von der Nachricht, dass Björn Schneider ermordet wurde, ganz geschockt, und zunächst will sie das auch kaum glauben. Leise schluchzend entgegnet sie deshalb nur: „Was da mit Björn passiert ist, ist ja furchtbar. Ich glaube, ich muss mich erst mal beruhigen. Willst du nicht lieber jetzt gleich nach Hause kommen?"

„Nein, Petra, ich glaube, es ist besser für mich und die Firma, wenn ich jetzt erst mal noch hier im Büro bleibe. Die Arbeit bringt mich auch am besten auf andere Gedanken." „Na gut, wie du meinst", entgegnet Frau Kamp, „dann sehen wir uns also heut' Abend." „Ja, bis dann, Schatz! Und bitte Petra, nimm das Ganze nicht zu schwer!"

Kurz nachdem Kamp danach aufgelegt hat, wählt er gleich, jedoch über eines der anderen Handys, eine weitere Nummer. Am anderen Ende der Leitung meldet sich diesmal ein gewisser Uwe Bracht: „Bracht hier!", sagt der. „Wer ist denn dort?" „Hallo Uwe, ich bin 's, Otto. Du, es ist etwas ganz Schreckliches passiert!" „Ja, was denn?" „Björn ist ermordet worden!" „Nein!" „Doch! Die Kripo war eben deshalb bei mir. Es besteht kein Zweifel. Björn wurde gestern Abend oder in der Nacht in seiner Wohnung von einem unbekannten Täter getötet." „Das ist ja furchtbar." „Ja. Und es hatte bei dem Besuch der Kripo sogar den Anschein, als ob die der Meinung wären, ich selbst könnte etwas mit dem Mord zu tun haben. Unter diesen ganzen Umständen glaube ich, dass es vielleicht besser wäre, wenn wir unser für heute Abend geplantes Treffen mit der russischen Investorengruppe absagen würden, oder jedenfalls verschieben. Was meinst du dazu, Uwe?" „Ja ich weiß nicht", entgegnet der, „ob das so ohne Weiteres möglich ist, Otto? Klar ist das, was da mit Björn passiert ist, ganz schlimm, keine Frage. Aber das Leben, besonders das Geschäftsleben geht trotzdem weiter. Zuviel Gefühle sind da nur fehl am Platz. Und soviel ich weiß, sind die Russen nur wegen dieses Treffens mit uns überhaupt hierher nach Berlin gekommen und haben sich den heutigen Abend für uns freigehalten. Und wie du weißt, ist mit denen, wenn es um Geldangelegenheiten geht, nicht zu spaßen, und schließlich geht es um einen Haufen Geld dabei, und das nicht zuletzt auch für uns beide. Aber gut, ich werd' mal sehen, was sich da machen lässt, und versuchen, mich mit den Russen in Verbindung zu setzen. Kann ja sein, dass sie gegen eine Verschiebung des Treffens nichts einzuwenden haben." „Ja, Uwe, versuch' das doch bitte!" „Gut, ich werd' sehen", entgegnet der, „was sich da machen lässt und meld' mich dann bei dir wieder zurück, sobald ich mehr weiß." „Danke, Uwe!", antwortet Kamp. „Und benutz' bitte, wenn du mich zurückrufst, wieder diese Telefonnummer, unter der ich dich jetz' gerade anrufe." „Klar, mach' ich, und bis bald!" „Ja, tschüs!"

Es dauert danach auch nicht allzu lange, dass Bracht wieder anruft. Nein, eine Verschiebung des für den Abend geplanten Treffens sei auf keinen Fall möglich, sondern müsse wie verabredet ab halb acht Uhr abends in dem dafür vorgesehenen Szenerestaurant am Prenzlauer Berg von Berlin, wo auch schon ein Tisch bestellt wurde, stattfinden. Kamps Erscheinen dort wäre auch unbedingt nötig, jetzt nach dem Mord an Björn sogar erst recht. Die Russen würden da keinen Spaß verstehen. Und Kamps Anwesenheit dabei sei auch deshalb von Nutzen, weil er aufgrund seiner Studienzeit in der Sowjetunion schließlich hervorragend Russisch spräche und somit bei diesem Treffen nötigenfalls auch dolmetschen könnte. Das Deutsch der Russen sei nämlich ziemlich dürftig und ihr Englisch auch nicht unbedingt besser. „Natürlich", fügt Uwe Bracht hinzu, „werde ich auch pünktlich da sein. Durch meine Schul- und Studienzeit in der DDR kann ich außerdem ja auch ein bisschen Russisch. Ich selbst werde übrigens ohne Begleitung dorthin kommen. Wenn du aber zur Auflockerung der Atmosphäre noch 'ne attraktive weibliche Begleitung mitbringen könntest, wäre das nicht schlecht. Na ja, diskret und verschwiegen müsste die schon sein, und natürlich auch nicht verklemmt, wenn du weißt, was ich meine." „Du meinst eine vom Escortservice?", antwortet Kamp. „Ja Otto, wir hatten doch neulich schon mal drüber gesprochen, und du meintest, du würdest da 'ne äußerst attraktive Dame kennen, deren Dienste du auch schon mal ab und zu in Anspruch genommen hättest." „Ja, das stimmt, Uwe. Die Dame ist äußerst attraktiv, sieht wirklich fantastisch aus und ist total sexy, ein echter Blickfang, besonders dekolletiert. Na ja, im Prinzip ist sie auch bloß 'ne Nutte, aber eine von der gehobeneren Sorte immerhin", meint Kamp. „Ich hab' sie schon ab und zu mal gebucht und kenn' sie schon 'ne ganze Weile. Auf jeden Fall kann sie sich einigermaßen benehmen und auch Diskretion bewahren. Soviel ich weiß, spricht sie sogar ganz gut Englisch, Russisch aber wohl eher nicht, was für unser Treffen auch nicht verkehrt wäre, weil so alles ganz genau mitzukriegen bräuchte sie sicherlich nicht. Französisch übrigens kann sie auch ganz gut, na ja, in gewisser Hinsicht jedenfalls, wenn du weißt, was ich meine, hahaha."

Woraufhin Bracht entgegnet: „Gut, wäre schön, wenn du die mitbringen könntest. Aber sei bitte vorsichtig! Kein unnötiges Risiko! Es steht 'ne Menge auf dem Spiel! Und wenn du dann zu dem Treffen kommst, geh' bitte sicher, dass du nicht eventuell wegen des Mordes an Björn schon beschattet wirst. Sollte das nämlich der Fall sein, dann musst du deine Verfolger unbedingt zuvor abschütteln, oder anderenfalls könntest du dann eben doch nicht zu dem Treffen erscheinen, und ich müsste dich deswegen entschuldigen, was die Russen in dem speziellen Fall bestimmt auch verstehen würden!" „Ja, krieg' ich schon hin, Uwe. Also dann, bis heut' Abend!", meint Kamp abschließend.

Ursprünglich, bevor die Sache mit Björn dazwischen kam, hatte Kamp selbst schon daran gedacht, die Dame vom Escortservice als belebendes Element zu dem Treffen mit den Russen mitzubringen, und sich bei ihr deshalb den Termin für heute Abend schon vormerken lassen. Und jetzt, wo es auch Bracht gut fände, sie mitzubringen, sieht Kamp nicht ein, warum er es so nicht machen sollte. Gut, eigentlich wollte er ja den heutigen Abend aufgrund des schrecklichen Vorfalls mit Björn bei seiner Frau verbringen, so wie er es ihr vorhin erst versprochen hatte, aber wenn sich das Treffen mit den Russen nun mal nicht absagen ließe, und es Bracht sogar guthieß, die Dame vom Escortservice mitzubringen, warum dann nicht mit der dorthin gehen? Und nach all der heutigen Aufregung im Anschluss an das Geschäftstreffen vielleicht noch ein bisschen sexuelle Abwechselung einzuschieben, wäre auch nicht schlecht, denkt sich Kamp und verspürt in seiner unteren Magengegend gleich Bock darauf.

Folglich ruft er, kaum dass er das Telefonat mit Bracht beendet hat, noch einmal seine Frau an und teilt ihr mit, dass er leider heute Abend doch zu diesem Geschäftsessen müsse. Er habe versucht, es abzusagen, das sei leider aber nicht möglich gewesen, genauso wenig wie eine Verschiebung des Treffens.

„Und dass ich überhaupt nicht dabei bin, geht auch nicht", fährt Kamp fort. „Und außerdem wird es dann bestimmt wieder spät werden. Du weißt ja, wie die Russen so sind, die wollen dann hinterher immer noch feiern und einen trinken. Da kann man sich dann auch nicht ausklinken. Und es sind auch keineswegs Peanuts, um die es da als Auftragsvolumen für uns geht. Du brauchst übrigens mit dem Zubettgehen nicht auf mich zu warten. Wenn ich dann nach Hause komme, stör' ich dich nicht und geh wieder unten in meinem Zimmer schlafen. Bitte mach dir aber doch selbst 'nen schönen Abend! Vielleicht lädst du jemand ein, zum Beispiel diese Michaela aus dem Tennisclub, von der du mir neulich erzählt hast, und ihr beide geht zusammen ein bisschen aus. Ich werd' mein Fernbleiben bestimmt ein anderes Mal wieder gutmachen. Schließlich soll sich das Ganze ja auch für dich lohnen. Und wenn das Geschäft mit den Russen klappt, wer weiß, vielleicht ist dann für dich mal wieder ein neuer schicker Wagen drin. Also mach' dir heute 'nen schönen Abend, Schatz, es soll dein Schaden nicht sein!"

Kamp ist froh, als er dieses für ihn unangenehme Telefonat mit seiner Frau hinter sich hat und ruft bald darauf bei dem ihm gut bekannten Bordell mit angeschlossenem Escortservice an. Er wolle eine gewisse Sara sprechen, sagt er. Die ist auch anwesend und zudem gerade unbelegt, sodass sie ans Telefon kommen kann. „Ich bin 's, Otto!", meldet sich Kamp ihr gegenüber. „Ja mein Lieber, was gibt 's denn?" „Du hast doch hoffentlich nicht vergessen, dass ich mich für heute Abend für deinen Escortdienst angemeldet habe?" „Natürlich nicht, ich hätte Zeit dafür. Bleibt 's denn dabei?" „Ja. Ich hol dich dann, wenn 's dir recht ist, heute Abend um circa halb sieben ab." „In Ordnung!"

Das, was in der letzten Nacht mit Björn passiert ist, verschweigt Kamp gegenüber Sara lieber noch, um für den heutigen Abend die Stimmung nicht schon vorweg zu belasten. Er will versuchen, Sara das erst nach dem Abend zu sagen. Natürlich muss er vorher noch Bracht darauf hinweisen, heute Abend, wenn möglich, im Beisein Saras ebenfalls von dem Vorfall mit Björn nichts verlautbaren zu lassen, jedenfalls nicht so, dass sie es mitkriegt.

„Bist du noch dran, Otto?", ruft Sara nun ins Telefon. „Entschuldigung, ich musste gerade über etwas nachdenken!", entgegnet Kamp. „Ach so!", bekommt er zur Antwort und sagt selbst daraufhin: „Es bleibt also bei heute Abend um circa halb sieben?" „Ja!" „Und das zu den üblichen Konditionen?" „Selbstverständlich, Otto! So wie gehabt, 100 Euro für 'ne Stunde. Und mein Verzehr dabei geht natürlich auch auf deine Rechnung." „Nichts dagegen. Ich denke, es könnte so bis circa 1 Uhr dreißig in der Nacht gehen, was dann, lass mich nachdenken, sieben Stunden wären. Vielleicht sind 's aber auch ein, zwei Stunden weniger, mal sehen. Kann auch sein, dass hinterher noch ein bisschen zusätzliches Vergnügen meinerseits dazukäme, was dann sicherlich extra zu verrechnen wäre?" „Richtig!" „Aber bitte, zieh dich bitte sexy an und trotzdem passend zum Anlass, also auch nicht zu nuttig, wenn ich das so sagen darf." „Mein Lieber, du darfst bei mir alles sagen, worauf du Lust hast, das weißt du doch!" „Ja danke. Es geht, wie du weißt, heute Abend ja um ein Geschäftsessen mit ein paar Russen. Anschließend gibt 's dabei wahrscheinlich noch 'n Umtrunk. Und dabei sollen die Russen bei dir ruhig was zu gucken haben, wenn du weißt, was ich meine? Das lenkt die ein bisschen ab und kann uns, also mir und meinem Geschäftspartner Uwe Bracht, der auch dabei sein wird, nicht schaden. Na ja, du wirst es schon richtig machen, denk ich. So wie ich dich kenne, verstehst du 's, dich richtig aufzustylen. Außerdem hast du dafür ja noch, bis ich dich abhole, genug Zeit. Ich freu' mich schon, dich zu sehen."

„Ja, mein Lieber, ich freu' mich auch!"

Gleich nach dem Telefonat mit Sara ruft Kamp anschließend noch mal seinem Kumpel Uwe Bracht an, um ihm mitzuteilen, dass er, Kamp, also heute Abend die besagte Escortdame mitbringen werde. Vermutlich so kurz nach sieben wären sie dann beide in dem verabredeten Lokal. Die Lady hieße übrigens Sara. Von dem Mord an Björn habe er ihr aber noch nichts erzählt und wolle das auch möglichst bis nach dem Abend vermeiden. Auch er, Bracht, sollte deshalb im Beisein Saras den Mord nach Möglichkeit nicht erwähnen, jedenfalls nicht so, dass es Sara mitbekäme. Und vielleicht sei es auch besser, diesen Mord in dem Gespräch mit den Russen allgemein nicht groß zum Thema zu machen. Dem stimmt Bracht zu.

Nach diesen ganzen doch recht anstrengenden Telefonaten hat Kamp nun das Gefühl, jetzt erst mal eine Erholungspause zu brauchen. Er verlässt deshalb sein Büro und begibt sich zu einem in der Nähe gelegenen Café in der Potsdamer Innenstadt. Dort bestellt er sich einen Kaffee und nimmt für eine kurze Weile in dem Café auch Platz. Im Anschluss begibt er sich zurück in sein Büro, um dort noch ein wenig weiterzuarbeiten, was ihm aber nach alledem, was heute schon passiert ist und für den Abend noch vor ihm liegt, nur ziemlich zerfahren gelingt.

Um fast genau 16 Uhr macht Kamps Sekretärin dann Feierabend und verabschiedet sich bei ihrem Chef fürs Wochenende. Kamp entgegnet ihr, dass er auch selbst bald von hier verschwinden werde und dabei bestimmt auch nicht vergäße, das Büro fürs Wochenende gut abzuschließen. Man sähe sich dann, trotz dem, was in der vergangenen Nacht mit Björn passiert sei, am kommenden Montag wieder. Sie solle sich am Wochenende gut ausruhen und sich das mit Björn nicht allzu sehr zu Herzen nehmen. Es reiche, wenn sie dann am Montagmorgen hier im Büro um circa 10 Uhr wieder erscheinen würde, der Anrufbeantworter sei ja sicherlich entsprechend programmiert worden und sie habe ja auch ihre eigenen Schlüssel fürs Büro, falls er selbst am Montag vielleicht noch später als sie, Frau Braun, hier wieder erscheinen sollte.

6.

Um kurz nach 17 Uhr verlässt schließlich auch Kamp das Büro und begibt sich auf den hauseigenen Parkplatz, wo er in seinen schicken SUV einer deutschen Nobelmarke einsteigt und losfährt. Seine Fahrt führt von Potsdam über die Glienicker Brücke hinein nach Berlin. Als er sich sicher ist, dass er nicht irgendwie schon beschattet und von einem Auto verfolgt wird, hält er unterwegs, da er ein bisschen früh dran ist, noch einmal kurz an, um sich gegen den kleinen Hunger an einem Imbissstand, von dem er weiß, dass es dort schmeckt, eine typische Berliner Currywurst zu genehmigen.

Kurz vor dem verabredeten Zeitpunkt ist er dann dort, wo er als Erstes hin will, nämlich zu einem im Stadtteil Charlottenburg unweit des Kurfürstendamms liegenden Bordell mit angeschlossenem Escortservice. Das Etablissement ist in einer großen Altberliner Wohnung untergebracht. Dort klingelt er an der Tür. Man öffnet ihm und führt ihn in ein durchaus geschmackvoll, wenn auch etwas plüschig eingerichtetes Gästezimmer. Kamp nennt der Dame, die ihm geöffnet und hier hereingebeten hat, seinen Namen und sagt, dass er für diese Uhrzeit hier mit Sara verabredet sei. Die Gewünschte taucht auch kurze Zeit später bei ihm auf.

Sie ist eine ziemlich große, bestimmt 1 Meter 75 messende Erscheinung, und mit den hohen Stöckelschuhen, die sie trägt, wirkt sie noch entsprechend größer. Eine wahrhaft stattliche Frau also mit langen, schlanken und ebenmäßig geraden Beinen, die durch die extrem hochhackigen Schuhe noch länger aussehen als sie eh schon sind. Doch das besonders Augenfällige an der Frau ist ihr dem übrigen Körper vorausgestreckter und von einem tiefen Dekolletee umrahmter, riesiggroßer und dennoch fest aussehender Busen, der bei schätzungsweise F- oder gar G-Cup freizügig und ohne Scheu zur Schau gestellt wird. Vermutlich hat sie diese Brüste durch Silikonimplantate noch extra vergrößern lassen. Doch direkt unnatürlich schauen sie, so präsentiert, trotzdem nicht aus. Die Größe ihrer Oberweite wird durch Saras ansonsten ziemlich schlanke Gestalt noch betont. Umrahmt wird ihr hübsches Gesicht von vollem, länglich glattem, rötlich gefärbtem Haar mit zwischendurch ein paar blonden Strähnchen. Die Fingernägel sind lang, kunstvoll gestylt und aufwändig bemalt. Ihr Gesicht und das, was man sonst von ihrem Körper sieht, zeigt einen braunen, wahrscheinlich durch Solarium oder Kosmetika künstlich verdunkelten Teint. Sie trägt ein enges, hübsches Kleid mit dem erwähnt tiefen Ausschnitt, der von ihrem tollen, offenbar durch einen Push-Up-BH noch emporgehobenen Busen mehr preisgibt als verdeckt. Sara dürfte schätzungsweise etwas über 30 Jahre alt sein und sieht, wie sie so vor Kamp steht, einfach unheimlich toll, sexy und verführerisch aus. Logischerweise sind ihre Lippen, Wangen und Augenpartien geschminkt, und sie trägt den für so ein Luxusweibchen obligatorischen Schmuck aus goldener Halskette, dazu passenden Ohrringen und Armkettchen, sowie eine sichtbar teure Uhr und an ihren Fingern zusätzlich noch ein paar Ringe.

Otto Kamp verspürt, als er Sara so vor sich sieht, gleich von seiner Magengegend aus abwärts so ein verlangendes Kribbeln, er kennt ja Sara und sie haben schon des Öfteren miteinander lustvoll, von ihrer Seite aus natürlich gegen Entgelt, aber vielleicht auch nicht ganz ohne Spaßfaktor „gevögelt", und Kamp weiß, dass er Sara auch jetzt wieder auf der Stelle „nageln" könnte, wenn es da nicht im Moment diesen wichtigeren Termin mit den Russen gäbe, den es zunächst unbedingt wahrzunehmen gilt und zu dem ihn Sara als Blickfang, der auch ihn in ein auffälligeres Licht rückt, begleiten soll. Dieses selbstverständlich gegen Entrichtung von einigem Baren, was aber Kamp jetzt nicht weiter stört. Für ihn strahlt Sara einfach nur puren Sex aus, und welcher Mann bei diesem Anblick kein sexuelles Verlangen spürt, der muss, so Kamps Ansicht, entweder stockschwul, hoffnungslos asexuell oder total impotent sein. Er jedenfalls freut sich schon jetzt darauf, dass er sein Bedürfnis, sich an Sara sexuell abzureagieren, im Moment zwar aufschieben muss, es aber wahrscheinlich später, wenn das Treffen mit den Russen gelaufen ist, bestimmt noch wird nachholen können.

Einwände, dass so ein Körper wie der von Sara nur durch kosmetische oder gar operative Kunstgriffe sowie eine derart kalorienarme Ernährung, dass es schon fast an Masochismus grenzt, möglich ist als auch durch lediglich zufällig für solch ein Aussehen günstigen Genen und selbst dann nur für kaum mehr als 15 oder 20 Jahre einer normalerweise wesentlich länger währenden Lebensspanne, werden in dem Zusammenhang ausgeblendet. Und dabei dürfte Sara ihre Rolle, ein von Männern begehrtes Lustobjekt zu sein, vermutlich durchaus genießen. So spürt sie auch jetzt wieder und mag es, von Kamp mit begehrenden Blicken angestarrt zu werden.

Trotzdem das so ist, begrüßen sich beide zunächst relativ reserviert mit bloß einem Wangenküsschen. Kamp überreicht anschließend Sara den vereinbarten Geldbetrag von vorab 700 Euro. Die endgültige Abrechnung soll dann nach dem Abend erfolgen. Noch einmal wird Sara erklärt, worum es an diesem Abend geht, und wie der für Sara ablaufen soll, ohne sie dabei unnötig in irgendwelche Einzelheiten einzuweihen. Danach, vermutlich in erster Linie um das gerade eingenommene Geld irgendwo sicher zu deponieren, verlässt Sara noch einmal das Zimmer, und als sie anschließend wieder zurückkommt, trägt sie über ihrem tief ausgeschnittenen Kleid noch ein schickes, nach vorn offen gelassenes Jäckchen und unterm Arm eine Handtasche für ihre persönlichen Utensilien. Es kann nun also losgehen. Gemeinsam begeben sich beide zu Kamps draußen geparktem Auto, steigen darin ein und fahren zu dem Szenelokal am Prenzlauer Berg los, wo für halb acht Uhr abends das Treffen mit den Russen anberaumt ist.

Als sie dort ankommen, ist es kurz nach sieben. Uwe Bracht ist schon da, die Russen jedoch noch nicht. Bracht sitzt an einem großen, für acht Personen eingedeckten Tisch, der im Voraus bestellt wurde. Die Russen hatten sich, wie sich Kamp erinnert, zu viert für das heutige Treffen angemeldet. Sie selbst wären mit Sara jetzt drei. Zusammen also sieben Personen, wonach ein Gedeck also in Reserve wäre, für den Fall, dass überraschend noch eine Person mehr dazukäme.

Otto Kamp hilft Sara aus ihrer Jacke, die er anschließend an der Garderobe aufhängt. Saras auffällige und überaus sexy wirkende Erscheinung zieht sofort die bewundernde Blicke von

40

vielen der Gäste im Lokal auf sich, natürlich hauptsächlich die Blicke der Männer. Auch Bracht betrachtet Sara mit unverhohlen sexuellem Interesse, ja mit geradezu Stielaugen, als sie und Kamp zu dem Tisch hinübergehen, wo Bracht bereits Platz genommen hat. Beide setzen sich ebenfalls hin. Kamp bestellt für sich zunächst ein Glas Mineralwasser, wie es auch Bracht schon vor sich stehen hat, und für Sara ein Glas Sekt. Kamp stellt seine Begleiterin und Bracht einander vor. Das sei Sara, und Bracht sei ein befreundeter Anwalt von Kamp, mit einer eigenen Kanzlei, und wenn Sara mal einen Anwalt bräuchte, könnte Bracht bestimmt auch für sie etwas tun. Anschließend warten alle drei mehr oder weniger schweigsam auf die Russendelegation, die auch bald darauf, wenn auch ein wenig verspätet, eintrifft.

Es handelt sich wie erwartet um vier männliche Personen. Zwei von ihnen offenbar so eine Art von Bodyguards, ziemlich stämmig und ihrer Körpersprache und dem Gesichtsausdruck nach zu urteilen auch nicht abgeneigt, wenn nötig, Gewalt anzuwenden. Diese beiden beteiligen sich auch so gut wie gar nicht an dem anschließenden, überwiegend auf Russisch, hin und wieder mit englischen Sprachbrocken durchmischt geführten Gespräch. Die beiden anderen Russen sind offenbar die Chefs, die auch das Gespräch führen. Der eine ist schon etwas älter. Er dürfte so circa 55 bis 60 Jahre alt sein und hat schon ergrautes Haar. Der andere ist schätzungsweise so um die 40 oder auch noch etwas darunter. Offenbar hat der ältere auch etwas mehr zu sagen und stellt so etwas wie den Paten oder zumindest dessen Stellvertreter innerhalb der, wie sich annehmen lässt, hinter dieser Delegation hier stehenden Gruppierung aus Russland dar, während der jüngere eher zum Führungsnachwuchs bei diesen Leuten zu gehören scheint.

Zunächst einmal stellen sich alle gegenseitig vor und es wird allgemein Platz genommen. Bei Sara kriegen auch die Russen Stielaugen und würden einen näheren Körperkontakt mit ihr bestimmt nicht verschmähen, insbesondere wenn sich Sara im Folgenden, sobald sich die Gelegenheit dazu ergibt, zu dem einen oder anderen der Russen hinüberbeugt und ihre großen, festen und gebräunten Titten, vom tiefen Ausschnitt ihres Kleides umrahmt, in das Blickfeld des entsprechenden Gegenübers rückt. Offenbar hat sie, wie man dabei sehen kann, und anders, als es Kamp

41

zunächst vermutete, doch keinen Push-Up-BH an, sondern ihre Brüste sind auch ohne eine derartige Unterstützung immens prall, wenn dabei auch schönheitschirugisch wohl ein bisschen nachgeholfen wurde.

Nachdem alle auf Rechnung der Immobilienfirma Kamps köstlich und zu alles andere als billigen Preisen gespeist haben, wird zu der geschäftlichen Angelegenheit übergegangen. Dazu wird dem Wunsch der Russen gemäß bereits reichlich Wodka aufgetischt. Klar, dass von Bracht und Kamp erwartet wird, dass sie dabei mittrinken, was Kamp zum Anlass nimmt, über Handy noch einmal seine Frau anzurufen, um ihr kurz mitzuteilen, dass er heute Nacht wegen dieses wichtigen geschäftlichen Treffens mit den Russen, bei dem die auf ordentlich Wodkakonsum beständen, leider, anders als gewollt, doch nicht nach Hause kommen könne. Er könne ja schließlich derart alkoholisiert dann nicht mehr Auto fahren und so seinen Führerschein riskieren. Und sein Auto hier zu lassen und ein Taxi zu nehmen, sei ihm auch zu umständlich. Nein, er würde sich hier in Berlin für diese Nacht ein Hotelzimmer nehmen und dann morgen spätestens gegen Mittag aber wieder zu Hause sein. Es täte ihm leid, aber es ginge eben nicht anders, und Petra, seine Frau, brauche jetzt auf ihn auch nicht zu warten oder anderweitig Rücksicht bei dem zu nehmen, was sie heute Abend oder morgen früh eventuell vorhätte.

Dabei hatte Kamp eigentlich schon von vornherein die Absicht, sich für die kommende Nacht hier in Berlin ein schickes Hotelzimmer zu nehmen, zusammen nämlich mit Sara, um sich mit ihr noch ein bisschen nach diesem anstrengenden Geschäftsessen in Ruhe vergnügen zu können, bei in dem Fall natürlich einem entsprechenden Aufschlag des Entgelts für sie. Sara hat gegen diesen Vorschlag, als Kamp den ihr nun zuflüstert, auch nichts einzuwenden.

Aber dann, so überlegt sich Kamp, müsste er sich auch seiner Frau gegenüber mal wieder großzügig zeigen, sofern er es sich mit ihr nicht ganz verderben will. Mal sehen, wenn die Geschäfte mit den Russen, die jetzt zur Besprechung anstehen, für ihn einen ordentlichen Profit erwarten ließen, würde er vielleicht schon morgen, wenn er im Laufe dieses nächsten Tages zu seiner Frau nach Hause zurückkommt, ihr, zumindest symbolisch, den Schlüssel zu einem schicken Neuwagen mitbringen. Er weiß ja, welches Modell ihr momentan vorschwebt, und bei einem entsprechenden Autohändler morgen auf dem Weg nach Hause kurz vorbeizufahren, würde kaum einen Umweg bedeuten und sicherlich auch nicht sonderlich viel Zeit in Anspruch nehmen. Jetzt muss er aber zunächst seine Aufmerksamkeit wieder den Russen zuwenden. Es hat den Anschein, als hätten sie wirklich vor, einen großen Batzen Geld in die Hand zu nehmen und hier in der Gegend von Berlin und Potsdam in Immobilien zu investieren. Dabei sind sie besonders an repräsentativen Gebäuden und Grundstücken der Potsdamer und Berliner Innenstadt interessiert, wo sich solche Räumlichkeiten gut an zum Beispiel Ärzte, Rechtsanwälte oder anderweitige Firmen gehobenen Standards vermieten lassen. Für Kamp und Bracht als örtliche Mittelsmänner, Kamp dabei mehr, was den Aus-, Neu- und Umbau solcher Immobilien anbelangt, und Bracht für die vertragliche und anwaltliche Seite der Investitionen, könnte dabei, wie es aussieht, ein ordentlicher Profit rausspringen. Natürlich müsse das alles vollkommen diskret und unauffällig ablaufen, und natürlich würden Kamp und Bracht von den Russen auch haftbar gemacht werden, falls aufgrund grober Fahrlässigkeit ihrerseits dabei etwas schieflaufen sollte. Sie könnten sich bestimmt vorstellen, lässt man sie wissen, was darunter verstanden werden könne. Doch schließlich, wer nichts wagt, der nichts gewinnt.

Dass Herr Schneider jetzt ermordet wurde, interessiert die Russen in diesem Zusammenhang weniger. Das habe Vor- und Nachteile. Die Nachteile seien sicherlich, dass man jetzt noch vorsichtiger bei dem Ganzen zu Werke gehen müsse und sich auch mit dem einen oder anderen Geschäftsabschluss bezüglich der beabsichtigten Investitionen etwas Zeit lassen sollte, um jetzt, wo die Polizei noch ermittelt, nicht unnötige Verdachtsmomente gegen sich in punkto Geldwäsche oder so aufkommen zu lassen. Das sei zweifelsohne hinderlich, vom Vorteil aber sei, dass mit Björn Schneider jetzt jemand weg sei, der sich, wie den Russen über Bracht mitgeteilt worden war, gegen die ganze jetzt hier besprochene Geschäftsbeziehung gesperrt habe. Ansonsten, wie die Russen durchblicken lassen, kämen sie aus einem Land, wo um ein Menschenleben, wenn es um den Fortschritt der eigenen Sache gehe, nicht viel Aufhebens gemacht werde.

Während bei dem Gespräch reichlich Wodka nach-bestellt und getrunken wird, gehen die besprochenen Pläne weiter ins Detail. Kamp und Bracht wird von den Russen eröffnet, dass man da einen Mitarbeiter des Berliner Liegenschaftsamtes in durchaus gehobener Position kennen würde, der den Russen noch etwas schuldig sei. Der habe da nämlich so einiges auf dem Kerbholz. Zum Beispiel wüssten die Russen über ihn, dass er seinem jetzigen Dienstherrn gegenüber, dem Staat immerhin, bei Anstellungsübernahme nach der Wende seine frühere IM-Tätigkeit bei der Stasi verschwiegen hätte, genauso wie seine damit einher-gehenden Kontakte zum ehemaligen sowjetischen Geheimdienst, also dem KGB. Diese Person wäre aber verpflichtet gewesen, das alles mitzuteilen. Und wenn diese Unterlassung jetzt publik ge-macht würde, müsse dieser Mensch mit seiner fristlosen Entlas-sung rechnen. Bestimmt, so meinen die Russen, könne man jetzt über den günstiger an die eine oder andere im Besitz der öffent-lichen Hand befindliche und zum Verkauf anstehende Immobilie rankommen, oder zumindest einiges bei dieser Behörde leichter bewilligt kriegen, wie zum Beispiel notwendige Bau- oder Umbau-genehmigungen. Die Russen empfehlen, sich mit diesem Mann möglichst bald in Verbindung zu setzen. Der Name und die Adresse von ihm würden noch übermittelt werden.

Die Russen äußern die Bereitschaft, sowohl Kamp als auch Bracht vorab und schon bald für Spesen und so weiter jeweils 50.000 Euro zukommen zu lassen. „Yes, fifty thousand Euros, soon!" Entsprechende Überweisungen könne man getarnt über die Adresse einer Firma der Russen in Deutschland laufen lassen. Man könne aber auch, falls gewollt, das Geld in bar auszahlen. Bracht und Kamp könnten sich ja noch überlegen, wie sie es genau haben wollten. Darüber hinaus sollte jeder von ihnen, also sowohl Kamp als auch Bracht, für jede Investition, an der sie maßgeblich beteiligt wären, noch einmal so in etwa weitere 5 Prozent der Investitionssumme an Honorar und das eventuell sogar noch zuzüglich anfallender Spesen erhalten. Zweifelsohne ein für beide sehr lukratives Angebot, das ihnen da in Aussicht gestellt wird. Schriftlich oder gar in Vertragsform würde allerdings nichts festgehalten, nur die notwendigsten Angaben, wie zum Beispiel Konto- und Telefonnummern, sollen ausgetauscht werden.

Per Handschlag wird das Besprochene mit dazu einem Glas Schampus besiegelt, und als Scheidebecher gibt es anschließend noch eine Runde Wodka. Danach verabschieden sich die Russen. Sie würden morgen in ihr Heimatland zurückreisen und von dort wieder von sich hören lassen und alles Weitere einleiten. Der Kontakt zu ihnen soll dabei, jedenfalls erst einmal, weiterhin über Uwe Bracht laufen.

Kamp bezahlt über Firmenkosten für den ganzen Tisch die Rechnung, was nicht gerade wenig ist, denn allein an Wodka wurden mehrere Flaschen konsumiert. Anschließend, die Russen sind da schon weg, redet er noch ein paar Takte mit Uwe Bracht, während sich Sara noch einmal zur Toilette begibt, wo sie sich wahrscheinlich auch ein bisschen frisch machen will.

„Das hört sich ja vielversprechend mit den Russen an!", meint Kamp währenddessen, worauf Bracht entgegnet: „Siehst 'e Otto, hab' ich dir also nicht zu viel versprochen", was wiederum Kamp mit „Ja, sieht so aus!" kommentiert, ehe er fortfährt: „Aber sag' mal, wie bist du denn eigentlich an diese Russen-Connection rangekommen, Uwe?" „Man hat eben so seine Verbindungen", gibt Bracht zur Antwort. „Aber sei nicht zu neugierig. Alles ganz genau brauchst du im Moment auch noch nicht zu wissen!" „Schon gut, war ja nur 'ne Frage." „Und war auch nur 'ne Antwort von mir!", gibt Bracht zurück.

„Und wieso hast du ausgerechnet mich als Partner für dieses Geschäft ausgesucht, Uwe?", will Kamp dann dennoch wissen. „Ich kenn' dich eben schon 'ne ganze Weile, Otto, und trau dir solche Geschäfte einfach zu. Ich weiß, dass auf dich Verlass is'. Und außerdem, durch deinen langen Aufenthalt während deines Studiums in der Sowjetunion kennst du die Mentalität der Russen und beherrschst, wie du auch heute Abend wieder bewiesen hast, ausgezeichnet die russische Sprache, was natürlich bei dieser Angelegenheit hier ein großer Vorteil ist. Außerdem haben wir ja auch in der Vergangenheit schon das ein' oder andere Mal sehr gut zusammengearbeitet. Also Otto, kurz und gut, ich vertrau' dir eben. Aber jetz' bin ich umgekehrt auch mal neugierig und würde gern wissen, wie du an diese rattenscharfe Braut rangekommen bist?" „Ja, das wüsstest 'e wohl gern, Uwe? Du hast bei ihr ja richtige Stielaugen bekommen." „Kein Wunder", entgegnet Bracht darauf. „Wenn die einem ihren Prachtbusen direkt unter die Nase hält.

Außerdem is' die doch vom horizontalen Gewerbe, oder etwa nicht? Und vor so einer braucht man keine Scheu zu haben, meine ich. Und dann sag' mal Otto, du hättest doch bestimmt nichts dagegen, wenn ich bei der auch mal näher auf Tuchfühlung ginge, oder?" „Was sollte ich da schon gegen haben?", entgegnet Kamp. „Letztlich musst du das aber mit Sara selbst ausmachen. Die Adresse, wo man sie treffen kann, kann ich dir gerne zukommen lassen. Allerdings nicht jetz' gleich heute Abend, Uwe!" „Na klar!"

Als Sara anschließend von der Toilette zurückkommt, und es heißt, für heute Abend von Bracht Abschied zu nehmen, nützt der die Gelegenheit, sich schon mal Saras schlanken Körper zu greifen, um ihn fest an sich zu pressen und ihren großen, prallen Busen zu spüren. „Ich denke, wir werden uns bald wiedersehen", flüstert er ihr dabei zu, was Sara lediglich mit einem süffisanten Lächeln beantwortet.

Draußen warten unterdessen zwei Taxis, eins für Bracht, um ihn zu seiner Berliner Wohnung zurückzubringen, und eins für Sara und Kamp, um beide in ein vornehmes, nicht sehr weit von hier gelegenes Hotel zu kutschieren, in dem Kamp schon vom Restaurant aus für sich und Sara für die kommende Nacht ein Zimmer gebucht hat. Sein Auto lässt er währenddessen dort, wo er es geparkt hat, bis morgen stehen.

Jetzt ist es kurz nach halb zwölf und schon beinahe Mitternacht. Trotzdem gedenkt Kamp, das für ihn finanziell vielversprechende Treffen mit den Russen erst noch ein bisschen mit Sara zu feiern, bevor es ans sexuelle Vergnügen gehen soll. Woher die Russen ihr Geld haben, juckt Kamp dabei wenig. Schon gut möglich, denkt er sich, dass das Leute sind, die irgendwas mit der sogenannten Russenmafia zu tun haben. Aber was soll 's, Geld stinkt bekanntlich nicht. Genauso wenig stört es Kamp, dass er gerade wieder dabei ist, seine Frau in punkto ehelicher Treue zu hintergehen. Schließlich, so meint er, habe er ihr dafür auf der anderen Seite, sozusagen als Entschädigung, finanziell so einiges zu bieten. Da habe er durchaus das Recht, sich mal anderweitig als nur innerhalb der Ehe sexuell zu vergnügen. Und außerdem, wer weiß, was seine Frau den ganzen Tag über so treibt. Schließlich kontrolliert er das nicht eifersüchtig. Bestimmt wird sie sich ab und zu auch mal nach jemand anderem umgucken. Das vermutet Kamp nicht nur, sondern in mindestens einem Fall weiß er es sogar; denn dass da mal etwas zwischen ihr und dem jetzt ermordeten Björn Schneider war, da ist er sich sicher, was auch mit ein Grund dafür ist, dass es Kamp kaum stört, dass Björn jetzt weg ist. Und außerdem, wirklich gut haben sich er und Schneider schon lange nicht mehr miteinander verstanden, und das nicht erst und weil da mal was zwischen Schneider und Kamps Frau war.

Im Hotel dann angekommen, begibt sich Kamp mit seiner Begleiterin nach der Anmeldung zunächst in die hoteleigene Bar, um sich bei einem Drink zusammen mit Sara von der Begegnung mit den Russen etwas zu entspannen, bevor es mit der Dame aufs Hotelzimmer gehen soll. Mit Genugtuung nimmt Kamp in der Hotelbar die bewundernden und sexuell animierten Blicke der anderen Männer dort im Bezug auf seine Begleiterin wahr. Schließlich können die ja nicht wissen, dass es sich bei der Dame an seiner Seite nicht um eine wirkliche Eroberung seinerseits, sondern nur um eine quasi für diesen Abend und diese Nacht von ihm lediglich gemietete Frau handelt. Und außerdem, wenn schon, man muss es schließlich erst einmal dazu gebracht haben, sich so ein Vergnügen leisten zu können.

Kamp kommt dann langsam in Stimmung. „Du Sara, wenn du nichts dagegen hast, würde ich jetzt gerne mit dir aufs Zimmer gehen." „Wie du willst, mein Schatz, du entscheidest das." Die Drinks kommen mit auf die Rechnung, und beide begeben sich aufs Hotelzimmer. Das Zimmer gefällt ihnen, was man bei der Preisklasse auch erwarten darf. „Otto, bevor wir loslegen, möchte ich aber, dass wir uns beide vorher gründlich duschen. Schließlich ist man durch den Abend doch ganz schön verschwitzt. Am besten gehst du als Erster ins Bad, und ich mach mich danach dann fertig! Okay?" „Ja, okay!" „Und vielleicht könnten wir auch noch gemeinsam etwas hier aus der Minibar trinken." „Auch einverstanden!"

Auf Sauberkeit bei ihren Kunden legt Sara großen Wert. Zuviel Körpergeruch bei denen muss nicht sein. Schließlich fühlt sich Sara nicht als billige, sondern als eine der besser gestellten Huren. Dann nach der Säuberung und einem letzten Umtrunk geht es endlich zur Sache, mit anderen Worten ins Bett. Kamp dabei vollkommen nackt und Sara in raffinierten Dessous, zwar oben um ihren prächtigen Busen herum schon nackt, aber unten mit Strapsen und Nylonstrümpfen, diese von Strumpfbändern gehalten, mit dazwischen an den Oberschenkeln und drum herum jedoch genügend nackter Haut. Die Strümpfe dabei mit hinten angedeuteten Nähten in sexy altmodischem Stil, und die Highheels bleiben anbehalten. Sara zeigt eine teilrasierte Vagina und auch sonst kaum Körperbehaarung. Es gibt Französisch und Stellungswechsel, zu schnell soll Kamp schließlich auch nicht kommen. „Mann, is' das geil, Sara!" „Ja, Schätzchen, gib 's mir!" Und es dauert dann auch nicht mehr sehr lange, dass Kamp, von kräftigen, vermutlich nur vorgetäuschten Stöhngeräuschen Saras unterstützt, kommt und sein Ejakulat stoßweise in das ihm zuvor übergestreifte Kondom ergießt.

„Und, war 's schön, Otto?" „Ja, sehr!" „Das freut mich. Aber, in der Nacht lässt du mich bitte in Ruh'! Und, wenn es geht, schnarch nicht so doll! Wenn du willst, darfst 'e meinetwegen morgen früh, aber auch nicht zu früh, noch mal ran. Und bis dahin lässt 'e mich aber in Ruh', is' das klar?" „Ja, Madame!"

Das Kondom muss noch entsorgt werden und dann macht man sich bereit zur Nachtruhe. Es gibt noch ein letztes Küsschen, seitens Sara ausnahmsweise sogar auf ihren Mund gestattet, und kurze Zeit später, fast wie bei einem schon länger verheirateten Ehepaar, sind beide fest eingeschlafen. Kamp allein schon aus Erschöpfung, denn dieser Tag war für ihn doch ziemlich anstrengend, wenn jetzt am Ende zwar durchaus lustvoll, mit dabei aber ebenfalls einer gewissen Anstrengung verbunden.

7.

Am Samstagvormittag, nachdem Kamp mit Sara im Hotel ausgiebig gefrühstückt und sie danach wieder zu dem Bordell zurückgebracht hat, von wo er sie hergeholt und sie noch ihr Auto stehen hatte, befindet er sich auf dem Rückweg zu seiner Frau. Per Handy hatte er sich schon bei ihr angemeldet, und sie schien ihm wegen seines nächtlichen Fernbleibens nicht einmal allzu böse zu sein. Dennoch hält es Kamp für besser, ihr bei seiner Rückkehr eine Freude zu machen. Also schaut er noch, wie er es vorhatte, bei einem ihm bekannten Automobilhändler vorbei und lässt sich dort sozusagen symbolisch, denn noch nicht wirklich passend, einen Autoschlüssel geben, der für einen schicken neuen Kleinwagen stehen soll, den Kamp plant, seiner Frau zum Geschenk zu machen, quasi als Wiedergutmachung für sein wieder mal nächtliches und überhaupt häufigeres Fernbleiben. Und als Vorankündigung dieses Geschenks möchte er ihr, wenn er nach Hause kommt, dann den besagten Schlüssel überreichen. Die Auswahl der Farbe und der genaueren Ausstattung des Autos kann später nachgeholt werden, und bestimmt ließe sich bei einem Neukauf auch das jetzige Fahrzeug seiner Frau in Zahlung geben.

Während Kamp es so also macht beziehungsweise vorhat zu machen, treffen sich Kriminalhauptkommissar Keller und seine hübsche Assistentin, Kriminalkommissarin Babsi Weißmüller, zur Lagebesprechung im Mordfall Schneider auf ihrer Arbeitsstätte, dem von ihnen gemeinsam genutzten Büro im Potsdamer Polizeipräsidium.

Dem Tonfall, in dem beide miteinander zu reden pflegen, haftet häufig ein flirtender Unterton an, das insbesondere seitens Babsis, von der man den Eindruck hat, dass sie heimlich in Keller, ihrem Vorgesetzten, verknallt ist. Dabei wird jedoch die Grenze dessen, was sich schickt, nicht überschritten, denn schließlich ist Babsi verheiratet, und auch Keller kann sich ihr gegenüber, speziell in dem Alter, in dem er sich inzwischen befindet, durchaus beherrschen. Natürlich wäre er Babsi gegenüber nicht total abgeneigt. Beide verstehen sich nämlich prächtig miteinander. Außerdem, Babsi ist durchaus attraktiv und in oft sexy Outfit unterwegs, wie auch an diesem Vormittag wieder, als sie Minirock und Stöckelschuhe trägt, da diese Kleidung nun arbeitsmäßig auch nicht stört. Babsi ist Keller zudem keineswegs unsympathisch, aber doch nicht ganz sein Typ. Sie ist nicht sehr groß, hat eine ziemlich sportliche, muskulöse Figur bei wenig Fettanteil, ist nicht unbedingt schmal oder gar zierlich gebaut und mit einem nicht sehr großen, festen Busen ausgestattet.

Natürlich hätte auch Keller gerne wieder eine Partnerin, will aber keine Affäre mit einer verheirateten Frau, erst recht nicht, wenn er ihr Vorgesetzter ist. Seine Frau ist nun ja schon seit einigen Jahre tot, kurzfristig hatte er danach auch schon mal eine neue Beziehung, die aber nicht zuletzt aufgrund seines Jobs, der unregelmäßig anfallende Überstunden mit sich bringt, wieder auseinander ging. Ganz selten hat er auch schon mal die Dienste einer Sexarbeiterin in Anspruch genommen, aber so richtig passt ihm das auch nicht, trotzdem er dabei sehr genau darauf geachtet hat, sich eine Person auszusuchen, von der er annehmen konnte, dass sie so einen Job freiwillig macht, denn natürlich will Keller auf keinen Fall irgendeine Form von Zwangsprostitution fördern. Dennoch, die Nähe zur Halbwelt ist bei Prostitution, selbst wenn man nur als Kunde kommt, immer gegeben, und das passt eben nicht zum Job eines Kriminalbeamten, der bestehende Gesetze zur Durchsetzung verhelfen soll. Die Hoffnung auf eine neue Partnerschaft hat Keller jedoch noch nicht aufgegeben, und begnügt sich derweil, um seine Sexualität nicht ganz einschlafen zu lassen, mit gelegentlicher Selbstbefriedigung.

Nun allerdings haben sich Bernd Keller und Barbara Weißmüller an diesem Samstagvormittag und damit außerhalb ihrer eigentlichen Arbeitszeit hier im Polizeipräsidium vornehmlich getroffen, um sich über die ersten Ermittlungen im Mordfall Schneider auszutauschen und darüber zu beratschlagen, wie es dabei weitergehen soll.

Bernd Keller berichtet, wie er die Schwester des Toten in Berlin aufgesucht hat, wie die natürlich ziemlich geschockt über die traurige Mitteilung über die Ermordung ihres Bruders gewesen war, aber auch keine Hinweise über mögliche Tatverdächtige geben konnte. Dass die Schwester außerdem nichts von einer festen Beziehung oder gar einem Kind ihres Bruders wisse, jedoch versprach, die anderen Angehörigen des Ermordeten, also dessen Mutter und die andere Schwester, beide in Süddeutschland lebend, von der Ermordung des Sohnes beziehungsweise Bruders in Kenntnis zu setzen und sich zudem um dessen Bestattung und hiesige Hinterlassenschaft zu kümmern, so traurig das alles auch sei.

„Natürlich müssen wir von diesen Absprachen mit der Berliner Schwester des Ermordeten", meint Keller, „auch die Staatsanwaltschaft und die gerichtsmedizinische Abteilung, in deren Obhut sich die Leiche derzeit befindet, unterrichten und ihnen die Adressen der Schwestern und der Mutter des Ermordeten zukommen lassen." Und Keller verschweigt seiner Mitarbeiterin auch nicht, dass er mit der älteren Schwester Björn Schneiders ins

gerichtsmedizinische Institut von Potsdam gefahren ist, und die
Schwester die dortige Leiche als tatsächlich die ihres Bruders
identifiziert hat.

Andererseits berichtet Babsi, wie sie zunächst die
Firma aufgesucht hat, bei der die Reinemachefrau, die den
Ermordeten gefunden hat, arbeitet. Der Chef dieser Firma, mit
dem Babsi dort gesprochen hat, habe, soweit es für ihn möglich
war, die Aussagen der Putzfrau bestätigen können, insbesondere
was die Verfügungsgewalt über die Schlüssel zur Wohnung des
Ermordeten und die für diese Wohnung vereinbarten Reinigungs-
zeiten anbelangt. Demnach sei tatsächlich nur Frau Lehmann
seitens dieser Firma im Besitz solcher Schlüssel zur Wohnung
Björn Schneiders gewesen. „Außerdem hat der Chef dieser Firma
besonders die große Zuverlässigkeit und Vertrauenswürdigkeit von
Frau Lehmann hervorgehoben." Bezüglich ihrer Person habe es
seitens der Kundschaft so gut wie nie Beschwerden gegeben und
auch er selbst habe an Frau Lehmann grundsätzlich nichts auszu-
setzen.

Dann aber habe umgekehrt dieser Reinigungsunter-
nehmer von Babsi wissen wollen, wie er denn jetzt an das Geld
käme, das der Ermordete ihm beziehungsweise der Reinigungsfirma noch schuldig sei. „Das hat mich dann schon etwas amü-
siert", meint Babsi. „Ich hab' ihm aber geantwortet, dass ich
darüber keine verbindliche Auskunft erteilen könne, dass meines
privaten Wissens nach aber dafür eigentlich die Erben des Toten
aufkommen müssten. Wie er dabei weiter vorzugehen hätte,
könnte ihm bestimmt sein Anwalt sagen. An den sollte er sich
diesbezüglich doch wenden."

Nach dem Besuch der Reinigungsfirma ist Kriminalkommissarin Weißmüller, wie sie weiter berichtet, gestern dann
noch zum Golfclub des Verstorbenen gefahren. Dort wurde ihr
bestätigt, dass der Ermordete schon seit ein paar Jahren Mitglied
dieses Golfclubs war, und dass Herr Schneider auch tatsächlich am
späten Nachmittag des vorgestrigen Donnerstags, also dem Tag
vor der Nacht, in dem der Mord passierte, auf dem Gelände des
Golfclubs gewesen sei, um dort sein Golfspiel zu trainieren.
Überwiegend habe er bei solchen Gelegenheiten allein geübt, wie
dort Babsi mehrere Golfclubmitglieder sagten. Natürlich seien die
alle total geschockt gewesen, als sie durch Babsi vom gewalt-

samen Tod ihres Vereinsmitglieds erfuhren. Herr Schneider wurde dort ausnahmslos als höflicher und eigentlich auch lebensbejahender Typ beschrieben, zwar ein bisschen reserviert, aber keineswegs total zugeknöpft. Feinde in dem Club habe er mit Sicherheit keine gehabt, wenngleich andererseits auch nicht wirklich engere Freunde. Man sei eben allgemein untereinander in dem Club meist nur gut bekannt und pflege ein lockeres, freundschaftliches Verhältnis miteinander.

Die Adressen und Namen von zwei Männern hat sich Babsi dann aber noch notiert, die gestern bei Babsis Besuch dort nicht auf der Golfanlage waren, zu denen Herr Schneider aber einen weitergehenden Kontakt gehabt haben soll. Sie meint nun, dass man diese beiden noch mal aufsuchen beziehungsweise vorladen sollte, um sie näher zu befragen, allerdings glaubt auch Babsi nicht, dadurch in der Mordsache größere Aufschlüsse zu bekommen, jedoch könne man das vorher ja nie so genau wissen.

Was aber sollte man, wirft Keller ein, jetzt seitens der Kripo sonst noch unternehmen, um der Aufklärung des Mordfalls Schneider näher zu kommen, und zwar noch bevor die vorläufigen Abschlussberichte der Spurensicherung als auch der Gerichtsmedizin, von letzterer Seite aus dann sicherlich erst nach Durchführung der Leichenobduktion, auf dem Tisch lägen?

Ehe zunächst näher auf diese Frage einzugehen, sind sich Keller und Babsi einig, dass viel dafür spräche, dass das Mordopfer seinen Mörder gekannt und selbst in die Wohnung hineingelassen beziehungsweise dorthin mitgebracht habe, denn schließlich waren an der Wohnung keine Spuren eines Einbruchs zu erkennen. Dass das Opfer versehentlich seine Wohnungstür offen gelassen habe, sei ziemlich unwahrscheinlich. Möglich sei natürlich aber auch, dass der Täter, auf welche Weise auch immer, in dem Besitz eines Schlüssels zur Wohnung Björn Schneiders gekommen sei und sich auf die Weise dort hinein Zugang verschaffte oder dass der Täter sonst irgendeinen Trick angewandt hat, um in diese Wohnung zu kommen, das vielleicht auch erst direkt an der Wohnungstür und dort im unmittelbaren Kontakt mit dem späteren Opfer.

Trotzdem, nach aller kriminalistischen Erfahrung, sei es am wahrscheinlichsten, dass der Mörder Björn Schneiders im

Bekanntenkreis des Ermordeten zu suchen sei. Keller und Babsi sind gleicher Meinung, dass der erste Ansatzpunkt ihrer weiteren Ermittlungen die Immobilienfirma darstellt, an der der Ermordete beteiligt war, das heißt also die Firma Schneider & Kamp GmbH & Co. KG. Zunächst soll der Geschäftspartner des Ermordeten, dieser Herr Kamp, weiter unter die Lupe genommen werden, indem man zum Beispiel dessen Telekommunikation bezüglich Festnetz, Handy und Computer überwachen ließe. Ohne unmittelbare Gefahr im Verzug, die im Moment allerdings nicht gegeben sei, bedürfe eine solche Überwachung aber einer staatsanwaltlichen oder gar richterlichen Genehmigung, die allerdings vor dem kommenden Montag kaum zu bekommen sei. Auch die Vernehmung der Ehefrau von Herrn Kamp empfehle sich dann erst irgendwann Anfang der nächsten Woche, wenn man vermutlich Frau Kamp allein zu Hause antreffen könne.

Man sollte auch, meinen Babsi und Keller unisono, im Verlauf der nächsten Woche die Einzelverbindungslisten zu sämtlichen Telekommunikationsanschlüssen von Herrn Schneider und Herrn Kamp, und zwar sowohl in geschäftlicher wie in privater Hinsicht, bei den entsprechenden Telekommunuikationsanbietern anfordern. Vielleicht seien daraus irgendwelche Aufschlüsse zu gewinnen. Dazu kämen noch die Auswertungen der Daten von Schneiders Computer und Handy, die beide am Tatort sichergestellt und für weitere kriminalistische Auswertungen vorerst beschlagnahmt wurden.

Was ließe sich aber jetzt eventuell sogar direkt heute noch tun, überlegen sich Keller und Babsi, bevor es für sie beide ins Wochenende geht und sie sich erst am kommenden Montag wiedersehen? Gern würde Keller, wie er sich seiner Assistentin gegenüber äußert, und zwar möglichst noch an diesem Tag, um vertuschenden Absprachen zuvorzukommen, noch einmal mit der derzeitigen Sekretärin von Herrn Kamp, dann wohl am besten bei der zu Hause, sprechen wollen, wenn die dort jetzt erreichbar und für ein solches Gespräch mit ihnen bereit wäre. Vielleicht ließe sich an einem ungestörten und privaten Ort doch noch mehr von dieser Person herausbekommen als das, was sie bis dato gesagt hat.

Also versucht Keller gleich, diese Sekretärin anzurufen. Ihre Telefonnummer und Adresse hatten sie sich schließlich notiert. Keller hat auch Glück und bekommt die Dame ans Telefon. „Entschuldigen Sie bitte die Störung, Frau Braun. Hier ist Kriminalhauptkommissar Keller aus Potsdam, der Ermittlungsbeauftragte im Mordfall Björn Schneider. Frau Braun, wir hätten da noch ein paar Fragen an Sie, die ich aber übers Telefon nicht klären möchte. Sie hätten doch sicherlich ein paar Minuten für uns Zeit, wenn wir, also ich mit meiner Assistentin Frau Weißmüller, jetzt bei Ihnen vorbeikommen?" „Ja", kommt die Antwort, „wenn 's sein muss!?" „Ja leider, es muss sein, wir sind dann so in einer halben Stunde bei Ihnen, gehen sie bitte nicht weg!" „Na gut!"

Da die Sekretärin in Berlin-Zehlendorf wohnt, ist es bis zu ihr von Potsdam aus auch nicht allzu weit. Keller und Babsi machen sich gleich dorthin auf den Weg und kommen rechtzeitig, wie vereinbart, bei der Sekretärin an, die ihnen, als sie klingeln, auch öffnet.

„Guten Morgen, ich denke", sagt Keller , „Sie kennen uns ja schon. Vielen Dank, dass Sie für dieses Gespräch zur Verfügung stehen. Wir werden auch versuchen, uns kurz zu fassen!" „Ja, um was geht es denn bitte?"

„Als wir gestern bei Ihnen, in der Firma von Herrn Kamp, waren, waren Sie doch zu sehr erschüttert, als sie von der Ermordung Herrn Schneiders erfuhren, so dass wir da keine weiteren Fragen mehr an Sie stellen wollten. Nun würden wir aber doch gerne wissen, wie Sie denn ganz persönlich zu Herrn Schneider gestanden haben und was Sie überhaupt für einen Eindruck von ihm hatten?"

„Ich fand ihn sehr nett, sehr kollegial, aber auch nicht mehr, wenn Sie das eventuell meinen. Er hat eigentlich nie wirklich den Chef rausgekehrt. Ich kann nichts Negatives über Herrn Schneider sagen. Aber ich arbeite ja auch erst seit gut zwei Monaten in dieser Firma. Sehr viele interne Einblicke habe ich da noch nicht bekommen, tut mir leid!"

„Aber bestimmt haben Sie etwas davon mitgekriegt, wie zwischen Herrn Schneider und Herrn Kamp das Verhältnis in letzter Zeit so war?", entgegnet Keller. „Auch davon sehr viel eigentlich nicht", antwortet Frau Braun. „Die waren ja meist in einem anderen Raum als ich, besonders wenn sie miteinander was zu besprechen hatten." „Aber einen Eindruck, wie es zwischen den beiden stand, werden Sie doch wohl bekommen haben!", fragt Keller nach. „Na ja", bekommt er zur Antwort, „die besten Freunde schienen sie nicht mehr gewesen zu sein. Das soll früher wohl mal anders gewesen sein."

„Und Herr Kamp", schaltet sich Babsi jetzt ein, „was können Sie denn von ihm sagen?" „Auch nicht viel", so die Antwort. „Ich finde, er ist korrekt. Na ja, schon ein bisschen anders als Björn Schneider. Ein Kostverächter Frauen gegenüber, wenn Sie das meinen, scheint mir Doktor Kamp nicht zu sein. Aber bei mir läuft da nichts, so eine bin ich nicht, ich halte Distanz zu meinen Chefs." „Und Ihr vorheriges Arbeitsverhältnis, warum haben Sie das denn beendet?", fragt Babsi weiter, worauf die Befragte „Ich wechsele eben ab und zu mal", antwortet, „das find' ich spannender. Und meine jetzige Arbeitsstelle ist auch viel schneller von meiner Wohnung aus zu erreichen."

„Dann haben Sie also Ihre alte Arbeitsstelle selbst gekündigt?", fragt nun wieder Keller. „Ja, aber erst nachdem ich den neuen Arbeitsvertrag hatte." „Und den Namen und die Anschrift Ihres früheren Arbeitgebers werden Sie uns doch sicherlich verraten!", wirft nun wieder Babsi ein. „Von mir aus gern!", antwortet Frau Braun, und Babsi notiert sich vorsichtshalber die anschließend genannte Adresse und den Namen des früheren Arbeitgebers von Frau Braun, woraufhin Keller ein weiteres Mal das Wort ergreift: „Aber Frau Braun, Sie haben doch sicherlich auch die Dame kennen gelernt, die vor Ihnen den Job als Sekretärin bei Kamp und Schneider gemacht hat?" „Ja, warum? Sie hat mit mir die Übergabe gemacht." „Dann können Sie uns doch bestimmt auch den Namen und die Adresse dieser Frau mitteilen?!" „Ja, sie war so freundlich, mir ihre Telefonnummer zu nennen. Ich könnte mich, falls ich noch irgendwelche Fragen hätte, ruhig an sie wenden. Ihre Adresse kenn' ich allerdings nicht. Und sie heißt Becker, Iris Becker."

Frau Braun sucht dann auf ihrem Handy die dort gespeicherte Telefonnummer ihrer Vorgängerin heraus. Diese wird mit dem zugehörigen Namen von Babsi ebenfalls notiert. „Dann habe ich aber doch noch zwei letzte Fragen", meint Keller anschließend. „Nämlich erstens, ob Sie vielleicht einen Verdacht oder eine Idee haben, wer der Mörder oder die Mörderin von Björn Schneider gewesen sein könnte? Wenn Sie so einen Verdacht nämlich haben, ruhig raus damit!" „Nein, tut mir leid, so einen Verdacht habe ich wirklich nicht!" „Dann können Sie uns aber als letzte Frage sicherlich noch sagen, was Sie selbst am späten Abend und in der Nacht vom letzten Donnerstag auf den Freitag gemacht haben?" „Na, was wohl?", antwortet Frau Braun. „Ich war kaputt, hab' 'n bisschen ferngesehen, und bin dann früh ins Bett." „Zeugen haben Sie aber dafür nicht, Frau Braun, oder?" „Nein, aber Sie glauben doch wohl nicht, dass ich was mit dem Mord an Herrn Schneider zu tun habe?" „Nein, nein, war nur 'ne Routinefrage!"

Bewusst verzichten Keller und Babsi darauf, ehe sie sich verabschieden, Frau Braun darum zu bitten, Herrn Kamp von dieser Unterredung mit ihnen nichts mitzuteilen, denn erstens glauben sie, dass Frau Braun das dann trotzdem machen würde und zweitens würde durch so eine Bemerkung, wenn Kamp von der ebenfalls erführe, sein eventueller Argwohn, er stände unter besonderer polizeilicher Beobachtung und würde verdächtigt, etwas mit dem Mord an Björn Schneider zu tun zu haben, nur zusätzlich noch geschürt, was für die weitere Ermittlungsarbeit eher hinderlich wäre.

Auf ihrer Rückfahrt nach Potsdam beschließen Keller und Babsi noch, auch der Vorgängerin von Frau Braun auf dieser Sekretärinnenstelle einer Vernehmung zu unterziehen, und das auch möglichst bald in der kommenden Arbeitswoche. Bis dahin ist für die beiden Kriminalbeamten, als sie Potsdam erreicht haben, nun aber wirklich fürs Erste das Wochenende angebrochen.

Unterdessen kommt Otto Kamp bei sich zu Hause, einer modernen, vornehmen Villa am Stadtrand von Potsdam, an. Seine Frau Petra ist gerade damit beschäftigt, ein wenig aufzuräumen. Gefrühstückt hat sie da schon. Und es ist verständlich, dass sie ihren Mann, nachdem der die ganze Nacht über fort war, nicht gerade freundlich empfängt. Sie macht ihm wegen seines Fortbleibens nun doch Vorwürfe, ob denn zum Beispiel dieses geschäftliche Treffen gestern Abend nach den Vorkommnissen mit der Ermordung seines Geschäftspartners Björn wirklich unbedingt nötig und auf keinen Fall aufschiebbar gewesen sei. Ja, das sei so gewesen, kontert Kamp, und er habe sie telefonisch ja zwischendurch auch immer auf dem Laufenden gehalten. Natürlich täte ihm die Sache mit Björn leid, aber das Leben gehe nun mal weiter, und sie wisse ja selbst, in welch schwieriger Lage die Firma momentan stecke, da könne er sich solche Geschäfte, wie sie jetzt mit diesen Russen zu erwarten seien, nicht entgehen lassen. Ein Aufschub dieses Treffens sei einfach nicht möglich gewesen. Man habe es ja versucht.

„Ich wäre sonst wahrscheinlich aus diesem Geschäft raus gewesen und andere wären für mich eingesprungen!", meint Kamp noch und nimmt seiner Frau mit dieser Bemerkung den ersten Wind aus den Segeln. „Da kannst du auch Uwe nach fragen. Der war gestern Abend nämlich auch bei diesem Geschäftsessen mit dabei und wird dir bestätigen können, was ich gesagt habe!"

„Und warum bist du dann nach dem Treffen nicht gleich nach Hause gekommen?", will Frau Kamp trotzdem wissen. „Bei der Menge Wodka und dem ganzen Alkohol, den ich mit den Russen trinken musste, die erwarten so was nämlich, war das kaum noch möglich. Da hätte ich meinen Führerschein riskiert, und den brauch' ich nun mal für meine Arbeit." „Und warum hast du dir dann kein Taxi genommen", kommt die Retourfrage, „und bist damit nach Hause gekommen? Ich hätt' dich bestimmt heute nach Berlin fahren können, um dein Auto von dort wieder abzuholen!"

So in die Enge getrieben beginnt Otto Kamp dann zu lügen: Man, also er und Uwe Bracht, seien dann noch mit den Russen in der ihr Hotel gefahren. Dort hätten sie noch weiter mit denen, um das gemeinsame Geschäftsvorhaben zu begießen, einen trinken müssen, und dann habe er sich dort auch gleich für die kommende Nacht ein Zimmer genommen. Und weil man so betrunken gewesen sei und zudem mit den Russen dort heute Morgen noch zusammen gefrühstückt hätte, habe er auch heute Morgen nicht eher hier zu Hause erscheinen können. Ja, meint Kamp, sein Handy sei, nachdem er gestern Abend mit ihr, seiner Ehefrau, noch einmal kurz telefonierte, um sie von seinem nächtlichen Fernbleiben in Kenntnis zu setzen, ausgeschaltet geblieben. Ja, wahrscheinlich weil er nicht weiter gestört werden wollte, und dann hätte er bei dem Kater von heute Morgen auch nicht sofort daran gedacht, gleich wieder sein Handy einzuschalten oder mit seiner Frau wieder zu telefonieren.

„Aber Schatz, lass uns doch jetzt nicht weiter streiten!'‚
meint Kamp anschließend. „Das mit den Russen scheint für uns,
und damit mein' ich auch dich, wirklich ein super Geschäft zu
werden. Für dich springt dabei bestimmt zum Beispiel dieser
schicke neue Wagen ab, den du dir schon länger wünscht. Ich hab'
dir dafür als Gaudi schon mal symbolisch diesen Schlüssel hier
mitgebracht!", woraufhin Kamp seiner Frau das entsprechende
Präsent überreicht.

Der ihre Laune wird danach merklich besser, denn auch
Petra Kamp liebt den Luxus, den ihr das Einkommen ihres Mannes
beschert: Reisen auch in ferne Länder, die angesagtesten neuen
Automodelle, schicke Klamotten, ein tolles Haus, Konsum in
einem Übermaß, wie sie ihn sich zu DDR-Zeiten, als sie so etwas
alles vermissen musste, nicht einmal zu träumen gewagt hätte.

Für Herrn Kamp ist die Ehe mit Petra übrigens seine
zweite, und er hat aus seiner ersten, schon in jungen Jahren, wie es
in der DDR oft üblich war, geschlossenen Ehe ebenso ein Kind
wie danach noch ein weiteres zusammen mit Petra. Doch beide
Kinder sind inzwischen erwachsen und aus dem Haus.

Also leben Otto Kamp und seine Frau Petra jetzt allein
in ihrem Haus, Petra dabei noch immer eine ziemlich attraktive
Frau, schlank und gepflegt, wenn auch etwas aufgetakelt wirkend,
und wie erwähnt dem Luxus gegenüber nicht abgeneigt. Ungefähr
fünf Jahre jünger ist sie als Otto Kamp. Und kennen gelernt haben
sich die beiden noch zu DDR-Zeiten kurz vor der Wende, und
zwar auf einer Parteischulung, wobei sie allerdings, anders als
früher eigentlich Otto Kamp, aus fast nur opportunistischen
Gründen, letztlich also des eigenen materiellen Vorteils wegen,
SED-Parteimitglied gewesen war, so dass unter diesen Umständen
ihr jetziger Ehemann Otto, zur DDR-Zeit immerhin zum aufstrebenden Reisekader gehörend mit sogar gelegentlichen Reisen ins
nichtsozialistische Ausland, für Petra zur persönlichen Milderung
der DDR-Mangelwirtschaft ein um so attraktiveres Objekt der
Begierde war. Und so hat sie damals auch nicht lange gezögert,
ihm gegenüber, obwohl er noch anderweitig verheiratet war, ihre
weiblichen Vorzüge in die Waagschale zu werfen und hat sich ihn
sozusagen geangelt. Anschließend war es von den beiden in erster
Linie zunächst dann auch sie gewesen, die nach der Wende darauf
erpicht war, sich ein möglichst großes Stück vom neuen kapitalis-

tischen Kuchen abzuschneiden, und dementsprechend hat sie Otto Kamp gepuscht.

Und dazu passt, dass Petra Kamp gleich milder gestimmt ist, als ihr Otto Kamp quasi als Entschädigung für seine Eskapaden vom gestrigen Abend und der letzten Nacht nun als Geschenk einen Neuwagen in Aussicht stellt, sozusagen im Vorgriff auf die zu erwartenden lukrativen Geschäfte mit den Russen. Zusätzlich verspricht er ihr außerdem, heute Abend mit ihr, jetzt aber wirklich, mal wieder schön ausgehen zu wollen, was bei seiner Madame ebenfalls gut ankommt, und ihre Laune ihrem Ehegatten gegenüber noch weiter aufhellt.

8.

Weniger vergnüglich sieht dagegen das nun anstehende Wochenende für Bernd Keller aus: Die Arbeitswoche war besonders jetzt zum Ende hin bedingt durch den neuen Mordfall wieder ziemlich stressig gewesen. Den schließlich ist er nicht mehr der Jüngste. Da ist an den Wochenenden schon ein bisschen Ausruhen und längeres Ausschlafen angesagt. Außerdem muss er dann ja auch, wozu sonst kaum Zeit bleibt, wie jeder andere einigermaßen ordentliche Junggeselle sich etwas um seinen Haushalt kümmern. Das heißt einkaufen gehen, die Wohnung sauber machen, Wäsche waschen und hin und wieder sogar ein wenig bügeln. Nehmen lässt er es sich natürlich auch nicht, das fürs Wochenende schon obligatorische längere Telefonat mit seiner Tochter in den U.S.A. zu führen. Und auch mit dem, was dann noch an Freizeit übrig bleibt, weiß er mehr als genug anzufangen. So natürlich Sport treiben, um einigermaßen fit zu bleiben, also Work-Out, Fahrrad fahren oder joggen, oder sich am späten Nachmittag oder abends mal etwas unters Volk mischen und einen Kaffee oder ein Bier in einem Café oder einer Gaststätte trinken, mal Zeitungen oder in einem Buch lesen oder sich auf der Suche nach doch noch mal einer möglichen neuen Partnerin mit Kontaktbörsen im Internet beschäftigen. Selbst um mal etwas Fernsehen zu gucken, bleibt da nur wenig Zeit. Und alles, was sich Keller für so ein Wochenende, wie auch wieder dieses hier, vornimmt, kann er sowieso nicht schaffen, und will es auch nicht unbedingt. Denn zu stressig soll es schließlich auch nicht werden. Und zudem ist jetzt dieses Wochenende, da er noch Samstagvormittag im Dienst war, sowieso verkürzt, und ab Montag müssen die Ermittlungen im Mordfall Schneider, und das sogar forciert, wieder in Angriff genommen werden.

Folglich treffen sich Babsi und Bernd Keller am Montagvormittag in ihrem Potsdamer Polizeipräsidium wieder zu einer ersten Lagebesprechung, auch um zu beratschlagen, wie für die vor ihnen liegende Woche in der Ermittlungsarbeit im Mordfall Schneider weiter vorzugehen sei. Zunächst aber macht Babsi erst einmal einen Kaffee. „Na Kollege", frotzelt sie dabei, „am Wochenende wieder auf der Szene gewesen, den eigenen Marktwert beim anderen Geschlecht testen? Du kannst es ja schließlich auch nicht ausschwitzen!" „Du musst nicht immer von dir auf andere schließen, liebe Kollegin", versucht Keller die Spitze zurückzuwerfen. „Bei uns Frauen gibt es da nicht so viel zum Ausschwitzen", kontert Babsi zurück, worauf Kamp lapidar entgegnet: „Und dein Mann, was sagt der dazu?" Babsi weiß daraufhin nicht so recht, was sie erwidern soll. „Ach der", sagt sie lediglich mit einer wegwerfenden Handbewegung und dazu vielsagendem Lächeln.

Danach aber geht es ernsthaft an die Arbeit. Sowohl Babsi als auch Keller sind sich einig, dass sie von einer Aufklärung des Mordfalls Schneider noch weit entfernt sind. Einen eindeutig Verdächtigen gibt es nicht. Auch keine wirklich handfesten Indizien, die dafür sprächen, dass zum Beispiel Kamp etwas mit dem Mord zu tun hat. Obwohl, direkt unverdächtig ist der natürlich auch nicht. Und nach einer Beziehungstat, wie sie oft üblich ist und die sich dann meist schnell aufklären lässt, sieht es entgegen den ersten Vermutungen doch nicht aus, gleichwohl es den Anschein hat, dass der Mörder in die Wohnung Björn Schneiders hineingelassen wurde, jedenfalls waren keine Spuren eines Einbruchs erkennbar. Es kann natürlich auch sein, dass der Mörder einen Schlüssel oder Nachschlüssel für die Wohnung hatte. Auch ist es sicherlich möglich, dass es sich hier um einen Auftragsmord handelte. Groß gestohlen wurde nämlich offenbar nichts. Vielleicht aber wollte der Eindringling doch etwas stehlen und wurde von Schneider dabei bloß überrascht, so dass es dann zu einem Handgemenge kam, bei dem Schneider sein Leben ließ, und der Täter geriet dabei so sehr in Panik, dass er anschließend fluchtartig den Tatort verließ, ohne großartig etwas mitgehen zu lassen?

Nach den bisherigen Ermittlungen ist trotz alledem am ehesten noch der Geschäftspartner Schneiders, also Herr Otto Kamp, verdächtig. Ihn gilt es sicherlich näher unter die Lupe zu nehmen. Babsi und Keller beschließen deshalb, noch am heutigen Montag beim zuständigen Staatsanwalt die wenigstens zeitweilige Telekommunikationsüberwachung Herrn Kamps zu beantragen, und zwar auch bezüglich der Handys und, so weit möglich, auch seiner Computerkommunikation. Bestimmt lässt sich das relativ zeitnah entscheiden, und man könnte dabei dem Staatsanwalt auch gleich die Namen und Adressen der engeren Angehörigen des Ermordeten mitteilen, die vermutlich auch Schneiders Erben sein werden und die sich demnach, wenn der Leichnam freigegeben wird, um dessen Bestattung und die sonstige Hinterlassenschaft kümmern sollten. Aber natürlich müssen dann diese Verwandten entsprechend auf dem Laufenden gehalten werden, weshalb es ratsam erscheint, auch der gerichtsmedizinischen Abteilung die Namen, Adressen und Telefonnummern der Angehörigen Björn Schneiders bekannt zu geben, was Keller auch gleich als Nächstes macht. Dabei erfährt er auch, dass ziemlich sicher bis spätestens Ende der angefangenen Woche alle gerichtsmedizinischen Untersuchungen einschließlich der genaueren Obduktion des Leichnams sowie die DNA-Analysen der vorliegenden Proben durchgeführt sein sollten. Die entsprechenden Befunde und Berichte würden danach zügig erstellt und auch Keller und seiner Mitarbeiterschaft übermittelt werden. Anschließend würde dann der Leichnam zur Bestattung freigegeben. Auch die sonstige Spurensicherung müsste, wie Keller in Erfahrung bringt, mit ihren vorläufigen Ermittlungen bald fertig sein und einen entsprechend Bericht abgeben.

Gleich nach diesen Telefonaten beauftragt Keller einen von den Mitarbeitern, die seiner Arbeitsgruppe für die Ermittlungen in dem Mordfall Schneider zugeteilt wurden, damit, sich um eine möglichst rasche Beschaffung der Einzelverbindungslisten zu den geschäftlichen und privaten Telefonanschlüssen von Herrn Schneider und Herrn Kamp aus den letzten Wochen zu kümmern. Daraus eventuell ableitbare Erkenntnisse müssten natürlich mit den Auswertungen der Daten von Schneiders beschlagnahmten Handy und Privatcomputer abgeglichen werden, was eine dementsprechend enge Zusammenarbeit mit den Computerspezialisten bei der Kriminalpolizei für derartige Untersuchungen erforderlich macht.

Gemeinsam begeben sich Babsi und Keller dann zum zuständigen Staatsanwalt. Mit ihm besprechen sie den Stand der momentanen Ermittlungen in dem Mordfall und dass sie es für sinnvoll erachten würden, Herrn Kamp als bisher einzigen konkret Verdächtigen telefonisch zu überwachen, und zwar bezüglich der ganzen Bandbreite einer solchen Überwachung. Der Staatsanwalt ist da ganz auf ihrer Seite, meint jedoch, dass es dazu auch einer richterlichen Genehmigung bedürfe. Die holt der Staatsanwalt auf dem kurzen Dienstweg über Telefon und Faxgerät dann gleich ein. Danach schlagen Babsi und Keller außerdem vor, noch einmal die Medien einzuschalten, die zwar über die Mordtat an sich schon informiert wurden und darüber auch berichtet haben, nun aber gezielt einen eindringlichen Appell an die Bevölkerung weitergeben sollen, um zu zweckdienlichen Hinweisen und eventuellen Zeugenaussagen in dem Mordfall aufzurufen. Vielleicht sei in diesem Zusammenhang auch die Bereitstellung einer Belohnung, falls solche Hinweise zur Ergreifung des Täters führen würden, hilfreich. Auch hierbei stimmt der Staatsanwalt zu und gibt dafür aus dem ihm für solche Zwecke zur Verfügung stehenden Budget zunächst 4.000 Euro frei.

Was gibt es anschließend für diesen Tag für Babsi und Keller noch zu tun? Zunächst einmal muss also die genehmigte Telefonüberwachung von Herrn Kamp in die Wege geleitet werden, und die Presseabteilung des Polizeipräsidiums damit beauftragt werden, noch einmal die Medien zu kontaktieren, dass die so schnell wie möglich den vorgesehenen Appell an die Bevölkerung zur Mitarbeit im Mordfall Schneider veröffentlichen sollen, und zwar zusammen mit dem Hinweis auf die dafür ausgeschriebene Belohnung von 4.000 Euro.

Und was kann dann sonst an diesem Tag noch getan werden? Natürlich, noch weitere möglicherweise nützliche Zeugen vernehmen! Da gäbe es nämlich zunächst einmal diese frühere Sekretärin in der Firma von Herrn Kamp und dem Mordopfer

Schneider. Deren Name und Telefonnummer waren dem Kommissar und seiner Assistentin ja von der jetzigen Sekretärin Kamps am vergangenen Samstag mitgeteilt worden.

Mit dieser Auskunft ist auch die aktuelle Berliner Adresse der ehemaligen Sekretärin von Schneider und Kamp schnell herausgefunden., und als sich aber am anderen Ende der entsprechenden Telefonleitung dann zunächst keiner meldet, beauftragt Keller einen seiner Mitarbeiter, sich darum zu kümmern, mit dieser Person in Kontakt zu kommen beziehungsweise festzustellen, wo sie derzeit stecke, um ihr, sofern das möglich sei, eine Vorladung zur Vernehmung im Potsdamer Polizeipräsidium noch in dieser Woche zukommen zu lassen. Genauso soll der entsprechende Kollege außerdem mit den beiden näheren Bekannten Björn Schneiders aus dem Golfclub verfahren, deren Namen und Adressen sich Babsi beim Besuch des Golfclubs am Freitagnachmittag der vorigen Woche ebenfalls notiert hatte und nun an diesen Mitarbeiter weitergibt. Als Babsi den Golfclub nämlich besucht hatte, waren die gemeinten beiden Herren nicht zugegen gewesen und konnten von Babsi folglich auch nicht befragt werden.

Wem Babsi und Keller aber bereits heute, wo es inzwischen auf den Nachmittag dieses Tages zugeht, noch einen Besuch abstatten könnten, ist die Frau von Herrn Kamp, deren Adresse ihnen vorliegt, und dazu machen sie sich auch gleich auf den Weg.

Der führt sie in eine schmucke Neubausiedlung am Stadtrand von Potsdam. Bernd Keller und Babsi parken ihr Auto in der Nähe des Kampschen Anwesens. Das Haus der Kamps ist anschließend schnell gefunden. Es ist ein modernes, großzügig angelegtes, frei stehendes Einfamilienhaus mit gepflegtem Garten rund ums Haus, und hinten im Garten, wie Kamp und Babsi später sehen, mit sogar einem Swimmingpool ausgestattet. Neben dem Haus befindet sich eine Doppelgarage mit gepflasterter Einfahrt. Viele der Fenster des doppelstöckigen Hauses sind bis zum Fußboden der jeweiligen Etage heruntergezogen, so dass man durch sie hindurch einen Blick, wenn auch durch die Gardinen eingeschränkt, in die aufgeräumte und schick möblierte Wohnung hinter den Scheiben werfen kann.

Hauptkommissar Keller und Babsi klingeln an der Haustür. Sie haben Glück, die Hausherrin ist anwesend und öffnet ihnen. Es handelt sich um eine schlanke, gepflegt und attraktiv ausschauende Dame im Alter von schätzungsweise so gegen Ende vierzig, der anzusehen ist, dass sie die Vorzüge der Kosmetik geschickt zu ihren Gunsten einzusetzen weiß. Babsi und Keller stellen sich kurz vor und äußern ihr Anliegen, mit Frau Kamp über den Mordfall Schneider sprechen zu wollen, und bitten um Einlass. Dabei entschuldigen sie sich, dass sie sich nicht vorher telefonisch angemeldet hätten und sagen, was natürlich nicht der Wahrheit entspricht, sie hätten hier zufällig in der Gegend zu tun gehabt und wären deshalb jetzt hier mal vorbeigekommen.

Frau Kamp bittet herein, Keller und Babsi nehmen in dem mit ausgesuchten Möbeln gehobenen Stils, einem offenen Kamin, Marmorfußboden und teuren Teppichen sehr repräsentativ, für den Geschmack der beiden Kriminalbeamten aber einen Tick zu protzig eingerichteten Wohnraum Platz. Frau Kamp sitzt ihnen gegenüber, ihre schlanken Beine übereinandergeschlagen. Frau Kamps Angebot, den Besuchern etwas zu trinken zu servieren, wird von Keller und Babsi höflich abgelehnt. Es störe sie aber nicht, wenn Frau Kamp eine Zigarette rauchen würde. Folglich rückt die sich einen Aschenbecher zurecht, zündet sich eine Zigarette an, lehnt sich anschließend mit übereinandergeschlagenen Beinen nach hinten, nimmt einen tiefen Zug von der Zigarette und wartet auf das, was die beiden Kriminalbeamten von ihr wissen wollen.

„Frau Kamp", eröffnet Keller das Gespräch, „wie gut haben Sie denn Herrn Schneider eigentlich gekannt?" „Eigentlich ziemlich gut sogar. Wir, also mein Ehemann und ich, hatten lange Zeit auch privat einen guten Kontakt zu ihm. Ja, mein Mann und Herr Schneider waren zunächst nicht nur Geschäftspartner, sondern beinahe sogar so etwas wie Freunde." „Und das war später dann nicht mehr so?", fragt Babsi dazwischen. „Nein, nicht mehr so richtig. Wahrscheinlich hat die Freundschaft zwischen beiden durch ihre enge Geschäftsbeziehung dann doch gelitten, so genau weiß ich das nicht. Der private Kontakt war dann aber nicht mehr so gut. Vielleicht ist das auch ganz normal so. Wenn man, wie Björn und mein Mann, gemeinsam ein Geschäft über so viele Jahre betreibt, kann man nicht immer einer Meinung sein. Schließlich geht es dabei immer auch um die ganz eigenen Interessen, da ist sich jeder im Zweifel selbst der Nächste. Privat jedenfalls haben wir in letzter Zeit, ja eigentlich schon in den letzten paar Jahren mit Björn keinen so engen Kontakt mehr gepflegt!" „Und Sie ganz persönlich", fragt Babsi weiter, „wie haben Sie denn Herrn Schneider empfunden?" „Ich fand, dass er eigentlich ein ziemlich sympathischer Kerl war, wirklich nett. Deshalb war ich ja auch so geschockt, als ich von seiner Ermordung erfuhr. Wer kann ihm denn so was angetan haben?" Er habe es doch mit fast allen Menschen gut gekonnt. „Dass er richtige Feinde hatte, kann ich mir nicht vorstellen!", betont Frau Kamp. Gut, ein wenig unzugänglich sei Herr Schneider schon gewesen und habe wohl auch keine wirklich tiefgehenden Freundschaften gehabt. „Er war aber sehr weltgewandt und hat super Englisch gekonnt. Bei mehreren Jahren Aufenthalt in den U.S.A. ist das wohl auch kein Wunder!" Als hochintelligent gewesen wird Björn Schneider von Otto Kamps Frau eingestuft, aber als dabei auch ein bisschen überheblich und als einerseits zwar fleißig, aber andererseits Vergnügungen gegenüber auch nicht abgeneigt. Und fürs harte Geschäftsleben sei er vielleicht doch ein wenig zu weich gewesen.

„Und wann haben Sie selbst Björn Schneider das letzte Mal zu Gesicht bekommen?", stellt nun Hauptkommissar Keller die nächste Frage. „Na ja, das müsste so Anfang der letzten Woche gewesen sein, am Montag oder Dienstag, als ich, um kurz etwas Privates mit meinem Mann zu besprechen, ins Büro gefahren bin." „Und eine Idee, wer hinter dem Mord an Björn Schneider stecken könnte, haben Sie wirklich nicht, Frau Kamp, oder doch?", bohrt Keller nach. „Nein, tut mir leid, wirklich nicht, da kann ich Ihnen nicht helfen!" „Aber dass Ihr Mann von Freitagabend bis Samstag früh die ganze Zeit über bei Ihnen zu Hause war, das können Sie doch bestätigen und notfalls auch bezeugen?" „Selbstverständlich!", entgegnet Frau Kamp. „Er war während des von Ihnen genannten Zeitraums die ganze Zeit über bei mir zu Hause, das kann ich jeder Zeit bezeugen!"

„Gut, Frau Kamp", ergreift Keller wieder das Wort, „ich glaube, das war es für heute, wenn meine Kollegin nicht noch eine Frage an sie hat." „Hab' ich nicht!", pflichtet Babsi bei. „Also dann bedanken wir uns für heute für dieses Gespräch", fährt Keller somit fort. „Es kann natürlich sein, dass wir noch weitere Fragen in dieser Angelegenheit an Sie haben werden, Frau Kamp. Dann würden wir uns wieder bei Ihnen melden. Und sollte Ihnen selbst noch irgendetwas einfallen, was für die Aufklärung des Mordes an Björn Schneider wichtig sein könnte, und klingt das auch noch so abwegig, dann bitte melden Sie sich doch bei uns. Hier ist meine Karte mit Telefonnummern, Adresse und so weiter."

Als sich dann eine Weile später und wieder zurück im Auto Keller und seine Assistentin Babsi darüber austauschen, was denn von Frau Kamp und ihrer Aussage zu halten sei, sind beide einhellig der Meinung, dass Frau Kamp doch irgendwie sehr nervös gewirkt habe. Es könne durchaus sein, dass sie etwas verbergen wollte, jedenfalls sei ihr eine Lüge durchaus zuzutrauen, und folglich ihrer Aussage nicht zu hundert Prozent Glauben zu schenken.

Anschließend fahren Babsi Weißmüller und Hauptkommissar Keller zurück nach Potsdam, wo sie sich, angekommen beim Polizeipräsidium, für den heutigen Tag, da es inzwischen Zeit für den Feierabend ist, voneinander verabschieden.

9.

Zur gleichen Zeit sitzt Herr Kamp noch in seinem Büro, will aber auch bald für heute Schluss machen. Seine jetzige Sekretärin hat das Büro schon verlassen, und vor einer guten halben Stunde hat ihn seine Frau angerufen, die sich zum Glück hinsichtlich seines nächtlichen Fernbleibens vom letzten Wochenende anscheinend wieder beruhigt hat. Wahrscheinlich, wie Kamp glaubt, nicht zuletzt wegen des ihr in Aussicht gestellten neuen Autos.

Bei diesem letzten Telefonat mit seiner Frau wurde Kamp von ihr auch darüber in Kenntnis gesetzt, dass sie wegen der Ermordung Björns heute von dem Kommissar Keller und seiner Assistentin Besuch hatte. Sie sollte ihnen ein paar Fragen beantworten. Dabei hat sich seine Frau, auch bei diesem Telefonat vorhin mit ihm, zum Glück an das gehalten, was er ihr aufgetragen hatte, nämlich wegen der Gefahr abgehört zu werden, bei gemein-

66

samen Telefongesprächen mit ihm auf keinen Fall über etwas zu reden, was nicht für fremde Ohren bestimmt sein könnte, wie zum Beispiel über die Absprache zwischen ihnen beiden im Bezug auf sein Alibi. Außerdem schien sich Kamps Frau darüber gefreut zu haben, als er ihr versicherte, dass es heute Abend bestimmt nicht so spät werden würde, und er früher als oft sonst nach Hause käme, was er dieses Mal auch wirklich einzuhalten gedenkt, so dass er vorhat, bald von seinem Büro hier zu sich nach Hause aufzubrechen.

Da klingelt in diesem Moment eines seiner Handys, und zwar ein unter fremdem Namen zugelassenes Prepaid-Handy, dessen Nummer nur wenigen vertrauten Personen von Kamp bekannt ist und normalerweise nur für ganz brisante Gespräche vorgesehen ist. Am anderen Ende der Leitung meldet sich Uwe Bracht. Er meint, die Russen hätten sich wieder bei ihm gemeldet. Sie seien inzwischen zurück in Russland und würden trotz der laufenden Ermittlungen wegen des Mordes an Björn und der somit erschwerten Bedingungen nun doch darauf drängen, dass sie beide für die ziemlich große Geldsumme, die ihnen als Vorschuss in Aussicht gestellt wurde, schon mal aktiv würden. „Deshalb habe ich inzwischen mit diesem Kerl vom Berliner Liegenschaftsamt, der in dem Treffen mit den Russen erwähnt wurde, du erinnerst dich bestimmt daran, bereits Kontakt aufgenommen. Ich habe ihm gesagt, man würde sich aus der Zeit seiner informellen Mitarbeiterschaft bei der Stasi her kennen, was Wunder wirkte. Er war sofort kooperativ!" „Hm", äußert sich Kamp lediglich dazwischen. „Eigentlich", fährt deshalb Bracht fort, „wirst du aus deiner eigenen Erfahrung aus der DDR-Zeit doch genauso gut wie ich wissen, dass eine IM-Tätigkeit für jemand, der etwas aus seinem beruflichen und privaten Leben machen wollte, nichts Besonderes war, sondern praktisch dazugehörte." „Ja, da hast du recht!", pflichtet Kamp dem bei.

„Nun ja, wie auch immer", redet Bracht daraufhin weiter, „ich habe mit diesem Kerl, der, wie du dich vielleicht auch noch erinnerst, Siegfried Ewald heißt, für morgen früh mit dir ein Treffen im Schlosspark Sanssouci, direkt unten am Brunnen unterhalb des Schlosses, vereinbart. Ich selbst kann zu dem Zeitpunkt nämlich nicht und bei dir ist das doch gleich um die Ecke. Du würdest ihn an einer Zeitung unter dem Arm und einem

Stockregenschirm in der Hand erkennen." „Na ja, so richtig gut finde ich das eigentlich nicht, wenn du über meinen Kopf hinweg für mich Verabredungen triffst, Uwe!", entgegnet Kamp nun ein wenig pikiert. „Nun gut, diesmal lässt sich das einrichten, aber das nächste Mal möchte ich dann doch vorher gefragt werden, sonst kann ich nämlich nicht garantieren, dass ich solchen Arrangements ein weiteres Mal nachkommen werde!"

„Es tut mir leid Otto, dass ich dieses Treffen für dich vereinbart habe, ohne das vorher mit dir abgesprochen zu haben. Aber ich selbst kann morgen wirklich nicht, und einen anderen Termin konnte ich mit Herrn Ewald kurzfristig nicht festmachen. Ich selbst werd' mich dann mit ihm noch zu einem anderen Termin treffen. Ich wollte aber schon jetzt den Russen irgendetwas vorweisen können, wenn sie von uns verlangen, für das Geld, was wir demnächst von ihnen bekommen sollen, schon aktiv zu werden. Ich hab' ja auch versucht, dich, bevor ich mit Ewald Kontakt aufgenommen habe, über dieses Handy hier zu erreichen, aber entweder war es ausgeschaltet oder du bist nicht rangegangen. Jedenfalls konnte ich dich über diese Leitung nicht erreichen und wollte aber trotzdem die Sache voranbringen!"

„Is' ja schon gut, ich treff' mich ja mit diesem Ewald. Nur, was soll ich denn dabei mit ihm genau besprechen?", fragt Kamp. „Otto, ich meine, das liegt doch auf der Hand! Konfrontiere ihn mit seiner früheren IM-Tätigkeit und Zusammenarbeit mit dem KGB, wie wir aus sicherer Quelle wüssten und notfalls auch belegen könnten. Das habe er gegenüber seinem jetzigen Arbeitgeber, dem öffentliche Dienst immerhin, aber verschwiegen, wie wir ebenfalls wüssten. Und wenn das nun rauskäme, wer wisse, ob er seinen Posten dann bald noch haben werde. Allerdings würde es nicht in unserem Interesse sein, diese IM-Geschichte von ihm unbedingt publik zu machen, wenn er auf der anderen Seite zu einer gewissen Zusammenarbeit mit uns bereit wäre, wie zum Beispiel bestimmte Informationen an uns weiterzugeben, zum Beispiel über Immobilien der öffentlichen Hand, die zum Verkauf anstünden, und wer für solche Immobilien welchen Kaufpreis anbieten würde. Beziehungsweise könnte uns dieser Ewald zum Beispiel auch dabei behilflich sein, Genehmigungen seitens der Behörde für eventuell von uns geplante Bauvorhaben zu beschleunigen. Für sein derartiges Entgegenkommen würden wir dann nicht nur über die erwähnte IM-Vergangenheit von ihm Verschwiegenheit bewahren, sondern uns auch sonst, zum Beispiel finanziell, je nach Wert seiner Hilfeleistungen, bei ihm erkenntlich zeigen. So in dieser Richtung, Otto, sollte dein Gespräch mit Ewald laufen!" „Okay, hab' ich verstanden", erwidert Kamp.

Bevor dieses Telefonat dann aber beendet wird, greift Bracht noch ein weiteres Thema auf: „Otto, wo wir jetzt schon einmal bei solch pikanten Details sind. Du könntest mir jetzt, wie versprochen, eigentlich auch die Telefonnummer und Adresse dieser scharfen Braut durchgeben, die dich bei unserem letzten Treffen mit den Russen begleitet hat."

Und diesmal weigert sich Kamp auch nicht, dieser Bitte Brachts nachzukommen. Denn schließlich handelt es sich bei der entsprechenden Dame lediglich um eine Prostituierte, und die ist landläufiger Meinung nach in sexueller Hinsicht niemandes Privatbesitz. Als Bracht Herrn Kamp allerdings zusätzlich darum bittet, diese Dame schon mal vorab darauf einzustimmen, zu ihm, Bracht, wenn er sie demnächst dann aufsuchen würde, doch genauso nett zu sein wie zu Kamp selbst und das zu den möglichst selben finanziellen Konditionen, meint Kamp dazu bloß, dass Uwe Bracht das mit der Dame schon selbst ausmachen müsse. So weit ginge sein Einfluss bei dieser Vertreterin des horizontalen Gewerbes nun auch wieder nicht.

Am nächsten Morgen, es ist der Dienstag in der Woche nach dem Mord an Björn Schneider, macht sich Otto Kamp also zu dem abgesprochenen Zeitpunkt von seinem Büro aus zu Fuß, da es wirklich keine große Entfernung ist, auf den Weg zu der Verabredung mit Herrn Ewald im Schlosspark Sanssouci und betritt wenig später diesen Park durch den großen Ost-Eingang an der Schopenhauerstraße.

Innerhalb des Schlossparks führt sein Weg zunächst an der malerisch gelegenen Friedenskirche vorbei, die mit ihrem schlanken, viereckigen Glockenturm und dem äußeren Säulengang so aussieht, als sei sie italienischen Sakralbauten nachempfunden. Der neben der Kirche liegende und teilweise direkt daran angrenzende Teich, vermutlich künstlich angelegt, steht über das Kanalsystem des Schlossparks mit dessen übrigen Gewässern in Verbindung.

Ist man an der Kirche vorbeigegangen, sind es anschließend nur noch wenige hundert Meter bis zu dem Brunnen, wo das Treffen mit Herrn Ewald stattfinden soll, jetzt in der Früh an diesem wieder wunderschönen, spätsommerlichen, vom hellen Schein der Morgensonne begleiteten Augusttag.

Kamp sieht schon von Weitem Herrn Ewald unten an dem Brunnen warten, dort unterhalb des Weinbergs, der hinauf zum eigentlichen Schloss Sanssouci führt. Wie abgesprochen hält er in der einen Hand einen Stockregenschirm und eingeklemmt unter dem anderen Arm eine zusammengefaltete Zeitung. Kamp geht auf Herrn Ewald zu, und während er das tut, schweift sein Blick über den terrassenförmig angelegten Weinberg zum malerischen Rokoko-Schloss Sanssouci empor. Und selbst für einen so nüchternen Geschäftsmann wie Herrn Dr. Kamp, der zudem schon des Öfteren an diesem Ort war, stellt dieses mit seinen spielerischen Verzierungen so sommerlich heiter wirkende Schlösschen „Sorgenfrei", wie es in deutscher Übersetzung für „Sanssouci" heißt, immer wieder einen faszinierenden Anblick dar.

Schließlich hat Kamp Herrn Ewald erreicht. Zunächst stellt er sich ihm vor und vergewissert sich, es wirklich mit Herrn Ewald zu tun zu haben. Er beruft sich auf Uwe Bracht, der dieses Treffen vereinbart habe und schlägt Herrn Ewald einen Spaziergang durch den Schlosspark in Richtung „Neues Palais" vor.

Sie gehen dann nicht entlang des Hauptweges, der direkt zum „Neuen Palais" führt, sondern benutzen rechts davon einige schmalere Parkwege, auf denen man nicht so vielen anderen Passanten begegnet. Die nämlich bevorzugen eher den Hauptweg, obwohl man auf diesen etwas abseitigen Wegen oft einen besseren Ausblick hat. Wie zum Beispiel auf das mediterran wirkende Orangerieschloss , das jenseits der Maubeerallee, der eigentlichen Parkgrenze, steht und mit seinen beiden durch einen Brückengang miteinander verbundenen Vierecktürmen vom Park aus gesehen einen wunderschönen Anblick darstellt. Dies insbesondere zusammen betrachtet mit der auf dieser Seite der Maulbeerallee unterhalb des Alleeniveaus liegenden Orangeriegrotte mit dem kleinen See davor und dessen malerischen Wasserspielen.

Hier auf diesen Nebenwegen also können sich Herr Kamp und Herr Ewald von anderen Schlossparkbesuchern relativ ungestört unterhalten. Kamp kommt dabei ohne große Umschweife zur Sache: „Sie haben ja schon mit meinem Kollegen Herrn Bracht gesprochen. Wir wissen aus zuverlässiger Quelle, dass Sie während der DDR-Zeit lange als informeller Mitarbeiter der Stasi tätig waren und währenddessen sogar mit dem sowjetischen KGB Kontakt hatten!" „Ich verstehe nicht, was Sie von mir wollen? Ich war nie IM und mit dem KGB habe ich erst recht nichts zu tun gehabt!", entgegnet Ewald zu seiner Verteidigung. „Wir haben aber stichhaltige Beweise dafür", kontert Kamp, „und können das notfalls auch belegen. Ich weiß nicht, ob Sie es darauf ankommen lassen wollen, dass das publik wird. Und ich kann mir auch nicht vorstellen, dass Ihr jetziger Arbeitgeber, der öffentliche Dienst wie ich weiß, das gutheißen würde. Bestimmt sind ihre Vorgesetzten dort von Ihrer früheren IM-Tätigkeit nicht in Kenntnis gesetzt worden. Und wenn das jetzt publik wird, kann ich mir gut vorstellen, dass Ihnen das Ihren Job kosten würde."

„Und was erwarten Sie also jetzt von mir?", fragt Ewald lautlos dazwischen. „Wir, also mein Partner Uwe Bracht und ich, haben kürzlich eine Gruppe russischer Investoren kennen gelernt, die beabsichtigen, hier in der Gegend von Berlin in Immobilien zu investieren. Von Ihnen, Herr Ewald, erwarten wir uns dabei konkret, Informationen aus Ihrer Behörde, die für uns interessant sein könnten, weitergereicht zu bekommen. Zum Beispiel, welche Immobilien der öffentlichen Hand zum Verkauf anstehen, am besten noch bevor solche Objekte dann offiziell zum Verkauf ausgeschrieben werden, und wenn die schließlich wirklich zu verkaufen sind, würden wir auch gern wissen wollen, was andere Investoren für solche Objekte, an denen wir ebenfalls interessiert wären, bieten wollen. Außerdem könnten Sie uns zum Beispiel auch dabei behilflich sein, behördliche Genehmigungen von Bau- und Umbauvorhaben unsererseits zu beschleunigen." „So etwas darf ich erstens gar nicht und kann ich zweitens, selbst wenn ich es wollte, auch gar nicht, weil das alles gar nicht in meinem Zuständigkeitsbereich liegt und ich an die von Ihnen gewünschten Daten auch nicht rankomme", versucht Ewald das von Kamp an Ihn herangetragene Verlangen abzuwimmeln. „Dann müssen Sie sich eben entsprechend bemühen!"", wischt Kamp emotionslos Ewalds Ausflüchte bei Seite. „Das soll dann Ihr Schaden auch nicht sein. Im Gegenzug würden wir nicht nur darauf verzichten, Ihre frühere IM-Tätigkeit gegenüber Ihrem jetzigem Arbeitgeber bekannt zu machen, sondern auch uns Ihnen gegenüber, je nachdem wie viel Ihre Zuarbeit uns wert wäre, finanziell erkenntlich zeigen, unter Umständen sogar in einem Ausmaß, der es Ihnen ermöglichen würde, notfalls auch ohne öffentlichen Pension für Ihren Ruhestand vorsorgen zu können. Und wer weiß, sollte Ihre frühere IM-Tätigkeit herauskommen, wäre diese Pension vielleicht sowieso futsch, und Sie müssten, nachdem was uns vorliegt, eventuell sogar noch mit strafrechtlichen Konsequenzen rechnen!"

Das „Neue Palais" im Schlosspark ist anschließend bald erreicht und auf dem Hauptweg geht es zum Ausgangspunkt des Spaziergangs, dem Brunnen am Fuße des Weinbergs unterhalb vom Schloss Sanssouci, zurück. Während Herr Ewald das erpresserische Ansinnen Kamps zunächst empört von sich zu weisen versucht hat, ist er inzwischen ruhig geworden und trottet mehr oder weniger schweigsam neben Kamp her. Auch der redet nicht mehr viel. Er sagt nur, dass sich Herr Ewald die Sache überlegen und dabei bedenken sollte, dass die Russen in geldlichen Angelegenheiten absolut keinen Spaß verstünden und alles andere als leere Drohungen ausstoßen würden. Soweit Kamp informiert sei, sei ja bald noch ein weiteres Treffen von Herrn Ewald dann mit Uwe Bracht geplant. Bis dahin könne und sollte er sich entschieden haben, wie er sich bezüglich diesem ihm gerade unterbreiteten Angebot verhalten wolle und seine Entscheidung entsprechend kundtun.

Schließlich zurück am Brunnen verabschiedet sich Kamp dann von Herrn Ewald wieder, wünscht ihm noch einen schönen Tag, mit „auf hoffentlich bald erfolgreiche Zusammenarbeit" als Anmerkung, und kümmert sich danach nicht weiter um seinen Gesprächspartner, sondern beeilt sich, zu Fuß zu seinem Büro zurückzukommen.

Etwa zur selben Zeit sitzen Bernd Keller und Babsi zusammen in ihrem Büro und warten darauf, dass die frühere Sekretärin von Herrn Kamp und Herrn Schneider, also Frau Iris Becker, bald bei ihnen im Büro erscheint. Kellers Mitarbeiter hatte die Dame gestern tatsächlich erreichen können und ihr eine Vorladung für eigentlich Ende dieser Woche überreicht. Frau Becker hat dann aber heute gleich früh am Morgen angerufen und mit Hauptkommissar Keller vereinbart, dass sie anstatt Ende der Woche schon am heutigen Dienstagvormittag zur Aussage im Potsdamer Polizeipräsidium erscheinen wolle, wogegen Keller nichts einzuwenden hatte. Sie habe, seitdem sie vor ein paar Wochen die Arbeit bei Kamp & Schneider aufgab, bisher noch keine neue Arbeitsstelle angetreten und somit aktuell genug freie Zeit zur Verfügung. Erst Anfang nächsten Monats würde sie wieder mit einer neuen Arbeit beginnen, wofür sie auch schon einen Arbeitsvertrag unterschrieben habe. Im Moment könne sie aber noch unabhängig über ihre Zeit verfügen und somit schon heute, wenn es recht sei, im Polizeipräsidium vorbeikommen. Ja, dass es dabei um die Ermordung von Herrn Schneider gehe, habe sie sich schon denken können. Sie habe von der schrecklichen Tat bereits aus den Medien erfahren und sei darüber zutiefst geschockt gewesen. Man habe sich doch ganz gut gekannt und immerhin einige Jahre miteinander gearbeitet.

Auch die beiden ebenfalls für diese Woche, genauer für Donnerstagvormittag, ihre Vorladung erhaltenen Herren vom Golfclub melden sich bald darauf per Telefon. Während der erste der beiden, der Martin Striegel heißt, den Vorladungstermin für den Donnerstagvormittag bestätigt, bittet der andere namens Michael Bruck um einen Termin zu etwas späterer Stunde an diesem Donnerstag, denn er sei beruflich sehr eingebunden und habe einen engen Terminkalender. Keller einigt sich deshalb mit Michael Bruck auf einen Termin für Donnerstag um 17 Uhr 30 hier bei ihnen im Polizeipräsidium.

Pünktlich dann um 11 Uhr an diesem Dienstagvormittag trifft, wie telefonisch abgesprochen, Frau Becker ein, bei der es sich um eine sehr attraktive junge Dame im Alter von Anfang dreißig handelt. Sie stellt sich mit ihrem Namen vor und Bernd Keller und Babsi tun das Gleiche. Frau Becker nimmt dann, nachdem sie dazu aufgefordert wird, Platz, und auch den ihr von Babsi angebotenen Kaffee nimmt sie dankend entgegen.

Bernd Keller erklärt Frau Becker noch einmal, obwohl das bereits telefonisch geschehen war, den Grund für ihre Vorladung, nämlich die Ermordung ihres ehemaligen Arbeitgebers Björn Schneider. „Ja, wie ich schon sagte, hatte ich davon, also ich meine von der Ermordung Björns, bereits aus den Medien erfahren. Ich war davon total schockiert. Wer macht denn so was nur? Björn war doch ein wirklich sympathischer Kerl, der alles andere als Streit gesucht hat. Ich jedenfalls hab' gern mit ihm zusammen gearbeitet", meint Frau Becker.

„Und einen Verdacht, wer mit dem Mord an ihm etwas zu tun haben könnte, haben Sie aber nicht, oder doch?", fragt Keller dazwischen. „Nein, tut mir leid! Damit kann ich nicht dienen." „Wir sind, Frau Becker, aber auch sonst für jeden sachdienlichen Hinweis dankbar, der uns bei der Aufklärung dieses Mordfalls helfen könnte", mischt sich Babsi ein. „Nein, auch da weiß ich nichts Genaues!", erklärt Frau Becker. „Sie haben aber ja schon gesagt", bohrt Babsi nach, „dass Sie Herrn Schneider ganz sympathisch und nett fanden, was können Sie denn sonst noch so von ihm sagen, zum Beispiel was für ein Mensch er war?"

Die Antwort, die Frau Becker daraufhin gibt, bestätigt, was Keller und Babsi schon bekannt ist, nämlich dass Björn Schneider ein intelligenter, gebildeter und höflicher Mensch gewesen war, vielleicht ein bisschen zu distanziert und für das harte Geschäftsleben vielleicht auch zu sensibel, und außerdem den schönen und teuren Dingen des Lebens gegenüber nicht gerade abgeneigt. „Gab es denn persönlich zwischen Ihnen beiden vielleicht auch mehr als bloße Sympathie?", traut sich Keller nun zu fragen. Er habe ihr durchaus gefallen, wenn es das sei, was Keller meine. Schließlich sei Björn ja zumindest offiziell auch Junggeselle gewesen, dazu gutaussehend und höflich, speziell Frauen gegenüber, ein Gentleman eben und, na ja, auch nicht arm. Nein, ihm gegenüber wäre sie, meint Frau Becker, bestimmt nicht abgeneigt gewesen, aber er habe bei ihr eben nicht angebissen. Wahrscheinlich sei sie nicht ganz sein Typ gewesen, vielleicht weil er, wie sie manchmal den Eindruck hatte, mehr auf etwas üppigere Frauen gestanden hätte, zumindest oben herum, wenn Keller und Babsi wüssten, was sie damit meine. Na, die Oberweite

74

halt. Also schwul sei Björn bestimmt nicht gewesen, da sei sie sich ganz sicher. So etwas spüre man als Frau einfach. Sie wisse schließlich, dass sie auf das andere, also männliche Geschlecht durchaus Wirkung habe, und habe schon gespürt, dass auch Björn manchmal schon ein Auge auf sie riskiert hätte. Nur bei ihr richtig angebissen habe er eben nicht.

Aber in den immerhin ungefähr 5 Jahren, in denen sie bei Schneider & Kamp tätig war, habe es da bei Herrn Schneider schon ein paar weibliche und in der Regel eben ziemlich vollbusige Begleiterinnen gegeben, so die Aussage von Frau Becker.

Herr Kamp sei im Umgang mit ihr da ganz anders als Björn Schneider gewesen. Der habe ihr schon bald nach ihrer Anstellung dauernd irgendwelche anzüglichen Avancen gemacht. Aber von dem habe sie nichts wissen wollen, schließlich sei der auch verheiratet. Und diese zunehmende Aufdringlichkeit von Herrn Kamp sei letztlich auch ein wesentlicher Grund mit dafür gewesen, dass sie ihren Arbeitsplatz dort gekündigt hat. Irgendwann sei ihr das einfach zu blöd geworden.

Sie verstehe auch nicht ganz, wie sich Herr Kamp und Herr Schneider überhaupt zusammengefunden hätten, um gemeinsam diese Firma zu gründen, weil sie doch eigentlich beide ziemlich unterschiedliche Typen gewesen seien. Es sei dann zum Ende ihrer dortigen Anstellung auch immer offensichtlicher geworden, dass die beiden nicht mehr gut miteinander auskamen. Da habe es wohl unterschiedliche Geschäftsauffassungen gegeben und es gab, wie Frau Becker mitbekommen haben will, auch Anzeichen dafür, dass Herr Kamp nicht immer kaufmännisch korrekt, was Buchhaltung, Steuern, Bilanzen und so weiter anbelangt, gearbeitet hätte, was Herr Schneider Frau Beckers Meinung nach ebenfalls nicht mitmachen wollte. Dass Herr Kamp in Hinblick auf die kaufmännische Rechnungsführung, die eher seine und nicht Herrn Schneiders Aufgabe gewesen sei, pfuschen wollte und auch gepfuscht habe, das könne sie beschwören, denn sie habe in ihrem Bürojob dort auch viel vorbereitende Buchführung erledigen müssen, und deshalb darin einen ganz guten Einblick gehabt. Ihrer Meinung nach sei Herr Kamp zumindest in letzter Zeit, was das Kaufmännische anbelangt, nicht mehr unbedingt seriös zu nennen gewesen und anscheinend immer stärker von der Gier nach schnellem Geld getrieben worden. Und seine Frau habe der doch auch dauernd beschissen, was das Fremdgehen betrifft.

Nun gut, sie glaube, dass Frau Kamp ihrem Ehemann bezüglich ehelicher Treue beziehungsweise deren Missachtung nicht viel nachstände. Die habe, was Frau Becker so mitbekam, doch auch nichts anbrennen lassen und zudem möglichst schnell reich sein wollen, und das nicht zu knapp. Insofern würden Herr und Frau Kamp Frau Beckers Meinung nach auch ganz gut zusammenpassen.

„So vor zwei, drei Jahren", traut sich Frau Becker schließlich zu sagen, hatte sie persönlich sogar mal den Eindruck, dass es da eine heimliche Affäre zwischen Frau Kamp und Björn Schneider gegeben habe. Nun gut, sie habe nur diesen Eindruck gehabt, beschwören könne sie das nicht. Außerdem sei diese Affäre dann wohl auch wieder beendet worden. Jedenfalls hatte das für Frau Becker so den Anschein.

Herr Kamp aber sei für sie, wie sich Frau Becker ausdrückt, ein echter „Hallodri", und dabei sogar so dreist gewesen, mitunter seine Puffrechnungen als Spesen über die Firma abzurechnen und als Firmenkosten zu verbuchen. Dabei schien es ihr so, dass er diesbezüglich ein Lieblingsetablissement gehabt habe, denn Rechnungen davon seien nur wenig verklausuliert des Öfteren in der für Frau Becker zugänglichen Buchführung aufgetaucht. Manchmal, wie sie glaubt, habe man dorthin auch Geschäftspartner mitgenommen und für die dann ebenfalls bezahlt. Wahrscheinlich sei dabei auch Björn schon mal mit von der Partie gewesen. Also koscher sei das, was da abgelaufen sei, bestimmt nicht gewesen, und vielleicht sollte man von Seiten der Kripo aus mal dieser Spur auf den Grund gehen. Wer weiß, ob es da nicht etwas gäbe, was mit dem Mord zusammenhängen könnte. Den Namen und die Adresse dieses speziellen Etablissement habe sie sich damals übrigens notiert und diese Informationen auf einem Zettel jetzt auch dabei, woraufhin Frau Becker diesen Zettel Hauptkommissar Keller übergibt, der sich dafür selbstverständlich bedankt. Herr Kamp müsse dort wohl auch eine Lieblingsprostituierte haben oder zumindest gehabt haben, deren Name Sara oder so ähnlich lauten müsse, weil Frau Becker diesen Namen manchmal bei Kamps Telefonaten aufschnappen konnte. So leise und vorsichtig sei der nämlich bei manchen seiner Telefonate nicht unbedingt immer gewesen, auch manchmal dann nicht, wenn diese für andere Ohren eigentlich nicht bestimmt waren. An andere Kamp kompromittierende Details aus solchen von ihr mitbekommenden Telefonaten könne sich Frau Becker jetzt jedoch nicht mehr erinnern, wie sie auf eine gleich eingeworfene Nachfrage der beiden Kripoleute antwortet.

Jedenfalls seien ihr, also Frau Becker, dieses ganze Geschäftsgebaren Herr Kamps und seine dauernde Anzüglichkeiten und Nachstellungen zu bunt geworden, und es sei ihr deshalb nichts anderes übrig geblieben, als in dieser Firma dort zu kündigen, was sie schließlich, ohne das inzwischen bereut zu haben, dann auch getan habe. Mehr könne sie zu dem Ganzen nicht sagen, und es kommt auf weiteres Nachfragen von Keller und Babsi auch nichts Weiteres ans Tageslicht, so dass Frau Becker ohne Aufnahme eines förmlichen Protokolls bald von Hauptkommissar Keller und seiner Assistentin, Kommissarin Barbara Weißmüller, verabschiedet wird.

Keller und Barbara Weißmüller werten anschließend die Aussagen Frau Beckers noch miteinander aus und meinen, dass doch einiges sehr Interessantes darunter gewesen sei, lohnenswert genug jedenfalls, dem weiter nachzugehen, auch wenn die Aussagen Frau Beckers zum Teil nur auf deren Vermutungen beruhen würden, und diese Dame möglicherweise ihrem ehemaligen Arbeitgeber Herrn Kamp gegenüber auch ein wenig Rache üben wolle. Aber zum Beispiel der Sache mit den Prostituiertenbesuchen, zum Teil offenbar sogar zusammen mit Geschäftspartnern und eventuell auch mit Björn Schneider, sollte wirklich mal näher nachgegangen werden. Vielleicht könnte man dabei tatsächlich eine Spur finden, die mit dem Mord im Zusammenhang stände.

Natürlich könnten aufgrund der Aussagen Frau Beckers die Kriminalbeamten jetzt auch einen konkreten Anfangsverdacht gegen Herrn Kamp wegen vorsätzlich nicht ordnungsgemäß durchgeführter Buchführung begründen und ein diesbezügliches Ermittlungsverfahren in die Wege leiten, dies einschließlich eines dafür von einem zuständigen Richter eingeholten Durchsuchungsbeschlusses, und zwar sowohl für das Privathaus wie die Büroräume Herrn Kamps. Jedoch kommen Babsi und Keller nach ausführlicher Diskussion des Für und Widers dafür zu dem gemeinsamen Entschluss, dieses, jedenfalls vorerst, zu unterlassen. Unter

Umständen könnte man so etwas dann später noch nachholen. Zum jetzigen Zeitpunkt jedoch, so meinen Keller und Babsi, würde eine solche Hausdurchsuchung der Aufklärung der Mordtat nicht unbedingt dienlich sein, denn alles, was Herrn Kamp im Bezug auf den Mord belasten könnte, habe der bestimmt inzwischen längst beiseite geschafft, und dann würde so eine Hausdurchsuchung Herrn Kamp wahrscheinlich nur zusätzlich aufschrecken und zur Vorsicht mahnen. Zudem wären für Ermittlungen wegen kaufmännischen Betrugs und damit eventuell einhergehender Steuer- und Abgabenhinterziehung auch andere Abteilungen der Kriminalpolizei als die Mordkommission von Bernd Keller zuständig.

Nein, Keller und Babsi wollen sich zunächst auf die Aufklärung des Mordfalls konzentrieren und alles, was diese Ermittlungen möglicherweise stören könnte, zunächst außer Acht lassen.

Hilfreicher für ihre momentanen Ermittlungen erscheint es den beiden Kriminalpolizisten deshalb, sich zunächst einmal diese Prostituierte Sara näher vorzuknöpfen, von der Frau Becker berichtet hat. Vielleicht lassen sich von einer Vernehmung Saras weitere Aufschlüsse gewinnen.

Damit sie dafür, Sara zu vernehmen, aber nicht vergebens nach Berlin fahren, kommt Herr Keller auf die trickreiche Idee, erst mal das Bordell, dessen Adresse und Telefonnummer ihnen von Frau Becker mitgeteilt wurde, anzurufen und sich bei diesem Telefonat als potenzieller Freier auszugeben, der an einem Besuch bei dieser Sara interessiert wäre und gern wissen möchte, ob und wann die denn dafür zu erreichen wäre.

Gesagt, getan. Die Keller von Frau Becker übergebene Telefonnummer scheint zu stimmen, denn am anderen Ende der Leitung meldet sich tatsächlich ein Bordell. Und Keller hat noch weiteres Glück. Es gibt dort auch tatsächlich eine Sara, und die sei ab circa drei Uhr an diesem Nachmittag in dem Bordell auch anzutreffen.

Also werden Keller und Babsi der Person dann zu der genannten Uhrzeit mal einen Besuch abstatten. Bis es so weit ist, erledigen sie noch einige Büroarbeiten und gehen in der hauseigenen Kantine zu Mittag essen.

Und während dies geschieht, bereitet sich Sara allmählich für einen neuen Arbeitstag als Prostituierte vor. Bis in den Vormittag hinein hat sie geschlafen, denn in der Nacht davor ist es wieder einmal ziemlich spät geworden, ehe sie ins Bett kam, da es auch gestern für sie wieder reichlich Kundschaft zu befriedigen galt. Doch je mehr Freier zu ihr kommen, desto besser ist das für ihr Geschäft. Und für das Geld, das sie gestern wieder eingenommen hat, arbeitet manch andere in einem stinknormalen Job fast einen ganzen Monat lang.

Ein tolles Leben ist es somit, wie Sara meint, das sie sich von ihrem Verdienst leisten kann, wie zum Beispiel diese geräumige, super schick eingerichtete Eigentumswohnung in der Berliner Innenstadt Nähe Kurfürstendamm, in der sie sich jetzt für ihren bald beginnenden neuen Arbeitstag fertig macht, sich duscht, ihre Zähne putzt, sich dann schminkt, ankleidet und so weiter. Dazu besitzt sie einen Haufen hipper Klamotten und für sich selbst einen flotten Mittelklassewagen eines der momentan angesagtesten Modelle. Außerdem fährt ihr Macker in einem Sportwagen herum, der noch ein, zwei Klassen über ihrem eigenen Auto einzuordnen ist. Mit ihm teilt sie sich diese Wohnung. Offiziell ist er Betreiber einer sogenannten Muckibude, doch macht er das mehr oder weniger nur zur Tarnung seiner sonstigen Einnahmequellen, denn eigentlich ist er hauptsächlich auch im Milieu tätig, sozusagen als Prostituiertenbeschützer, oder, anders ausgedrückt, eben als Zuhälter.

Geld beziehungsweise dieses auszugeben scheint für Sara und ihrem „Beschützer" kein Problem zu sein. Egal ob es sich um regelmäßige Besuche in einem Solarium, was einen schicken, braunen Dauerteint gibt, oder für sie um Termine im Beautyshop handelt, alles ebenso wenig ein Problem wie teure Gastronomie- und Diskothekenbesuche oder Fernreisen in exotische Länder der Übersee. Natürlich profitiert ihr Macker mit von ihrem Verdienst, dafür ist er nun mal ihr Zuhälter, das akzeptiert Sara auch, genauso wie sie es akzeptiert, dass er manchmal nebenbei noch eine andere Ische am Laufen hat und die dann auch ab und zu mal „probeficken" muss.

Immerhin ist sie aber doch klug genug, ihn nicht ganz allein darüber entscheiden zu lassen, was mit dem Geld, das sie anschafft, geschieht, welcher Anteil davon also ihm zusteht und wie viel sie für sich selbst behält und teilweise auch für später, wenn sie nicht mehr anschaffen gehen kann oder will, auf die hohe Kante legt. Sie macht ihre Arbeit zudem, wie sie meint, freiwillig und hält sich nicht für dazu von ihrem Macker gezwungen. Und trotzdem sie ein wenig spart, wovon er natürlich nichts weiß, leben beide hauptsächlich für den Augenblick und denken kaum an später und die etwaige Vorsorge dafür.

Auch gemessen an ihrem Milieu geben beide ein auffälliges Paar ab, sehen toll aus, sind braun gebrannt, schmuckbehangen und in oft zwar legeren, aber immer exquisiten Klamotten unterwegs. Er dabei muskelbepackt – schließlich kann er in seiner eigenen Muckibude jeden Tag stundenlang trainieren – und mit zahlreichen Tattoos versehen. Sie groß, schlank und mit langen Beinen ausgestattet, was sie durch extrem hochhackige Schuhe oft noch betont. Dazu hat sie einen auffallend großen, festen Busen, der durch Einsatz von Silikonimplantaten operativ noch zusätzlich vergrößert und gestrafft wurde, wenngleich dieser Busen, auch wenn er in einem großen Dekolletee, und dieses übrigens nicht nur während ihrer „Arbeit", zur Schau gestellt wird, noch durchaus natürlich aussieht. Das wohl auch deshalb, weil Sara selbst ohne eine derartige Operation oben herum schon ziemlich gut ausgestattet war. Wenn sie dann öffentlich so groß dekolletiert herumläuft und dies eben häufiger auch während ihrer „Freizeit", geschieht das durchaus in der Absicht, die Blicke der Leute und natürlich insbesondere die der Männer auf sich zu ziehen, was ihr spätestens dann leicht gelingt, wenn sie ihre prächtige, rötlich gefärbte Haarmähne ins Spiel bringt, indem sie zum Beispiel eine ins Gesicht gefallene Strähne mit lockerer Handbewegung nach hinten wirft oder sich bloß mit ihren langen, super gestylten Fingernägeln durch die Haarpracht fährt. Sie liebt solch cool aussehende Gesten, wozu auch gehört, mit ihren Fingern oder direkt mit den besagten, zu wahren Kunstwerken aufgemotzten Fingernägeln ihr ultraflaches, multifunktionales Touchscreen-Smartphone zu bedienen, was sie, wenn sie das macht, tut, ohne dabei ihre Umwelt auch nur eines Blickes zu würdigen. Überhaupt haben für sie Dinge wie ihre Fingernägel oder ihr Handy, obwohl dies eigentlich bloße Accessoires sind, als Mittel zur Außendarstellung enorme Bedeutung.

Ihren Job als Sexarbeiterin – die Huren selbst nennen sich oft so - macht sie seit nunmehr ungefähr 10 Jahren und hat während dieser Zeit bestimmt mit mehreren tausend Männern Sex gehabt und dabei eine Menge Geld eingenommen. Keine Frage, dass Sara unter den sicherlich einige Tausend zählenden Huren Berlins zu den bestimmt 50 bis zumindest 100 attraktivsten gehört, und dementsprechend betragen auch ihre monatlichen Einnahmen ein Vielfaches des Durchschnittseinkommens einer gewöhnlichen Prostituierten.

Kaum 20 Jahre alt war sie übrigens, als sie mit diesem Job bald nach Beendigung ihrer Schulzeit angefangen hat. Da hatte sie diesen Typ, mit dem sie auch jetzt noch zusammen ist, kennen gelernt und sich in ihn vergafft. Er war, anders als sie, schon mehr oder weniger im Hurenmilieu groß geworden und sogar seine Mutter ging bereits anschaffen. Irgendwelche Hemmungen, in diesem Umfeld aktiv zu sein, kennt er demzufolge nicht.

Und eigentlich kann er es sogar nur mit Huren. Möglicherweise, weil eben schon seine Mutter so gepolt war. Frühkindliche Prägung soll ja bekanntlich eine große Rolle spielen. Jedenfalls bekommt er nur bei solchen Frauen einen Kick, von denen er weiß, dass sie von anderen Männern nicht bloß begehrt werden, sondern es mit denen, gegen Entgelt selbstverständlich, auch treiben. Dafür, dass er das dann gestattet, lässt er sich von der Hure quasi entschädigen, pekuniär gesehen. Das natürlich auch für den Schutz, wie er denkt, den er den Prostituierten bei deren Tätigkeit gewährt. So jedenfalls seine Sichtweise. Und dass er für all das Geld bekommt, macht ihn noch zusätzlich an.

Also Ihm zuliebe, wie wiederum sie glaubt, ist sie damals mit der Arbeit als Prostituierte angefangen und hat sich dann auch ihren von Natur aus eigentlich schon ziemlich üppigen Busen noch weiter vergrößern lassen, was ihrem Umsatz, den sie auf dem Strich erzielt, merklich zugutekam. Und zudem hat dieser Eingriff ihre busenbetonte Erscheinung noch auffälliger gemacht, was neben den Freiern nicht nur ihrem Macker sehr gefällt, sondern auch durchaus von ihr selbst genossen wird. Exhibitionistisch gesehen sozusagen. Moralische Bedenken bei dem, was sie tut, scheint sie sowieso nicht zu kennen, und so enthemmt lässt sich als Hure auch viel leichter Geld verdienen, denn Gewissensbisse würden dabei nur stören. Schon möglich, dass es dabei auch eine Rolle spielt, dass sie noch einen Teil ihrer Kindheit in der realsozialistischen DDR verbracht hat, mit der atheistisch geprägten Lebenswelt dort, religionslos sozusagen, mit, wenn überhaupt, dann lediglich noch hier und da einigen protestantischen Einflüssen. Und sowieso war man in der DDR-Diktatur mit dem Kollektiv als tonangebend weniger selbst für die eigene Moral verantwortlich, man könnte auch sagen geschwächt, was durch die abrupte Übernahme westlicher Freiheiten nach dem Zusammenbruch der sozialistischen Gesellschaftsordnung zunächst eher sogar noch verstärkt wurde.

Als typischer Nachtmensch braucht Sara übrigens morgens so immer ihre Zeit, bis sie ihre Toilette gemacht hat und frisch gewaschen und geschminkt ist. Wenn sie dann mitten in der Nacht nach Hause kommt, liegt ihr Typ meist schon im Bett. Er muss auch früher raus als sie, um sich wenigstens ein bisschen um seine Muckibude zu kümmern. Meist wälzt er sich dann vor dem Aufstehen noch auf sie drauf, weil nachts, wenn sie nach Hause kommt, fühlen sich beide dafür zu kaputt. Es stört sie auch nicht, wenn er sie dann morgens, wenn sie sich selbst noch halb im Schlaf befindet, hernimmt, im Gegenteil, sie mag das sogar, trotzdem oder gar weil er dabei wenig zärtlich vorgeht. Danach kann sie ja noch ein bisschen weiterschlafen. Animalisch dringt er unter Einsatz seiner antrainierten Muskelberge dann in sie ein und besorgt es ihr, jedenfalls in der Regel kommt es auch ihr dabei, denn sie mag Sex und mag es, wenn Männer verrückt nach ihr sind. Deshalb macht sie ihren Job als Hure oft sogar gern. Es erzeugt ihr ein Prickeln, wenn nicht nur ihr eigener Kerl, sondern auch die Freier scharf auf sie sind, und ihre täglichen Einnahmen sind für sie der permanente Maßstab ihres aktuellen sexuellen Begehrtseins. Aber ihrer Kundschaft gegenüber bleibt sie dennoch cool und spielt höchstens mal, wenn es fürs Geschäft gut ist, den Orgasmus. Wenn es ihr bei einem Freier nämlich wirklich mal kommt, was durchaus passieren kann, versucht sie das nicht zu zeigen, sondern verbirgt es lieber.

Und als Sara dann für diesen Tag schließlich wieder auf ihrer Arbeit erscheint, stylt sie dort zunächst ihr Outfit noch ein bisschen weiter auf sexy auf, um bald darauf auch schon die ersten Freier zu empfangen. Einer von denen mit einem Riesenglied ausgestattet, was manche Frauen privat ja vielleicht ganz gut finden. Für Sara in ihrem Job ist das aber weniger toll, sondern eher mit Unannehmlichkeiten verbunden. Hat sie dann aber schließlich genauso geschafft, wie auch einen anderen Freier einigermaßen zufrieden zu stellen, dessen Glied für eine Penetration absolut nicht steif genug zu kriegen war. Es ist ihr aber gelungen, ihm schließlich per Handbetrieb Erleichterung zu verschaffen, was unter den gegebenen Umständen dem eigentlich gut genug gefallen haben sollte, um eventuell wiederzukommen.

Im Allgemeinen bemüht sich Sara nämlich, wie eigentlich die meisten gewerblichen Huren in Berlin, ihre Kundschaft nicht abzuzocken, sondern diesen Männern eine seriöse Dienstleistung zu bieten, die sie dazu bewegen soll, zu ihnen zurückzukommen. Natürlich, Geschlechtsverkehr gibt 's trotzdem nur mit Kondom, und bezahlt wird dabei im Voraus, in Barem selbstverständlich, und wenn ein Gast trotz allen Bemühens der Sexarbeiterin dann doch keinen hoch bekommt, was ab und zu passiert, dann ist das sein Problem und nicht ihres, und das Geld gibt 's natürlich trotzdem nicht zurück, und wenn derjenige dann oder überhaupt irgendjemand Ärger machen will, wird Hilfe herbeigeholt und diese Person dann hinausexpediert.

Etwas unangenehm ist es für Sara an diesem Arbeitstag allerdings, dass sich für den späten Nachmittag bis frühen Abend noch dieser Bracht bei ihr angemeldet hat, der ja auch bei dem Treffen mit den Russen am Freitagabend letzter Woche zugegen war, wohin sie ihren Stammfreier Otto Kamp begleitet hatte. Sie mag diesen Bracht nämlich nicht. Er ist ihr viel zu aufdringlich und zu schleimig. Aber sie wird ihn trotzdem empfangen und abfertigen, schon wegen Otto, der ihr schließlich lieb und teuer ist. Und außerdem lässt sich bestimmt auch bei dem Bracht gutes Geld verdienen.

Gleich gestern Abend, nachdem er von Kamp die Telefonnummer von dem Etablissement bekommen hatte, in dem Sara anschaffen geht, hat Bracht bei ihr angerufen und mit ihr einen Besuchstermin für den heutigen Tag vereinbart. Der von Sara ausgehende Sexappeal hat ihn während des Treffens mit den Russen offensichtlich so aufgegeilt, dass er dieses Gefühl jetzt unbedingt direkt bei ihr abreagieren möchte. Und Sara ist auch abgebrüht genug, so etwas ertragen zu können.

10.

Als Sara an diesem Tag dann gerade etwas Pause in der Ausübung ihres Gewerbes hat und sich gerade eine weitere Zigarette anzünden will, klingelt Keller in Begleitung Babsis an der Eingangstür dieses Etablissements. Nachdem man ihnen geöffnet hat, weisen sich beide als Kriminalpolizei aus. Sie wollten mit einer gewissen Sara sprechen, von der sie wüssten, dass sie am heutigen Tag hier sei, äußern sie gegenüber der Empfangsdame, die die beiden hereingelassen hat. Daraufhin werden Keller und Babsi in eines der Zimmer geführt, die ansonsten für die Liebesdienste vorgesehen sind. Dort sollen die Kriminalbeamten Platz nehmen und ein wenig warten. Den ihnen freundlicher Weise angebotenen Kaffee oder ein sonstiges Getränk lehnen sie aber dankend ab.

Die Empfangsdame geht. Es erscheint bald darauf eine andere, etwas ältere, gut geschminkte Dame, die offenbar die Chefin des Hauses ist. „Was kann ich für Sie tun?", fragt sie die beiden Polizeibeamten, die sich zunächst einmal vorstellen. „Ich bin Kriminalhauptkommissar Bernd Keller und dies hier ist meine Assistentin, Frau Kommissarin Babara Weißmüller. Hier ist mein Ausweis!" Die Puffchefin schaut sich den ihr hingehaltenen Ausweis genau an. „Und was wollen Sie dann von uns? Das wir ein Bordell sind, dürfte ihnen ja wohl bekannt sein. Aber bei uns ist alles in Ordnung und ganz legal. Sogar die Steuern zahlen wir so, wie es sich gehört. Also was wollen Sie dann von uns?" „Ja, wir sind gekommen, junge Frau, um mit einer Ihrer, darf ich sagen, Angestellten zu sprechen, die den Namen Sara trägt, und von der wir wissen, dass sie heute hier ist", erhebt nun Babsi das Wort.

„Eine Sara ist mir unter meinen Mädchen nicht bekannt", antwortet daraufhin die Dame, von der die Polizisten annehmen, dass sie hier so etwas wie die Chefin ist. „Neben ihrem richtigen Namen haben meine Mädels meist noch ein Pseudonym, unter dem sie hier arbeiten, und manchmal davon auch mehrere, die mitunter außerdem wechseln können. Da verliert man oft den Überblick. Aber mit einer Sara kann ich Ihnen jetzt wirklich nicht dienen!" „Ach wissen Sie, gute Frau, wir können auch anders!", mischt sich jetzt wieder Keller ein. „Vielleicht hilft Ihnen das ja, den Überblick zurückzugewinnen. Ein kurzer Anruf von mir genügt, und es sind hier binnen weniger Minuten ein Dutzend Kolleginnen und Kollegen von mir im Haus, und wir führen eine Razzia durch, um zu schauen, ob bei Ihnen wirklich alles so legal abläuft, wie Sie es behaupten, oder ob unter Ihren Damen nicht zum Beispiel auch welche sind, die keine Aufenthaltsberechtigung in Deutschland haben. Und glauben Sie mir, ich meine das ernst, und mache keinen Spaß. Also überlegen Sie sich das!"

Von dieser Drohung scheint die „Chefin" doch beeindruckt zu sein. „Ja, warten Sie mal. Ich frage mal unter meinen Damen nach. Vielleicht ist da doch eine darunter, die auch den Namen Sara trägt." Die „Chefin" verschwindet und wenig später kommt eine andere, wesentlich jüngere und äußerst hübsche Dame mit auffallend großem, tief dekolletiertem Vorbau in den Raum. So toll und ihrem hiesigen Job gemäß, wie sie ausschaut, bringt sie im ersten Moment sogar Kommissar Kellers Hormone in Wallung.

„Sie wollen mich sprechen, wurde mir gesagt", presst die junge Dame hervor. „Sie sind also Sara", ergreift Babsi, die die momentane Verlegenheit ihres Kollegen bemerkt hat, das Wort. „Ja und, weswegen?" Darauf Keller, der sich nun wieder im Griff hat: „Uns wurde zugetragen, dass Sie einen gewissen Otto Kamp gut kennen. Er soll bei Ihnen Stammkunde sein." „Warum? Liegt gegen den was vor?", fragt Sara dazwischen. Doch Keller lässt sich durch diese Frage nicht irritieren und fährt fort: „Und sein Geschäftspartner Björn Schneider soll Ihnen auch nicht unbekannt sein."

„Damit meinen Sie sicherlich diesen Typ", antwortet Sara, „der neulich ermordet wurde? Ich habe davon aus den Medien erfahren. Aber ich kenne diesen Björn Schneider nicht, und Otto Kamp ist mir auch kein Begriff. Im Übrigen frage ich meine Gäste und selbst meine Stammkunden nicht nach ihrem Namen." „Denken Sie noch mal genau nach, für sachdienliche Hinweise, die zur Aufklärung des Mordes an Björn Schneider führen, ist nämlich eine stattliche Belohnung ausgeschrieben", versucht Babsi Sara zu locken. „Nein", entgegnet Sara jedoch,

„diese Belohnung kann ich mir leider nicht verdienen. Da kann ich Ihnen nicht weiterhelfen!"

Jetzt schaltet sich Keller wieder ein: „Ach, wissen Sie, junge Frau. Wir wissen aus sicherer Quelle, dass Sie mit Herrn Kamp regelmäßig Kontakt haben oder zumindest hatten. Und wenn Sie uns jetzt nicht bereitwillig Auskunft geben wollen, dann können wir das auch anders machen! Dann nehmen wir Sie erst mal mit aufs Polizeipräsidium, um dort Ihrer Personalien aufzunehmen. Dort können wir Sie dann 'ne ganze Weile festhalten. Immerhin handelt es sich hier um einen Mordfall. Wenn Sie dort auf dem Polizeipräsidium auch weiterhin so tun, als ob Sie nichts wüssten, also die korrekte Aussage verweigern, kann das für Sie auch strafrechtliche Konsequenzen wegen Strafvereitelung nach §258 StGB haben. Es könnte Ihnen sogar Beugehaft drohen. Also überlegen Sie sich gut, ob Sie sich das antun wollen. Und ich pflege in solchen Sachen nicht zu scherzen, da können Sie gern hier meine Kollegin fragen, die wird Ihnen das bestätigen!" Und Babsi nickt zur Bestätigung der Worte ihres Chefs kräftig mit dem Kopf.

Nun wird Sara dann doch weich. Nachdem ihr soweit wie möglich von Babsi und Keller Diskretion zugesagt wird, gibt sie zu, dass sie doch Herrn Kamp und auch Herrn Schneider kennen würde. Herr Kamp sei auch schon öfter mal als Kunde bei ihr gewesen. Seine Frau dürfe davon aber natürlich nichts erfahren. Auch Herr Schneider sei ihres Wissens nach schon mal Gast hier im Etablissement gewesen, aber nur in Begleitung von Herrn Kamp, wie sie sich erinnern könne, und dann außerdem zusammen mit noch mehreren anderen Kerlen.

Sie selbst habe mit Herrn Schneider aber noch keinen Verkehr gehabt und mit dem Mord an ihm natürlich auch absolut nichts zu tun. Ob Herr Schneider denn, als er mal hier war, den Dienst einer der anderen Prostituierten in Anspruch genommen habe? Das wisse sie nicht und könne sich daran auch nicht erinnern. Es sei aber, wie sie von Herrn Kamp erfahren habe, auch nicht so, dass sich Herr Schneider überhaupt nicht mit Prostituierten abgegeben habe, vielmehr wisse sie von Herrn Kamp, dass der Schneider auch, allerdings woanders, mit einer von ihnen rumgemacht habe, wie sich Sara ausdrückt, und dass er sich mit der regelmäßig traf, eine mit übrigens auch irre großen Oberweite, wie sie von Kamp her wisse.

„Zwar ist mein eigener Busen auch alles andere als mickrig, aber dabei der Natur doch ein bisschen nachgeholfen worden. Jedenfalls hat Herr Schneider bei mir nicht angebissen, vielleicht war ihm mein Busen nich' groß genug, oder er steht nur auf ganz natürlichen Titten, auch wenn die dann etwas hängen. Bestimmt ist der auch bloß so 'n Typ, der als Säugling zu früh entwöhnt wurde und deshalb nun noch immer nach großen Brüsten lechzt. Also, wenn Sie den Mord an Herrn Schneider aufklären wollen, sind Sie bei mir jedenfalls an der falschen Adresse. Aber vielleicht kann ihnen dabei ja diese andere Kollegin, zu der Schneider offenbar mehr Kontakt hatte, weiterhelfen. Wie diese Dame aber heißt und wo Sie die treffen können, kann ich Ihnen leider nicht sagen. Da müssen Sie sich schon selbst drum kümmern.“

Mehr wisse sie nicht und verschweigt zum Beispiel auch das Treffen mit den Russen. Warum sollte sie das auch erwähnen. Erstens gehört Diskretion zu ihrem Handwerk und zweitens wurde sie nicht danach gefragt. Außerdem ist mit diesen Russen nicht zu spaßen. Und schließlich hängt sie an ihrem Leben. Auch über Uwe Bracht, mit dem sie für heute noch einen Termin hat, schweigt sie, zudem sie danach ebenfalls nicht gefragt wurde.

Und wenn Herr Keller und Babsi jetzt keine weitere Fragen mehr an sie hätten, würde sie das Gespräch gern beenden wollen, denn sie habe heute noch andere Dinge zu tun und müsse noch etwas Geld verdienen. Schließlich sei ihr Leben nicht billig.

Die beiden Kriminalbeamten haben im Moment tatsächlich keine weiteren Fragen mehr. Lediglich noch Saras Personalien und Adresse werden aufgenommen, belegt durch Vorlage ihres Ausweises und sicherheitshalber zusätzlich noch bestätigt durch ein schnell per Handy durchgeführtes Telefonat mit einer für derartige Daten zuständigen Behörde. Es erweist sich dabei, dass Sara tatsächlich sozusagen nur der „Künstlername“ dieser Dame für ihr Gewerbe hier ist, was für die kriminalistische Ermittlungsarbeit in dem Mordfall aber ohne größere Bedeutung sein dürfte.

Nachdem die Polizeibeamten gegenüber Sara noch einmal versprechen, die angemahnte Diskretion hinsichtlich deren Aussage einzuhalten, verabschieden sich Babsi und Keller, und vergessen dabei auch nicht, Sara noch einen schönen Tag zu wünschen und zudem darauf hinzuweisen, dass es durchaus sein könne, dass sich die Kripo, wenn es die weitere Ermittlungsarbeit erforderlich machen sollte, später noch mal bei ihr melden würde.

Anschließend werden die beiden Kriminalbeamten von derselben Empfangsdame wie zu Beginn ihres Besuchs hier hinausbegleitet, wobei es den Anschein hat, als habe diese Person vor der Zimmertür schon auf Babsi und Keller gewartet.

In dem Zimmer zurück bleibt Sara. Innerlich aufgeregt muss sie sich erst mal wieder eine Zigarette anzünden. So ein Mist aber auch. Ärger mit der Polizei hat sie nicht gern, doch wer hat das schon. Und fast noch mehr möchte sie Zoff mit diesen Russen aus dem Weg gehen. Dass die nämlich keine Skrupel kennen, hat sie bereits schon des Öfteren im Milieu rund um die käufliche Liebe mitbekommen, wo sich schon viele aus Osteuropa hier in Berlin breitgemacht haben.

Wenn Kamp und jetzt auch dieser ekelhafte Bracht für sie finanziell nicht so lukrativ wären, würde sie wahrscheinlich mit der ganzen Clique von denen nichts mehr zu tun haben wollen. Na gut, dann is' es eben, wie 's ist, sagt sie sich schließlich, drückt die Zigarette aus und verlässt das Zimmer, um zurück in den Aufenthaltsraum zu gehen, wo die anderen Prostituierten schon ungeduldig schnatternd auf Sara warten, um von ihr zu erfahren, was die beiden Kriminalbeamten denn von ihr so gewollt hätten.

Dieser Aufenthaltsraum dient dazu, dass sich die zur Verfügung stehenden Prostituierten dort zwischen ihren Kundeneinsätzen die Zeit vertreiben und auf weitere Freier warten. Es wird viel dabei geredet und Kaffee getrunken und geraucht, manchmal auch Kreativeres getan, wie zum Beispiel gestrickt oder versucht, ein bisschen zu lesen. Andere takeln sich dort vor einem Spiegel weiter auf und experimentieren an ihrem Outfit herum, um ihren Sexappeal und ihre Attraktivität für potenzielle Freier noch irgendwie zu steigern. Im Hintergrund läuft permanent auf einem riesigen Fernsehbildschirm derweil allerlei trivialer Unterhaltungsquatsch, in jedoch dezenter Lautstärke, und zwar schon deshalb, weil zwischendurch immer wieder eines der eingeschalteten Telefone, Handys oder Festnetz, klingelt, und sich am anderen Ende der Leitung dann meist interessierte Kundschaft meldet, oftmals auf ein Inserat in der Zeitung oder im Internet hin. Viele rufen aber bloß an und trauen sich dann doch nicht herzukommen. Einige wollen auch nur irgendwelche blöden Bemerkungen loswerden. Bei denen wird dann gleich wieder aufgelegt.

Für die Entgegennahme der Anrufe übers Festnetz ist eigentlich die Empfangsdame zuständig, die früher übrigens mal selbst anschaffen ging, dafür aber inzwischen zu alt und unattraktiv geworden ist, um noch wirklich Geld damit verdienen zu können. Sollte die Empfangsdame aber gerade nicht anwesend beziehungsweise außerhalb des Raumes sein, weil sie zum Beispiel damit beschäftigt ist, einen neuen Gast zu begrüßen und ihn in eines der für die sexuellen Dienstleistungen vorgesehenen Zimmer zu führen, nimmt oft auch die Chefin selbst ab und spricht kurz mit dem Anrufer.

Auch die Chefin, der dieses Bordell mit angeschlossenem Escortservice quasi gehört und die es leitet, ist früher selbst anschaffen gegangen und jetzt mit Mitte bis Ende 50 aber noch immer hochattraktiv. Deshalb arbeitet sie ab und zu auch noch selbst am Kunden, allerdings sind das dann meist alte Stammgäste von ihr oder sehr gut zahlende Freier, und in der Regel agiert sie dabei meist auch nur als Domina, wofür es hier im Bordell ein speziell eingerichtetes Studio gibt.

Ansonsten aber kümmert sich die Chefin ums Organisatorische und Finanzielle, wofür es auch genug zu tun gibt. So müssen zum Beispiel Inserate geschaltet werden oder Einkäufe und Ähnliches erledigt beziehungsweise in Auftrag gegeben werden. Zusätzlich gilt es, die Mädchen zu betreuen, mitunter auch psychologisch, und mit ihnen deren Einsatz- beziehungsweise Anwesenheitszeiten hier im Bordell abzusprechen und darüber hinaus stets neues Personal zu akquirieren, worauf schließlich auch seitens der Kundschaft Wert gelegt wird. Und sollte es irgendwelchen Ärger mit Freiern geben, erledigt das meist auch die Chefin selbst, ruft notfalls die Polizei an, die dann meist auch bald vor Ort ist. Denn schließlich handelt es sich hier um ein durchaus legales Gewerbe, bei dem auch Steuern abgeführt werden. Sonstige Kerle, um für Ordnung zu sorgen, benötigt die Chefin nicht, und Zuhälter, wenn die Mädchen denn einen solchen haben, sind im Haus hier nicht gern gesehen, sondern sollen, wenn es sie nun schon mal gibt, draußen rumlungern und können dort auf ihre Mädchen warten.

Letzteres passt Sara und ihrem Macker natürlich nicht so richtig, ist ihnen aber andererseits auch ziemlich egal, weil nämlich Sara sowieso in diesem Bordell mit angeschlossenem Escortservice nicht tagtäglich im Einsatz ist, sondern daneben noch andere, meist direkt oder indirekt von ihrem Macker vermittelte Sexaufträge annimmt und sich auch jederzeit, wie schon des Öfteren geschehen, für ein anderes Bordell als Mittelpunkt ihrer Tätigkeit entscheiden kann. Schließlich fühlt sie sich als freiberuflich Tätige an keinen speziellen Einsatzort gebunden.

Trotzdem ist in diesem Etablissement hier auch für Sara die Bordellinhaberin die Chefin, und die und die anderen Mädchen warten nun schon ungeduldig im Aufenthaltsraum darauf, dass ihnen von Sara erzählt wird, was die beiden Kripoleute von ihr denn nun genau gewollt hätten.

Es sei um die Ermordung von diesem Schneider, dem Mitgesellschafter in der Firma ihres Stammfreiers Kamp, gegangen, der ja zusammen mit Kamp und noch ein paar anderen Geschäftsleuten auch schon mal hier bei ihnen zu Gast gewesen wäre. Das habe die Polizei wohl irgendwie rausbekommen und nun von ihr wissen wollen, ob sie irgendetwas mitzuteilen hätte, was mit dem Mord an Schneider zu tun haben könnte. Aber da habe sie den Bullen natürlich nicht weiterhelfen können, weil sie erstens mit dem Mord an Schneider natürlich nichts zu tun hätte und sie zweitens darüber auch nichts wisse. Das habe sie auch den beiden Kripoleuten verklickert und damit basta. Ansonsten sollten die ihr mal den Buckel runterrutschen.

Während die anderen Mädchen diese Ausführungen von Sara zunächst nicht weiter kommentieren, meint die Chefin dazu nur, dass es ihr wichtig sei, mit der Polizei keinen Ärger zu bekommen, denn schließlich sei sie darum bemüht, dass hier alles legal ablaufen würde. Nicht, dass die von der Polizei ihr noch den Laden hier dicht machen könnten. Aber sie glaube dem, was Sara jetzt gesagt habe, nämlich dass die mit dem Mord an diesem

Schneider nichts zu tun hätte, und damit sei für sie, die Chefin, diese Sache auch erledigt. Zwar beginnen die anderen Mädchen nun doch ein bisschen über diesen Vorfall zu schnattern und an Sara dazu ein paar Fragen zu stellen, aber ansonsten geht es bald darauf mit dem normalen Puff-Betrieb weiter.

Sara selbst hat für den heutigen Tag nach dem Besuch durch die Kripo eigentlich die Schnauze voll und würde am liebsten für heute mit ihrem Dienst hier Schluss machen und nach Hause fahren oder sonstwo abhängen wollen. Zum Beispiel in einem Kosmetikstudio oder im Solarium oder beim Shoppen. Aber da hat sich ja für heute noch dieser blöde Bracht bei ihr angemeldet. Eigentlich macht es Sara zwar nichts aus, Termine mit Freiern, wenn ihr die Laune danach ist, platzen zu lassen, und das erst recht, wenn es sich, wie bei Bracht, um keinen Stammfreier von ihr handelt. Aber bei Bracht traut sie sich das nicht so richtig, weil der nämlich erstens offenbar mit einigen von diesen zwielichtigen Russen verbandelt ist, die man auf keinen Fall zum Feind haben möchte, und außerdem auch mehr oder weniger ein Kumpel von Otto, also Kamp, zu sein scheint, der ihr als Stammkunde schon einiges an Geld eingebracht hat und den sie deshalb nicht verärgern möchte, denn es scheint ja so, als sei Otto was an diesem Bracht gelegen.

Also entschließt sich Sara, doch erst noch auf Herrn Bracht zu warten, bevor sie für heute von hier verschwinden wird. Vielleicht kommt der ja dann auch bald, denn allzu lange wiederum gedenkt sie dann doch nicht auf ihn zu warten. Andere Freier möchte sie bis dahin aber möglichst nicht mehr annehmen, die Einnahmen von den vier oder fünf, die sie bisher heute hatte, reichen ihr für diesen Tag. Und dann wird ja wahrscheinlich noch etwas Geld von diesem Bracht dazukommen.

Die maximal zwei Stunden Wartezeit auf Bracht, die sich Sara vorgenommen hat, will sie im Aufenthaltsraum verbringen. Sie beabsichtigt bei Bracht, sollte er denn kommen, was sie doch annimmt, nicht viel mehr als nur Dienst nach Vorschrift zu machen. Bei ihrer ersten Begegnung mit ihm auf dem Treffen mit den Russen, an dem sie als Begleiterin von Otto teilgenommen hat, ist Bracht ihr nämlich alles andere als sympathisch gewesen, sondern eher viel zu aufdringlich und schleimig. Soll er sich bei ihr halt sexuell abreagieren, wenn ihm danach ist. Sie wird versuchen, das bevorstehende Zusammensein mit ihm möglichst schnell und emotionslos über die Bühne zu bringen. Keinesfalls möchte sie, dass es dem bei ihr zu sehr gefällt, und er danach vielleicht noch so etwas wie ein Stammfreier bei ihr werden möchte. Das will sie auf jeden Fall vermeiden. Er soll das übliche Entgelt entrichten und dafür das, aber auch nicht mehr bekommen als was er als Gegenleistung erwarten darf, und zügig soll das Ganze vonstattengehen.

Na ja, je nachdem, was er bezahlt, wird ihm ja mindestens 'ne knappe halbe Stunde zustehen. Auf eine längere Zeit wird sie sich bei ihm auch nicht einlassen, so ihr Vorsatz. Sie will versuchen, ihn schnell aufzugeilen, dass er rasch zur Sache kommt und beim Verkehr dann auch bald fertig wird, und den Rest der Zeit, die ihm danach noch zustände, wird sie schon irgendwie rumkriegen. Um das zu schaffen, also die Zeit rumzukriegen, ist es meist am besten und für sie am leichtesten, wie sie aus Erfahrung weiß, den Typ irgendwie zum Quatschen zu bringen. Dann geht die Zeit schnell vorüber und so soll es schließlich ja sein. Und von dem heutigen Besuch der Kripo bei ihr will sie ihm auch nichts sagen, weil das so ausgelegt werden könnte, als wolle sie mit diesem Kerl doch irgendwie gemeinsame Sache machen.

Sara hat dann auch einigermaßen Glück. Kein weiterer Gast verlangt mehr nach ihr und sie braucht zudem nicht mehr allzu lange zu warten, bis Bracht schließlich auftaucht. Die Empfangsdame führt ihn in eines der gerade freien Zimmer für die Ausübung der Sexdienste, wo er auf Sara, die darüber informiert wird, wartet. Die aber lässt sich noch Zeit, zu ihm zu gehen. Der Kunde kann ruhig ein bisschen schmoren, denkt sie sich, denn hier hat sie das Sagen. Und schließlich muss sie sich auch noch ein bisschen frisch machen.

Dann betritt sie den Raum, in dem Bracht auf sie wartet. Der steht dort und will Sara gleich in den Arm nehmen, was sie aber nicht gestattet. Erst müsse alles geregelt werden. Aber es ist unverkennbar, dass dieser Freier scharf darauf ist, es ihr zu besorgen, oder besser gesagt, es von ihr besorgt zu bekommen. Und obwohl man sich eigentlich schon kennt, stellen sich beide noch einmal kurz einander vor. Ja, sagt Sara, sie erinnere sich an ihn von dem Treffen am vergangenen Wochenende her, zu dem sie Kamp begleitet hatte, und sie könne sich auch daran erinnern, dass er heute hier angerufen und sich für ein Treffen mit ihr verabredet habe. Geschickt weiß Sara schon während dieses Anbahnungsgesprächs ihre körperlichen Vorzüge in Pose zu setzen, was sie immer tut, wenn sie vorhat, mit einem Freier rasch handelseinig zu werden. Sie lässt ihre mächtigen Titten fast aus dem für deren Größe viel zu engen Mieder quellen und Bracht ungeniert darauf starren. Die bei ihm dabei aufsteigende Lust ist deutlich erkennbar. Sara tut aber so, als ob sie das nicht bemerke, und fragt, was er sich denn bei dem Treffen mit ihr so vorgestellt habe.

Na ja, Verkehr eben, meint der, mit ein bisschen Stellungswechsel und vielleicht Französisch. Sara nennt den Preis dafür, den Bracht ohne Widerrede akzeptiert. Bezahlt wird in bar und im Voraus. Sara sagt, er solle sich schon mal ausziehen, und dann im Bad, was hier vom Zimmer aus gesehen direkt gegenüber auf der anderen Seite des Flurs liege, gründlich vor allem unten herum waschen. Natürlich, Verkehr gäbe es dennoch nur mit Kondom, versteht sich. Er solle nach dem Ausziehen und Waschen dann hier auf sie warten, während sie wieder in den Aufenthaltsraum verschwindet, schon um dort das gerade eingenommene Geld zu verstauen und sich bei der Gelegenheit für ein paar Züge noch schnell eine neue Zigarette anzuzünden. Dann nach gut fünf Minuten geht sie zurück zu Bracht. Der wartet bereits ungeduldig auf sie, auf dem Bett sitzend und so gut wie nackt, nämlich nur noch unten mit seinen Socken bekleidet.

Sie zieht sich, wobei er ihr zuschauen darf, ebenfalls aus, lässt nur ein knappes Tangahöschen an und präsentiert ihren fast perfekten Körper seinen lüsternen Blicken. Sie gibt ihm zu verstehen, sich mit dem Rücken aufs Bett zu legen, was er auch tut, knetet ein wenig sein Glied, macht ein bisschen auf Französisch, allerdings hauptsächlich nur vorgetäuscht, denn mehr mit der Hand als dem Mund betrieben. Erst zögerlich, dann aber doch, wird sein Glied dabei steif. Sie reißt ein bereitgelegtes Kondompäckchen auf und stülpt das Gummi bei ihm über, fragt ihn, ob er schon bereit für den Verkehr sei. Er bejaht, sie streift schnell ihr Tangahöschen runter und legt sich aufs Bett, lässt ihn in der Missionarsstellung bei ihr eindringen und es dauert anschließend auch nicht lange, nur ein paar Stöße seinerseits, von lustlosen

Stöhngeräuschen ihrerseits unterstützt, und schon, aufgegeilt wie er ist, kommt es ihm. Danach drängt sie ihn von sich runter und reicht ihm ein Papierrollentuch, gibt ihm zu verstehen, damit das benutzte Gummi mit dem enthaltenen Ejakulat von seinem erschlafften Glied abzuziehen und alles zusammen in den dafür vorgesehenen Abfalleimer, auf den sie deutet, zu entsorgen, was Bracht auch tut.

Danach kleiden sich beide wieder an, sie versucht noch, mit Bracht ein wenig zu reden, worauf jetzt aber anscheinend er keinen allzu großen Wert legt. Es drängt ihn wohl mehr danach, den Puff nach vollbrachtem Akt auf schnellstem Weg wieder zu verlassen, was auch Sara nur recht ist. Sie begleitet den Gast noch bis zur Tür und verabschiedet ihn dort, höflich, aber kühl und ohne die sonst üblich Aufforderung, dieses Etablissement doch ruhig wieder einmal mit seinem Besuch zu beehren.

Nach der Verabschiedung Brachts atmet Sara tief durch. Für heute ist der Dienst geschafft. Sie geht zurück in den Aufenthaltsraum und zündet sich eine weitere Zigarette an, zückt ihr privates Smartphone, um darin nachzuschauen, ob ihr inzwischen irgendwelche Telefonate oder Nachrichten entgangen sind, was aber nicht der Fall ist. Dabei nutzt sie diese Gelegenheit gleich dazu, ihrem Macker eine Kurznachricht zu übermitteln, in der steht, dass heute die Kripo bei ihr wegen des Mordes an einem Kerl namens Schneider gewesen sei und dass sie auch deshalb für heute schon früher als für gewöhnlich Schluss mache, weil sie eben geschafft sei, und zur Entspannung zunächst hier vom Bordell aus ins Solarium fahren werde. Er könne sie dort ja mal in einer Stunde oder so aufs Handy anrufen.

Anschließend sagt Sara zu den anderen Mädels im Aufenthaltsraum und Ihrer Chefin, dass sie für heute jetzt hier aufhöre und mal nicht bis spät in die Nacht arbeite. Sie müsse sich nach dem ganzen Trouble wegen dieses ermordeten Björn Schneiders und überhaupt mal ausspannen. Bevor sie geht, muss sie allerdings mit der Chefin für den heutigen Tag noch die Abrechnung machen, das heißt ihr den Anteil an Saras Tageseinnahmen übergeben, der dem Etablissement laut Absprache zusteht, und außerdem noch weitere auf Saras Namen aufgelaufene Ausgaben wie zum Beispiel für geschaltete Inserate begleichen.

94

Auch danach bleibt Sara trotz ihrer heute verkürzten Schicht noch ein hübsches Sümmchen übrig. Bevor sie schließlich wirklich geht, meint sie noch, dass sie sich tatsächlich mal ausspannen und ihre Nerven schonen müsse, weshalb sie vielleicht auch die nächsten paar Tage hier nicht herkommen werde. Sie würde aber noch mal genau Bescheid sagen, wann sie dann wiederkäme. Danach packt Sara ihre Sachen, sagt noch einmal tschüs und ist schon verschwunden, begibt sich zu ihrem Auto und macht sich auf den Weg ins Solarium.

Zu dem Zeitpunkt ist Uwe Bracht mit seiner Luxuslimousine schon fast bei seiner großzügigen Eigentumswohnung in der Berliner City angekommen. Dort lebt er allein, ist nicht verheiratet und war es auch noch nie. Allerdings hat er aus einer kurzen nichtehelichen Beziehung ein Kind, für das er Unterhalt zahlen muss. Dass er dabei tatsächlich der Vater ist, hat er sich durch einen Vaterschaftstest belegen lassen. Allerdings hat er zu diesem Kind, einer Tochter, die jetzt im Teenageralter ist, über seine monatliche Geldüberweisung hinaus genauso wenig Kontakt wie noch zur Mutter des Kindes.

Daran denkt er in diesem Moment aber nicht, und es würde ihn auch nicht weiter jucken. Er war geil auf diese Sara, und auch wenn der Sex, den er vorhin mit ihr hatte, eigentlich lausig war, fühlt er sich im Moment dennoch befriedigt, denn er konnte seine Geilheit direkt am Objekt seiner Begierde abreagieren. Wie schön es doch ist, denkt er sich deshalb, was man sich für Geld alles leisten kann, und schön auch, dass er genug davon hat und dass zumindest zur Zeit auch genug davon nachkommt.

Apropos Geld, da kennt er kaum Skrupel. Auch als Advokat geht es ihm schon lange nicht mehr um Gerechtigkeit, sondern nur darum, das Recht zu seinen Gunsten beziehungsweise dem seiner Mandanten zu nutzen, was wiederum auch ihm beziehungsweise der Mehrung seiner persönlichen Finanzmittel zugutekommt. In dieser Hinsicht hat er jetzt im Alter von Ende vierzig nach eigener Einschätzung schon viel im Leben erreicht, und besonders der Kontakt mit diesen Russen jetzt, den er nun schon seit einiger Zeit pflegt und das auch schon länger, als zum Beispiel Kamp zu wissen glaubt, verspricht seinen Reichtum noch um einiges zu mehren. Dabei interessiert Bracht überhaupt nicht, auf welche Weise die Russen selbst zu ihrem Geld gekommen sind, das sie jetzt über ihn in Deutschland zu investieren gedenken. Er vertritt auf der Ebene des Rechtlichen lediglich die Interessen auch dieses Mandanten und dessen Interessen sind aufgrund des guten Honorars, das er dafür bekommt, letztlich auch seine eigenen.

Dabei ist für ihn Otto Kamp nur eine der Figuren in einem Geflecht von Geschäftsbeziehungen, das Uwe Bracht aufbaut, um die geplanten Investitionen der Russen gewinnbringend anzulegen. Neben Kamp hat er dafür noch andere Leute an der Hand, teilweise auf dem selben, teilweise auf anderen Geschäftsfeldern als dem von Otto Kamp. Und diese Leute stehen, wenn überhaupt, nur über ihn, Uwe Bracht, in Kontakt zueinander und wissen, außer wenn das nötig werden sollte, auch nichts voneinander, und so soll es, wenn es nach Bracht geht, auch bleiben.

Den Otto Kamp hält Bracht aber für in Ordnung, mit dem kann man, wie Bracht meint, etwas anfangen, anders als zum Beispiel mit diesem Idealisten und Schöngeist Björn Schneider, der nur ein Bremsklotz gewesen wäre, der aber zum Glück, so Brachts Ansicht, jetzt weg ist. Mit Otto Kamp dagegen hat Bracht auch heute wieder telefoniert und von ihm alles Wichtige an Neuem erfahren, wie etwa von dem Treffen Kamps mit Herrn Ewald vom Liegenschaftsamt, oder was Kamp sonst noch an Neuigkeiten über die polizeilichen Ermittlungen im Mordfall Schneider weiß, Bracht bisher aber noch nicht mitgeteilt hatte.

Die polizeilichen Ermittlungen sind natürlich jetzt bei den Geschäften mit den Russen ziemlich hinderlich, und Bracht und Kamp können deshalb diesbezüglich zur Zeit nur sehr vorsichtig zu Werke gehen. Aber ihre Aktivitäten in dieser Angelegenheit momentan ganz zu unterlassen, geht eben auch nicht, denn so viel Zeit lassen ihnen die Russen nicht, und schließlich ist dabei eine Menge Geld im Spiel, zuallererst für Uwe Bracht selbst, aber auch für Otto Kamp.

Kamp hat Bracht bei diesem letzten Telefonat miteinander unter anderem von dem Besuch der Kripo bei seiner Frau und seiner Sekretärin berichtet und dabei auch noch einmal seine

Befürchtung geäußert, dass die Kripo ihn, Kamp, anscheinend verdächtige, etwas mit dem Mord an seinem ehemaligen Kompagnon Schneider zu tun zu haben. Als Entgegnung hat Bracht dann ein weiteres Mal Otto Kamp eindringlich ermahnt, höchste Vorsicht bei allen Aktivitäten walten zu lassen, die mit der Geschäftsbeziehung zu den Russen zu tun hätten. Alles in dieser Hinsicht müsse möglichst diskret geschehen und nach außen trotzdem legal erscheinen, und Kamp müsse immer darauf achten, dass er, wenn er diesbezüglich etwas unternehme, nicht beschattet werde, beziehungsweise dass er bei bemerkter Beschattung bestimmte Handlungen dann eben unterlasse. Bei wichtigen Telefonaten, die mit den Russen zu tun hätten, solle Kamp, was er eigentlich ja auch tue, auf jeden Fall wechselnde und immer wieder neue und nach Möglichkeit nicht auf seinen eigenen Namen zugelassene Handys benutzen. Sie beide müssten diese schwierige Situation jetzt eben eine Zeit lang aushalten, ohne deshalb ganz unproduktiv zu sein.

Auch über das Wichtigste aus seinem Treffen mit Herrn Ewald vom Liegenschaftsamt hat Kamp bei dem letzten Telefonat Uwe Bracht in Kenntnis gesetzt und ihm mitgeteilt, wie er, Kamp, sich verabredungsgemäß mit diesem Herrn im Schlosspark Sanssouci getroffen und er denjenigen bei Androhung sonstiger Unannehmlichkeiten unter Druck gesetzt hätte, mit ihnen so, wie es zwischen Bracht und Kamp zuvor abgesprochen war, zusammenzuarbeiten. Herr Ewald habe sich gegen dieses Ansinnen zwar noch etwas geziert, aber Kamp äußerte die Ansicht, dass Herr Ewald auf ihre Forderungen bestimmt letztlich eingehen werde, weil dem was anderes wohl auch nicht übrig bliebe. Außerdem habe Kamp, so seine weitergehende Äußerung, gegenüber Ewald auch angekündigt, dass sich Bracht demnächst selbst bei Herrn Ewald bezüglich dieser jetzt mit dem besprochenen Angelegenheit noch einmal melden werde. Bis dahin sollte sich der, so hätte Kamp dem Ewald auch gesagt, hinsichtlich der geforderten Zusammenarbeit mit ihnen dann entschieden haben, und Kamp meinte noch, dass das dann bestimmt auch so passieren werde.

Von dieser Einschätzung Kamps ist auch Bracht überzeugt. Ansonsten hatten ihn diese Informationen von Kamp fürs Erste gereicht. Ja, er werde sich mit diesem Ewald demnächst mit Sicherheit auch selbst noch einmal treffen, hat Bracht lediglich noch angemerkt. Von seinem Treffen mit Sara hat er Kamp allerdings nichts erzählt, denn erstens braucht Kamp, wie Bracht meint, nicht alles zu wissen und könne sich zweitens sowieso denken, dass er, Bracht, nachdem er sich bei Kamp über die Kontaktmöglichkeit zu Sara erkundigt hatte, diese Dame auch irgendwann aufsuchen würde, um bei ihr die angebotene sexuelle Dienstleistung in Anspruch zu nehmen. Und außerdem gibt es, denkt sich Bracht, bei Huren, was Sex anbelangt, sowieso kein Anrecht auf Exklusivität. Das müsse und würde auch Kamp wissen.

Er, Bracht, jedenfalls fühlt sich, als er zu Hause angekommen ist, in sexueller Hinsicht ziemlich befriedigt und wird sich noch ein paar Gläser ausgezeichneten Whiskeys gönnen und beizu entspannt eine Weile durch die Fernsehprogramme zappen, bevor er dann, aber sicherlich auch nicht allzu spät, denn er fühlt sich andererseits doch ziemlich geschlaucht, ins Bett sinken wird, um sich mit genügend Schlaf für die Arbeit des nächsten Tages zu wappnen.

11.

Am Mittwochvormittag, dem Tag 6 nach der Ermordung Björn Schneiders, treffen sich Babsi und Bernd Keller, wie eigentlich an jedem Morgen eines üblichen Arbeitstages, wieder in ihrem gemeinsamen Büro. „Na, gut geschlafen, Chef?", begrüßt Babsi ihren Vorgesetzten. „Eigentlich ganz gut, und selbst?" „Kann auch nicht klagen!" „Und, was Süßes geträumt, Babsi?" „Das wüsstest 'e wohl gerne, Chef?" „Komm drauf an, was es war." „Verrat ich aber nich', Chef!" „Na gut, Babsi, dann mach uns wenigstens einen Kaffe!", was Babsi prompt erledigt.

Besondere Ereignisse im Bezug auf den Mordfall Schneider stehen für diesen Tag bei den beiden Kripobeamten nicht auf dem Plan. Die vorläufigen Abschlussberichte der Gerichtsmedizin und Spurensicherung mit ersten Auswertungen der Tatortuntersuchung inklusive der entsprechenden DNA-Analysen sowie von der Obduktion der Leiche des Mordopfers werden erst für Donnerstag oder gar Freitag der laufenden Woche

erwartet. Dann sollten auch die Listen mit den Einzelverbindungsnachweisen von den Telefonanschlüssen Björn Schneiders aus den
letzten Wochen vor seiner Ermordung vorliegen.

Da ansonsten nichts anliegt, nutzen Bernd Keller und
Babsi diesen Arbeitstag dazu, ein paar der inzwischen eingegangenen Hinweise aus der Bevölkerung im Bezug auf den Mordfall
nachzugehen, die aufgrund des entsprechenden Aufrufs in den
Medien vorliegen. Vielversprechendes befindet sich allerdings
nicht darunter. Dann haben sich in den letzten Tagen auch noch
andere Büroarbeiten angesammelt, die es ebenfalls zu erledigen
gilt. Und schließlich gibt es nebenbei auch immer noch Arbeit
aufgrund von ein paar anderen Fällen zu tun, mit denen Babsi und
Keller zumindest im Nachgang noch beschäftigt sind. Also lang-
weilig ist es ihnen somit auch für diesen Tag nicht.

Am darauf folgenden Arbeitstag, dem Donnerstag
dieser Woche, erscheinen Bernd Keller und Babsi Weißmüller
wieder fast gleichzeitig so um 9 Uhr morgens im Büro und trinken
dort zunächst die obligatorische morgendliche Tasse Kaffee
zusammen. Um 10 Uhr kommt wie verabredet Martin Striegel, der
eine der beiden vorgeladenen Bekannten von Björn Schneider aus
dem Golfclub, zur Vernehmung. Aber wie Babsi und Keller schon
erwartet hatten, kann er nichts Aufschlussreiches zur Aufklärung
des Mordfalls beitragen. Natürlich bedauert Herr Striegel den
Mord, er mochte Björn Schneider und hielt ihn für einen netten
Kerl, auch wenn Herr Striegel seiner Aussage nach über den
Golfplatz hinaus so viel mit Björn Schneider eigentlich nicht zu
tun gehabt haben will. Sie hätten auf dem Golfplatz zwar öfter
miteinander, das sei wahr, ihr Golfspiel geübt, hätten dort auch ab
und zu zusammen eine Runde gespielt, oder mal in der Cafeteria
gemeinsam bei einem Kaffee oder einem anderen Getränk geses-
sen. Aber über das Golfspielen groß hinausgehende Gespräche
hätten sie dabei nicht geführt und auch sonst privat so gut wie
nichts miteinander unternommen. Ja, an dem Donnerstag bevor der
Mord an Björn Schneider passierte, war Herr Striegel, wie er
aussagt, tatsächlich auf dem Golfplatz gewesen, habe dort auch
Björn Schneider gesehen und kurz begrüßt, aber ansonsten an
diesem Tag mit ihm keinen weiteren Kontakt gehabt. Auffälliges
habe er dabei an Björn Schneider ebenfalls nicht bemerkt. Nach
dem Golfspiel sei Herr Striegel dann den ganzen Abend über bis in

die Nacht hinein auf einer eigenen Familienfeier gewesen, zu der auch gute Freunde des Hauses, Björn Schneider aber eben nicht, zugegen gewesen seien. Es habe sich dabei um den Geburtstag von Striegels Frau gehandelt. Das Ganze klingt für Keller und Babsi jedenfalls nach einem wasserdichten Alibi. Auch deshalb wird auf ein förmliches Protokoll bei Martin Striegel verzichtet, und lediglich seine Personalien, seine Adresse und so weiter bleiben festgehalten. Dann darf Martin Striegel das Polizeipräsidium wieder verlassen.

Auch sonst ergibt dieser Arbeitstag nichts weiter Besonderes hinsichtlich des Mordfalls Schneider. Weder die vorläufigen Abschlussberichte von Gerichtsmedizin und Spurensicherung bezüglich des Mordes noch die Listen mit den Einzelverbindungsnachweisen zu den Telefonanschlüssen Björn Schneiders aus der letzten Zeit liegen schon vor. Allerdings wird den beiden Kriminalbeamten auf entsprechende Anfragen zugesagt, dass die erwähnten vorläufigen Abschlussberichte dann auf jeden Fall morgen früh, also am Freitagvormittag, fertig seien.

Demzufolge erledigen Keller und Babsi genau wie am Tag zuvor liegengebliebene Schreibtischarbeiten beziehungsweise beschäftigen sich mit Hinweisen aus der Bevölkerung zum Mordfall Schneider. Letzteres jedoch mit ebenso wenig brauchbaren Ergebnissen wie am Tag zuvor.

Auch der für den späteren Nachmittag, nämlich zu 17 Uhr 30, geladene zweite Zeuge vom Golfclub namens Michael Bruck, der ebenfalls pünktlich erscheint, kann nur ähnliche Aussagen machen wie schon der am Vormittag befragte erste Zeuge vom Golfclub, mit anderen Worten also so gut wie nichts, was die Ermittlungen wesentlich voranbringen würde. So bleibt Keller und Babsi nur zu hoffen, als sie sich nach Befragung dieses zweiten Zeugen für diesen Arbeitstag voneinander verabschieden, dass der morgige Freitag für die Mordaufklärung mehr bringt, wenn dann hoffentlich die besagten Laborberichte und eventuell auch die Telefonverbindungslisten vorliegen würden.

Und tatsächlich bekommen dann am nächste Freitagvormittag Babsi und Keller die vorläufigen Abschlussberichte von der Gerichtsmedizin sowie der Spurensicherung zugestellt. Und auch die erwarteten Einzelverbindungslisten zu den Telefonanschlüssen Björn Schneiders sind, wie Babsi und Keller mitgeteilt wird, inzwischen eingetroffen.

Die Berichte werden rasch überflogen. In dem gerichtsmedizinischen Bericht wird noch einmal der schon angenommene Todeszeitpunkt, nämlich der Donnerstag vor einer Woche zwischen 22 und 24 Uhr, bestätigt wie auch die Todesursache durch insgesamt sieben tiefgehende Messerstiche, durch die wichtige innere Organe verletzt wurden, was zusammen mit dem dadurch verursachten hohen Blutverlust zum raschen Ableben des Opfers innerhalb weniger Minuten geführt habe. Ansonsten wurde am Leichnam nichts, was besonders abnorm wäre, vorgefunden, wie zum Beispiel Spuren irgendwelcher Drogen oder Medikamente oder ein wesentlich erhöhter Alkoholpegel oder etwa auch Anzeichen einer lebensbedrohlichen Erkrankung.

Blutspuren, abgesehen die vom Getöteten, wurden ebenfalls nicht gefunden. Neben diversen Fingerabdrücken, die sich teilweise dem Ermordeten und teilweise der Reinigungskraft Frau Lehmann zuordnen ließen, wurden von insgesamt vier verschiedenen Personen DNA-Spuren festgestellt, darunter vom Ermordeten selbst und wiederum von Frau Lehmann, wie anhand einer ihr entnommenen Speichelprobe ermittelt werden konnte.

Eine der beiden zunächst nicht zuzuordnenden DNA-Spuren dürfte wahrscheinlich vom Täter stammen, da diese auch unter den Fingernägeln Schneiders festzustellen waren. Demnach lässt sich davon ausgehen, dass es zwischen Opfer und Täter doch zu einem kurzen Handgemenge gekommen war.

Weitere, mehrfach gefundene DNA-Fragmente konnten einheitlich einer vierten, ebenfalls noch unbekannten Person zugeordnet werden, von der folglich anzunehmen ist, dass sie sich des Öfteren in letzter Zeit in der Wohnung des Ermordeten aufgehalten hat.

Ansonsten wurde, wie Keller in einem mit der gerichtsmedizinischen Abteilung zusätzlich geführten Telefonat mitgeteilt wurde, die Leiche mit Abschluss der Obduktion für die Bestattung freigegeben und die in Süddeutschland lebende Mutter des Ermordeten bereits entsprechend informiert, worauf sich auch schon ein von den Angehörigen des Opfers beauftragtes Bestattungsunternehmen gemeldet hätte, das die Überführung des Leichnams nach Süddeutschland in Kürze vornehmen wolle.

Gleich nach diesem Telefonat nimmt Keller Kontakt zu den Spezialisten im Polizeipräsidium für die Auswertung von Computer- und Handydaten auf. Bisher konnten diese Mitarbeiter nichts besonders Aufschlussreiches im Bezug auf den Mordfall Schneider ermitteln. Das betrifft sowohl den Email-Verkehr als auch sonstige auf der Festplatte des beschlagnahmten Laptops von Schneider gespeicherte Daten. Nichts besonders Spannendes ergab auch das von den Computerspezialisten bisher rekonstruierte Surfverhalten von Schneider im Internet. Klar gab es auch bei Schneider einige pornografische Seiten darunter, aber nichts strafrechtlich sonderlich Relevantes, keine Kinderpornografie, keine Sodomie, keine eindeutige sexuelle Gewalt, ja überwiegend nicht einmal richtige Pornos, sondern eher erotische Nacktfotos. Eher auffallend, dass es sich dabei meistens um Abbildungen von Frauen mit großen, teilweise sogar extrem großen Brüsten handelte.

Aber ganz fertig sind die Kollegen mit der Auswertung von Schneiders Computer- und Handydaten noch nicht. Sollte sich noch etwas aufregend Neues dabei ergeben, würde man sich umgehend bei Keller melden. Natürlich würde dann auch von dieser für derartige Telekommunikationsdaten zuständigen Abteilung noch ein abschließender Bericht folgen, den man Keller zustellen werde. Eine aber bereits erstellte Liste von den auf Schneiders Handy abgespeicherten Rufnummern, sowohl was die gewählten wie empfangenen Nummern, die Telefongespräche wie die Kurz-Nachrichten betrifft, würde Keller über den hausinternen Kommunikationskanal schon unverzüglich zugeschickt werden.

Und als das Entsprechende dann vorliegt, machen sich Keller und seiner Mitarbeiter auch gleich an die Auswertung dieser Björn Schneider betreffenden Rufnummern. Zunächst werden dabei alle Telefonnummern, die auf Schneiders Handy abgespeichert waren, mit den vorliegenden Einzelverbindungslisten der Telefongesellschaften bezüglich Björn Schneider verglichen, was, wie zu vermuten war, zu zahlreichen Übereinstimmungen führt, bei insgesamt nicht gerade wenige Nummern, die angewählt oder empfangen wurden.

Daher ist es für Keller, Babsi und ein paar weiteren Kolleginnen und Kollegen auch keine ganz schnell zu erledigende Arbeit, diese Verbindungs- und Handydaten entsprechenden Adressaten zuzuordnen, abgesehen von einigen Ausnahmen, wie beispielsweise zu Schneiders Büro, zu Herrn Kamp, dem Golf-Club oder Verwandten von Björn Schneider. Bei anderen, ebenfalls häufiger auftauchenden Nummern versucht man diejenige Person, Firma oder Institution, die sich hinter der Telefonnummer verbirgt, ganz einfach dadurch zu ermitteln, indem dort angerufen wird, man sich als Kriminalpolizei ausgibt und dann sagt, dass man zur Aufklärung eines wichtigen Kriminalfalls einfach wissen müsse, zu wem diese Telefonnummer gehört.

Dabei fällt Keller bald eine von Björn Schneider offenbar häufiger angerufene Nummer auf, die, wie man herausfindet, zu einem Bordell gehört, dabei aber nicht demjenigen, in dem Sara derzeit anschaffen geht. Keller erinnert sich daran, was ihnen Sara bei deren Vernehmung mitgeteilt hatte, nämlich dass ihres Wissens nach auch Björn Schneider Stammfreier bei einer Prostituierten gewesen sein soll, und zwar bei einer mit auch irre großer und dabei offenbar sogar natürlicher Oberweite, und dass diese Prostituierte der Kripo vielleicht noch mehr erzählen könnte, was für die Aufklärung des Mordes an Schneider nützlich sei, als sie, Sara, es könne. Also entschließt sich Keller, es bei diesem Bordell mit dem gleichen Trick zu versuchen, mit dem er an Sara herangekommen war, nämlich sich zunächst, als er dort anruft, wieder als interessierter Freier auszugeben.

Es gäbe dort doch eine Frau mit einer enorm großen, natürlichen Oberweite, sagt er dann und er wolle wissen, als das bejaht wird, ob die denn heute auch da sei, weil er sie gerne mal besuchen wolle. Ja, wird ihm erneut bestätigt, das sei möglich, die Frau wäre heute auf jeden Fall bis circa 19 Uhr im Haus. Und sie wäre auch schon jetzt da. Er könne jederzeit vorbeikommen. Zwar könne es dann sein, dass er ein bisschen warten müsse, denn diese Dame sei schließlich sehr begehrt und könne in dem Moment dann gerade belegt sein. Aber er käme in jedem Fall auch dran. Anschließend wird ihm noch erklärt, welchen Weg er in Berlin nehmen muss, um zu dieser Adresse zu kommen.

Und dahin macht sich Keller auch bald auf den Weg. Diesmal allerdings allein, also ohne Babsi, die noch einiges im Büro zu erledigen hat. In dem Bordell angekommen gibt er sich diesmal nicht gleich als Kripobeamter zu erkennen und wird demzufolge von der Dame, die ihn hereinbittet, als Freier angesehen und somit in eines der momentan unbesetzten Liebeszimmer geführt, wo Keller dann sagt, dass er hier schon angerufen hätte und dass er zu der Dame mit der sehr großen natürlichen Oberweite wolle. Ob er die denn schon kennen würde. Das verneint der Kommissar und sagt, dass er heute zum ersten Mal hier sei.

Im Moment sei die Dame noch belegt, er müsse also warten und käme dann als Nächster dran. Oder ob er sich nicht doch noch ein paar andere, schon jetzt verfügbare Damen anschauen wolle, von denen einige oben herum auch ganz gut ausgestattet seien. Als der Kommissar das verneint, wird ihm gesagt, dass er dann eben warten müsse, es könne schon einige Minuten dauern. Ob er vielleicht einen Kaffee wolle. Ja, da habe er nichts dagegen.

Als er kurz darauf den Kaffee überreicht bekommt, wird ihm noch gesagt, dass er hier auch ruhig rauchen dürfe, wenn er das wolle, ein Aschenbecher stände ja bereit. Nein, meint Keller, er sei Nichtraucher, worauf der Kommissar dann allein gelassen wird und nun warten muss.

Er hat danach Zeit, sich in dem recht geräumigen Zimmer umzusehen. Alles darin ist in ein gedämpftes, angenehmes Licht getaucht. Bei der Einrichtung und auch sonst rings an den Wänden entlang überwiegen Rot- und Gelbtöne. Der Raum wirkt sauber und aufgeräumt und auch nicht überladen. Das Fenster ist mit Vorhängen verhüllt, so dass sich nur künstliches Licht in dem Zimmer befindet. Auch die Decke ist mit wallendem Stoff verkleidet. In der Mitte des Raumes steht eine große, mit einer Tagesdecke überzogene Liege mit darauf ein paar Kissen und einem großen, zusammengelegten Handtuch. An den Wänden sind ein paar Spiegel und einige Bilder mit erotischen Motiven angebracht. Ansonsten ist in dem Raum noch ein Regal zu sehen mit darin ein paar ordentlich gefalteten weiteren Handtüchern, einer Schale mit verpackten Kondomen, einer angefangenen Rolle Papierküchentüchern und einer kleinen Musikanlage samt einigen danebenliegenden CDs. Das Zimmer wirkt, wie gesagt, sehr aufgeräumt.

Neben den genannten Einrichtungsgegenständen gibt es außerdem noch einen kleinen, runden Tisch inklusive zweier Stühlen, auf einem von denen momentan der Kommissar mit vor sich einer Tasse Kaffee sitzt. Zudem befinden sich in dem Zimmer noch zwei künstliche Pflanzen, ein paar schwach leuchtende Lampen, ein Abfalleimer mit einer weitgehend ungebrauchten Abfalltüte darin, eine an der Wand angeschraubte Leiste mit Garderobenhaken und, nicht zu vergessen, auf dem runden Tischchen, jetzt neben der Kaffeetasse, der erwähnte Aschenbecher, in dem auch schon etwas Asche und zwei Zigarettenstummel liegen. Weiteres ist in dem Zimmer nicht zu sehen, in dem Keller bei geschlossener Tür jetzt sitzt und darauf wartet, dass die gewünschte Dame endlich Zeit hat, zu ihm zu kommen.

So vergeht gut eine halbe Stunde, bis schließlich die Tür aufgeht und die Erwartete eintritt. Das Auffälligste an ihr ist tatsächlich eine enorm große und durch ihre Kleidung noch entsprechend zur Geltung gebrachte Oberweite, mit bestimmt so Körbchengröße G oder H oder, anders ausgedrückt, gut 110 Zentimetern Umfang. Das Ganze bei ansonsten eher mittelgroßer Statur von, ohne Schuhe gemessen, so ungefähr 1 Meter 65, durch die extrem hohen Highheels, die die Dame trägt, aber bestimmt noch einmal mindestens 10 Zentimetern mehr. Ihre Figur ist noch durchaus schlank zu nennen, wenngleich nicht gerade gertenschlank. Als Top trägt die noch junge, schätzungsweise etwas über 30 Jahre alte Frau eine rosafarbene, eng geschnürte, trägerlose Satin-Korsage mit einem Dekolletee, das ihre beiden auffallend großen Brüste mehr als nur ansatzweise zur Schau stellt. Ein Anblick, der einen Mann, der auf große Brüste steht, auf der Stelle in Erregung versetzen sollte. An dem bis halb über den Po reichenden Korsett sind unten vier Strumpfhalter angenäht, an denen schwarze Netzstrümpfe festgeschnallt sind. Dazu trägt die Dame einen schwarzen Slip und, wie schon erwähnt, extrem hohe, rote Highheels. Um ihren Hals baumelt eine schwere Goldkette mit einem Skorpion als Anhänger daran, der zwischen ihren großen, eng aneinandergeschmiegten Brüsten hin und her baumelt. Außerdem trägt sie goldene Ohrringe und ein goldenes Armband. Die Dame ist aber, abgesehen von ihren Fingernägeln und dem aufgetragenen Lippenstift, nicht sonderlich auffällig geschminkt. Ihre Haare sind glatt, etwas mehr als schulterlang und schwarz gefärbt. Dazu trägt sie eine schicke Brille. Als schön würde Keller die junge Frau nicht unbedingt bezeichnen wollen, aber doch, wenn auch geschmacksabhängig, als enorm attraktiv. Eine eher herbe Schönheit eben, die schon wegen ihrer extrem großen Brüste durchaus etwas Mütterliches an sich hätte, wenn da nicht so ein harter, leicht verbittert wirkender Gesichtsausdruck um ihre Mundwinkel und ihre Augen herum wäre. Trotz aller Üppigkeit, insbesondere oben herum, wirkt sie jedoch keineswegs matronenhaft.

„Sie haben nach mir verlangt", spricht die Prostituierte Keller an, „bisher waren Sie aber noch nicht bei mir, oder? Jedenfalls kommen Sie mir nich' bekannt vor." „Nein, ich bin noch nicht bei Ihnen gewesen. Mein Name ist übrigens Keller, Bernd Keller. Und wie bitte, darf ich Sie nennen?" „Nennen Sie mich Monique! Also, was kann ich für Sie tun, Mister Keller?"

„Es ist anders, als Sie es jetzt vielleicht erwarten", antwortet Keller, „ich bin hier nämlich nicht als Freier, sondern in meiner Eigenschaft als Kriminalbeamter. Entschuldigen Sie bitte, dass ich das nicht gleich gesagt habe, aber ich bin auch nicht danach gefragt worden. Sie brauchen jetzt aber keine Angst zu haben, es geht nicht um Sie persönlich. Trotzdem muss ich Ihnen ein paar Fragen stellen. Dabei geht es um einen Mordfall."

Damit hat Monique nun allerdings nicht gerechnet. Sie ist sichtlich perplex, setzt sich erst einmal hin und zückt eine Zigarette aus einer von ihr mitgebrachten Zigarettenschachtel. Galant gibt Keller ihr Feuer. Er selbst ist zwar Nichtraucher, hat aber für solche Zwecke wie diesen hier immer ein Feuerzeug bei sich.

Unumwunden kommt er nun zur Sache. „Wahrscheinlich haben Sie schon davon gehört, dass in Potsdam ein Geschäftsmann, ein gewisser Björn Schneider, ermordet wurde?"

„Nee!", behauptet Monique, davon habe sie noch nichts gehört. Jedoch wirkt sie dabei sichtbar nervös und zieht hastig an ihrer Zigarette. Keller beschreibt dann den Ermordeten ein wenig und sagt, dass man seitens der Kripo aber genau wisse, dass er öfter hier im Bordell und aller Wahrscheinlichkeit nach auch bei ihr gewesen sei.

Nun gibt Monique zu, dass sie diesen Mann wohl doch kenne und dass er auch ein paar Mal bei ihr gewesen sei. Aber ansonsten habe sie nichts mit ihm zu tun gehabt. Dann drückt sie im Aschenbecher schnell ihre Zigarette aus, erhebt sich und meint, sie müsse mal kurz nach draußen gehen.

Kaum ist sie durch die Tür verschwunden, holt Keller ein kleines, mit einem Druckverschluss versehenes Plastiktütchen aus seiner Jackentasche hervor und steckt da ganz vorsichtig, mehr mit den Fingernägeln anfassend, den von Monique gerade ausgedrückten Zigarettenstummel hinein.

Kurz nachdem er anschließend das kleine Plastiktütchen in seiner Tasche verstaut hat, kommt Monique wieder ins Zimmer zurück. Diesmal in Begleitung einer schon etwas älteren zweiten Dame, die offenbar die Wirtschafterin dieses Etablissements hier ist und gleich ziemlich aufgebracht Keller angeht, was ihm einfiele, sich quasi als Freier hier einzuschleichen und nicht gleich als Kriminalbeamter auszugeben. Sie wolle jetzt unverzüglich seinen Dienstausweis sehen und droht Keller damit, dass sie wegen seines Verhaltens hier eine Dienstaufsichtsbeschwerde gegen ihn einreichen werde.

Keller meint: „Das können Sie gerne machen!", und zeigt seinen Ausweis vor, der von der Wirtschafterin ausgiebig inspiziert wird. Keller sagt noch, beinahe wie zur Entschuldigung, er sei ja nach seiner Identität nicht gefragt worden und habe folglich auch nicht gelogen. „Allerdings brauche ich", fährt Keller an die Wirtschafterin des Etablissements gerichtet fort, „jetzt umgekehrt und auch mit Ausweis belegt ihre Personalangaben, also den vollständigen Namen und die gemeldete Adresse von Ihnen, gnädige Frau, und", nun zu der Dame mit der großen Oberweite geäußert, „auch von Ihnen, Monique. Ansonsten müsste ich hier, um diese Auskünfte zu bekommen, und glauben Sie mir, ich meine das ernst, ein Polizeiaufgebot anrücken lassen. Und das würde wahrscheinlich bedeuten, dass sie Ihren Laden hier zumindest für den restlichen Tag heute zumachen könnten."

Unter Schimpftiraden kommen die beiden Damen Kellers Aufforderung nach. Dabei stellt sich heraus, dass Monique eigentlich Monika, Monika Zilkowski, heißt und nur für ihrem Job hier, sozusagen als Pseudonym, den Namen Monique trägt, wobei der ihrem tatsächlichen Namen allerdings ziemlich ähnlich klingt. Nachdem Keller aus den Ausweisen alle ihn interessierenden

Daten mit seinem Smartphone abfotografiert und anschließend noch darauf hingewiesen hat, dass es seien könne, dass er sich noch mal melden würde, verabschiedet er sich und begibt sich auf den Rückweg zum Polizeipräsidium.

Dort angekommen bringt er den Zigarettenstummel von Monika alias Monique gleich in die Laborabteilung, mit der Bitte dieses mögliche Beweisstück auf DNA-Spuren hin zu untersuchen und festzustellen, ob die auf dem Zigarettenstummel haftende DNA eventuell identisch mit einer der DNA-Spuren sein könnte, die man in der Wohnung Schneiders gefunden hat.

Nach einer kurzen anschließenden Lagebesprechung mit Babsi sowie ein paar weiteren Leuten aus der Mordkommission „Schneider" zum Zweck, den momentanen Stand der Ermittlungen zu erörtern, verabschiedet man sich allerseits in den Feierabend und das somit wieder einmal anstehende Wochenende hinein.

12.

Früh am Montag der folgenden Woche in sozusagen seiner ersten Amtshandlung dieser Woche erfährt Keller bei einem nochmaligen Telefonat mit der Gerichtsmedizin, dass die Leiche Schneiders inzwischen nach Westdeutschland überführt wurde, zu dem Ort hin, wo er herstammt.

Im Anschluss führt Keller dann, wie es speziell zu Wochenanfang häufiger geschieht, ein morgendliches Briefing durch, an dem außer seiner Assistentin Babsi noch ein paar weitere Kolleginnen und Kollegen aus der Mordkommission „Schneider" teilnehmen und wo es in erster Linie darum geht, die für diesen und die kommenden Tage geplanten Aktivitäten miteinander abzusprechen.

Keller meint, er wolle sich heute mal die Abhörprotokolle von Kamps Telefonaten vorknöpfen. Vielleicht würde das etwas bringen. Danach plant er sich der Arbeit anzuschließen, die Babsi mit einigen der Kolleginnen und Kollegen vorhat, nämlich weiteren Hinweisen aus der Bevölkerung zum Mordfall nachzugehen. Zudem müsste man sich noch um einige der Telefonnummern aus den Verbindungslisten zu Schneiders Anschlüssen kümmern, die bisher noch nicht abschließend überprüft wurden.

Keller teilt Babsi und den anderen Kolleginnen und Kollegen der Mordkommission außerdem mit, dass er erfahren hat, dass Schneiders Leiche inzwischen zu dem Ort hin überstellt wurde, wo Schneider herstammt und wo dann sicherlich auch dessen Bestattung stattfinden werde. Er wolle am Nachmittag mal versuchen, Schneiders Schwester in Berlin anzurufen, die als Lehrerin nachmittags vermutlich zuhause erreichbar sein dürfte. Von der könne er bestimmt erfahren, wann und wo genau diese Beerdigung sein soll. Möglicherweise würde er sich dann zu einer Dienstreise dorthin entschließen, denn manchmal könne man bei solchen Beerdigungen und ein paar Gesprächen mit Personen dort, die dem Verstorbenen nahe standen, nützliche Hinweise für die weitere Ermittlungsarbeit bekommen. Aber um sich endgültig zu entscheiden, ob er dahin wirklich fahren werde, müsse er zuerst mit der Berliner Schwester des Ermordeten gesprochen haben.

Die Abhörprotokolle, denen sich Keller anschließend widmet, bringen zumindest auf den ersten Blick jedoch nichts an den Tag, was zur Mordaufklärung beitragen könnte. Keller nimmt an, dass Kamp damit rechnet, abgehört zu werden, und dass er sich deshalb entsprechend vorsichtig bei seinen Telefonaten verhält oder, wenn es brisant wird, er dafür eben Kommunikationswege nutzt, die nicht abgehört werden. Also ist, wie Keller vermutet, auch zukünftig von dieser Ermittlungsquelle nichts großartig zu erwarten, was ihn und Babsi der Aufklärung des Mordes entscheidend näher bringen würde.

Immerhin hat Keller aber das Glück, am Nachmittag Schneiders Berliner Schwester ans Telefon zu bekommen. Von ihr erfährt er, dass die Bestattung Björns bereits für den kommenden Mittwoch, also für übermorgen, vorgesehen sei. Auch wo die Beerdigung stattfinden soll, wird ihm mitgeteilt. Keller gibt Schneiders Schwester zu verstehen, dass er möglicherweise vorhabe, an dieser Beerdigung teilzunehmen. Ganz genau wisse er das aber noch nicht und müsse das erst mit seinen Kolleginnen und Kollegen absprechen. Björns Schwester hat gegen Kellers möglicher Teilnahme an der Beerdigung auch nichts einzuwenden.

Und als Keller dann kurz vor Feierabend mit Babsi wieder über diese Angelegenheit spricht, hat er eigentlich schon die Entscheidung getroffen, sich tatsächlich auf die Dienstreise dorthin nach Südhessen zu begeben, um an der Beerdigung Björn Schneiders teilzunehmen. Morgen früh, so seine Absicht, will er mit seinem Dienstauto zu diesem Ort losfahren. Einen Flug zu nehmen, würde mit den Reisekostenbestimmungen für Kriminalbeamte sicherlich nicht im Einklang stehen, so dass Keller erst gar nicht versuchen will, das genehmigt zu bekommen. Und wahrscheinlich werde er sich, wie er Babsi mitteilt, dann am Mittwochabend schon wieder auf die Heimreise begeben und wäre somit ab Donnerstag hier im Präsidium zurück.

Babsi, die zusammen mit der Kollegenschaft an diesem Arbeitstag ebenfalls keine neuen Anhaltspunkte im Mordfall Schneider finden konnte, wünscht Keller für seine anstehende Dienstreise viel Glück und nimmt von ihm gern noch den Auftrag entgegen, hier vor Ort, solange Keller abwesend sei, seine Weisungsbefugnis zu übernehmen. Telefonisch würden sie ja während seines Fernbleibens sowieso in Verbindung bleiben.

Am Abend dann packt Keller für seine Reise den Koffer. Er vergisst auch nicht, geeignete Anziehsachen für die Beerdigung mitzunehmen. Und früh am nächsten Morgen geht die Reise also los, so dass Keller schon kurz nach Mittag an dem Zielort angekommen ist, wo er sich in einem örtlichen Hotel für die zunächst einmal kommende Nacht ein Zimmer nimmt.

Anschließend ruft er über Handy Schneiders ältere Schwester an, die ihren Wohnsitz in Berlin hat. Bei seinem gestrigen Telefonat mit ihr hatte er sich, auch zu dem Zweck, hier vor Ort mit ihr in Verbindung treten zu können, vorsorglich noch einmal ihre Handynummer geben lassen. Die Schwester ist mit ihrem jetzigen Lebenspartner und ihrer erwachsenen Tochter ebenfalls schon hier am Ort angekommen und hat, in einem allerdings anderen Hotel als Keller, Unterkunft bezogen.

Keller fragt die Schwester, ob es jetzt so einen Tag vor der Beerdigung, er wolle ja schließlich den gebotenen Anstand wahren, wohl für ihn möglich sei, bei der Mutter des Toten vorbeizuschauen, um mit ihr ein Gespräch zu führen, worauf die Schwester entgegnet, dass sie schon glaube, dass das möglich sei.

Ihre Mutter sei stark genug, eine polizeiliche Befragung auch in dieser Situation ertragen zu können. Besser aber würde sie mit ihrer Mutter deswegen erst telefonieren und anschließend Keller noch einmal Bescheid sagen.

Gesagt, getan. Kaum 10 Minuten später klingelt Kellers Handy. Es ist Schneiders Schwester. „Ja, Herr Keller, meine Mutter hat gegen einen Besuch von Ihnen nichts einzuwenden. Am besten wäre es, wenn Sie heute so zwischen 4 und 5 Uhr nachmittags, das heißt also in circa 2 Stunden vorbeikämen. Dann wären auch ich selbst und meine jüngere Schwester bei meiner Mutter." Keller wird dann noch der Weg zum Haus der Mutter beschrieben, und da das nicht sehr weit von seinem Hotel entfernt ist, nämlich schätzungsweise nur so ungefähr eine halbe Stunde zu Fuß, entschließt sich Keller, den Weg nach dorthin auch zu Fuß zurückzulegen. Zwischendurch, so sein Ansinnen, könne er sich noch irgendwo in ein Café setzen und von dort aus auch mal kurz mit seiner Assistentin Babsi telefonieren, um das Neueste mit ihr auszutauschen.

Und so macht er es dann auch. Neues gibt es aus Potsdam dabei allerdings nicht zu erfahren, was Keller aber nicht weiter stört. Stattdessen genießt er von dem Café aus, in dem er das Telefonat geführt hat, sowie auf seinem Fußweg vor und nach dem Cafébesuch den Ausblick auf die schöne, mit vielen alten Fachwerkhäusern versehene Altstadt dieser südhessischen Kleinstadt. Knapp außerhalb der Altstadt hat die Mutter des Ermordeten dann ihr Haus stehen, wo Keller, nachdem er den schmucken Vorgarten durchschritten hat, an der Haustür klingelt. Eine gepflegte, etwas ältere Dame in schwarzer Trauerkleidung und im Alter von ungefähr 70 Jahren oder auch etwas darüber öffnet ihm, und Keller stellt sich ihr vor.

Er wird ins Wohnzimmer gebeten. Dort sitzen auch die beiden Schwestern von Björn Schneider. Die ältere kennt Keller ja schon von Berlin her. Die jüngere ist auffallend hübsch, groß, schlank und ungefähr 40 Jahre alt. Auch beide Schwestern tragen genau wie die Mutter schwarz. Keller wird aufgefordert, Platz zu nehmen, was er dankend ebenso annimmt wie das anschließende Angebot einer Tasse von dem schon zubereiteten Kaffee.

Das Erste, was Keller äußert, ist, den drei Angehörigen des Mordopfers sein tief empfundenes Beileid auszusprechen. „Es ist schrecklich, den Bruder und noch mehr den eigenen Sohn und dann auf solch tragische Weise zu verlieren, aus dem Leben gerissen durch so eine abscheuliches Verbrechen. Ich verspreche Ihnen, dass die Polizei von Potsdam alle erdenklichen Anstrengungen unternehmen wird, den hinterhältigen Mörder dingfest zu machen. Wir werden da nicht lockerlassen, und in der Regel sind wir dann auch erfolgreich. Also, Sie können sich diesbezüglich auf uns verlassen!" Die Damen bedanken sich bei Kommissar Keller für seine Anteilnahme und sein gegebenes Versprechen. Keller fordert anschließend dazu auf, doch ein bisschen von Björn zu erzählen. Auch kleinste Hinweise und Informationen könnten sich wie Mosaiksteinchen in einem Puzzle für die Aufklärungsarbeit der Polizei als nützlich erweisen.

Björn sei eigentlich ein unkompliziertes Kind gewesen, berichtet die Mutter, und habe nie groß Schwierigkeiten gemacht, weder im Kindergarten, noch in der Grundschule oder später auf dem Gymnasium. Eigentlich sei er ein richtiger Sonnyboy gewesen, immer von Freunden umgeben und in der Jugend ein anerkanntes Mitglied im Sportverein. Er habe Basketball gespielt. Auch von daher kam sein stets großes Interesse an den U.S.A., wo er dann später nach dem Studium ja auch für einige Jahre gelebt habe. Sogar auf dem Gymnasium sei er immer ein guter Schüler gewesen, und so mit 16 oder 17 Jahren habe er dann seine erste feste Freundin gehabt, die auch hier aus dem Ort kam und übrigens noch immer hier wohnen würde. Die sei aber inzwischen verheiratet und habe zwei schon fast erwachsene Kinder. Sie hieße Clara Stahl und werde bestimmt morgen auch auf der Beerdigung zugegen sein genauso wie sicherlich auch Björns jahrelang bester Schulfreund namens Ferdi Hoffmann, der jetzt hier in der kommunalen Verwaltung eine Anstellung habe und ebenfalls noch am Ort wohnen würde.

Aber Björn sei es ja schnell in dieser kleinen Stadt zu eng geworden, er habe immer raus gewollt und als dann etwa ein Jahr nach seinem Abitur auch noch sein Vater an Krebs gestorben war, habe er sein im nahen Darmstadt begonnenes Studium lieber in München fortgesetzt. Er wollte raus, weg von hier, und hat hier

seine Freundin, seinen jahrelang besten Kumpel und seinen gelieb-
ten Basketballverein hinter sich gelassen.

Wenigstens habe er sein angefangenes BWL-Studium
nicht abgebrochen, sondern dann in München erfolgreich abgeschlossen. Auch in Amerika sei er beruflich dann ziemlich
erfolgreich gewesen. Dorthin gekommen sei er im Rahmen eines
akademischen Austauschprogramms und habe im Silicon Valley
bei einer aufstrebenden IT-Firma gearbeitet, erst als sogenannter
Associate und dann in einem festen Anstellungsverhältnis. Ungefähr fünf Jahre sei er dort drüben gewesen und habe da auch ganz
gut verdient, zum guten Teil über Aktienoptionen. Auf Dauer
wollte er dort drüben dann aber doch nicht bleiben. So sei er
wieder zurückgekommen und nach Berlin in die Nähe seiner
älteren Schwester gezogen. Aber selbst von den U.S.A. aus habe
Björn zu seiner Mutter eigentlich immer Kontakt gehalten. Und
auch zuletzt hätten sie beide wenigstens ein Mal in der Woche
miteinander telefoniert. Schlimm, dass er nun so früh und auf
solch tragische Weise aus dem Leben scheiden musste. Sicherlich
hätte er noch einiges erreichen können und vielleicht sogar doch
noch die richtige Frau gefunden, um mit ihr eine Familie zu
gründen und Erben zu bekommen. Nun ginge dass alles natürlich
nicht mehr, weil seinem Leben viel zu früh und dazu noch gewaltsam durch diesen Meuchelmord ein Ende gesetzt wurde. Das sei
schrecklich, aber leider nicht mehr rückgängig zu machen. Hoffentlich würde man wenigstens den Täter zur Rechenschaft ziehen
und einer gerechten Strafe zuführen können.

Ob die Damen denn selbst einen Verdacht hätten, fragt
Keller nach, wem so eine Tat zuzutrauen sei oder ob Björn viel-
leicht sogar hier in der Gegend irgendwelche unversöhnlichen
Feinde gehabt habe.

Nein, kommt ohne Zögern die Antwort, solche Feinde
gäbe es hier mit Sicherheit nicht, und die Mutter und Schwestern
wüssten auch sonst niemand, dem sie so eine Tat zutrauen würden,
da doch Björn ein wirklich netter Mensch gewesen sei, der versucht habe mit jedermann auszukommen. Aber wer wisse schon,
mit welchen Kreisen er dort im Osten Deutschlands zu tun hatte,
das könnten sie von hier aus nicht beurteilen.

Keller sieht dann bald danach den Zeitpunkt für gekommen, sich wieder zu verabschieden. Noch einmal drückt er sein tief empfundenes Beileid aus und lässt noch seine Visitenkarte zurück für den Fall, dass den Angehörigen von Björn Schneider noch etwas einfiele, was für die Aufklärung des Verbrechens wichtig sein könnte. Dann sollten sie sich auf jeden Fall bei ihm melden. Keller gibt, als er sich verabschiedet, allen drei Damen seine Hand und sagt: „Bestimmt sehen wir uns ja morgen auf der Beerdigung wieder. Aber ich bleibe da lieber im Hintergrund. Und nochmals vielen Dank für den Kaffee und dafür, dass Sie sich Zeit für mich für dieses Gespräch genommen haben. Ich kann mir denken, wie schwer das alles für Sie ist." Schließlich wird er von der Mutter des Verstorbenen aus dem Haus begleitet.

Auf dem Weg durch die Altstadt zurück zu seinem Hotel lässt sich Keller wieder Zeit. Der Nachmittag geht allmählich in den frühen Abend über, und Keller findet, dass es für ihn damit Zeit wird, sich ein warmes Essen zu genehmigen. Er entschließt sich, ein gutes Restaurant aufzusuchen und sich eine gepflegte Mahlzeit mit dazu einem oder zwei Gläsern Rotwein zu gönnen.

Anschließend begibt er sich zurück auf sein Hotelzimmer. An der Rezeption bestellt er sich noch eine Flasche Wein aufs Zimmer, die man ihm wenig später bringt. Er genehmigt sich davon zwei oder drei weitere Gläser, während er bei laufendem Fernseher ein wenig durch die Programme zappt und sich die eine oder andere Sendung eine Weile lang anschaut. Dann geht er müde geworden zu Bett.

Kurz vor acht Uhr steht er am nächsten Morgen wieder auf, hat da aber noch genug Zeit, denn die Beerdigung soll erst um 11 Uhr beginnen. Zunächst macht er sich im Bad fertig, duscht ausgiebig, rasiert sich, putzt sich die Zähne. Danach geht er frühstücken. Anschließend ist es kurz nach 9 Uhr. Er telefoniert noch einmal mit seiner Assistentin Babsi, die ihm aber wieder nichts Neues zu berichten weiß.

Keller zieht sich nun für die Beerdigung um: weißes Hemd, schwarze Krawatte, dunkler Anzug, frisch geputzte schwarze Schuhe. Es ist kurz nach 10 Uhr. Mit dem Auto geht es zum Friedhof. Am Friedhof angekommen braucht Keller erst eine

Weile, bis er einen geeigneten Parkplatz für sein Auto gefunden hat. Dort stellt er es dann ab und begibt sich auf den Friedhof, wo er in Richtung der schon vom Friedhofseingang aus nicht zu übersehenden Kapelle geht. Er vermutet richtig, dass dort die Zeremonie ihren Anfang nehmen soll. Viele Trauergäste haben sich schon vor der Kapelle versammelt. Etwas abseits von den Angehörigen mischt sich Keller diskret unter die dort wartende Versammlung. Es ist für Keller, der auch in seiner Eigenschaft als Kommissar nicht zum ersten Mal einer Beerdigung beiwohnt, mit einem kurzen, ersten Blick in die Kapelle schnell zu erkennen, dass Björn Schneider offenbar nach katholischem Ritus bestattet werden soll. Das zeigt schon die Art, wie jetzt die Kapelle und der in dieser Kapelle stehende Sarg mit darin dem Verstorbenen ausgestattet sind. Und allein, dass es sich eben um eine Erdbestattung mit Sarg und nicht um eine Urnenbeisetzung handelt, spricht für den katholischen Ritus, auch wenn eine Urnenbestattung inzwischen seitens der katholischen Kirche nicht mehr grundsätzlich verboten ist. Keller geht davon aus, dass das katholische Zeremoniell für die Bestattung dem Wunsch der Angehörigen Schneiders entspricht, denn es ist kaum anzunehmen, dass Björn Schneider selbst eine entsprechende Verfügung hinterlassen hat.

Keller schaut sich um. Es ist ein sonniger Tag im frühen September. Zusehends mehr und mehr Trauergäste versammeln sich vor der Kapelle. Die meisten von ihnen bleiben dort auch stehen, als der Beginn der Trauerfeier näher rückt, denn der Platz in der Kapelle reicht längst nicht für alle aus, sondern lediglich für die engeren Angehörigen, Freunde und Bekannten des Verstorbenen, die dort inzwischen auch Platz genommen haben, wie Keller sieht, als er jetzt durch die weit offen stehende Tür noch einmal einen etwas längeren Blick in den Innenraum dieser kleinen, vielleicht für 30 Leute Platz bietenden Kapelle wirft. Von der Tür aus am hinteren Ende der Kapelle ist unterhalb eines großen Kreuzes eine Art von Altar und in gewissem Abstand davor der bereits geschlossene Sarg zu sehen. In dem Sarg, wovon auszugehen ist, liegt der Leichnam des Verstorbenen, und drum herum sieht man eine große Menge an Blumen, Kränzen und auf silbernen Ständern brennende Kerzen angebracht. Auf dem Sarg ist ein üppiges Bouquet aus weißen Rosen drapiert und davor hat man auf einem weiteren Ständer ein großes Bild des Verblichenen gestellt, das ihn zu seinen Lebzeiten zeigt. Das Ganze mit all den vielen Blumen und den zum Teil riesigen und mit Trauerschleifen versehenen Kränzen und Blumengebinden stellt einen wirklich beeindruckenden Anblick dar.

Keller erkennt in den vorderen Reihen der Kapelle die dort in schwarzer Trauerkleidung sitzenden engeren Familienangehörigen des Ermordeten, also seine beiden Schwestern mit ihren jeweiligen Familien sowie die trauernde Mutter. Leise wird klassische Musik eingespielt.

Der größere Teil der schon anwesenden und noch eintreffenden Personen, die an der Beerdigung teilnehmen wollen, steht jedoch draußen vor der Kapelle, wo man alles, was in der Kapelle gesprochen wird oder dort an Musik ertönt, über Mikrofon und zwei großen, rechts und links neben der Kapellentür angebrachten Lautsprecherboxen gut mithören kann. Diejenigen, die draußen stehen, dürften überwiegend frühere Bekannte Björn Schneiders oder entferntere Verwandte von ihm sein, sowie Leute aus der Nachbarschaft seines Elternhauses, in dem jetzt noch Björns Mutter wohnt. Bestimmt befinden sich auch einige Neugierige und Vertreter von Presse und Medien in der Menschenmenge, denn immerhin soll hier die Beerdigung eines im öffentlichen Interesse stehenden Mordopfers vonstatten gehen. Herr Kamp oder dessen Frau oder sonst eine der Personen aus Berlin und Brandenburg, mit denen Keller bei seiner Ermittlungsarbeit in dem Mordfall bisher zu tun hatte, sind, natürlich mit Ausnahme der Berliner Schwester mit ihrer Familie, unter den Anwesenden jedoch nicht zu erkennen, und das ändert sich auch nicht im Verlauf der Beerdigungsfeierlichkeit.

Schließlich ist es dann soweit und der erschienene katholische Pfarrer beginnt von zwei Ministranten assistiert und passender Orgelmusik begleitet mit der katholisch zelebrierten Trauerfeier einschließlich der dazugehörigen Ansprachen und Gebete.

Mit unter anderem darunter folgenden Worten: „O Herr, gib ihm die ewige Ruhe und das ewige Licht leuchte ihm." ... „Und so sprach der Herr: Ich bin die Auferstehung und das Leben. Wer an mich glaubt, der wird leben, auch wenn er gestorben ist." ... „Herr, wir flehen Dich an und bitten Dich: Verzeihe in Milde und Barmherzigkeit, was die Seele Deines verstorbenen Dieners durch des Satans Trug und durch eigene Bosheit und Schwäche gegen Deinen Willen sündigend auf sich geladen hat und mache sie rein. Lass Deine heiligen Engel die Seele in das Reich der Himmel geleiten, wo weder Schmerz ist noch Trauer noch Klage, sondern die Seelen Deiner Gläubigen in seliger Freude frohlocken." ... „Mit himmlischem Tau erquicke Gott diese Seele." ... „Staub bist Du und zum Staub kehrst Du zurück." ... „Ruhe in Frieden, Amen."

Die Sargträger erscheinen, sechs an der Zahl, wovon einige so aussehen, als hätten sie kurz vor Beginn der Begräbniszeremonie noch rasch einen mit Schnaps gefüllten Flachmann geleert, das heißt sozusagen als vorweggenommenen Verzehr eines Teils des ihnen für ihre Tätigkeit hier zustehenden Salärs. Unter einsetzendem Glockengeläut holen die Träger den Sarg aus der Kapelle und hieven ihn auf einen vor der Kapelle abgestellten Sargwagen.

Anschließend setzt sich der Trauerzug in gemächlichem Tempo in Bewegung. Es geht in Richtung der vorgesehenen und dort schon ausgehobenen Grabstelle. An der Spitze hinter einem wegweisenden Friedhofsmitarbeiter schreitet einer der beiden Ministranten mit einem hochgehobenen, an einer langen Stange festgemachten Kreuz. Ihm folgt der Pfarrer, weihrauchschwenkend, mit dem zweiten Ministranten, der mit einer Schelle läutet. Dahinter wird der Sargwagen vorwärtsgeschoben, was die Sargträger übernommen haben. Direkt hinter dem Sarg folgen die engsten Angehörigen des Ermordeten, also seine Mutter und die beiden Schwestern mit ihren jeweiligen Familien. Die übrigen Trauergäste ordnen sich im Anschluss daran ein. Und bei vielen fließen die Tränen.

So kommt der Trauerzug an der ausgehobenen Grabstelle an, über der quer zum länglichen Aushub zwei Balken sowie drei dicke Seile liegen. Rasch wird nun der blumengeschmückte Sarg von den sechs Sargträgern angehoben und auf die beiden quer zur Grabstelle liegenden Balken abgesetzt. Mit einem „Ruhe in Frieden" wird anschließend der Sarg mittels der drei Seile erneut angehoben, die beiden Balken darunter weggezogen und dann der Sarg anhand der Seile langsam in die Grube herabgelassen. Damit haben die Sargträger ihre Arbeit verrichtet und können wegtreten.

Nun begibt sich der Pfarrer an die Grabstelle, spricht laut einige weitere Gebete, verbreitet erneut Weihrauch und Weihwasser und stellt sich anschließend zur Seite. Jetzt sind die Trauergäste an der Reihe, die engsten Angehörigen wiederum zuerst. Einer nach dem anderen tritt an die offene Grabstelle, um sich zum letzten Mal von dem Verstorbenen zu verabschieden und dabei etwas von der Erde, die in einer Schale auf einem Ständer vor der Grube bereitgestellt wurde, oder eine Blume beziehungsweise einige von den ebenfalls angebotenen Blütenblättern zu dem Verblichenen ins Grab hinabzuwerfen. Wiederum fließen, insbesondere unter den engeren Angehörigen und alten Freunden und das mitunter auch heftig, die Tränen, und den engsten Angehörigen wird noch einmal, meist begleitet von einem Händedruck, vielfaches Beileid ausgesprochen.

Schließlich ist die Trauerfeier vorüber und die, die daran teilgenommen haben, verlassen allmählich wieder den Friedhof. Wenig später werden die Friedhofsmitarbeiter damit beginnen, die Seile für das Herablassen des Sarges emporzuziehen und danach über den Sarg die Grube mit der zuvor ausgehobenen Erde wieder zuzuschütten. Dabei entsteht, da das Volumen des Sarges hinzugekommen ist, ein kleiner Hügel über der Grabstelle. worauf die von den Trauergäste abgegebenen Kränze und Blumen gelegt werden, was den entstandenen Erdhügel zudeckt.

Währenddessen treffen sich die engsten Angehörigen mit ein paar der früheren Freunde und Bekannten des Ermordeten in einer nahegelegenen Gaststätte, um dort bei auch etwas zu essen und zu trinken noch eine Weile beisammenzusitzen. Der Pfarrer und ein Mitarbeiter des Beerdigungsinstituts, der die Feierlichkeit auf dem Friedhof ebenfalls begleitet hatte, sind zu dem Zeitpunkt aber schon verabschiedet worden, da beide die Einladung, auch mit in die Gaststätte zu kommen, dankend abgelehnt hatten.

Keller hatte genauso wie die meisten, die an der Beerdigung teilnahmen, den Friedhof nach Beendigung der Bestattung rasch verlassen, ohne noch einmal mit den Angehörigen Björn Schneiders gesprochen zu haben. Eigentlich wäre es für ihn nun auch an der Zeit, etwas Umfangreicheres zu essen zu sich zu nehmen. Aber darauf hat er jetzt eigentlich keinen Appetit. Trotzdem kehrt er in der Innenstadt in ein Bistro ein, wo er sich eine Tasse Kaffee und wenigstens ein bisschen zu essen bestellt.

Während er das zu sich nimmt, sinnt er noch einmal darüber nach, was auf dem Friedhof vor sich gegangen ist. Gedanken wie „Woher kommen wir und wohin gehen wir und gibt es ein vielleicht doch ein Leben nach dem Tod?" kommen ihm dabei in den Sinn, auch wenn er sich selbst nicht unbedingt als religiös bezeichnen würde. Und das wahrscheinlich erst recht nicht mehr, seitdem er in den sogenannten „Neuen Bundesländern" der ehemaligen DDR lebt, wo Religion bei der großen Mehrheit der Bevölkerung kaum noch eine Rolle spielt, was auch auf Kellers eigene diesbezügliche Einstellung abgefärbt hat, denn es ist bei ihm auch nicht anders als bei anderen, dass nämlich die eigenen Einstellungen erheblich von denjenigen der Menschen, die tagtäglich um einen herum sind, beeinflusst werden. Ursprünglich allerdings und seiner Konfessionszugehörigkeit nach eigentlich auch noch immer ist Keller evangelisch.

Keller erinnert sich jetzt, als er so nachdenkt, auch an ein zwischen zwei ehemaligen Klassenkameraden von ihm geführtes Streitgespräch, dem er mal auf einem Klassentreffen vor nicht allzu langer Zeit interessiert zugehört hatte. Der eine Klassenkamerad dabei offenbar ein strenger Katholik, und der andere, wie er von sich selbst sagte, Atheist. Und dieses Streitgespräch verlief, wie sich Keller nun erinnert, in etwa folgendermaßen ab:

Der strenge Katholik meinte, dass ohne religiösen Glauben doch alles keinen Sinn mache, weil dann wäre alles bloß zufällig und beliebig. Und der christliche Glaube und dabei insbesondere der katholische sei eben die beste aller Religionen. Denn allein das Christentum erhebe Nächstenliebe und Barmherzigkeit zum obersten Gebot, wobei allerdings, so jedenfalls die Meinung des Katholiken, wiederum nur der katholische Glaube anders als zum Beispiel der evangelische wirkliche religiöse Hingabe ohne laxe Zugeständnisse an den Zeitgeist einfordere.

Zwar gab auch dieser katholische Klassenkamerad dann zu, dass es in der langen Geschichte speziell des Katholizismus Zeiten gab, in denen auf dessen Seite große Fehler begangen wurden und im Namen der katholischen Lehre Verbrechen gegen die Menschlichkeit an Andersgläubigen und vorgeblichen Abweichlern verübt wurden. Aber diese Zeiten wären nun Gott sei dank ja vorbei. Und ganz abgesehen davon würden durch die sozialen Dienste der christlichen Kirchen, und in diesem Fall, wie der strenge Katholik ausdrücklich meinte, natürlich auch von evangelischer Seite aus, viel Gutes und Notwendiges in Krankenhäusern, Altersheimen und so weiter getan, und das sowohl im Inland als auch im Ausland einschließlich den sogenannten Entwicklungsländern der Dritten Welt.

Er hätte, meinte der andere in dem Streitgespräch, zu Religionen und somit auch zur christlichen Religion eine ganz andere Meinung, wenngleich Religionsfreiheit auch für ihn garantiertes Menschenrecht sein müsse. Doch seien Religionen eben nichts anderes als frommer Glaube. Mit historischen, wissenschaftlichen oder archäologischen Fakten verglichen spräche alles dafür, dass auch bei der Niederschrift des Neuen Testaments der Bibel, das über das Leben und Sterben Jesu Christi berichtet, viel Schönfärberei und Legendenbildung im Spiel gewesen seien. Aufgeschrieben worden sei das alles ja erst mehrere Jahrzehnte nach dem Tod Jesu Christi und dabei von Menschen, die Jesus persönlich wahrscheinlich überhaupt nicht gekannt hatten. Zu diesem Zeitpunkt sei außerdem die Religion des Christentums bereits in Entstehung begriffen gewesen, und es sei daher anzunehmen, dass bei der Fixierung des Neuen Testaments die Stärkung der entstehenden christlichen Religion eine entscheidende Rolle gespielt hätte. Die deshalb dabei zu vermutende Legendenbildung sei im Übrigen im Bezug auf die Niederschrift vieler Passagen des Alten Testaments der Bibel, worauf sich sowohl Juden- wie Christentum beriefen, längst vielfach belegt, und es spräche nichts dafür, dass das im Bezug auf das sogenannte Neue Testament über Jesus Christus grundsätzlich anders sein sollte.

Und, meinte dieser Religionsskeptiker weiter, so Kellers Erinnerung, oder vielleicht war das auch irgendjemand anderes gewesen, jedenfalls angenommen, Religionen gäbe es noch nicht oder die bestehenden Religionen seien eindeutig widerlegt, wie zum Beispiel die der alten Griechen, weil es eben oben auf dem Olymp keine Götter gibt, wie sich durch einfache Besteigung dieses Berges leicht beweisen lässt, in dem Fall würden Religionen bestimmt neu erfunden werden, weil sie einfach einem menschlichen Bedürfnis entsprächen, denn Religionen gäben Orientierung und seien dafür gemacht, die Frage nach dem Sinn des Lebens und dem, was nach dem Tode sei, zu beantworten. Aus diesem Grund seien Religionen, könne man sagen, immer wieder und das teilweise unabhängig voneinander sowie an verschiedenen Orten und zu verschiedenen Zeiten entstanden, oder seien, wie Keller meint, dass es so auch dieser areligiöse Klassenkamerad ausgedrückt hatte, erfunden oder, besser gesagt, konstruiert worden. Und warum sollte das für alle anderen Religionen so gelten, bloß nicht für das Christentum?

Bedenke man dazu, dass die Erde viele Millionen Jahre lang von Dinosauriern bevölkert und beherrscht wurde, ehe es überhaupt erste Spuren menschenähnlichen Lebens gab, bei einer von dem ersten Auftauchen menschlichen Lebens bis jetzt lächerlich geringen Zeitspanne verglichen mit den Milliarden von Jahren seit der Entstehung des Universums oder selbst verglichen mit den mehr als hundert Millionen Jahren der Dinosaurierherrschaft, da sei es wohl vermessen zu glauben, der Mensch allein sei die Krone der Schöpfung, um den es bei der Erschaffung des Universums hauptsächlich gegangen sei. Und wenn dann vom ewigen Leben für die Menschen als mögliche Weiterexistenz nach dem Tode geredet wird, was sei dann mit den Tieren, die in ihrer Anatomie dem Menschen oft kaum großartig nachständen, und was mit den menschenähnlichen Geschöpfen, die evolutionsmäßig dem heutigen Menschen vorausgingen? Sollen die dann noch zu den Tieren gehört haben oder schon „der Gnade Gottes" fähige Menschen gewesen sein? Menschen wie wir, die in ihrem Aussehen oft als gottähnlich bezeichnet werden?

Klar scheint mit der Annahme der Existenz Gottes alles in einfacherer Weise einen Sinn zu machen, und schließlich, wie könnte aus dem Nichts ohne äußeren Anstoß Seiendes entstehen und das in so unvorstellbar gigantischer Form wie im Universum? Dahinter müsse, ist leicht zu denken, wohl ein Schöpfer, also Gott, stehen. Wie sonst sei es zu verstehen, dass überhaupt etwas existiere und nicht vielmehr nichts, ein Nichts, das zwar eigentlich auch nicht verstehbar und vorstellbar, aber theoretisch doch genauso gut möglich wäre wie die Tatsache, dass es ein Etwas gibt?

Logisch mache einiges von derartigen Argumenten durchaus Sinn, meinte in dem damaligen Streitgespräch, wie sich Keller glaubt zu erinnern, auch der gläubige der beiden früheren Klassenkameraden, aber begreifbarer würde das Ganze dadurch eben auch nicht. Und im Übrigen gehe es in der Religion neben dem Glauben ein Stück weit auch um Demut, Demut nämlich indem man akzeptiere, dass es etwas Höheres gibt als den Menschen und allem Sonstigen, was irdisch ist. Ohne Gott mache eben alles keinen Sinn.

Wie dem auch sei, Kellers eigenes Weltbild ist da, auch in religiöser Hinsicht, weit weniger philosophisch und spekulativ, sondern eher pragmatischer Natur. Dafür hat er als Polizist auch einfach schon zu viel erlebt. Denn egal, ob es Kinderschänder, Berufsverbrecher, Mörder oder Gangster waren, denen er auf seinem Berufsweg begegnet ist, ihm sind fast keine Abgründe menschlicher Existenz fremd. So stellt Kellers Erfahrung nach wohl eigentlich jeder Mensch eine Mischung aus Gut und Böse dar. Und wer weiß schon, wie weit der sogenannte Freie Wille überhaupt geht. Die Umstände, die sozialen Kontakte, frühkindlichen Prägungen, mitunter das Erlebnis, selbst als Kind missbraucht worden zu sein, spielen eine große Rolle beim eingeschlagenen Lebensweg, der mitunter dann auch außerhalb der bestehenden Gesetze führen kann. Außerdem passieren speziell Totschlag und Mord oft aus extremen Lebenssituationen und Verzweiflung heraus und sind nicht selten Beziehungstaten. Und was in der Zivilisation, nämlich die Tötung anderer Menschen, mit den höchsten Strafen belegt wird, wird im Kriegsfall oft sogar mit der Verleihung von Orden belohnt. Und zweifelsohne ist auch etwas Wahres daran, denkt sich Keller, dass stabile kriminelle Einstellungen und Karrieren nicht selten erst in den Gefängnissen erzeugt werden.

Bei alledem jedoch, da ist sich Keller sicher, muss die auf Gesetzen basierende gesellschaftliche Ordnung durchgesetzt werden. Und seine Aufgabe als Kriminalkommissar ist es daran mitzuwirken. Und sicherlich, so denkt er sich, kann auch geübte Religion durchaus, wenn sie nicht in Fanatismus ausartet, dazu beitragen, Regeln für ein vernünftiges gesellschaftliches Miteinander zu schaffen.

Aber natürlich ist er kein Theologe, sondern Kriminalbeamter und als solcher muss er sich an Fakten halten, denn schließlich geht es bei der Verbrechensaufklärung letztendlich um Beweise, und die müssen zunächst erst einmal erbracht werden. Und das zu leisten, ist seine Aufgabe, und darauf möchte er sich jetzt auch wieder konzentrieren und sich nicht länger mit irgendwelchen, letztlich sowieso nicht eindeutig beantwortbaren religiös-philosophischen Fragestellungen herumplagen.

Und mit dieser Einstellung macht er sich nun auf den Weg zurück zu seinem Hotel, packt dort den Koffer, zahlt die Rechnung und begibt sich auf die Rückfahrt nach Potsdam. Seine Dienstreise nach hierher hat ihm hinsichtlich der Aufklärung des Mordes an Björn Schneider zwar direkt keine neuen Anhaltspunkte gebracht, ihm jedoch durchaus dabei geholfen, sich von der Persönlichkeit des Ermordeten ein noch besseres Bild zu machen, was sich bei der weiteren Ermittlungsarbeit in dem Mordfall noch als nützlich erweisen könnte.

Jedenfalls sieht es so aus, dass Björn Schneider an dem Ort, wo er groß geworden ist, keine Feindschaften hatte, die sich mit dem Mord an ihn in Verbindung bringen ließen. Eigentlich hatte Björn mit diesem Ort wohl auch gar nicht mehr allzu viel zu tun, wenngleich er speziell mit seiner Mutter bis zuletzt eine innige Beziehung gehabt zu haben scheint. Gegenüber seinen Schwestern und deren Familien war das Verhältnis des Ermordeten dagegen in letzter Zeit wohl weniger eng, aber offenbar auch nicht irgendwie zerrüttet oder gar hasserfüllt oder sonst wie nachhaltig belastet zu nennen.

13.

Am Donnerstagvormittag, am Tag nach der Bestattung Björn Schneiders, ist Keller wieder an seinem Arbeitsplatz im Potsdamer Polizeipräsidium. Noch während er dort frühmorgens die obligatorische frühmorgendliche Tasse Kaffee trinkt, führt er bereits ein längeres Gespräch mit seiner Assistentin Babsi. Dabei erzählt er ihr alles, was sich Erwähnenswertes auf seiner Dienstreise ereignet hat. Hier auf dem Revier ist den Fall Schneider betreffend dagegen inzwischen nichts großartig Neues passiert, wie man Keller schon, während er noch unterwegs war, mitgeteilt hatte. So hat es nun fast der Anschein, als ob die Ermittlungsarbeit in dem Mordfall momentan nicht recht vorankäme.

Dann passiert im Laufe des Tages aber doch etwas, was neuen Schwung in die Sache bringt. Keller und Babsi erfahren nämlich, dass durch die Analyse der DNA-Spuren vom Zigaretten-stummel der Prostituierten Monique alias Monika der Verdacht bestätigt wird, dass es sich bei ihr tatsächlich um eine der Personen handelt, die DNA-Spuren in der Wohnung Björn Schneiders hinterlassen haben, sie mithin, und das wahrscheinlich sogar des Öfteren, in letzter Zeit in der Wohnung des Ermordeten gewesen sein muss und mit Schneider demnach vermutlich engeren Kontakt hatte.

Unverzüglich wird eine Streife mit Polizeibeamten losgeschickt, die den Auftrag haben, diese Dame, sobald sie ihrer habhaft werden, unverzüglich zum Verhör ins Polizeipräsidium zu bringen. Dazu wird diesen Polizeibeamten sowohl die private Adresse der Person als auch die des Bordells, in dem sie anschaf-fen geht, sowie eine Beschreibung, wie Monique alias Monika aussieht, mit auf den Weg gegeben.

Den Polizisten gelingt es auch, Monika bei ihr zuhause anzutreffen und sie ins Polizeipräsidium mitzubringen. Dort wer-den ihr zunächst einmal die Fingerabdrücke abgenommen und schnell mit denen verglichen, die von der Spurensicherung in der Wohnung Björn Schneiders gefunden wurden, sich bislang jedoch noch keiner bestimmten Person zuordnen ließen. Die dabei fest-gestellte Identität mit einer Reihe dieser Fingerabdrücke bestätigt den Verdacht, dass Monika tatsächlich in letzter Zeit öfter in besagter Wohnung gewesen sein muss.

Mit diesen Tatsachen konfrontiert bricht Monika in einem anschließenden Verhör durch Keller und Babsi auch schnell ein und gibt zu, dass sie tatsächlich häufiger in Schneiders Woh-nung war und zu Björn Schneider einen engeren Kontakt gepflegt habe, der weit über den zu einem üblichen Stammfreier hinaus-ging.

„Björn wollte mich aus dem Milieu herausholen und hat mir sogar die Heirat in Aussicht gestellt. Sogar um meine Tochter aus einer früheren Ehe, die derzeit bei Pflegeeltern wohnt, wollte er sich dann kümmern!" „Und, warum ist es dazu nicht gekommen?"

Sie habe gezögert, direkt auf das Angebot einzugehen. Erstens sei ihr nämlich von anderen Mädels aus dem Milieu davon abgeraten worden, weil die meinten, dass das auf Dauer nicht gut ginge. Ihr Leben als Prostituierte oder dann vielleicht auch als Ex-Prostituierte passe einfach nicht zu dem Leben eines Björn Schneiders. Für ihn und sie selbst hätte es dabei bestimmt immer wieder die Situation gegeben, ihr früheres Leben als Nutte verleugnen zu müssen. Und zweitens sei sie auch ihrem Typen, Macker oder Beschützer, ganz egal wie man den nennen wolle, zu Dank verpflichtet und könne es ihm nicht antun, ihn einfach zu verlassen. Schließlich sei er es gewesen, der sie aus ihrer unglücklichen früheren Ehe im wahrsten Sinne des Wortes herausgeboxt hätte.

„Hat denn Ihr Partner", fragt Babsi nach, „von Ihrer doch recht engen Beziehung zu Björn Schneider gewusst?" „Na ja, mehr oder wenijer schon. Außerdem hat Björn für meine Besuche und sonstigen Dienste ja ooch immer bezahlt! Aber mit dem Mord an ihn habe ich wirklich nix zu tun, det müssen S'e mir jlooben!"

„Aber haben Sie denn dann irgendeinen Verdacht, wer für den Mord verantwortlich sein könnte?" „Nee, eigentlich nich'", kommt die Antwort. „Auch nicht irgendeinen ganz leisen?" „Na, wenn überhaupt, dann höchstens, det dieser Kamp oder dessen Ehefrau etwas damit zu tun haben." „Und warum das?" „Na ja, mit Kamp hat sich Björn in letzter Zeit nich' mehr jut verstanden. Mit dem hat er manchmal richtig Zoff jehabt, wie mir Björn jesagt hat. Irgendwie jing es dabei um so jeschäftliche Dinge, in denen die beiden nich' mehr eener Meinung waren. Aber von solchen Sachen versteh ick nischt. Björn hat mir noch vor Kurzem sogar gesagt, dat er überlegte, aus der Firma mit Kamp janz auszusteigen und sich dann eventuell von Kamp seine Anteile auszahlen zu lassen oder die Firma janz zu liquidieren, wie Björn es nannte."

„Also die Firma zu veräußern und sich von dem dadurch eingenommenen Geld den Anteil, der Björn zugestanden hätte, abzuzweigen, heißt das wohl", unterbricht Keller den Redeschwall Monikas.

„Ja, det meente er wohl!", pflichtet Monika bei. „Aber dat waren wahrscheinlich ooch nur so Jedanken von ihm. Und wat die Ehefrau von Kamp anbelangt:", fährt sie fort, „Wusst'n S'e, Herr Kommissar, dat die vor 'n paar Jahren mit Björn mal 'ne heft'je Affäre jehabt hatte und, wie mir Björn sagte, wejen Björn damals sogar ihren Mann verlassen wollte? Nur Björn wollte dat eben nich' und hat dann die Affäre mit Kamps Frau beendet." Allerdings wisse sie nicht, sagt Monika auf anschließende Nachfrage, ob Kamp etwas von dieser Affäre seiner Frau mit Björn gewusst habe und, wenn doch, ob dann auch davon, dass seine Frau ihren Ehemann, also Kamp, wegen Björn sogar verlassen wollte.

Jedenfalls müsse es Kamps Frau, dieser Petra, sehr gewurmt haben, dass Björn sie letztlich verschmäht hatte. Somit, wie Monika meint, wäre Petra Kamp, wenn man wisse, wie zurückgewiesene Frauen reagieren könnten, durchaus zuzutrauen, etwas mit dem Mord an Björn zu tun zu haben. Genauere Anhaltspunkte oder gar Beweise hätte sie dafür aber natürlich nicht.

Nach der Bestätigung durch Monika, dass ihre Privatadresse auch die ihres Mackers sei, dass sie beide also zusammenwohnen würden, sein Name sei übrigens Hajo Butt und er halte sich tagsüber meist in seiner Stammkneipe auf, deren Name und Adresse Monika ebenfalls nennt, wird das Verhör von Monika erst einmal abgebrochen und Babsi und Keller beraten sich kurz vor der Tür über ihr weiteres Vorgehen.

Sie sind beide der Ansicht, dass Monikas Aussagen jetzt ziemlich glaubhaft klängen und sie wahrscheinlich mit dem Mord an Björn Schneider, zumindest direkt persönlich, tatsächlich nichts zu tun hätte. Aber Keller würde gerne jetzt gleich, noch bevor sich Monika und Hajo in dieser ganzen Angelegenheit hier miteinander absprechen könnten, den Hajo Butt etwas auf den Zahn fühlen wollen, also jetzt nach Berlin fahren und sich dort zu der genannten Stammkneipe von Hajo begeben, um diesen Typ, wenn Keller seiner habhaft wird, entsprechend zu befragen. Falls der dort in der Kneipe nicht anzutreffen sei, würde es Keller auch noch bei Monikas privater Adresse und gegebenenfalls auch noch anderswo, wenn das Erfolg verspricht, versuchen, diesen Kerl noch heute zu erwischen.

Babsi soll währenddessen hier noch einige Zeit Monika beschäftigen, damit die keine Gelegenheit hätte, mit ihrem Typ zum Beispiel über Handy Kontakt aufzunehmen und ihn entsprechend vorzuwarnen. Nach einiger so verstrichenen Zeit „'ne gute Stunde sollte das aber schon sein", sodass Keller genug Zeit bekäme, solle Babsi dann möglichst persönlich Monika zurück nach Berlin chauffieren, also zu ihrem Puff oder wo sie sonst hin wolle. Das wäre dann ja nochmals fast so 'ne Stunde, in der Monika im Beisein Babsis sicherlich auch nicht mit ihrem Zuhälter groß telefonieren würde.

Keller macht sich nach dieser Absprache auch gleich auf den Weg zu der besagten Kneipe, die sich ihm, als er dort ankommt, als eine typische Altberliner Eckkneipe darstellt. Gerade einmal fünf Gäste sind zu diesem frühen Zeitpunkt am Nachmittag dort anzutreffen. Den Wirt, der hinter dem Tresen steht und so im mittleren Alter sein dürfte, dabei nicht mitgerechnet. Vier der Gäste sind Männer und dazu kommt eine Frau. So vertraut wie alle diese Personen untereinander und mit dem Wirt reden, scheinen sie sich gegenseitig gut zu kennen und sind wahrscheinlich relativ häufig hier. Keller weist sich als Kriminalbeamter aus und nennt auch gleich den Grund seines Kommens, nämlich dass er einem gewissen Hajo Butt suche, mit dem er gern mal reden möchte. Er hätte erfahren, dass dies hier dessen Stammkneipe sei, und jetzt würde er gern wissen wollen, ob dieser Herr gerade hier anwesend sei, oder ob man zumindest wisse, wo man ihn jetzt vielleicht antreffen könne.

Einer der vier Herren – martialisches Aussehen, schätzungsweise knapp 50 Jahre alt und bereits zu dieser noch frühen Stunde augenscheinlich ziemlich alkoholisiert – meldet sich daraufhin. Er sei dieser Hajo. Um was es denn ginge, dass er von der Polizei gesucht werde. Er wisse nicht, dass er irgendetwas verbrochen habe, und strahlt, während er das sagt, schon eine gewisse Aggression aus.

Keller lässt sich davon aber nicht abschrecken, sondern bestellt sich beim Wirt erst einmal in Ruhe ein Bier und fragt Hajo, ob er auf Kellers Kosten auch eins wolle. Da Hajo das nicht ablehnt, bestellt Keller für Hajo gleich ein Bier mit. Nachdem das die beiden dann bald vor sich stehen haben und sich einen ersten Schluck davon genehmigen, wirkt Hajo schon friedlicher gestimmt. Keller kommt nun ohne weitere Umschweife auf das zu sprechen, weshalb er hier sei.

Es habe sich bei den Ermittlungen zum Mordfall Schneider – sicherlich habe Hajo von diesem Mord schon gehört, eine Bemerkung, die von Hajo nicht weiter kommentiert wird – es habe sich also herausgestellt, dass Hajos, nun ja, Freundin Monika als Prostituierte ein offenbar engeres Verhältnis zu dem Ermordeten pflegte, und sie sei dabei des Öfteren, so auch noch kurz vor der Ermordung Schneiders, in dessen Wohnung gewesen. Dieses sei eindeutig durch die Spurenermittlung festgestellt worden. Ob er, Hajo, denn eigentlich von dieser doch recht engen Beziehung Monikas zu Schneider gewusst habe, und ob er Björn Schneider vielleicht sogar persönlich gekannt habe.

Klar habe er von Monikas Beziehung zu Schneider gewusst, entgegnet Hajo, schließlich würde seine Freundin ja als Prostituierte arbeiten und bringe durch ihren Job gutes Geld nach Hause. Er, Hajo, habe Monika ab und zu sogar persönlich zu Schneider hingefahren und den dabei auch einige Male von Weitem gesehen. Aber persönlich richtig gekannt habe er diesen Freier nicht.

Im Übrigen ginge Monika freiwillig und aus eigenem Entschluss anschaffen und würde keineswegs von ihm, Hajo, dazu gezwungen. Sie könne tun und lassen, was sie wolle. Bei ihrer enormen Oberweite würde sie eben auf viele Männer eine große Anziehungskraft ausüben. Da wäre es irgendwie nahe liegend, anschaffen zu gehen, denn so viel Knete wie man mit ihrem Aussehen in dem Job verdienen könnte, wäre für sie anderswo kaum zu schaffen. Außerdem müsse man schließlich von irgendwas leben, aber ein Zuhälter sei er, Hajo, nicht. Vielmehr würde ihm Monika lediglich freiwillig etwas von ihrem Verdienst abgeben, denn schließlich würden sie ja auch zusammen wohnen und seien ein Paar.

Als Hajo dann zwischendurch mal kurz zur Toilette muss, nutzt Keller schnell diese Gelegenheit, sich die Zigarettenkippe, die Hajo als letzte vor seinem Toilettengang im Aschenbecher ausgedrückt hat, auf die gleiche Weise, wie er es schon bei Monika gemacht hatte, einzustecken, um den Zigarettenstummel später auf verdächtige DNA-Spuren hin untersuchen zu lassen. Keller wartet danach noch, bis Hajo wieder von der Toilette zurückkommt, zahlt dann die beiden Biere und verabschiedet sich wieder.

14

Am Vormittag des nächsten Tages machen sich Babsi
und Keller auf den Weg, erneut Petra Kamp aufzusuchen, um sie
mit Monikas Aussage zu konfrontieren, dass sie, Frau Kamp,
früher mit Björn Schneider ein Verhältnis gehabt hätte. Das habe
Frau Kamp den Kripobeamten bei dem ersten Gespräch, dass mit
ihr geführt wurde, aber verschwiegen, obwohl dieser Punkt für das
Verhältnis des Ehepaares Kamp zu Björn Schneider doch
bestimmt nicht unwichtig sei.

Im Haus der Kamps erreichen Babsi und Keller Frau
Kamp zwar nicht, haben aber das Glück, auf eine Nachbarin der
Kamps zu treffen, die den Kriminalbeamten mitteilt, dass sie Petra
Kamp vor ungefähr einer halben Stunde gesehen habe, wie die mit
ihrer Tennis-Sporttasche auf dem Fahrrad fortgefahren sei.
Bestimmt sei Petra bei dem schönen Wetter zu ihrem nicht weit
von hier entfernten Tennisclub gefahren. Die Nachbarin erklärt
Babsi und Keller auch den Weg nach dorthin. Die beiden Krimi-
nalbeamten bedanken sich und folgen der Wegbeschreibung. Am
Zielort treffen sie auch tatsächlich die Gesuchte an. Sie teilen Frau
Kamp mit, noch unbedingt ein paar Fragen mit ihr besprechen zu
müssen.

„Am liebsten, Frau Kamp, würden wir Sie dazu mit zu
uns aufs Präsidium nehmen!" „Ist es denn so dringend und können
wir das denn nicht hier klären?", fragt daraufhin Frau Kamp. „Sie
jetzt zwingen, mit uns mitzukommen, können wir Sie nicht, aber
was wir mit Ihnen zu klären hätten, dauert schon ein Weilchen!",
entgegnet ihr Keller. „Hier, glaube ich, lässt sich das nicht so gut
machen. Natürlich können wir Ihnen auch eine offizielle Vorladung zukommen lassen, und dann wären Sie gezwungen, zu uns zu
kommen. Aber ich mach' Ihnen einen anderen Vorschlag, nämlich,
dass wir jetzt mit Ihnen zu Ihnen nach Hause fahren und dort mit
Ihnen die Befragung durchführen. Danach bringen wir Sie nach
hierher auch wieder zurück, wenn Sie das wollen. Wir könnten
auch Ihr Fahrrad bei uns im Kofferraum mitnehmen, wenn Sie
anschließend vielleicht nicht mehr hierher zurück wollen oder
lieber selbst mit dem Fahrrad zurückfahren möchten. Was halten
Sie von meinem Vorschlag, Frau Kamp?" „Ja gut, von mir aus

können wir das so machen, und das Fahrrad nehmen wir gleich mit!", willigt Frau Kamp ein.

Keller packt das Fahrrad also in den Kofferraum. Zu dritt fahren sie zum Haus von Frau Kamp und begeben sich gemeinsam hinein. Frau Kamp bittet um Verständnis, sich erst frisch machen und passend umziehen zu wollen. Keller und Babsi nehmen derweil schon im Wohnzimmer Platz. Zum Glück lässt Frau Kamp nicht lange auf sich warten. Das Angebot einer Tasse Kaffee oder eines sonstigen Getränks lehnen Babsi und Keller dankend ab. Frau Kamp dagegen holt sich ein Getränk und nimmt dann ebenfalls Platz.

„Also, was gibt es denn so Dringendes, das Sie unbedingt von mir wissen wollen", eröffnet Frau Kamp auch das Gespräch. Keller und Babsi kommen ebenfalls gleich zur Sache und konfrontieren Petra Kamp damit, dass sie inzwischen von deren früheren Affäre mit Björn Schneider wüssten, was Frau Kamp bei ihrer ersten Vernehmung aber verschwiegen habe, und jetzt würden sie von Frau Kamp gern wissen wollen, warum Frau Kamp dieses doch nicht unwichtige Detail in ihrem Verhältnis zu Björn Schneider den Kripobeamten vorenthalten habe.

Zunächst ziert sich Frau Kamp, ihre frühere Affäre mit Björn Schneider jetzt zuzugeben, tut es aber schließlich, als Babsi und Keller nicht nachgeben, dann doch. „Wer gibt so eine geheime Affäre schon gerne zu?", fragt sie dabei entschuldigend. Anschließend leugnet sie auch nicht, dass sie damals vor etwa drei Jahren, als sie diese Affäre hatte, sogar bereit gewesen war, ihren Mann wegen Björn zu verlassen. Aber Björn Schneider habe das nicht gewollt. Natürlich hätte sie diese Ablehnung sehr gekränkt, und danach habe sie auch nicht wirklich mehr mit Björn Schneider enger etwas zu tun haben wollen. „Ja, ich war auf ihn sehr sauer, das gebe ich zu! Welche Frau hat es schließlich schon gern, von einem Mann, den sie begehrt, zurückgewiesen zu werden? Aber inzwischen ist das alles ja ziemlich lange her."

Frau Kamp bejaht anschließend auch die Frage, ob sie diese Affäre ihrem Mann denn gebeichtet habe. „Klar, erfreut war er nicht darüber, wenn er es auch ein bisschen geahnt zu haben schien." Aber auch ihr Mann sei schließlich kein Kind von Traurigkeit und habe schon, auch während ihrer Ehe, wie Frau

Kamp mit Sicherheit wisse, so manche Affäre hinter sich. „Ich weiß außerdem, dass mein Mann", sprudelt es nun aus ihr heraus, „ab und zu auch zu Prostituierten geht. Ich rede mit ihm aber nicht darüber. Mir ist es lieber so, als wenn er eine Geliebte hätte."

Vor ungefähr drei Jahren sei, wie schon gesagt, die Affäre mit Björn gewesen, und allzu lange habe die auch gar nicht gedauert, vielleicht nur so ungefähr 2 bis 3 Monate. „Und so häufig hatten wir, also Björn und ich, während dieser Zeit auch gar nicht mal Sex miteinander. Als ich die Affäre dann meinem Mann gebeichtet habe, war der natürlich zunächst richtig sauer auf mich, klar, aber mit der Zeit hat sich das wieder gelegt, und unsere Ehe funktioniert heute wieder, na ja, so einigermaßen wenigstens." Natürlich, auch das Verhältnis zwischen ihrem Mann, fährt Petra Kamp fort, und Björn sei danach nicht mehr so gewesen wie zuvor, sondern habe mächtig gelitten, nicht nur wegen dieser Affäre wahrscheinlich, aber doch auch deswegen. „Was kann denn sonst", fragt Keller gleich dazwischen, „ noch ein anderer Grund dafür gewesen sein, dass das Verhältnis zwischen Ihrem Mann und Björn nicht mehr richtig funktioniert hat?" „Nun ich glaube", antwortet Frau Kamp, „dass die beiden zusehends auch unterschiedlicher Ansicht waren, was die Leitung des gemeinsamen Geschäfts betraf." „In welcher Hinsicht, wie zum Beispiel?", fragt Keller nach. Das wisse sie nicht genau und habe sich auch nicht darum gekümmert, sagt Frau Kamp, „aber Otto ist, was Geschäfts-interessen anbelangt, nicht unbedingt zimperlich, und Björn war doch eher so ein Sonnyboy. Da waren unterschiedliche Ansichten auf lange Sicht, was das Geschäftliche anbelangt, fast vorprogram-miert! Mehr kann ich dazu aber nicht sagen."

„Und Sie meinen, dass zwischen Ihnen und Ihrem Mann jetzt wirklich wieder alles im Reinen ist, und es keine Eifersüchteleien oder sonst was gibt?", fragt dann Babsi, sozu-sagen von Frau zu Frau nach, was Petra Kamp vielleicht über-rascht, oder sie ist gerade so in Rage, dass sie sich die folgende Antwort nicht richtig überlegt hat: „Wie ich schon sagte, eini-germaßen schon. Aber in einem Bett schlafen wir nicht mehr zusammen!" „Wie, Sie schlafen also getrennt?", hakt Keller gleich nach. „Wie können Sie dann gewusst haben, dass Herr Kamp in der fraglichen Nacht von Freitag auf Samstag der vorvergangenen Woche, als Björn Schneider ermordet wurde, die ganze Nacht über zu Hause bei Ihnen war, so wie Sie es ausgesagt haben?" Frau Kamp stockt ob dieser Frage. Keller lässt aber nicht locker: „Frau Kamp, überlegen Sie sich genau, was Sie jetzt sagen! Eine Falschaussage in einem so schwerwiegenden Fall kann als Strafvereitelung ausgelegt werden. Und das kann nach Paragraph 258 Strafgesetzbuch eine Gefängnisstrafe von bis zu 5 Jahren nach sich ziehen. Ich glaube kaum, dass Sie sich das antun wollen. Also noch einmal: Können Sie wirklich bezeugen, dass ihr Mann diesen ganzen fraglichen Abend und die anschließende Nacht über bei Ihnen war?"

Frau Kamp zögert jetzt. „Geben Sie sich 'nen Ruck, Frau Kamp, und sagen Sie jetzt die Wahrheit! Glauben Sie mir, es ist nur zu Ihrem Besten", mischt sich erneut Babsi ein.

„Ja, Sie haben Recht. Eigentlich kann ich das nicht wirklich bezeugen", gibt Petra Kamp nun zu. „Was genau können Sie nicht bezeugen?", will es Keller exakt wissen. „Meinen Sie, dass Sie nicht bezeugen können, dass an dem fraglichen Abend und in der fraglichen Nacht, als Björn Schneider ermordet wurde, Ihr Mann, Otto Kamp, die ganze Zeit über mit Ihnen zusammen war und sie zusammen die Nachtruhe verbracht haben? Stimmt es, dass Sie das nicht mehr bezeugen können?" „Ja!", äußert sich Petra Kamp kleinlaut. „Aber mit dem schrecklichen Mord an Björn Schneider habe ich absolut nichts zu tun, das müssen Sie mir glauben! Zu so etwas wär' ich gar nicht fähig, trotz der schiefgelaufenen Affäre mit Björn. Außerdem ist das jetzt schon drei Jahre her. Und seitdem habe ich Björn auch gar nicht mehr allein getroffen und bin auch nie mehr in seiner Wohnung gewesen." „Und wann haben Sie nach dieser Nacht Ihren Mann dann tatsächlich das erste Mal wieder gesehen?", fragt Babsi weiter nach. „So wie üblich, seitdem wir getrennte Schlafzimmer haben, so um 8 Uhr bis 8 Uhr 30 beim Frühstück!" „Und am Abend davor kommen gehört haben Sie ihn auch nicht, oder?", fragt nun wiederum Keller. „Nein", antwortet Frau Kamp, „ich war da schon zu Bett gegangen und hab' schon geschlafen. Mein Schlafzimmer ist außerdem im Obergeschoss, während Otto normalerweise unten schläft. " „Und um wie viel Uhr war das denn, als Sie an dem fraglichen Abend schlafen gegangen sind, wissen Sie das noch?", will Keller es präziser wissen. So ganz genau wisse sie das nicht mehr, antwortet ihm Frau Kamp daraufhin, aber wahrscheinlich so wie üblich, das heißt um circa halb elf, also 22 Uhr 30.

Nun wird Frau Kamp noch dazu aufgefordert, eine Speichelprobe abzugeben, was sie auch unwidersprochen macht. Ihr wird erklärt, dass man diese Speichelprobe brauche, um sie mit den am Tatort gefundenen DNA-Spuren abzugleichen. Da Frau Kamp nach eigener Aussage ja, was den Mord betrifft, unschuldig und schon viele Monate nicht mehr in Björn Schneiders Wohnung gewesen sei, brauche sie dabei keine Befürchtungen zu haben. Möglichst nächste Woche solle sie aber trotzdem noch mal ins Polizeipräsidium kommen, um sich dort aus ermittlungstechnischem Grund außerdem noch ihre Fingerabdrücke abnehmen zu lassen. Frau Kamp verspricht, das ebenfalls zu tun. Mit dieser Zusage und der entnommenen Speichelprobe in der Tasche verabschieden sich die beiden Kriminalbeamten wieder.

Kaum dass sie das Haus verlassen haben, sprechen sich Keller und Babsi ab, wie Frau Kamps jetzige Aussagen zu bewerten seien. Sie sind sich einig, dass das falsche Alibi, das Frau Kamp ihrem Ehegatten zunächst gegeben hatte, höchstwahrscheinlich auf Druck Otto Kamps hin zustande kam, und sich nicht Frau Kamp das ausgedacht habe. Des Weiteren sind Keller und Babsi auch einer Meinung, dass Otto Kamp nun noch verdächtiger als zuvor sei, etwas mit dem Mord an Björn Schneider zu tun zu haben. Es gäbe genügend Verdachtsmomente und Motive, die dafür sprächen, dass er an diesem Mord zumindest beteiligt war. Und demnach bestünde bei Otto Kamp, wenn er jetzt von seiner Frau erfahren würde, was sie vorhin gegenüber der Kripo ausgesagt hat, durchaus Fluchtgefahr.

Und das wiederum bedeutet für Babsi und Keller, dass es nun ausreichend Grund beziehungsweise Gefahr im Verzug gibt, unverzüglich zu Kamps Büro zu fahren und Otto Kamp wegen des dringenden Verdachts zumindest der Beteiligung an der Ermordung seines ehemaligen Kompagnons Björn Schneider vorläufig festzunehmen.

Und sofort machen sich Keller und Babsi auf den Weg, ihr Vorhaben, Otto Kamp festzunehmen, in die Tat umzusetzen. Sie treffen den Verdächtigen in seinem Büro auch an und nehmen ihn wegen des dringenden Verdachts zumindest einer Tatbeteiligung an der Ermordung Björn Schneiders in Haft. Otto Kamp protestiert dagegen zwar heftig, setzt sich körperlich aber nicht zur Wehr oder versucht gar zu fliehen. In Handschellen wird er abgeführt und von den Kriminalbeamten auf dem Rücksitz ihres Dienstwagens, von Keller bewacht, während Babsi fährt, ins Polizeipräsidium gebracht. Dort wird Otto Kamp zunächst erkennungsdienstlich behandelt. Unter anderem werden ihm seine Fingerabdrücke sowie, für die Abgleichung mit den im Zusammenhang mit dem Mord festgestellten DNA-Spuren, eine Speichelprobe entnommen. Anschließend wird Otto Kamp verhört. Er wird mit den neuen, ihn belastenden Aussagen seiner Ehefrau hinsichtlich des vorgetäuschten Alibis konfrontiert, was den Verdacht erhärte, dass er, Otto Kamp, etwas mit dem Mord an Björn Schneiders zu tun habe.

Gleichzeitig wird er vorschriftsmäßig belehrt, dass er sich zu diesem Vorwurf äußern, aber die Aussage zur Sache auch verweigern könne. Außerdem habe er das Recht vor einer eventuellen Aussage auch einen Verteidiger seines Vertrauens hinzuzuziehen. Und natürlich dürfe er auch noch eine andere Person etwa aus dem Kreis seiner Angehörigen von seiner Verhaftung telefonisch benachrichtigen, wenn er das wünsche.

Nach dieser Belehrung wird Kamp nun konkret gefragt, weshalb er, was sein angebliches Alibi zur Tatzeit des Mordes anbelangt, denn gelogen hätte. Kamps Antwort darauf ist, dass er eben Unannehmlichkeiten vermeiden wollte. Der anschließenden Entgegnung Kellers, dass das von Kamp angegebene Alibi zur Tatzeit des Mordes nun jedenfalls keine Gültigkeit mehr habe, mag Kamp nicht widersprechen.

Die direkt anschließende Frage, ob Otto Kamp denn an dem fraglichen Abend des Mordes mit Björn Schneider zusammengetroffen sei und er das Mordopfer dabei im Streit oder aus welchem Grund auch immer getötet hätte oder ob er vielleicht sonst irgendetwas mit diesem Mord zu tun habe, verneint Otto Kamp allerdings entschieden.

„Ich gebe zu", sagt er, „dass ich mich nicht mehr so einvernehmlich wie früher mit Björn verstanden habe und dass es da im Geschäftlichen zwischen ihm und mir gewisse Divergenzen gab, aber deshalb habe ich ihn doch nicht ermordet oder ermorden lassen!" „Und die Affäre", wird nachgebohrt, „die, wie wir von Ihrer Ehefrau erfahren haben, Björn Schneider vor ein paar Jahren mit Ihrer Frau gehabt hat, hat die Ihnen denn gar nichts ausgemacht?" „Na klar", gibt Kamp zu, „hat mich das mächtig angestunken. Aber auch so etwas ist für mich doch kein Grund jemanden umzubringen!"

Was er denn dann, wenn er schon nicht wirklich bei seiner Frau in der Mordnacht gewesen war, zur fraglichen Zeit sonst gemacht habe, und ob es dafür auch irgendwelche Zeugen gäbe? Erstens sei er noch bis ziemlich spät, allerdings allein, in seinem Büro gewesen, gibt Kamp zur Antwort, und dann habe er sich so fast am Ende einer anstrengenden Arbeitswoche noch ein wenig amüsieren und entspannen wollen und sei zu diesem Zweck nach Berlin reingefahren. Dort sei er ein bisschen rumgebummelt und habe hier und da eine Kneipe aufgesucht, auch noch in einem Schnellimbiss etwas gegessen, und als er dann irgendwann so gegen 12 Uhr in der Nacht nach Hause gekommen sei, sei seine Frau schon im Bett gewesen. Er habe sich ruhig verhalten, um sie nicht aufzuwecken und sei zum Schlafen in sein Zimmer gegangen. Irgendeinen Zeugen für seine jetzigen Einlassungen könne er allerdings nicht benennen.

Wann er, Kamp, denn überhaupt das letzte Mal in der Wohnung von Björn Schneider gewesen sei?

Ganz genau wisse er das nicht, aber es müsse so ein paar Tage vor dem Mord gewesen sein, wahrscheinlich so am Montag oder Dienstag der entsprechenden Woche. Er und Björn hätten sich an dem Abend mit ein paar Geschäftsfreunden in einer Gaststätte getroffen. Er selbst habe dabei keinen Alkohol getrunken und Björn anschließend nach Hause gefahren, dort hätten sie dann in Björns Wohnung noch gemeinsam einen Cappuccino getrunken. Weitere Fragen wollte Kamp jetzt allerdings nicht mehr beantworten, bevor er nicht mit seinem Anwalt gesprochen habe.

Natürlich könne er mit einem Anwalt telefonieren und, wenn er wolle, auch mit seiner Frau. Allerdings müsse er trotzdem für heute Nacht hier im Polizeipräsidium in Gewahrsam bleiben, denn der dringende Tatverdacht gegen ihn, an dem Mord zumindest beteiligt gewesen zu sein, dies einhergehend mit Flucht- und

Verdunklungsgefahr sei keineswegs ausgeräumt. Weiteres würde dann morgen der Haftrichter entscheiden, wenn er dem, was übrigens auch am morgigen Samstag möglich sei, vorgeführt werde. Das könne aber eben erst morgen geschehen, weil es heute dafür schon zu spät sei.

Folglich bleibt Otto Kamp die Unannehmlichkeit nicht erspart, für den Rest dieses Tages und die anschließende Nacht im Polizeipräsidium inhaftiert zu bleiben. Daran kann auch das Telefonat nichts ändern, das er nach diesem ersten Verhör mit seinem Anwalt führt, wofür er sich übrigens Uwe Bracht auswählt, auch weil Kamp kein anderer passender Anwalt für diese brisante Angelegenheit auf die Schnelle eingefallen ist.

In dem Telefonat miteinander redet Uwe Bracht beruhigend auf Kamp ein. Er brauche sich nicht unnötig viel Sorgen zu machen. Bestimmt könne ihm die Kripo in dieser Angelegenheit nichts anhaben. Er solle auf jeden Fall die weitere Aussage diesbezüglich verweigern und nur im Beisein seines Anwalts, also nun von ihm, Uwe Bracht, auf entsprechende weitere Fragen der Kripo antworten. Diese Nacht könnten sie Otto Kamp zwar dort festhalten, darauf sollte er sich einrichten, aber morgen, wenn Kamp dem Haftrichter vorgeführt werden müsse, was gesetzlich so vorgeschrieben sei, wäre Bracht an Kamps Seite, und bestimmt müssten sie Kamp dann wieder frei lassen.

Im Anschluss an das Gespräch mit Uwe Bracht führt Otto Kamp auch noch ein kurzes weiteres Telefonat, nun mit seiner Ehefrau. Dabei teilt er ihr mit, dass er verhaftet wurde, und zwar wahrscheinlich aufgrund dessen, was Petra Kamp gegenüber der Kripo jetzt anscheinend ausgesagt hat, was nicht schön, aber auch nicht mehr zu ändern sei. Ihm, Otto Kamp, würde vorgeworfen, dass er etwas mit dem Mord an Björn zu tun hätte, was aber natürlich nicht stimme. Er würde die Nacht über hier im Präsidium festgehalten, käme aber hundertprozentig morgen wieder raus. Die Kripo könne ihm schließlich nichts anhaben. Und zu dem morgigen richterlichen Haftprüfungstermin sei dann als sein Anwalt auch Uwe Bracht mit von der Partie. Mit dem habe er ebenfalls schon telefoniert, der würde ihn bestimmt hier raushauen. Nach Beendigung der beiden Telefonate wird Kamp dann abgeführt und muss den restlichen Tag und die folgende Nacht in einer Zelle im Polizeipräsidium verbringen.

Als die eiserne Zellentür hinter ihm geschlossen wird, innen weder mit einem Türgriff noch sonst einer Möglichkeit ausgestattet, die Tür von der Innenseite aus zu öffnen, bleibt Kamp doch ziemlich geschockt mit sich und seinen Gedanken allein gelassen in dem kargen, engen Raum zurück und kann es nicht fassen, wie hier mit ihm umgegangen wird, mit ihm, der es gewohnt ist, sein eigener Herr zu sein und eher andere zu befehligen als selbst herumkommandiert zu werden. Sich nun nicht mehr frei bewegen zu können, sondern eingesperrt und von anderen in seiner Bewegungsfreiheit abhängig zu sein, ist für Kamp mehr als erniedrigend, und bringt ihn dazu, sich doch Gedanken darüber zu machen, was ihn in diese deprimierende Lage gebracht hat und was er vielleicht doch falsch gemacht haben könnte. Sogar seinen Hosengürtel und seine Schuhriemen musste er abgeben, weil die, also die Leute von der Kripo, anscheinend befürchten, er könne sich damit was antun. Aber den Gefallen wird er ihnen nicht machen. Sollen sie ihn auch ruhig, wie er vermutet, durch das Guckloch in der Zellentür beobachten, wie er unruhig in der Zelle auf und ab geht und sich dabei mit einer Hand die nun ohne Gürtel immer wieder herunterrutschende Hose festhält.

Bloß das Allernotwendigste steht ihm, der an Luxus gewöhnt ist, jetzt in diesem engen Raum zur Verfügung: nur eine harte, schmale Pritsche mit darauf zwei Decken und einem Kissen, ein kleiner Tisch mit Stuhl und ein Toiletten- und ein Waschbecken, beides aus Stahl gemacht und mit einer auslösbaren Wasserzufuhr verbunden. Sonst absolut nichts, nicht einmal eine Tischlampe, sondern bloß eine Deckenbeleuchtung und ein kleines, mit Gitterstäben versehenes Fenster, das so hoch oben an der Wand angebracht ist, dass es unmöglich ist, von unten aus da hindurch zu schauen. Nicht mal einen Spiegel gibt es im Zimmer, wahrscheinlich ebenfalls weil gedacht wird, man könne den zerbrechen und dann mit den Scherben irgendetwas Schlimmes anstellen. Auch kein Handtuch, um sich damit die Hände abtrocknen zu können, ist da, aber wenigstens genügend Klopapier. Und das künstliche Licht unter der Decke lässt sich auch nur von außerhalb der Zelle an- oder ausmachen. Momentan brennt es und wird erst gegen 22 Uhr auf Funzelstärke runtergedreht, um ab circa sechs Uhr morgens wieder hell aufzuleuchten. Kamp findet in der Nacht aber sowieso, egal ob Funzellicht oder nicht, kaum Schlaf, weil ihm viel zu viele Gedanken und Befürchtungen durch den

Kopf gehen. Und auch von dem kargen Abendbrot und dem dürftigen Frühstück, das man ihm reinreicht und das, wie es ausschaut, von den zu dem Zeitpunkt gerade diensthabenden Beamten selbst zubereitet wurde, rührt Kamp kaum einen Bissen an und nimmt lediglich ein paar Schlucke von dem ihm zum Abendbrot angebotenen Tee zu sich und dem Kaffee, den es am nächsten Morgen gibt.

Dann gegen zehn Uhr an diesem nachfolgenden Tag wird Kamp schließlich dem Haftrichter vorgeführt, mit dem Kommissar Keller in einem zuvor vertraulich geführten Gespräch übereinkommt, dass bei dem Haftprüfungstermin die breit angelegte Überwachung von Kamps Telekommunikation, was bisher zwar noch keine konkreten Anhaltspunkte gebracht habe, nicht angesprochen wird, sondern verschwiegen bleibt, um diese Quelle eventuell noch weiter nutzen zu können. Unterdessen wartet bereits Uwe Bracht, auch ehe Otto Kamp herbeigeführt wird, als Kamps Anwalt vor dem Büro dieses Haftrichters.

Als die eigentliche Haftprüfungsverhandlung vor dem Richter anschließend stattfindet, wiederholt Otto Kamp seine schon in der gestrigen Vernehmung gegenüber der Polizei gemachten Aussagen und beteuert, dass er mit dem Mord an Björn Schneider absolut nichts zu tun hätte und das erlogene Alibi lediglich dem Zweck gedient habe, unangenehmen polizeilichen Ermittlungen aus dem Weg zu gehen, um nicht weiter davon belästigt zu werden.

Schließlich entscheidet der Haftrichter und dies nicht zuletzt aufgrund der juristischen Ausführungen Uwe Brachts, dass die für eine Täterschaft Otto Kamps bezüglich des Tötungsdelikts an Björn Schneider sprechende Beweislast für eine Fortsetzung der Untersuchungshaft nicht ausreiche. Somit müsse Otto Kamp wieder auf freien Fuß gesetzt werden, zumal er einen festen Wohnsitz hat und geschäftlich sehr eingebunden sei, was einer Fluchtgefahr entgegenstehe.

Allerdings bekommt Kamp die Auflage mitgegeben, bis auf Weiteres, also während die Ermittlungen in dem entsprechenden Tötungsdelikt noch andauern, Deutschland nicht ohne Erlaubnis des Haftrichters oder der Strafverfolgungsbehörde, das heißt dem zuständigen Staatsanwalt, zu verlassen.

15.

Kaum haben Kamp und Uwe Bracht zusammen das Gerichtsgebäude verlassen, beginnt Bracht gleich Kamp Vorhaltungen zu machen, dass der bei seiner Verhaftung ihn, also Bracht, als Anwalt genommen und dadurch für die Ermittlungsbehörde mit in die Sache hineingezogen habe. Nach Brachts Ansicht hätte sich Kamp in dieser Angelegenheit besser für einen anderen Anwalt entschieden, der mit ihm ansonsten nichts zu tun hat. „Jetzt nämlich", meint Bracht, „können sich Staatsanwaltschaft und Polizei leicht ausmalen, dass wir beide auch sonst miteinander unter einer Decke stecken. Für das, was wir zusammen mit den Russen vorhaben und was vielleicht nicht immer zu hundert Prozent astrein ist, ist das alles andere als hilfreich. Vermutlich, Otto, wäre es für jeden anderen Anwalt, der sich im Strafrecht einigermaßen auskennt, ebenso leicht gewesen, diesen Haftprüfungstermin zu deinen Gunsten ausgehen zu lassen. Die vorgetragenen Verdachtsmomente gegen dich waren doch reichlich dürftig."

Kamp bringt zu seiner Verteidigung an, dass er sich bei seiner Verhaftung in einer Notsituation befunden hätte und ihm dabei auf die Schnelle kein anderer Anwalt eingefallen sei.

Bracht lässt den Vorfall damit auf sich beruhen, denn was passiert ist, ist nun mal passiert und lässt sich sowieso nicht mehr rückgängig machen. „Wenn dir aber beim nächsten Mal etwas Ähnliches zustößt, Otto, schalte bitte vorher dein Gehirn ein, bevor du was unternimmst", fügt Bracht lediglich noch hinzu und geht dazu über zu berichten, wie er sich gestern Abend mit Herrn Ewald vom Berliner Liegenschaftsamt getroffen und dem mächtig Druck gemacht hätte, auf die von dem Kerl geforderte Hilfeleistung bei ihren mit den Russen geplanten Projekten einzugehen. Bracht glaubt, Ewald jetzt weich gekocht zu haben und dass der bestimmt bald sein Einverständnis zu dieser geforderten Zusammenarbeit geben werde. Sollte Ewald aber den Versuch unternehmen, den Spieß umzudrehen, und zum Beispiel den Fehler machen, eine Selbstanzeige wegen seiner verschwiegenen IM-Tätigkeit abzugeben und dabei sie beide, Bracht und Kamp also, gar der versuchten Erpressung zu bezichtigen, müssten sie das natürlich abstreiten. Zwar sei es dann sicherlich besser zuzugeben, sich mal mit Ewald getroffen zu haben. Es wäre dabei aber nur um ganz allgemeine und völlig legale und eigentlich belanglose Fragen wegen geplanter Bauprojekte ihrerseits gegangen. Weder habe man versucht, Ewald zu erpressen noch ihn zu bestechen.

„Für einen solchen Fall im Vorfeld die Aussagen von uns beiden abgesprochen zu haben, ist wirklich wichtig, glaub' mir das, Otto!", bekräftigt Uwe Bracht seine Ausführungen. Außer diesem Ewald gäbe es dann nämlich niemanden, der derartige Beschuldigungen bezeugen könnte, und andere Beweise für eine Erpressung ließen sich gegen sie beide bestimmt nicht vorbringen. Sie müssten in einem solchen Fall, der aber eher unwahrscheinlich sei, nur in Übereinstimmung und konsequent bei ihren Absprachen bleiben, dann könne ihnen garantiert nichts passieren.

Otto Kamp gibt zu verstehen, dass er das kapiert hätte und sich gegebenenfalls danach richten werde, woraufhin sich beide auch bald darauf wieder voneinander verabschieden.

Siegfried Ewald dagegen ist gestern an diesem Freitagabend, nachdem er von Bracht stark unter Druck gesetzt wurde, sich zur Zusammenarbeit mit Bracht und seiner Gruppe bereitzuerklären, ziemlich niedergeschlagen nach Hause gekommen.

Ewalds Frau hat sich bemüht, ihn dazu zu bewegen, doch zu sagen, was ihn belaste, aber Ewald wiegelt ab, es sei nichts, er sei nur ziemlich abgearbeitet und fühle sich kaputt. Nach dem Abendbrot dann und ein bisschen gemeinsamem Fernsehen meint er auch schon ungewöhnlich früh, nämlich so kurz nach halb zehn an diesem Abend, dass er sich sehr müde fühle, und schon ins Bett gehen wolle. Seine Frau könne aber ruhig noch weiter fernsehen, was sie auch tut, während Herr Ewald sich zu Bett begibt.

Am nächsten Vormittag beim Frühstück verhält sich Ewald dann weiterhin derart wortkarg, dass sich seine Frau erneut veranlasst sieht, ihn zu fragen, was denn mit ihm los sei, worauf Ewald nur kurz „Es ist nichts" antwortet. Nach dem Frühstück sagt er dann noch, dass er mal etwas Entspannung brauche und deswegen für ein paar Stunden zum Angeln fahre. „Am Nachmittag bin ich dann aber wieder zu Hause!" Ewalds Frau akzeptiert das, und er verlässt mit seinen Angelsachen das Haus und fährt mit dem Auto los.

An einem nicht allzu weit entfernten See, der auch zum Angeln geeignet und von Bäumen umgeben ist, stellt Ewald sein Auto ab. Er steigt aus. Die Angelsachen lässt er aber im Auto zurück. Lediglich einen Klappstuhl, wie man ihn auch zum Angeln benutzt, nimmt er mit. So geht er zum nahe gelegenen See. Es ist etwa zehn Uhr morgens. Andere Menschen außer ihm sind nirgends zu sehen.

Er klappt den Stuhl auf, setzt sich darauf nieder und schaut eine Weile sinnend über den See. Eine Zeit lang beschäftigt er sich auch mit seinem Handy. Danach nimmt er sich einen Notizblock aus der Tasche, schlägt ein leeres Blatt auf und beginnt an seine Frau gerichtet folgende Zeilen niederzuschreiben: „Liebe Erika und Gruß auch an unsere beiden Kinder und unsere drei Enkelkinder. Wenn Du dieses hier liest, muss ich Dich nachträglich um Verzeihung bitten. Aber ich habe länger nachgedacht und mir ist klar geworden, dass es so für uns alle der richtige Weg ist, der einzige Ausweg aus all der Misere, in der ich stecke. Für Dich ist gesorgt, die Pensionsansprüche von mir und das, was wir auf der Seite haben, sollten ausreichen. Ich liebe Dich wirklich und umarme Dich ein letztes Mal. Lebe wohl und lass es Dir gut gehen. Dein Siegfried"

Das Blatt reißt er raus und faltet es, mit dem Geschriebenen nach innen, zusammen. Er geht zurück zum Auto, schließt es auf und legt das Blatt aufs Armaturenbrett. Er holt aus dem Kofferraum das Abschleppseil und schließt den Wagen wieder ab.

Er geht zurück zu der Stelle, wo noch der Klappstuhl aufgestellt ist. Ganz in der Nähe steht eine alte, knorrige Eiche. Einer ihrer dicken Äste befindet sich etwa 3 Meter horizontal über den Erdboden. Jetzt geht alles ziemlich schnell. Ewald positioniert den aufgeschlagenen Klappstuhl unter den Ast und steigt auf den Stuhl. Der Klappstuhl wackelt etwas, aber kippt nicht um. Ewald wirft das Seil über den Ast und macht es daran fest. Am andere Ende konstruiert er eine Schlinge, die er sich ohne weiteres Zögern um den Hals legt. Mit den Füßen schmeißt er nun den Klappstuhl, auf dem er steht, um. Seine Füße baumeln strampelnd einige Zentimeter über dem Erdboden. Das Strampeln wird rasch schwächer

141

und kommt bald zum Erliegen. Reglos hängt Ewald nun am Ast. Er hat sich erhängt. Um ihn herum ist Stille, niemand da, kein anderer Mensch zu sehen.

Als Ewald, anders als er es seiner Frau versprochen hatte, am späten Nachmittag immer noch nicht zu Haus ist, beginnt die sich Sorgen zu machen. Er hat schon gestern Abend und auch heute früh, wie sie denkt, so einen komischen Eindruck gemacht, und eigentlich sind derartige Verspätungen bei ihm auch nicht üblich. Über Handy ist er nicht zu erreichen. Sie versucht es öfters, aber ohne Erfolg. Offenbar ist sein Handy ausgeschaltet.

Als ihr Mann am etwas späteren Abend immer noch nicht nach Hause gekommen ist, hält es Frau Ewald nicht mehr aus. Sie ruft bei der Polizei an, um ihren Mann dort als vermisst zu melden. Der Polizeibeamte am anderen Ende der Leitung nimmt eine Personenbeschreibung von Herrn Ewald entgegen und fragt, ob es schon öfter oder überhaupt irgendwann mal vorgekommen sei, dass Frau Ewalds Mann über Nacht wegblieb, ohne sie, seine Frau, vorher davon in Kenntnis zu setzen.

Frau Ewald erinnert sich da, dass das so ungefähr vor 2 Jahren schon ein Mal vorgekommen war und sagt das dem Polizisten am Telefon.

Der entgegnet, dass es ja diesmal auch wieder so der Fall sein könnte und dass Frau Ewalds Mann bestimmt auch diesmal wieder auftauchen werde. Deshalb solle Frau Ewald doch noch bis ungefähr morgen Mittag warten, ob ihr Mann nicht wieder zurückkäme. Sollte das bis dahin jedoch nicht der Fall sein, solle sie sich wieder bei der Polizei melden. Man habe hier jetzt erst mal eine Beschreibung vom Aussehen ihres Mannes aufgenommen und ihn als vermisst registriert. Frau Ewalds Telefonnummer habe man ebenfalls, und ihre Adresse wird auch noch notiert. Sollte die Polizei noch vor morgen Mittag, so wird Frau Ewald mitgeteilt, etwas über den Verbleib ihres Ehemannes in Erfahrung bringen, würde man sich bei ihr melden. Ansonsten sollte man spätestens so gegen Mittag des nächsten Tages wieder miteinander telefonieren. Frau Ewald solle sich jetzt aber noch nicht allzu viele Sorgen machen. Bestimmt würde sich ihr Mann wieder einfinden. Frau Ewald solle ruhig zu Bett gehen und versuchen zu schlafen. Klar, das sei leichter gesagt als getan, aber bestimmt würde sich alles wieder einrenken, sie werde sehen. „In jedem Fall werden wir uns von der Polizei aus, sobald wir etwas Konkretes wissen, bei Ihnen melden, Frau Ewald, da können Sie sich drauf verlassen!", versucht der Polizeibeamte Frau Ewald am Telefon zu beruhigen.

Es ist dann so kurz nach neun Uhr am nächsten Morgen, einem Sonntagvormittag, dass ein einzelner Spaziergänger an der bewaldeten Seestelle vorbeikommt, wo sich Ewald an einem Eichenbaumast erhängt hat. Dort sieht dieser Spaziergänger dann die an dem Abschleppseil baumelnde Leiche Ewalds hängen und ist von diesem Anblick, wie man sich vorstellen kann, zutiefst entsetzt. Mit zitternden Fingern tippt er auf seinem Handy, dass er zum Glück bei sich hat, die Notrufnummer der Polizei ein und meldet seine schreckliche Entdeckung der Person, die sich daraufhin am anderen Ende der Leitung meldet. Der Spaziergänger nennt auf Nachfrage seinen Namen und beschreibt genau die Stelle, an der er sich befindet. Dort wartet er anschließend auf den angekündigten Polizeistreifenwagen, der auch ungefähr eine viertel Stunde später erscheint.

Die Polizisten nehmen als Erstes die Leiche Ewalds ab und merken gleich, dass die schon kalt ist, also schon etwas länger dort hängen muss, und somit auch jede ärztliche Hilfe für den Erhängten zu spät kommt. Trotzdem wird neben weiteren Polizeiautos noch ein Notarzt herbeigerufen, der aber natürlich, als er eintrifft, nur noch den nicht mehr zu ändernden Tod dieses bedauernswerten Menschen feststellen kann. Außer weiteren Polizeiautos erscheinen bald auch erste Ermittlungsbeamte der Kriminalpolizei zusammen mit Mitarbeitern der Spurensicherung und einem Rechtsmediziner vor Ort. Sie alle hatten an dem Tag Dienst oder zumindest Bereitschaftsdienst.

Der Spaziergänger, der den Erhängten gefunden hat, wird als Zeuge noch einmal offiziell vernommen, seine Adresse festgehalten und für seine Aussage ein Protokoll aufgesetzt, das von diesem Zeugen und den protokollierenden Polizeibeamten unterschrieben wird. Der Spaziergänger wird anschließend verabschiedet und darf sich entfernen. Die Fundstelle der Leiche wird ermittlungstechnisch untersucht. Fremdverschulden wird schon bald ausgeschlossen, alles spricht für einen Selbstmord.

Ein Leichenwagen wird herbestellt, dessen Fahrer den Auftrag bekommt, die Leiche des Erhängten für weitere kriminaltechnische Untersuchungen in die zuständige Gerichtsmedizin des kriminalpolizeilichen Präsidiums von Potsdam zu bringen, zu dessen Einzugsgebiet der Fundort der Leiche gehört. Noch vor dem Abtransport werden die Taschen der Leiche durchsucht. Darin werden ein Handy, ein Autoschlüssel und ein weiteres Schlüsselbund gefunden. Der vor Ort diensthöchste Polizeibeamte nimmt diese Sachen an sich.

Ziemlich rasch wird danach auch das in der Nähe abgestellte und zu dem Autoschlüssel passende Kraftfahrzeug aufgefunden mit darin dem Abschiedsbrief des Toten auf dem Armaturenbrett sowie dessen Geldbörse und den Autopapieren. In der Geldbörse befindet sich auch ein Personalausweis des Toten mit dem Vermerk seiner Berliner Adresse.

Das Auto inklusive dem Abschleppseil und dem Klappstuhl vom Ort des offensichtlichen Suizids wird polizeilich sichergestellt, und das alles ebenfalls zum Potsdamer Polizeipräsidium gebracht, das Auto dabei von einem herbeibestellten Abschleppdienst abtransportiert.

Auf dem Präsidium wird rasch festgestellt, dass bei den Kollegen von der Berliner Polizei bereits eine Vermisstenanzeige bezüglich des Toten vorliegt, so dass den Berliner Kollegen, trotzdem der Fall selbst vorerst in Potsdam verbleibt, die unangenehme Aufgabe zufällt, die Frau des Vermissten über den Fund der Leiche, bei der es sich mehr als nur vermutlich um die ihres vermisst gemeldeten Ehemannes handelt, zu informieren und die Frau gleichzeitig um eine entsprechende Identifizierung der Leiche zu bitten. Das geschieht noch am selben Tag, und die Identifizierung bestätigt auch, dass es sich bei der Leiche tatsächlich um die des vermisst gemeldeten Siegfried Ewald handelt.

Für die Ehefrau war es natürlich ein großer Schock, als Beamte der Berliner Polizei bei ihr zu Hause aufgetaucht sind und ihr mitgeteilt haben, dass an einem Brandenburger See in der Nähe Potsdams ein toter Mann aufgefunden wurde, erhängt, vermutlich durch eigene Hand, und dass es sich bei diesem Toten allem Anschein nach um den von ihr vermisst gemeldeten Ehemann handele. Trotz ihres tiefen Schocks schafft es Frau Ewald, sich genug zusammenzureißen, um der Bitte nachzukommen, die Polizisten in die Gerichtsmedizin des Potsdamer Polizeipräsidiums zu begleiten, um dort die gefundene Leiche als die ihres Ehemanns zu identifizieren.

Was dann mit dem Ergebnis geschieht, wie sich Frau Ewald auch schon vorher gedacht hatte, dass es sich bei dem Toten nämlich tatsächlich um ihren Ehemann handelt. Ihr wird anschließend noch mitgeteilt, dass es so zwei oder drei Tage dauere, bis die Leiche und auch das Auto freigegeben würden. Erst müssten noch ein paar Untersuchungen vorgenommen werden, und zu diesem Zweck müsse auch das Handy des Toten zunächst bei der Polizei verbleiben. Die übrigen persönlichen Sachen, die bei dem Toten gefunden wurden, also die Schlüssel, die Papiere, die Geldbörse und der Abschiedsbrief, werden Frau Ewald aber bereits jetzt übergeben und von ihr in ihre Handtasche verstaut.

Den Abschiedsbrief steckt sie jedoch nicht gleich ein, sondern überfliegt ihn zunächst. Daraufhin bekommt sie einen Weinkrampf und mag sich gar nicht mehr beruhigen; auch nicht so richtig, als man sie sich auf einen Stuhl setzen lässt und ihr ein Glas Wasser zum Trinken überreicht. Auch die ihr angebotene Beruhigungstablette verweigert Frau Ewald nicht, tief erschüttert wie sie ist. Sie ist momentan zu nichts Eigenständigem mehr in der Lage und wird von einer Polizeibeamtin zurück nach Hause gefahren.

Bei der am nächsten Morgen gerichtsmedizinisch durchgeführten Untersuchung der Leiche Herrn Ewalds ergeben sich ebenfalls keinerlei Anhaltspunkte, die einen Suizid Herrn Ewalds durch Selbststrangulierung in Frage stellen würden. Aufschlussreicher ist dagegen schon die kriminalpolizeiliche Untersuchung des bei Herrn Ewald aufgefundenen Handys.

Und zwar befindet sich darauf die Kopie einer Kurznachricht, die Siegfried Ewald augenscheinlich kurz vor der von ihm verübten Selbsttötung mit jeweils identischem Wortlaut an zwei Herren, einem gewissen Herrn Bracht und einem Herrn Kamp, abgeschickt hat.

Kurz und knapp lautet diese Kurznachricht folgendermaßen:

„Hallo Herr Kamp,", beziehungsweise in dem anderen Schreiben, „Hallo Herr Bracht,"

„ich lasse mich nicht von Ihnen erpressen!! Alles muss mal ein Ende haben! Und lassen Sie meine Frau und meine Familie aus dem Spiel! Die haben mit alledem nichts zu tun! Siegfried Ewald"

Über die entsprechenden Telefonnummern der Handys, an die diese Kurznachrichten verschickt wurden, ermittelt die Polizei, auch wenn es sich jeweils um die Nummer eines Prepaid-Handys handelt, leicht die Besitzer der entsprechenden Handys, also Herrn Dr. Otto Kamp und Herrn Uwe Bracht. Um sie mit dem, was passiert ist, und der Kurznachricht, die allem Anschein nach mit dem Selbstmordmotiv etwas zu tun haben muss, zu konfrontieren, werden die beiden Herren von der Potsdamer Kriminalpolizei – allerdings Kollegen aus einer anderen Abteilung als der von Keller und Babsi – aufgesucht und einer entsprechenden Vernehmung unterzogen. Beide hatten sich jedoch für den Fall, dass Ewald auf den Erpressungsdruck hin die Polizei einschalten sollte, was irgendwie auf die jetzige Situation passt, eine Aussage zurechtgelegt, bei der sie in der Vernehmung auch übereinstimmend bleiben. Demnach bestreiten sie nicht, mit Herrn Ewald Kontakt gehabt zu haben. Es wäre dabei aber nur um ganz unverbindliche und allgemeine Fragen zu eventuell von ihnen geplante, also nicht einmal konkrete Immobilienprojekte gegangen, von einer Erpressung ihrerseits könne aber auf keinem Fall die Rede sein.

Auf die dabei gestellte Nachfrage, auf welche Weise oder durch wen sie denn auf Herrn Ewald gekommen seien, antworten Bracht und Kamp unabhängig voneinander, aber unisono, was natürlich auch ein bisschen verdächtig klingt, dass sie das nicht mehr genau wüssten, aber von irgendjemand, dessen Name ihnen nicht mehr gegenwärtig sei, müsse ihnen Herr Ewald wohl empfohlen oder vermittelt worden sein, aber so genau wüssten sie das nicht mehr.

Für die Aufnahme weitergehender Ermittlungen oder gar einer entsprechenden Anklage gegen Bracht oder Kamp reicht das natürlich nicht aus, und da auch die weiteren kriminalistischen

Untersuchungen zum Tod Siegfried Ewalds keine sonstigen Anhaltspunkte ergeben, die gegen einen Suizid Ewalds aus eigenem Entschluss sprächen, ist dieser Fall für die damit beschäftigte Abteilung der Potsdamer Kriminalpolizei, jedenfalls vorerst, abgeschlossen.

Ein entsprechender Bericht, in dem auch die besagten beiden Kurznachrichten von Siegfried Ewald Erwähnung finden, wird noch in der gleichen Woche erstellt und die Leiche Ewalds zur Bestattung freigegeben. Frau Ewald wird entsprechend informiert, einschließlich darüber, dass jetzt auch ihr Auto nicht länger beschlagnahmt sei und folglich beim Polizeipräsidium in Potsdam abgeholt werden könne.

Den erstellten Bericht bekommt auch Keller zu lesen, obwohl er selbst mit der Untersuchung dieses Selbsttötungsvorfalls nichts zu tun hatte. Mit Interesse nimmt er die darin erwähnten Namen von Uwe Bracht und Dr. Otto Kamp und deren augenscheinliche, wenn auch strafrechtlich offenbar nicht beweisbare Verstrickung in den tragischen Suizid Herrn Ewalds zur Kenntnis. Für Keller ist dies ein Beleg, dass Herr Bracht und Herr Kamp miteinander doch mehr in unsauberen Geschäften stecken, als sie bereit sind zuzugeben. Keller merkt sich das und teilt es auch seiner Kollegin Babsi Weißmüller mit, denn dieser Sachverhalt könnte für die Aufklärung des Mordfalls Schneider noch von Bedeutung sein.

Ansonsten passiert in dieser Woche nach der Beerdigung Björn Schneiders und der Verhaftung mit anschließender Haftentlassung Otto Kamps im Bezug auf die Aufklärung des Mordfalls Schneider zunächst nichts, was weiter erwähnenswert wäre. Keller und Babsi beschäftigen sich unterdessen mit älteren, bisher ebenfalls noch unaufgeklärten Fällen und liegengebliebenem sonstigen Papierkram.

Etwa Mitte der Woche liegen dann auch die ausstehenden Analyseergebnisse der DNA-Proben von Hajo Butt, diese auf der Grundlage des beigebrachten Zigarettenstummels, sowie die von Herrn und Frau Kamp, diese jeweils aufgrund von Speichelproben, vor. In allen drei Fällen fiel der Vergleich mit gefundenen DNA-Spuren aus Björn Schneiders Wohnung negativ aus, was die Vermutung nahelegt, dass alle diese drei Personen zumindest als tatausführende Mörder Björn Schneiders nicht in Frage kommen, obwohl alle drei auf jeweils ihre Weise durchaus ein Motiv dafür hätten. Im Bezug auf Otto Kamp verwundert der negative Befund zusätzlich ein bisschen dadurch, dass Kamp nach eigener Aussage ja noch wenige Tag vor dem Mord an Björn Schneider in dessen Wohnung gewesen sein will, wo sie zusammen einen Cappuccino getrunken hätten.

Von den DNA-Analysen abgesehen wurde allerdings herausgefunden, dass Hajo Butt, der Zuhälter der Prostituierten Monique, zweifach vorbestraft ist und dafür auch jeweils Gefängnisstrafen abgesessen hat. Die erste Vorstrafe erfolgte wegen der Beteiligung an einer Einbruchserie und die zweite wegen schwerer Körperverletzung. Auch dieses erscheint Babsi und Keller durchaus bemerkenswert und wichtig genug, es für ihre weitere Ermittlungsarbeit im Mordfall Schneider festzuhalten.

16.

Als Bernd Keller die Mordkommission „Schneider" am Freitagnachmittag dieser Woche zu einem nochmaligen Meeting zusammenkommen lässt, wird dann noch ein ganz neuer Ansatzpunkt für die Aufklärung des Tötungsdelikts an Björn Schneider ins Spiel gebracht. Und zwar hat einer der Mitarbeiter der Mordkommission, sein Name ist Paul Schmelzer, bei der Durchsicht der beschlagnahmten privaten Akten Björn Schneiders eine brisante Entdeckung gemacht, die er den anderen nun vorträgt.

„Stellt euch mal vor", sagt er, „ihr werdet es vermutlich nicht glauben!" „Ja, was denn?", kommt die neugierige Nachfrage. „Björn Schneider war ja, wie ihr wisst, für einige Jahre drüben in den Staaten und hat im Silicon Valley für eine IT-Firma gearbeitet. Während dieser Zeit hat er im Rahmen eines von seiner Firma gesponserten Sparprogramms auch Aktien von Microsoft erworben, die er weder damals noch bis jetzt verkauft hat." „Und für wie viel Geld war das?", kommt die nächste Nachfrage. „Das waren ursprünglich etwa 4150 Dollar!", ist Schmelzers lapidare Antwort, was dann mit „So viel ist das ja auch nicht!" kommentiert wird.

„Wartet mal ab!", sagt Schmelzer daraufhin. „Der Clou kommt noch. Dieses Aktienpaket wurde von Björn Schneider so Mitte der 90er Jahre erworben. Heute ist es aber mehr als das 100-fache der ursprünglichen Kaufsumme wert, das heißt also so ungefähr eine halbe Millionen Dollar. Da staunt ihr, was?" „Allerdings!", meint da Babsi. „Wer von uns würde nicht davon träumen, mal locker aus viertausend Dollar eine halbe Millionen zu machen. In Euros wäre das auch nicht viel weniger. Bloß, was hat das jetzt mit unserem Mordfall hier zu tun?"

„Gute Frage", sagt Schmelzer, „aber dazu komme ich jetzt. Ich weiß nicht, ob Schneider dieses Aktienpaket übersehen hat. Vielleicht war es ihm auch ein bisschen zu kompliziert, es von hier aus verkauft zu bekommen, oder er hat darauf gewartet, dass der Wert davon wieder noch weiter nach oben ginge, denn vor ein paar Jahren lag dieser Wert nämlich sogar schon mal noch ein Stück darüber. Das ist für uns hier aber wahrscheinlich weniger wichtig. Wichtig könnte aber sein, dass Schneider bei diesem Sparprogramm, zu dem das Aktienpaket gehörte, das übrigens jetzt von einer Bank drüben in Amerika treuhänderisch verwaltet wird, dass Schneider für den Fall seines Ablebens eine gewisse Lori Burlington als Begünstigte eintragen ließ, als die Person also, die dieses Aktienpaket im Fall seines Todes erben soll. Und schließlich sind Leute schon für weniger als einer halben Millionen Dollar umgebracht worden, oder etwa nicht?"

„Das stimmt allerdings, Kollege Schmelzer. Gute Arbeit von Ihnen!", mischt sich Keller ein. „Aber mir erscheint es trotzdem ein bisschen weit hergeholt, dass das etwas mit der Ermordung Schneiders zu tun haben könnte. Aber wer weiß? Jedenfalls ergeben sich für mich gleich mehrere Fragen dazu. Und zwar erstens, wer ist überhaupt diese Lori Burlington und wo wohnt sie? Und zweitens, wusste die denn von dieser Begünstigung und dem jetzigen Wert des Aktienpakets und drittens, stand sie mit Björn Schneider überhaupt noch in Kontakt?" „So genau, weiß ich das alles natürlich auch nicht, Chef. Ich hab' allerdings noch einen Brief von dieser Lori mit ihrer Absenderadresse in Schneiders Unterlagen gefunden. Gut, der Brief ist jetzt auch schon einige Jährchen alt, wie sich aus dem Datum davon ablesen lässt. Aber dass Herr Schneider auch in letzter Zeit regelmäßig nach Amerika telefoniert hat, lässt sich auch den Einzelverbindungslisten zu seinen Telefonanschlüssen, die uns vorliegen, entnehmen." „Okay", sagt Keller, „überprüfen Sie dann doch bitte, Kollege Schmelzer, ob eine dieser Telefonnummern nach Amerika zu dieser Lori Burlington gehört hat!" „Hab' ich schon gemacht, Chef!", kommt die prompte Antwort. „Noch besser!", meint Keller. „Und mit welchem Ergebnis?" „Leider negativ, Chef! Keine dieser Nummern hat anscheinend etwas mit einer Lori Burlington zu tun. Ich sprech' ja ganz gut Englisch, weil ich mal für ein Jahr als Austauschschüler drüben in den Staaten war. Da hab' ich jetzt einfach bei diesen verschiedenen Nummern nach Amerika angerufen und versucht, mit einer Lori zu sprechen. Aber bei allen drei Nummern, eine davon privat und zwei geschäftlich, war denen am anderen Ende der Leitung eine Lori völlig unbekannt, und das klang jeweils überzeugend."

„Nachgehen, denk' ich", meint Babsi, „sollten wir der Sache schon und dieser Lori mal auf den Zahn fühlen. Ob sie mit Björn Schneider noch in Kontakt stand und überhaupt von dieser Begünstigung und dem Aktienpaket etwas wusste, und was sie mit Björn Schneider früher und eventuell auch zuletzt noch zu tun hatte, was sie zu der Tatzeit gemacht hat, und ob sie unter Berücksichtigung der entsprechenden Fakten für die Tat an Schneider oder zumindest einer Beteiligung daran, also zum Beispiel für einen gegebenen Auftrag zu dem Mord in Frage kommen könnte?" „Ja, Kollegin", sagt Keller dazu, „der Meinung bin ich auch, aber das lassen wir dann besser über Interpol laufen, die sollen versuchen, diese Lori ausfindig zu machen und zu vernehmen, und uns dann darüber Bericht erstatten. Kümmern Sie sich doch am besten darum, ich meine den entsprechenden Interpolkontakt, Kollegin Weißmüller!" „Aber ist es denn in Amerika, wo es ja keine Meldegesetze gibt, überhaupt so einfach, an der ihre Adresse ranzukommen, falls die Frau nicht mehr bei der angegebenen Adresse wohnen sollte? Nach so vielen Jahren wäre das ja gut möglich", fragt jemand aus der Runde dazwischen. „Ich denke", sagt Schmelzer dazu, der sich wegen seines Schüleraustausches mit den Gepflogenheiten in den U.S.A. anscheinend ganz gut auskennt, „dass das für die Polizei drüben kein Problem sein sollte, selbst wenn Lori nicht mehr an derselben Stelle wohnt. Über gespeicherte Daten zu ihrem Führerschein oder ihrer Sozialversicherungsnummer kann die Polizei drüben sicherlich leicht an ihre jetzige Adresse rankommen." „Okay Leute!", ergreift Keller wieder das Wort. „So wie gesagt, wird 's also gemacht. Es läuft über Interpol, und die Polizei drüben in Amerika soll diese Lori auffinden und sie zu unserem Fall vernehmen. Und Babsi kümmert sich hier bei uns um diese Angelegenheit. Sollte sie dazu noch Hilfe brauchen, mit Englisch oder so, kann sie ja den Kollegen Schmelzer hinzuziehen. Und sollte sich herausstellen, dass Lori mit dem Mord an Schneider absolut nichts zu tun haben kann, wird sie sich über dieses Aktienerbe sicherlich freuen. Das würden wir dann aber über die Botschaft beziehungsweise das deutsche Konsulat regeln lassen. Für heute, denke ich, wär 's das erst mal. Außerdem ist ja jetz' bald Feierabend und damit Wochenende. Und dazu, liebe Kolleginnen und Kollegen, wünsch' ich euch alles Gute. Ich würd' sagen: bis nächste Woche also, und wie ich hoffe in dann alter Frische. Zunächst erst mal vielen Dank!"

Unterdessen, und zwar schon einen Tag vorher, also am Donnerstag, hat sich die Russengang wieder bei Uwe Bracht gemeldet. Sie haben ihn davon unterrichtet, dass sie zum Wochenende wieder nach Berlin kommen und sich dabei jetzt am Samstag mit Bracht und Kamp treffen wollten, um unter anderem mit ihnen über das geplante gemeinschaftliche Geschäftsvorhaben zu sprechen, und sie haben dabei angedeutet, Kamp und Bracht dann auch die erste Rate des versprochenen Vorschusses für die künftigen Dienstleistungen der beiden – es war ja die Rede von jeweils 50.000 Euro dafür gewesen – auszuzahlen, und zwar in bar, also ohne nachzuverfolgende Kontoüberweisungen.

Nebenbei bemerkt fänden sie es auch ganz gut, wenn zu diesem Treffen wieder die scharfe Braut vom letzten Mal mit dabei wäre und dazu vielleicht noch mindestens eine zweite, am besten eine mit einer ähnlich irren Oberweite. Sie meinten, dass es dann bestimmt möglich sein müsste, dass sie sich auch mal mit denen vergnügen könnten, was sie auch gut bezahlen würden. Alles weitere, wie den Ort für das Treffen, sollten Bracht und Kamp organisieren und damit am besten gleich loslegen.

Also bemüht sich Kamp noch am gleichen Tag Sara anzurufen und bekommt sie auch ans Telefon. Die erzählt ihm zunächst, dass neulich die Kripo bei ihr gewesen sei, um sie wegen des Mordes an Björn Schneider auszuquetschen. „Das war mir natürlich total unangenehm, zumal ich mit dem Mord absolut nichts zu tun habe. Aber wie kommen die überhaupt auf mich, Otto? Has' du ihnen was von mir erzählt?" „Nee, hab' ich nich', Sara. Aber, mach' dir wegen der Bullen keinen Kopf. Mit dem Mord hab' ich nichts zu tun, und du natürlich auch nich'. Die können uns nix. Eigentlich rufe ich dich aber an, weil ich jetz' am Sonnabend mal wieder deinen Escort bräuchte. Ist es möglich, dich dafür zu buchen?" „Aber nur, wenn 's dabei keine Scherereien gibt!" „Nein, wird 's nich' Sara, garantiert!" Kamp erklärt ihr dann weiter, dass es wieder um ein Treffen mit diesen Russen ginge, wobei sie sich diesmal noch ein bisschen mehr um die kümmern solle, wenn das möglich wäre. Na, sie wisse schon wie. Bestimmt würde das dann auch gut bezahlt werden. Gut, sollte der Preis stimmen, hätte sie nichts dagegen einzuwenden. Allerdings könne sie es so kurzfristig nicht hinkriegen, als Kamp danach fragt, eine Kollegin mit einer ähnlich großen Oberweite wie ihrer eigenen für diesen Abend aufzutreiben. Es sei vielleicht besser, wenn sich Kamp selbst darum kümmern würde.

Da kommt ihm die Idee, mal zu versuchen, dafür die Prostituierte Monique zu engagieren. Den Namen des Bordells, in dem sie anschaffen geht, hatte Björn ihm gegenüber mal in einer schwachen Stunde erwähnt und auch gesagt, dass diese Monique einen Riesenbusen hätte. Persönlich hat Kamp sie bisher aber noch nicht kennen gelernt.

Kurzentschlossen sucht er sich die zu dem Bordell gehörende Telefonnummer heraus und ruft dort an. Er fragt direkt, ob Monique heute da sei. „Ja, du hast Glück!", bekommt er zur Antwort. „Die ist heute bis mindestens 8 Uhr abends da. Wenn du willst, kannst du gleich vorbeikommen und ihr einen Besuch abstatten." „Gut", erwidert Kamp, „bis spätestens 8 Uhr heute Abend bin ich dann da!"

Gleich nach Feierabend macht sich Kamp auch auf den Weg nach dorthin. Die entsprechende Fahrstrecke, die er nehmen muss, hat er vorher in das Navigationsgerät seines Autos eingegeben. Und 8 Uhr abends ist es zu dem Zeitpunkt noch längst nicht. Dann in dem Bordell angekommen, fragt er direkt nach Monique, die kurz darauf zu ihm kommt. Zu seiner Genugtuung sieht Kamp, dass ihre Oberweite tatsächlich extrem groß ist, und das allem Anschein nach sogar ganz von Natur aus. Und obwohl er die Dame auch noch als durchaus schlank bezeichnen würde, trifft ihr Äußeres Kamps Geschmack doch nicht ganz. Er steht auf eher schlankere und glamourösere Erscheinungen.

Trotzdem wird Kamp, nachdem er den Preis dafür akzeptiert und bezahlt hat, mit Monique sexuell intim, schon um mal auszuprobieren, wie das mit ihr so ist. Er sagt ihr aber nicht, dass er durch Björn Schneider auf sie aufmerksam geworden sei und erwähnt auch dessen Namen gar nicht. Stattdessen fragt er sie, nachdem sie Verkehr miteinander hatten, ob man sie auch, gegen sehr gute Bezahlung natürlich, mal als Escortdame buchen könne. „Ja", antwortet Monique, „wenn der Preis stimmt, mache ich dat jelejentlich ooch!" „Gut", entgegnet Kamp, „ich würde dich dann gern für jetzt am Samstag buchen. Es geht um ein Treffen mit ein paar Investoren aus Russland. 500 Euro allein fürs Mitkommen kann ich dir für den Abend garantieren. Als Vorauszahlung natürlich und dazu noch freies Essen und Trinken. Das Ganze würde dann in dem Hotel stattfinden, wo die Russen wahrscheinlich auch übernachten werden. Und es wäre gut, wenn du bei der Gelegenheit mit dem einen oder anderen von denen auch ins Geschäft kämest. Für jeden Verkehr dabei würde ich dir noch mal 150 Euro oben drauflegen, zusätzlich zu dem, was du von denen dafür außerdem bekämest. Und, wie klingt das für dich, würdest du da mitmachen?"

Monique zeigt sich dem Angebot gegenüber nicht abgeneigt, und Kamp sagt ihr, er würde sie am morgigen Freitag, wenn es ihr recht ist und das möglich sei, deswegen hier noch mal anrufen und ihr dann die genaue Location für das Treffen sagen. Natürlich wäre das hier in Berlin, und sie könne dann definitiv zusagen, oder, wenn sie wolle, natürlich auch absagen. Es wäre möglich, antwortet Monique, sie über die Telefonnummer dieses Bordells hier persönlich an den Apparat zu bekommen, vermutlich wäre sie am morgigen Freitag wieder bis gegen 8 Uhr abends hier und könne dann auch bestimmt verbindlich sagen, ob sie Kamps Angebot annimmt.

Anschließend verabschiedet sich Kamp für dieses Mal von Monique. Er wäre jedoch nicht er selbst, wenn er sich nicht für den Fall, dass Monique doch absagen sollte, am Vormittag des nächsten Tages, dem besagten Freitag also, von seinem Büro aus telefonisch nach Alternativen für Monique erkundigen würde. Das macht er, noch bevor er Monique selbst wieder anruft. Er findet auch die eine oder andere Möglichkeit, falls die von ihm für den bevorstehenden Samstag eigentlich bevorzugte Dame, also Monique, doch absagen sollte, braucht dann diese Optionen jedoch nicht näher auszukundschaften, weil Monique, als er sie anschließend über die Telefonnummer ihres Bordells anruft und sie, wie abgesprochen, auch persönlich an den Apparat bekommt, zusagt, auf Kamps Angebot für das Treffen mit den Russen am Samstag einzugehen.

Kamp nennt Monique daraufhin auch den genauen Ort dafür, ein Hotel gehobener Klasse mit angeschlossener Gastronomie, auf das sich Kamp mit Bracht für das anstehende Treffen mit den Russen geeinigt hatte. Dort wurden auch schon Zimmer für die Übernachtung der russischen Delegation gebucht. Laut Ankündigung wollen die übrigens mit denselben vier Männern wie beim letzten Mal kommen. Kamp gibt Monique auch noch die Uhrzeit bekannt, zu der er sie am Samstag von ihrem Bordell aus zu dem Treffen abholen will. Mit Sara hatte er schon vorher abgemacht, dass die dieses Mal eigenständig dorthin kommen werde.

Und wie angekündigt erscheinen die Russen dann tatsächlich zu dem Treffen mit denselben vier Leuten wie bei ihrer ersten Begegnung mit Bracht und Kamp.

Diese beiden sind natürlich auch diesmal wieder pünktlich vor Ort, wobei Kamp wie verabredet vorher noch Monique alias Monika abgeholt hat. Und zu Kamps Überraschung hat sich Monique für diesen Abend wirklich toll zurechtgemacht, viel besser, als er es erwartet hatte. Sie schaut extrem sexy aus mit ihren beiden ins Blickfeld gerückten Vorzügen, ohne dabei bloß nuttig zu wirken. Kamp soll ihr vorab die allein für den Escortservice ausgemachten 500 Euro geben, was er auch macht. Das Geld deponiert sie noch gleich an einen sicheren Ort in dem Bordell, bevor sie Kamp zu dessen Auto begleitet und darin einsteigt. Zusammen fahren sie anschließend zu dem Hotel, wo die Party mit den Russen losgehen soll und Bracht, schon ein wenig ungeduldig geworden, dort bereits auf Kamp wartet. Auch Sara, toll aussehend wie immer und noch deutlich extravaganter und stilvoller als Monique zurechtgemacht, trifft bald nach Kamp und

Monique dort ein. Die Russen lassen sich zwar etwas Zeit, sind aber schließlich auch nicht unbedingt unpünktlich.

Kaum dass daraufhin alle am Tisch sitzen und ein erstes Getränk vor sich stehen haben, kommen die Russen direkt zur Sache. Sie meinen, dass aufgrund der nun doch ziemlich näher gerückten polizeilichen Ermittlungen wegen des Mordfalls Schneider und dazu jetzt noch Ewalds Selbstmord mit sogar der vorübergehenden Verhaftung Kamps und den verdächtigen Kurznachrichten von Herrn Ewald per Handy an Bracht und Kamp, über das alles Bracht die Russen im Vorfeld des Treffens informiert hatte, dass sich dadurch also die Gesamtsituation derart problematisiert habe, dass sich die Russen kurzum deshalb dazu entschlossen hätten, ihre Investitionsvorhaben in Berlin und Umland, die über Bracht und Kamp laufen sollten, bis auf Weiteres auf Eis zu legen. Das Risiko, dass ihnen unter den genannten Umständen bei diesen Geschäften die Kripo ins Handwerk pfuschen würde, ist den Russen momentan einfach zu groß. Das sei zwar schade, aber aufgeschoben müsse ja nicht unbedingt aufgehoben heißen. Sollten sich die Wogen wegen der Fälle Schneider und Ewald wieder etwas geglättet haben, könnte man durchaus wieder miteinander ins Geschäft kommen.

Für Brachts und Kamps bisher geleisteten Dienste und Ausgaben haben sie den beiden in bar und deponiert in einem kleinen Aktenkoffer, der nun übergeben wird, jeweils 15.000 Euro, also zusammen 30.000 Euro mitgebracht. Wenn sie wollten, könnten Bracht und Kamp die Summe nachzählen, was sie natürlich nicht tun, weil das bedeuten würde, dass sie den Russen nicht trauten, was weitere Geschäfte mit denen deutlich erschweren würde.

Bei der Übergabe des Geldes wird Kamp und Bracht allerdings klargemacht, dass sie den Rest der ihnen ursprünglich zugesagten jeweils 50.000 Euro an Vorschuss erst erwarten könnten, wenn wirklich Immobiliengeschäfte der Russen hier in Aussicht ständen, die man über Kamp und Bracht würde realisieren wollen.

Und klar ist für Kamp und Bracht auch, dass von dem ihnen gerade übergebenen Geld auch die Bewirtungskosten des heutigen Gelages sowie der Preis für den Escortdienst der beiden mitgebrachten Nutten zu zahlen sind. Was die Russen von Sara und Monique darüber hinaus an Diensten begehren würden, das müssten sie aber schon selbst mit den Damen ausmachen und dafür auch selbst berappen, geben umgekehrt Bracht und Kamp ihrerseits zu verstehen. Das Gleiche gälte auch für die Übernachtungskosten in diesem Hotel. Die sollen ebenfalls, da sind sich Bracht und Kamp einig und geben das entsprechend kund, die Russen selbst bezahlen. Kamp würde lediglich, wie zugesagt, aber gegenüber den Russen nicht weiter erwähnt, bei Monique deren Einnahmen für jeden von ihr an diesem Abend geleisteten Sexualdienst mit einem der Russen um jeweils 150 Euro aufstocken. Wie unter Berücksichtigung all dessen schließlich die 30.000 Euro zwischen Kamp und Bracht genau aufzuteilen sind, werden die beiden schließlich unter sich ausmachen.

Damit wäre das Geschäftliche für diesen Abend geklärt, und ab jetzt soll, so wollen es die Russen, gefeiert werden, das heißt gegessen, getrunken und gehurt. Und um sich nicht den Unmut der Russen zuzuziehen, bleibt Kamp und Bracht nichts anderes übrig, dabei so gut wie möglich mitzumachen und gute Miene zum bösen Spiel zu zeigen.

Es wird aufgetafelt und gegessen, vor allem aber reichlich getrunken, überwiegend Alkoholisches natürlich und dabei insbesondere der von den Russen so sehr geliebte Wodka.

Zur vorgerückten Stunde, als schon alle ziemlich angetrunken sind, bis auf Sara und Monique, die sich lediglich ein bis zwei Gläser Sekt gegönnt haben und danach auf alkoholfreie Getränke umgestiegen sind, werden noch kleine Snacks und Knabberzeug fürs Naschen zwischendurch bestellt, das sich die Russen von den Bedienungskräften mitten auf den Tisch stellen lassen, und nach ein paar weiteren Runden Wodka, geraucht wird selbstverständlich auch dazu, kommen die Russen schließlich auf die beiden mitgeführten Damen zu sprechen.

Kamp habe doch sicher nichts dagegen, wenn sich der Seniorchef mit Sara ein bisschen auf seinem Zimmer vergnügen würde. „Natürlich nicht!", entgegnet Kamp. „Vorausgesetzt, Sara will das ebenfalls." Jetzt ist Sara am Zug. „Was bringt mir das denn ein?", beginnt sie zu verhandeln.

Sara und der Seniorchef werden sich bei 300 Euro einig und verschwinden anschließend für ungefähr ein Stündchen auf dessen Zimmer, während seine 3 Begleiter damit den Startschuss als gegeben ansehen, selbst sexuell aktiv zu werden und sich an Monique ranzumachen.

Auch bei ihr geht es bezüglich der Reihenfolge streng hierarchisch zu. Erst darf der Juniorchef ran und verschwindet mit Monique aufs Zimmer und im Anschluss nacheinander die beiden Bodyguards. Für jedes Mal ungefähr eine halbe Stunde bekommt Monique von den Russen jeweils 100 Euro extra, was von Kamp laut privater Vereinbarung dann am Ende der Party noch um insgesamt 450 Euro aufgestockt wird, sodass Monique auf einen Gesamtverdienst für diesen Abend von immerhin 1.250 Euro kommt, womit sie mehr als zufrieden ist. Auch Sara, trotzdem sie „nur" auf insgesamt 1.000 Euro kommt, nämlich 700 Euro für den Escortservice und 300 Euro für das Schäferstündchen mit dem Seniorchef, ist alles andere als unzufrieden mit ihrem abendlichen Salär.

Zwar werden Kamp und Bracht von den Russen gefragt, ob sie denn nicht auch mal mit einer der beiden Damen intim werden wollten, wofür sie ihnen auch gerne eines ihrer Hotelzimmer zur Verfügung stellen würden, was Kamp und Bracht aber dankend ablehnen. Sie hätten beide die Damen schon gehabt, was für Bracht allerdings nicht ganz stimmt, denn mit Monique hatte bisher noch nicht das Vergnügen.

Zudem haben Kamp und Bracht versucht, trotzdem sie bei dieser Sause wohl oder übel mitmachen und mittrinken mussten, sich so weit wie möglich beim Trinken zurückzuhalten, um wenigstens einigermaßen klaren Kopf zu behalten, und schlagen dann auch vor, als die Russen ihren Verkehr mit den Escortdamen erledigt haben, den gemeinsamen Abend nun so langsam ausklingen zu lassen.

Die Russen haben nichts dagegen und meinen nur noch, ehe sie sich verabschieden und auf ihre Zimmer verziehen, dass sie sich zu gegebener Zeit wieder melden würden, wobei Bracht ihr Hauptansprechpartner bliebe. Der habe selbst außerdem auch ihre Telefonnummern und könne sich ja ebenfalls mal bei ihnen melden.

Kaum dass die Russen dann fort sind, wird Kasse gemacht. Man lässt sich die Rechnung bringen, die sich wieder mal über ein paar hundert Euro beläuft und zunächst von Kamp über seine Kreditkarte beglichen wird.

Dann wird die überreichte Geldkoffer geöffnet. Darin liegen offenbar tatsächlich 30.000 Euro Bargeld, die sich Kamp und Bracht gleich aufteilen, wobei jeder zunächst dasselbe bekommt. Anschließend gibt Kamp von seinem Anteil 450 Euro an Monique weiter, die ihr verabredungsgemäß noch zustanden. Da er außerdem Monique bereits 500 Euro für ihren Escortservice vorab gegeben hatte und fast 600 Euro für die Zeche dieses Abends bezahlen musste, ist es danach an Bracht, von seinem Geld die 700 Euro abzugeben, die Sara für ihren Escortservice noch bekommt und im Vertrauen auf Kamp als guten Kunden nicht im Voraus verlangt hatte. Im Anschluss einigen sich Kamp und Bracht schnell darauf, dass Bracht dann von seinen Anteil nochmals 400 Euro an Kamp abgibt. Damit stimme nun die Kasse und man sei für den heutigen Abend quitt. Den Aktenkoffer kann Bracht für sein restliches Geld behalten, während sich Kamp für seinen Anteil vom Kellner unkompliziert einen Plastikbeutel geben lässt.

Anschließend werden noch drei Taxis bestellt, um jeweils Bracht, Kamp und Monique nach Hause zu bringen. Während Bracht schon mit einem Taxi gekommen ist, möchte Kamp jetzt lieber nicht mehr mit seinem eigenen Auto fahren, sondern das hier stehen lassen, da es ihm doch zu riskant erscheint, bei der Menge Alkohol, die er zu sich genommen hat, jetzt selbst zu fahren. Sara dagegen hat kaum Alkohol getrunken und kann deshalb für die Rückfahrt getrost ihr eigenes Auto, mit dem sie schon hergekommen ist, benutzen, tauscht aber, bevor sie losfährt, mit Monique noch ihre jeweiligen Handynummern aus, denn vielleicht könne es ja sein, dass man mal wieder geschäftlich oder sonst wie irgendetwas miteinander machen wolle.

17.

Da Monique an diesem Samstagabend gut Kasse gemacht hat und der folgende Tag sowieso ein Sonntag ist, will sie, als sie spät am nächsten Morgen aufsteht, es an diesem Tag langsam angehen lassen und geht als Erstes mit ihrem Typen in dessen Stammkneipe zum Frühstück. Dass es da schon auf Mittag zugeht, stört die beiden kaum. Sie lassen sich trotzdem Zeit.

„Und, wat is' jestern Abend bei deinem Escortservice kohlemäßig so rumgekommen?", will Hajo dennoch wissen. „Mehr als jenug, aber du sollst auch nicht darben!", antwortet Monika. „Ick jeb' dir hier mal vierhundert davon ab, damit de dir ooch wat jönnen kannst!", sagt sie und steckt ihrem Macker die genannte Geldmenge zu. Und woher sie denn den tollen Ring habe, den sie da auf dem Finger trägt, der sei doch bestimmt neu, will Hajo noch wissen, den habe er noch gar nicht an ihr gesehen. „Der is' von 'nem jroßzügigen Freier", antwortet Monika, „den kennst 'e aba nich'! Und außerdem, nach dem Frühstück fahre ich ers' mal ins Solarium und dann ist heute ooch wieder der Sonntag, an dem ick mich nachmittags mit meener Tochter treffe. Danach komm ick aber zu dir zurück, dann können wa noch zusammen den Abend verbringen."

Dementsprechend macht sich Monika bald auf den Weg zunächst ins Solarium. Dort legt sie sich auf die Sonnenbank und lässt ihre Haut für die nächsten 20 Minuten mit UV-Licht bestrahlen. Während sie sich anschließend in dem Sonnenstudio noch eine Tasse Cappuccino gönnt, bekommt sie auf ihr Handy einen Telefonanruf. Es meldet sich ihr Bordell. Es hätte da jemand angerufen, der meinte, heute um 17 Uhr dort im Bordell mit ihr verabredet zu sein, ob sie denn dann da sei. Nun fällt Monique ein, dass sie so etwas Ähnliches wohl tatsächlich einem neuen Stammfreier von ihr zugesagt hat. Na gut, sie käme dann so gegen 17 Uhr in dem Bordell vorbei. Sollte der Freier noch einmal anrufen, sollen sie ihm das ausrichten und ihm gleichzeitig sagen, dass er dann aber bitte pünktlich sein soll.

Monique muss schmunzeln, als sie anschließend an diesen neuen Stammfreier von ihr denkt. Ein ganz Netter ist das. Das erste Mal ist er vor so ungefähr 4 Wochen in dem Bordell aufgetaucht, wo sie anschaffen geht. Damals lebte Björn noch.

Dieser Neue, Klaus heißt er mit Vornamen, doch Monique nennt ihn liebevoll Kläuschen, ist durch ein Zeitungsinserat, das von dem Bordell annonciert wurde und selbstverständlich Moniques riesige Oberweite angepriesen hat, auf Monique aufmerksam geworden. Als er daraufhin das erste Mal in das Bordell kam, wo Monique arbeitet, um sie dort zu treffen, ist sie da aber gerade nicht anwesend. Das sagt man ihm dann. Aber das Angebot, es mal mit einer anderen der verfügbaren Damen zu probieren, von denen einige oben rum auch ganz gut bestückt wären, wenn natürlich auch nicht so wie Monique, lehnt Kläuschen dankend ab. Er käme lieber ein anderes Mal wieder vorbei, wenn Monique wieder da sei. Vorher würde er sich über ihre Anwesenheit dann telefonisch vergewissern, die entsprechende Telefonnummer habe er ja. Für die Bemühungen, die sie sich mit ihm gemacht hätten, ließ er trotzdem 20 Euro da. Und Monique kann sich nicht erinnern, dass so was, nämlich 20 Euro ohne Gegenleistung zu geben, einer ihrer Freier vorher schon mal gemacht hätte.

Als Kläuschen dann das nächste Mal in dem Bordell auftaucht, steht Monique auch zur Verfügung. Natürlich hatte man ihr von diesem Kerl erzählt, und dass der das letzte Mal nur so, ohne etwas dafür bekommen zu haben, 20 Euro dagelassen hätte. Nun war Monique natürlich neugierig auf den. Sie hat sich schnell etwas übergezogen, ohne einen BH darunter und ist, obwohl der Typ noch gar nicht an der Reihe war, in das Zimmer gegangen, wo man ihn hingeführt hatte, um dort auf Monique zu warten.

Da steht er dann, ein gutaussehender junger Kerl in einem schicken Anzug, wahrscheinlich kommt er gerade von seinem Bürojob. Lüstern hat er Monique gleich auf ihren großen Busen gestarrt, der sich unter dem Stoff ihres übergezogenen Kleidchens abzeichnet. Schüchtern fragt er, ob er da mal anfassen dürfe, was ihm Monique gestattet. Nun weniger schüchtern ergreift er ihren rechten Busen und hebt ihn, um dessen Gewicht zu prüfen, unter dem Kleid ein wenig empor. „Oh ja!", kommt es aus seinem Mund, und Monique erkennt gleich mit erfahrenem Blick, dass ihm das, was sie ihm da zu bieten hat, gefällt. Er müsse allerdings noch ein bisschen warten, erst käme vor ihm noch ein anderer an die Reihe, aber gleich anschließend wäre er dann dran. Kläuschen, bei dem, was sie sagt, wieder nervöser werdend, ist damit einverstanden.

Geduldig wartet er, bis Monique nach circa einer halben Stunde wieder zurückkommt und ihn in ein anderes, für den Liebesdienst besser ausgestattetes Zimmer mitnimmt. Außer einem großen Doppelbett steht darin auch eine Couch. Monique, die Kläuschens Nervosität bemerkt, fragt ihn, ob dies sein erstes Mal in einem Bordell sei, was er bejaht.

Monique denkt sich, dass da einer ist, der nicht nur nett zu sein scheint, sondern anscheinend auch zahlungskräftig genug, ein guter Stammkunde von ihr zu werden. Sie überlegt sich eine geeignete Strategie, ihn nicht zu vergraulen, sondern so zufrieden zu stellen, dass sie damit rechnen kann, dass er zu ihr wiederkommt.

Also nicht gleich mit der Tür ins Haus fallen, denkt sie sich. Sie setzt sich erst einmal auf die Couch und gibt Kläuschen zu verstehen, dass er sich neben sie setzen soll. Nicht ohne Erregung kommt Kläuschen dieser Aufforderung nach. Monique zieht ihr Kleid über den Kopf aus. Diesmal hat sie einen BH darunter. Sie fordert Kläuschen auf, den BH hinten zu öffnen, und dazu lässt der sich mit leicht zittrigen Fingern nicht zweimal bitten. Monique streift den BH anschließend nach vorne hin ab. Ihre großen Brüste liegen jetzt frei und fallen durch ihr Gewicht bedingt ein wenig herab. „Du darf' s'e anpacken!", sagt sie zu Kläuschen. Auch das lässt der sich wiederum nicht zweimal sagen. Links neben Monique sitzend legt er seinen rechten Arm um ihren Rücken und greift sich mit der entsprechenden Hand ihren rechten Busen und mit seiner linken Hand die andere Hälfte ihrer Oberweite. Seine Handflächen sind längst nicht groß genug, um Moniques schwergewichtigen Brüste zu umfassen. Er hebt die enormen Dinger ein wenig an und knetet sie sanft. Dabei bekommt er eine veritable Erektion, was Monique nicht unbemerkt bleibt.

„Komm, zieh dich aus! Wir legen uns zusammen aufs Bett", sagt sie. Auch dieser Aufforderung kommt Kläuschen nach. Monique zieht sich ebenfalls vollständig aus. Lediglich ein Kondompäckchen hält sie in ihrer Hand bereit. Sie legt sich neben Kläuschen. Gefühlvoll, damit die Erektion des Bordellnovizen nicht schwindet, streichelt sie sein Glied, reißt das Kondompäckchen auf, und streift ihm das Gummi über. Sie macht ihre Beine breit und sagt zu ihm: „Komm oof mich druff!" Das macht er auch. Mit ihrer linken Hand greift sie sich sein steifes Glied, sagt ihm „Du musst schon etwas näher rücken!", was er gleichfalls tut, und sie schiebt sich das gute Stück hinein. Und dann sind es anschließend nur wenige Stöße, bis es ihm kommt.

Sanft drückt sie ihn danach von sich runter und zieht ihm mit einem bereitgelegten Papierküchentuch das benutzte Kondom mit dem darin aufgefangenen Ejakulat von dem allmählich erschlaffenden Penis ab, reibt diesen dabei gleich noch ein bisschen trocken. Das Papierküchentuch mit darin dem Kondom verschwindet in einem neben dem Bett stehenden Abfallkorb. „Ich werde öfter zu dir kommen, wenn du nichts dagegen hast", sagt Kläuschen. „Gern, mein Lieber!", erwidert Monique, steht auf und zieht sich langsam wieder an, wobei ihr Kläuschen, der entspannt noch ein Weilchen auf dem Bett liegen bleibt, zuschaut.

Dann steht auch er auf und zieht sich an, während Monique das auf dem Bett liegende Laken gerade zieht. Zum Abschied darf ihr Kläuschen sogar auf den Mund küssen. „Dann bis zum nächsten Mal!", sagt sie zu ihm. „Ja, bis zum nächsten Mal!", antwortet er.

Zweimal die Woche ist er seitdem zu ihr gekommen und hat zusehends seine Scheu vor dem Sex mit ihr verloren. Zuletzt war es für ihn kaum noch ein Problem, ohne große Umstände eine dauerhafte und starke Erektion zu bekommen, dauerhaft und stark genug, dass es während des Beischlafs mit Monique sogar zu mehreren Stellungswechseln gereicht hat, mal sie unten und dann er, oder auch er von hinten im Doggystyle. Richtig bumsen konnte er dann sogar, der kleine Schlingel, erinnert sich Monique. Gegen einen kleinen Aufpreis hat sie ihm vor zwei Wochen schließlich das erste Mal erlaubt, es sogar ohne Kondom mit ihr zu treiben.

Daraufhin hat er ihr beim anschließend nächsten Treffen diesen schönen, echt goldenen und mit Edelsteinen verzierten Ring als Geschenk mitgebracht, den sie auch heute wieder trägt und der sogar Hajo aufgefallen ist. Bestimmt dürfte der mindestens so 300 Euro gekostet haben, schätzt Monique. Offenbar kann sich Kläuschen das leisten. Er hat hier in Berlin bestimmt einen finanziell lukrativen Job, und den Stress, den er auf der Arbeit aufbaut, soll er ruhig bei ihr ablassen. Das ist ein fairer Handel, denkt sie sich. Erst recht, wo Björn jetzt tot ist, sind ihr solche Stammfreier wie Kläuschen willkommen.

Verkehr ohne Kondom, wie jetzt für Kläuschen, gestattet sie aber nur wenigen Freiern und auch nur solchen, von denen sie überzeugt ist, dass sie sich von denen keine Geschlechtskrankheit holt. Trotzdem hat sie auch Kläuschen gleich gesagt, dass Verkehr mit ihr ohne Kondom nur eine Ausnahme und keinesfalls die Regel sei, genauso wie dieses Treffen mit ihr heute am Sonntag, was sie nur deshalb macht, weil sie ihm das leichtsinnigerweise für dieses Mal versprochen hat. Des Sonntags möchte sie nämlich eigentlich schon dienstfrei haben. Trotzdem freut sich Monique schon ein bisschen auf Kläuschen heute. Mal schauen wie es diesmal mit ihm sein wird.

Davor steht aber noch das Treffen mit ihrer Tochter an. Die lebt jetzt, seitdem Monikas frühere Ehe kaputt gegangen ist, und danach weder sie noch ihr Ex-Mann in der Lage waren, sich weiter um die Kleine zu kümmern, bei Pflegeeltern. Ungefähr jedes zweite Wochenende aber trifft sich Monika mit ihrer Tochter. Und so ein Treffen ist auch für diesen Sonntag wieder angesagt. Trotzdem ruft Monika noch einmal bei der Adresse, wo ihre Tochter jetzt untergebracht ist, an, um zu fragen, ob sie nun kommen könne, um ihre Tochter für zwei oder drei Stunden abzuholen. „Natürlich!", bekommt sie zur Antwort. „Ihre Tochter wartet schon!"

Als Monika dann beim Haus der Pflegeeltern ankommt und an der Tür klingelt, ist es auch bereits ihre Tochter, die ihr aufmacht. Sie ist schon fürs Ausgehen fertig angezogen. Schüchtern umarmt sie ihre leibliche Mutter und lächelt verschämt dazu. „In zwei bis drei Stunden bring ick s'e dann zurück!", ruft Monika den Pflegeeltern noch zu, bevor sie mit ihrer Tochter loszieht. „Wie wär's mit dem Besuch einer Eisdiele?", fragt sie ihre Tochter. Die nickt nur wortkarg dazu.

Nach der Eisdiele und dort einer großen Portion Eis für Mutter und Tochter besuchen beide noch ein Volksfest, das in der Nähe mit vielen Vergnügungsmöglichkeiten und Karussells stattfindet. Monika ist freigiebig und spendiert ihrer Tochter einige Fahrten in den Karussells. Die freut sich und legt langsam ihre Hemmungen ab.

„Mutti, wann darf ich denn endlich zu dir zurückkommen?" „Kind, du weeßt doch, im Moment jeht dat nich'. Da musst 'e noch 'n bisschen warten!" „Das sagst du immer, Mutti. Aber wann endlich kann ich jetzt wirklich wieder bei dir wohnen?" „Da musst 'e mal deenen Papa fragen, solange der nämlich kein Jeld für dich zahlt, wird Hajo ooch nich' erlaub'n, dass du bei uns wohnen kannst!" „Aber ich seh' den Papa doch gar nie, wie soll ich ihn denn dann danach fragen?"

„Aber jetz' ween doch nicht jleich wieder, mein Töchterchen, irgendwann wird et schon klappen, dat de zu mir zurück kannst. Komm her, ich koof' dir noch wat Süßes! So is' et brav, wisch die Tränen ab. Du bist doch schon jroß, da weent man nicht mehr! Erzähl' mir lieber, wat die Schule so macht!" „Die Schule is' doof!" „Was heißt, die Schule is' doof? Streng dich lieber an! Und hier, such dir wat Süßes aus! Und dann müssen wa bald ooch wieder zurück zu deinen Pflejeeltern. In zwei Wochen hol' ick dich ja schon wieder ab!"

Eine gute Stunde nachdem Moni, wie sie von Hajo mitunter auch genannt wird, nach dem Frühstück losgezogen ist, bekommt Hajo auch einen Telefonanruf auf sein Handy. Der da anruft, heißt Walter. „Ich möchte mich mit dir in etwa einer Stunde in dem Park treffen, wo wir uns auch das letzte Mal getroffen haben. Du weißt schon wo!", spricht Walter in den Hörer. „Ja, und was willst 'e dann von mir?", antwortet Hajo. „Mensch Hajo, ich hab' super Schore für dich. Tollen Schmuck, kann ich dir sagen. Aber so ein, zwei Riesen solltest 'e schon mitbringen. Also in einer Stunde, geht das klar?" „Ja okay, ich komme!"

Gut, dass Moni ihm gerade 400 Euros rübergereicht hat, denkt sich Hajo, ein paar Hunderter dazu hab' ich ja auch noch bei mir. Den Rest werd' ich mir erst mal vom Wirt leihen. Er bekommt es ja garantiert zurück, das weiß der auch. Und auf Walter ist Verlass, der hat bestimmt gute Ware dabei, wenn er das sagt. Da ist sich Hajo sicher.

Walter kennt Hajo schon länger und hat schon öfter Schmuck aus Einbrüchen von ihm gekauft und weitervertickt. Er hat Walter durch jemanden kennen gelernt, mit dem Hajo bei einer Haftstrafe mal die Zelle geteilt hat und der davor in einem anderen

Knast wiederum mit Walter zusammen eingesessen hatte. So kennt man sich eben untereinander.

Walter, muss man sagen, ist echt heiß drauf. Ein totaler Outlaw, außerhalb jeglicher gesellschaftlichen Normen und staatlichen Reglementierungen, deren Akzeptanz ihm in jahrelanger Heimerziehung buchstäblich aus dem Leib geprügelt wurde. Und Eltern, die sich für ihn verantwortlich gefühlt hätten, hatte er keine.

Schon in jungen Jahren ist er folgerichtig mit dem Gesetz in Konflikt gekommen. Jugendknast hat ihm das eingebracht. Und bald darauf den ersten Erwachsenenvollzug. Dem weitere folgen sollten. Eine kriminelle Karriere, die jetzt im Alter von Mitte vierzig auf ihrem Höhepunkt ist.

Vor etwa zwei Jahren wäre Walter beinahe auf frischer Tat bei einem Einbruch wieder ertappt worden. Den hatte er mit einem Kumpel verübt. Irgendjemand hat das wohl mitbekommen und die Polizei alarmiert. Den Kumpel hat man dann erwischt, und Walter konnte nur gerade noch entkommen. Seitdem ist er untergetaucht und auf der Flucht. Und das jetzt schon zwei Jahre lang.

Solange steht er auch schon auf den Fahndungslisten der Polizei, muss ständig seinen Wohnort ändern, hat wechselnde Freundinnen, und die immer auch nur für kurze Zeit. Mit lieblosem, von den im Knast angestauten Aggressionen Walters angetriebenem Sex. Ein Leben im Untergrund, durch Serieneinbrüche finanziert. Walter weiß, wenn er das nächste Mal erwischt wird, drohen ihm viele Jahre Knast, vielleicht sogar mit anschließender Sicherungsverwahrung. Doch erwischen lassen will er sich nicht. Dagegen sträubt sich seine ganze kriminelle Energie. Mit obendrauf dazu einer gehörigen Portion an Hass und Aggressionen. Rund hundert Einbrüche hat er allein in den letzten zwei Jahren verübt, und das sind nur die gezählt, seitdem er jetzt auf der Flucht ist. Hundert Einbrüche mit einem dauernden Leben im Untergrund. Das geht natürlich nicht spurlos an einem vorüber. Aber trotz aller Fahndung nach ihm ist er bis jetzt noch nicht gefasst worden. Und das soll ihm erst einmal jemand nachmachen, denkt sich Walter und ist stolz darüber auf sich.

Seitdem der Kumpel von Walter bei dem gemeinsamen Einbruch der beiden vor zwei Jahren erwischt wurde und Walter nur knapp dabei entkommen konnte, arbeitet er bei seinen Einbrüchen eigentlich nur noch allein und will sich auf keinen anderen mehr dabei verlassen, sondern eben nur noch auf sich selbst, wenn er auch Tipps von anderen, wo sich ein Einbruch lohnen könnte, gerne annimmt. Professionell und vorsichtig geht er bei seinen Einbrüchen jetzt immer vor und stets darum bemüht, unnötige Spuren zu vermeiden. In der Regel trägt er deshalb dabei so dünne Latex-Handschuhe, wie sie ähnlich auch von Ärzten benutzt werden. Seine Fingerabdrücke sind der Polizei natürlich trotzdem bekannt, schon wegen seiner früheren Haftstrafen, aber die DNA von ihm wurde, seines Wissens nach, bisher noch nicht registriert.

Als damals vor zwei Jahren dieser Einbruch schiefging und sein Kumpel von den Bullen geschnappt wurde und Walter selbst nur knapp entkommen konnte, ist er anschließend nur noch ein Mal schnell in seine alte Wohnung rein, und hat sich daraus die für ihn wichtigsten und wertvollsten Sachen geholt und dann aus dem Staub gemacht. Seitdem ist er untergetaucht und auf der Flucht. Und dabei dauernd auf der Hut. Manchmal gar schon übervorsichtig, und im Grenzbereich zur Paranoia agierend. Ein ständiges Pulverfass für den Fall, dass ihn irgendjemand an seiner weiteren Flucht hindern sollte. „Wenn so jemand dann den Helden spielen will, ist das dem sein Problem!", sagt Walter, falls man ihn darauf anspricht.

Als sich Hajo nun an der vereinbarten Stelle mit Walter trifft, wartet der dort schon ungeduldig auf ihn und schaut sich misstrauisch nach allen Seiten hin um, um sicher zu sein, dass niemand anderes Hajo folgt. Und erst als sich davon Walter überzeugt hat und er keine andere ihm verdächtige Person in Sichtweite entdeckt, setzt er sich zu Hajo auf eine Parkbank und zeigt ihm sein Diebesgut. Wirklich toller Schmuck, sieht Hajo gleich und glaubt, dass er das meiste davon gut verkaufen könnte. Er sucht sich die für ihn besten Stücke heraus und gibt Walter 1.800 Euro dafür.

„Sag mal Walter", meint Hajo dann, „wenn ich dir mal 'nen guten Tipp jebe, wo sich 'n Einbruch lohnen könnte, wärst 'e an so wat interessiert?" „Klar, wenn 's 'n guter Tipp is!", sagt Walter. „Und wat würd' für mich dabei rausspringen?", will Hajo daraufhin wissen. „Kommt drauf an, was bei dem Bruch dann rumkommt. Aber höchstens 'n Viertel für dich von dem, was mir das einbringen würde. Schließlich trag ich auch das Hauptrisiko dabei." „Is' schon klar!", meint Hajo und sagt noch: „Ich denke, wir bleib'n miteinander in Kontakt. Du weißt ja, wo und wie de mich erreichen kannst. Und deine Handynummer, von dem Handy jedenfalls, was du jetz' eben benutzt hast, die hab ich ja." „Genau!" entgegnet Walter lakonisch.

Und bevor sich die beiden anschließend voneinander wieder verabschieden, Hajo dabei mit dem gerade erworbenen Schmuck in seiner Tasche, dreht sich Walter noch einmal nach allen Seiten hin um und verlässt, als er dabei nichts Verdächtiges erkennen kann, den Park in der entgegengesetzten Richtung zu Hajo, den es zurück in seine Stammkneipe zieht.

Dort in der Kneipe zurück gönnt sich Hajo erst einmal ein großes Bier und dazu auch noch einige Schnäpse. Auf seinem Handy liest er die Nachricht von Moni, dass sie heute doch etwas später zurückkäme als ursprünglich zugesagt. Sie hätte da noch einen zahlungskräftigen Kunden, der sich bei ihr überraschend angemeldet hätte und den sie nicht abweisen wolle. Also müsse sie nach dem Besuch bei ihrer Tochter auch noch einmal in ihrem Puff vorbei.

Hajo überlegt danach kurz und tippt dann auf seinem Handy eine andere Telefonnummer ein. Eine gewisse Susanne, kurz Susi genannt, meldet sich am anderen Ende der Leitung. „Deckert hier!", sagt sie, was ihr Nachname ist. Hajo fragt, ob sie nicht für ein Stündchen, oder auch zwei oder drei bei ihm in seiner Stammkneipe vorbeikommen wolle. Man könne ein bisschen miteinander quatschen und gemeinsam was trinken, oder auch sonst etwas zusammen unternehmen. Er hätte jetzt etwas Zeit, Moni käme erst so gegen neunzehn oder zwanzig Uhr wieder zurück.

„Sie hat bestimmt noch 'n Freier zu bedienen, was?", fragt Susi ungeniert, die weiß, womit Monika und damit zum großen Teil auch Hajo ihr Geld verdienen. „Dat könnte sein, schließlich muss ja Jeld ins Haus kommen!", entgegnet Hajo genauso offen, wie er gefragt wurde. „Gut", sagt Susanne, „ich hab' gerade etwas Zeit. Ich komm mal vorbei!"

Susi findet das verruchte Milieu aus Prostitution, Zuhälterei, verkappter Brutalität und exzessivem Alkoholkonsum, in dem sich Hajo, ohne selbst richtig arbeiten zu müssen, bewegt, irgendwie prickelnd und anziehend, obwohl sie weiß, dass sie selbst so nicht leben wollte, und, jedenfalls auf längere Sicht, wohl auch nicht könnte, einfach weil sie dafür nicht gemacht ist.

Sie kommt nämlich aus sehr geordneten, kleinbürgerlichen Verhältnissen, und ist davon in ihrem Innersten doch stark geprägt. Ihr Vater, ein Beamter im mittleren Dienst. Die Mutter, eine frühere Krankenschwester, die bald nach der Heirat und Kinderkriegen bloß noch Hausfrau im eigenen, schmucken Einfamilienhaus ist, das großenteils mittels einer Erbschaft finanziert wurde. Die Mutti ist dort mit Saubermachen, was sonst noch zum Haushalt gehört und der Pflege des Gartens beschäftigt. Außer natürlich, wenn Urlaub oder andere Reisen angesagt sind, die eine Veränderung des Alltags bedeuten.

Susanne hat Abitur gemacht und dann an der Uni studiert, genauso wie ihre einzige Schwester, die inzwischen selbst, wie zuvor schon der Vater, verbeamtet ist und als Lehrerin arbeitet. Dabei ist die Schwester verheiratet und hat, wie ihre Eltern, inzwischen ebenfalls zwei Kinder.

Aber auch Susannes eigene berufliche Karriere ist nicht unbedingt weniger spießig zu nennen. Nach dem Abitur hat sie ein BWL-Studium absolviert und wurde bald nach dessen Beendigung Abteilungsleiterin in einem international operierenden Großkonzern. Bei einem tollen, weit überdurchschnittlichen Gehalt. Verheiratet ist sie auch gewesen, das allerdings nur 4 Jahre lang, und ist nun seit inzwischen auch schon wieder einigen Jahren geschieden, hat dabei selbst keine Kinder, und bis dato auch noch keine feste Beziehung wieder, sondern nur ab und zu mal eine Affäre. Schließlich will sie sich etwas gönnen, denn man lebt ja, wie sie sagt, nur einmal. Sie reist gern, geht oft aus, meist mit Freunden beziehungsweise Freundinnen, und manchmal auch allein. Inzwischen hat sie die Mitte 30 schon längst überschritten, und eigene Kinder wird sie vermutlich wohl keine mehr bekommen. Und trotzdem sie sich mit ihrer Schwester eigentlich gut versteht, ist Susi doch ein gutes Stück abenteuerlustiger.

Auch Hajo ist dabei für sie nichts anderes als solch ein Abenteuer. Sie hat nicht vor, mit ihm eine feste Beziehung einzugehen. Dafür ist er ihr allein schon nicht vorzeigbar genug. Aber zweimal oder vielleicht auch dreimal hatten sie beide trotzdem auch schon sexuell was miteinander, und zwar jeweils des Nachmittags, in einem billigen, von Susi bezahlten Stundenhotel. Monika sollte davon aber natürlich nichts wissen. Nach Möglichkeit wenigstens nicht. Ein Geheimnis allerdings wird daraus, dass Susi jetzt ab und zu zu Hajo in die Kneipe kommt und ihn dort trifft, trotzdem nicht gemacht. Denn Kneipen sind nun mal so. Das weiß auch Monika.

Einmal dort in dem Stundenhotel hat Hajo Susi auch gestanden, dass er auf den Sex mit Monika, bei den vielen Kerlen, die sie über sich ließe, gar keine richtige Lust mehr habe und es dazu auch nicht mehr sehr oft kommen würde. Lieber würde er sich da schon selber einen runterholen. Das wiederum ist jedoch Hajos Problem, denkt sich Susi.

Zu ihm heute in die Kneipe zu gehen, mit ihm ein bisschen zu quatschen und ein paar Bier zu zischen, dazu hat sie schon Lust, aber zu mehr auch nicht und auf keinen Fall dazu, wieder mit ihm in einem Stundenhotel zu landen. Heute jedenfalls nicht. Denn morgen wartet arbeitsmäßig wieder ein schwerer Tag auf sie. Doch für ein Pläuschchen mit Hajo ist sie gern bereit und auch, sich dafür mit ihm jetzt in der Kneipe zu treffen.

Und als Monika später am Abend dann ebenfalls dort in der Kneipe auftaucht, ist Susi schon längst wieder weg.

18.

Schließlich ist das Wochenende wieder vorüber. Für Keller, seine Assistentin Babsi und die übrigen Crew aus der Mordkommission „Schneider" beginnt damit eine neue Arbeitswoche, in dessen Verlauf Babsi, wie in der vorherigen Woche abgesprochen, Interpol kontaktiert und den Leuten dort den Auftrag erteilt, in den Vereinigten Staaten eine gewisse Lori Burlington ausfindig zu machen, damit diese dort vernommen wird, um dadurch und eventuell noch weitergehende Ermittlungen herauszufinden, ob Frau Burlington etwas mit dem Mord an Björn Schneider zu tun haben könnte. Die entsprechenden Ergebnisse sollen direkt an Babsi Weißmüller oder Hauptkommissar Bernd Keller von der zuständigen Potsdamer Mordkommission übermittelt werden. Als ersten Ansatzpunkt für ihre Ermittlungen bekommt Interpol die bekannte frühere Adresse Lori Burlingtons mitgeteilt und auch, dass Frau Burlington als wahrscheinliche Erbin eines Teils des Vermögens von Björn Schneider einen Vorteil aus dessen Tod erzielen könnte, was ein mögliches Motiv für eine in Frage kommende Verstrickung Frau Burlingtons in der Ermordung Björn Schneiders wäre.

Allerdings wird Interpol gebeten, Frau Burlington von dieser möglichen Erbschaft noch nichts mitzuteilen. Und das auch dann nicht, wenn ersichtlich sein sollte, dass diese Frau mit dem Mord an Björn Schneider absolut nichts zu tun haben kann. Die Erbschaftsangelegenheit würde anschließend von Deutschland aus in die Wege geleitet.

Ansonsten passiert in dieser ganzen Woche nichts Bedeutsames, was für die Aufklärung des Mordfalls Schneider nützlich erscheint. Die Mordkommission geht zwar weiterhin, wie schon gewohnt, den zahlreich eingegangenen und weiterhin eingehenden Hinweisen aus der Bevölkerung nach, befragt auch den einen oder anderen vermeintlichen Zeugen oder Hinweisgeber, jedoch ohne dass sich daraus eine heiße Spur ergäbe.

Auch die Beschattung und Telefonüberwachung Otto Kamps bringt keine neuen Anhaltspunkte, was nicht verwundert, denn Otto Kamp ist jetzt nach seiner vorübergehenden Verhaftung sicherlich darum bemüht, sich korrekt und unauffällig zu verhalten und keine weiteren Verdachtsmomente gegen sich aufkommen zu lassen. Und Kamps Geschäfte mit den Russen liegen vorerst sowieso auf Eis.

Auch die Ausdehnung des ermittlungsrelevanten Kreises der Verdächtigen auf Personen wie Petra Kamp, Uwe Bracht oder Monika alias Monique hat bisher nichts oder nur wenig gebracht. Auf Hajo Butt wurde dabei sogar ein verdeckter Ermittler angesetzt und in dessen Stammkneipe geschickt. Natürlich kam dafür nur jemand in Frage, der für so einen Auftrag auch trinkfest genug ist. Als konkretes Ergebnis dieser Aktion wurde bisher jedoch lediglich herausgefunden, dass Hajo Butt sein Geld offenbar nicht nur als Zuhälter Moniques einstreicht, was bekannt war, sondern dass er sich quasi nebenbei auch als Hehler verdingt und dort in seiner Stammkneipe und vermutlich auch noch anderswo Schmuck, großteils offenbar aus Einbrüchen stammend, weiterverkauft. Auch diese mutmaßliche Straftat wird man polizeilicherseits, sobald der Mordfall Schneider ad Acta gelegt ist, sicherlich noch weiterverfolgen.

So vergeht auch diese Arbeitswoche, und bald ist es wieder mal Freitag und ein neues Wochenende steht vor der Tür. „Chef,", meint dann zum Feierabend Babsi, die sich an diesem Tag besonders adrett mit Stöckelschuhen, kurzem Rock und einem enganliegenden Top zurechtgemacht hat, zu Keller, „wenn du noch nichts Konkretes für heute Abend vorhast, würde ich dich gern, von mir aus jetz' gleich nach der Arbeit, mal zum Essen einladen. Es is' ja schon bald 18 Uhr und soviel ich weiß, sind wir beide, wenn überhaupt, schon lange nicht mehr miteinander aus gewesen. Also, was hältst du von meinem Vorschlag?" „Hm!", entgegnet Keller nachdenklich, „Gibt 's denn was Besonderes, das mir diese Ehre verschafft, und was wird denn dein Mann dazu sagen, wenn wir beide alleine ausgehen?" „Um meinen Mann brauchst 'e dir keine Sorgen machen, der ist im Moment gar nicht zu Hause, und was Besonderes gibt 's eigentlich auch nicht. Ich hätt' einfach mal Lust, mit dir auszugehen. Also gib mir jetzt bloß keinen Korb!" „Na ja, wenn du das unbedingt willst", gibt Keller klein bei, „dann machen wir das so. Auf mich wartet eh keiner zu Hause." „Wir fahren dann mit meinem Auto", versucht Babsi weiter zu bestimmen, „und ich bring dich auch anschließend nach Hause oder, wenn du willst, meinetwegen auch wieder hierher zurück. Und ich kenn da ein schönes Restaurant, das wird dir bestimmt gefallen!" Keller hat nichts einzuwenden und meint: „Wenn du fährst, dann kann ich vielleicht auch 'n bisschen was trinken. Mal sehen, vielleicht fährst du mich anschließend tatsächlich dann gleich zu mir nach Hause, wenn du selbst nicht zu viel trinken solltest. Ich lass dann mein Auto bis morgen oder so hier stehen." „So machen wir 's, Chef!", stimmt Babsi zu.

Es ist dann wirklich ein schönes, lauschiges Restaurant, in das Babsi ihren Chef entführt, und auch das Essen dort schmeckt. Keller, der weiß, dass er anschließend von Babsi nach Hause gefahren wird, trinkt von der Flasche Rotwein, die sich beide bestellen, doch mehr als er verträgt, um halbwegs nüchtern zu bleiben, während sich Babsi zurückhält und mit vielleicht anderthalb Gläsern von dem Wein begnügt. Die anstrengende Arbeitswoche tut ihr Übriges und Keller ist doch ganz schön beschwipst, als die beiden schließlich aufbrechen und Keller von Babsi zu sich nach Hause gefahren wird.

Dort angekommen, meint Babsi: „Magst 'e mich nich' noch kurz in deine Wohnung einladen, da war ich nämlich noch nie drin und mich würd' mal interessieren, wie du als Junggeselle, oh pardon, ich meine natürlich als Witwer, so wohnst." „Gut, dann komm kurz mit rein!", entgegnet Keller.

In seiner Wohnung – er zeigt Babsi kurz Küche, Schlaf- und Wohnraum – meint Keller dann: „Nimm doch Platz, willst 'e was trinken?" „Ja, aber nur 'n Wasser!" „Gut, setz dich hin, ich hol dir 'n Wasser, ich selbst gönn mir aber noch 'n Glas Wein."

Kaum sitzt Keller dann neben seiner Kollegin – beide haben ihr Getränk vor sich, Keller sagt „Prost", beide nippen von ihrem Getränk – sagt Babsi plötzlich ganz unvermittelt: „Los, küss mich!" „Wie bitte?", entgegnet Keller. „Du hast ganz richtig gehört, Chef, du sollst mich küssen!" „Na ich weiß nicht, wir sind Kollegen und du bist verheiratet!", wendet Keller ein. „Ach Chef, mit dem verheiratet sein, ist es bei mir im Moment nicht so weit her. Mein Mann hat mir vor 'ner Woche 'ne Affäre gebeichtet und unsere beiden Kinder sind auch schon mehr oder weniger aus dem Haus. Sie studieren beide. Um meine Ehe steht 's nicht gut, mal sehen, was wird. Also hab dich nich' so Chef und küss mich, oder gefall' ich dir etwa nicht?" „Doch Babsi, du bist sehr attraktiv. Aber, wer weiß, ob ich dich richtig zufrieden stellen kann. Der Jüngste bin ich schließlich nicht mehr!" „Das lass mal meine Sorge sein, Chef. Ich mach das schon, lass dich einfach nur gehen, und jetz' küss mich!"

Keller gibt nach und folgt der Aufforderung seiner Kollegin. Ein langer, inniger Kuss mit gegenseitigem Betatschen folgt zwischen beiden, wieder seitens Babsi als aktiverer Part. Kellers Geschlecht beginnt sich nun zu regen. Sie begeben sich in sein Schlafzimmer, ziehen sich aus und legen sich zusammen aufs Bett. Dort beginnt Babsi sanft, aber fordernd Kellers Glied zu massieren, um es richtig steif zu bekommen. „Bitte nicht zu schnell!", sagt Keller, „Bei einem älteren Herrn, wie ich, brauch' das seine Zeit." Darauf Babsi: „Keine Sorge, Chef, ich mach das schon!" Und Babsi macht wirklich langsam. Als sie sich dann sicher ist, dass Kellers Erektion steif und dauerhaft genug ist, besteigt sie ihn und führt sich sein Glied ein. Bestimmend und trotzdem sanft beginnt sie sich zu bewegen. Vor und zurück geht ihr Becken und zwischendurch langsam auf und ab.

Keller erregt das, diesen durchtrainierten weiblichen Körper Babsis auf sich zu spüren. Sie wirft ihr blondes Haare nach hinten und reckt sich empor, den Busen nach vorn gestreckt. Klein, fest und dennoch voll schaut der aus. Wie zwei runde Apfelhälften. Dann kommt es ihr offensichtlich. Ganz leise stöhnt sie dabei. „So Chef, jetz' kannst 'e allmählich auch fertig machen!", sagt sie dann, was Keller sich nicht zweimal sagen lässt.

Danach liegen beide noch eine Weile ruhig nebeneinander im Bett. Schließlich steht Babsi auf und zieht sich wieder an. „Ich muss los, Chef. Ich wünsch dir 'ne gute Nacht und ein schönes Wochenende. Am Montag sehen wir uns auf der Arbeit wieder. Dann werden wir weiter sehen. Bis dahin tschüs. Und ich finde alleine raus, bleib ruhig liegen!" Sie gibt Keller zum Abschied noch einen Kuss. Der murmelt bloß: „Ja, mach 's gut! Wir sehen uns dann am Montag!"

19.

Am Montag beim gemeinsamen Morgenkaffee fragt Babsi, als sie versucht, die Spannung zwischen ihr und Keller etwas zu lockern: „Und Chef, wie war dein Wochenende?" „Sehr schön!", antwortet der. „Und wie war deins?" „Auch sehr schön." „Und, wie geht 's jetz' zwischen uns beiden weiter?", will Keller dann wissen. „Wir werden sehen", antwortet Babsi. „Ich muss erst mal schauen, wie es zwischen mir und meinem Mann weitergeht. Eine mehr als zwanzigjährige Ehe schmeißt man nicht so einfach weg. Ich denke, wir beide sollten jetzt erst einmal als Kollegen, so normal wie das überhaupt geht, unsere Arbeit gemeinsam weitermachen. Später irgendwann können wir dann bestimmt noch mal über alles reden. Einverstanden?" „Gut, einverstanden", gibt Keller zur Antwort und beginnt damit, sich, wie es auch Babsi versucht, an die vor ihm auf dem Schreibtisch und abseits davon wartende Arbeit zu begeben. So vergeht dieser Arbeitstag und auch die darauf folgenden.

Die kriminalpolizeilichen Ermittlungen im Mordfall Schneider kommen allerdings nicht recht voran, sondern verharren auf der Stelle, und eine Aufklärung der Straftat scheint nicht in Sicht. Aufgrund der vorliegenden DNA-Analysen kommen sowohl Kamp als auch Hajo Butt als direkte Mordtäter, wie sich herausgestellt hat, nicht in Frage. Und, wie man erwarten konnte, hatte auch die Analyse der Speichelprobe Petra Kamps ein negatives Ergebnis gezeigt. Es bleibt trotzdem vor allem Dr. Otto Kamp verdächtig, etwas mit dem Mord an Björn Schneider zu tun zu haben. Jedoch konnten dafür konkrete Anhaltspunkte bisher nicht ermittelt werden. Nicht nur die Überwachung seines Telekommunikationsverkehrs hat bis dato kaum etwas gebracht, sondern genauso wenig der Aufruf der Kriminalpolizei an die Bevölkerung, sachdienliche Hinweise zu geben, obwohl dafür, sofern diese zur Ergreifung des Täters führen sollten, eine nicht unbeträchtliche Belohnung ausgesetzt worden ist, die inzwischen durch Schneiders Familie sogar noch aufgestockt wurde.

Zwar kamen aus der Bevölkerung zahlreiche derartige Hinweise und es wurde ihnen zum großen Teil auch nachgegangen, aber all das erwies sich letztlich als substanzlos und konnte zur Aufklärung des Mordfalls nichts Wesentliches beitragen. Auch die eigentlich belastenden Kurznachrichten von Siegfried Ewald im Zusammenhang mit dessen Selbstmord konnten nicht dazu führen, Kamp oder Bracht in strafrechtlicher Hinsicht festzunageln.

Sicherlich wird man seitens der Polizei und Staatsanwaltschaft im Anschluss an die Aufklärung des Mordfalls Schneider oder der eventuell auch möglichen Einstellung beziehungsweise vorläufigen Einfrierung dieser Ermittlungen noch versuchen, Kamp aufgrund der Hinweise seiner ehemaligen

Sekretärin wegen Bilanzfälschung, vorsätzlich falscher Buchführung und damit wahrscheinlich einhergehender Steuerhinterziehung oder anderweitiger Betrugsvorhaben dranzukriegen. Das ruht vorerst jedoch genauso wie der konkrete Verdacht auf Hehlerei bei Hajo Butt, weil zunächst die Ermittlungen im Mordfall Schneider Vorrang haben.

Doch es hätte bald dazu kommen können, dass der Mord an Björn Schneider zu den wenigen als Mord erkannten unnatürlichen Todesfällen in der zivilisierten Mitte Europas gezählt werden müsste, die unaufgeklärt bleiben, wenn da nicht der Kommissar Zufall zur Hilfe gekommen wäre, der genau genommen jedoch eigentlich kein bloßer Zufall ist, sondern darauf beruht, dass ein Straftäter, der bereits gewohnheitsmäßig Gesetze bricht, aus eigenem Antrieb kaum wieder zurück auf den Pfad der Gesetzestreue findet, ehe er nicht irgendwann bei Wiederholung seiner Straftaten auffällt und festgenommen wird. Und außerdem, eine Portion Glück gehört schließlich auch bei der Polizei zum Erfolg. Das jedoch alles der Reihe nach.

Denn es geschieht eines Nachts so gegen zwei, drei Uhr, dass sich in der nächtlichen Dunkelheit und in gutbürgerlicher Wohngegend und nicht einmal allzu weit entfernt von der nächsten Polizeiwache ein Mann bereit macht, zum wiederholten Male eine Straftat zu begehen. Seine Gestalt ist, zumal in dunkler Kleidung gehüllt, in der Finsternis der Nacht nicht näher zu erkennen. Und so finster wie die Nacht um ihn herum ist auch seine Gesinnung und noch finsterer sein Vorhaben, nämlich einen Einbruch in eines der umliegenden, von großen Gärten umgebenen und darin freistehenden Einfamilienhäuser zu begehen. Der Mann hatte den Tipp bekommen, dass die beiden Eheleute, die die Besitzer des Hauses sind, in das er einzubrechen gedenkt, sich derzeit im Urlaub befänden und dieses Haus somit verwaist sei.

Das Ehepaar, um das es hierbei geht, ist schon älteren Jahrgangs, durchaus wohlhabend zu nennen und trägt den Namen Karg. Ihre beiden Kinder sind längst erwachsen und aus dem Haus. Somit lebt das Paar jetzt allein in diesem räumlich gesehen recht großzügig ausgestatteten Haus, mit im Erdgeschoss einem großen Wohnraum, der sich in der Höhe über beide Etagen des

175

Hauses erstreckt und eine Freitreppe enthält, die hoch zur Empore des Obergeschosses führt, von wo aus die Türen zu den oben liegenden Räumen abgehen, dabei unter anderen auch dem Schlafzimmer der beiden Eheleute, die der Einbrecher momentan außer Hause wähnt.

Trotzdem streift der sich, bevor der sich an die Arbeit macht, in dieses Haus einzusteigen, noch eine Maske über, denn man kann ja vorher nie wissen, was bei so einem Einbruch alles schiefgehen kann. Außerdem zieht er sich noch, um verräterische Fingerabdrücke zu vermeiden, zwei dünne, ihn aber nicht wesentlich bei dem, was er vorhat, behindernde Latex-Handschuhe an, wie sie ähnlich oft auch von Ärzten bei deren Berufsausübung getragen werden.

Zu guter Letzt schaut sich der Täter noch einmal um, ob auch wirklich alles um ihn herum ruhig ist und er selbst nicht gerade beobachtet wird. Alles jedoch erscheint ihm okay. Und zwar auch dann noch, als er sich, indem er intensiv lauscht und um sich schaut, ein letztes Mal davon überzeugt, dass das Haus zu dem Zeitpunkt tatsächlich unbewohnt erscheint. Danach geht alles recht schnell. Behände übersteigt er die Einzäunung des Grundstücks, und als auch anschließend für ihn noch immer keine verdächtigen Geräusche um ihn herum zu hören sind, begibt er sich an eines der Kellerfenster und öffnet dieses gewaltsam. Er steigt durch das Kellerfenster in das Haus ein, und leuchtet sich im Schein seiner Taschenlampe von der Stelle im Keller aus den weiteren Weg in den großen, zum Obergeschoss, wohin auch die Freitreppe führt, offenen Wohnraum des Hauses. In den Schränken, die dort stehen, beginnt er dann nach Wertsachen, also Schmuck, Bargeld und dergleichen zu suchen.

Plötzlich geht in dem Zimmer aber das Licht an, und der Ehemann des Paares, offensichtlich doch nicht verreist, steht in dem Raum. Er hat anscheinend verdächtige Geräusche vernommen und sich daraufhin leise und im Dunkeln in den Raum geschlichen und dort nun das Licht angemacht. Als er so da steht, ist in dem Moment auch die Frau zu hören, wie sie im Obergeschoss aus einem Fenster, wahrscheinlich vom Schlafraum aus, laut um Hilfe schreit.

Der Einbrecher will durch die Haustür nach draußen fliehen, doch der Ehemann, während er immer wieder laut ruft: „Was machen Sie in meinem Haus", will dem Einbrecher den Fluchtweg abschneiden und stellt sich ihm in den Weg. Da bricht aus dem seine ganze in ihm steckende Aggression hervor. Er will den Mann aus dem Weg räumen, ihn einfach niedermachen, und ohne groß weiter nachzudenken, zieht der Einbrecher aus seiner Jackentasche einen Dolch hervor, lässt davon die Klinge herausspringen und sticht mit dem Dolch mehrmals, hemmungslos und mit brutaler Gewalt, auf den Brustkorb des vor ihm stehenden Hausherrn ein, der daraufhin schreiend und aus mehreren Wunden heftig blutend zusammenbricht, während der Einbrecher nun ungehindert durch die Haustür die Flucht ergreift.

Erst einige Minuten später, als der Täter längst entkommen ist, wagt sich die verschreckte Hausherrin zitternd vor Angst aus dem Schlafzimmer heraus, steht oben auf der Treppe über dem Wohnraum und sieht von dort aus unten in dem Zimmer ihren Mann liegen, inmitten einer größer werdenden Blutlache. Er scheint schon nicht mehr bei Bewusstsein zu sein und stöhnt nur noch leise röchelnd vor sich hin.

Bald darauf, nur wenige Minuten später, kommen auch schon die ersten beiden Polizisten, sie sind mit einem Streifenwagen hierher gefahren, durch die noch offen stehende Haustür hereingestürmt. Eine Nachbarin hatte die Polizei alarmiert, als sie hörte, wie die Frau des Hauses laut aus dem Fenster um Hilfe schrie.

Die Polizisten rufen, kaum dass sie in der Wohnung des überfallenen Ehepaares angekommen sind und den Mann in der anschwellenden Blutlache liegen sehen, als Erstes einen Notarzt mit Rettungswagen und anschließend noch weitere Polizei herbei, darunter auch schon erste Kriminalbeamte. Von den beiden Polizisten, die zuerst vor Ort waren, wird der niedergestochene Mann währenddessen, bis der Notarzt da ist, lediglich in eine stabile Seitenlage gebracht, da sie sich für eine weitergehende medizinische Hilfe nicht qualifiziert genug fühlen.

Als knapp 10 Minuten später der Rettungswagen mit dem Notarzt eintrifft, ist der Mann – er heißt mit Vornamen Dieter – an seinen Stichwunden mit zahlreichen Organverletzungen und sehr hohem Blutverlust schon so gut wie verstorben. Sein Herz hat bereits zu schlagen aufgehört, und alle hektischen Versuche des Notarztes und der Rettungssanitäter, Dieter Karg zu reanimieren, bleiben ohne Erfolg. Er ist nicht mehr zu retten gewesen und wird von dem Notarzt für tot erklärt.

Eine sofort ausgelöste polizeiliche Großfahndung nach dem Täter bleibt zunächst ohne Erfolg, wobei das Einzige, was aus der schockierten Ehefrau des Erstochenen an Täterbeschreibung herauszubekommen ist, darin besteht, dass es sich nach dem, was sie mitbekam, um einen männlichen Einzeltäter gehandelt haben muss, zumindest am Tatort selbst. Ob es da vielleicht noch jemanden gab, der Schmiere stand oder so, dazu kann sie keine Aussage machen, genauso wenig wie beispielsweise zum mutmaßlichen Alter, der Größe oder Statur des Täters, denn direkt gesehen hat sie ihn nicht, sondern nur durch Hören von dem eigentlichen Vorfall etwas mitbekommen. Dass es sich dabei aber um einen einzelnen Mann gehandelt haben musste, konnte sie, wie sie glaubt, dem kurzen Disput entnehmen, den sie zwischen dem Einbrecher und ihrem Mann mitangehört hat.

Auch wenn letztendlich, wie es aussieht, von dem Täter nichts groß aus dem Haus mitgenommen wurde, war es ganz offensichtlich seine Absicht gewesen, hier im Haus Beute in Form von Wertgegenständen und wenn möglich auch Bargeld zu machen. Davon zeugen schon die noch offen stehenden Schubladen. Der Täter kam nur nicht dazu, den Raub auch umzusetzen, weil er dabei vom Hauseigentümer gestört wurde, und er den dann getötet hat, und zwar mit dem Vorsatz, dadurch die Straftat des versuchten schweren Diebstahls zu verdecken und seine anschließende Flucht zu ermöglichen, was nach §211 des Deutschen Strafgesetzbuchs eindeutig als Mord auszulegen ist. Der Einbrecher war wahrscheinlich wohl davon ausgegangen, dass die Hausbewohner zum Zeitpunkt des Einbruchs nicht zu Hause sein würden.

Als sich dann der Einbrecher den Fluchtweg freigestochen hat, muss es dabei anscheinend auch zu einem kurzen Handgemenge zwischen ihm und dem Hausherrn gekommen sein, da die später herbeigeholte Spurensicherung bei ihrer gleich aufgenommenen Arbeit unter den Fingernägeln des Erstochenen Hautfetzen feststellen kann. Vom Einbrecher stammende Fingerabdrücke ließen sich dagegen nicht auffinden, weil der wahr-scheinlich, wie die Ermittler annehmen, bei seinem Einbruch diese dünnen Gummihandschuhe getragen hat, wie sie auch häufiger von Ärzten benutzt werden.

Die später durchgeführte DNA-analytische Auswertung der sichergestellten Hautfetzen im kriminalpolizeilichen Labor ergibt dann, dass die DNA dieser ganz augenscheinlich vom Täter stammenden Hautfetzen identisch mit einer bisher nicht zuzu-ordnenden DNA-Spur aus der Wohnung des ermordeten Björn Schneiders ist. Damit wird praktisch belegt, dass der Mörder des Rentners Dieter Karg auch der Mörder Björn Schneiders gewesen sein muss. Damit wird unter anderem bestätigt, dass andere des Mordes an Björn Schneider Verdächtige, wie Herr Kamp oder dessen Ehefrau Petra oder dieser Zuhälter Moniques namens Hajo Butt zumindest als direkte Mörder Schneiders nicht in Frage kommen.

Allerdings könnte es trotzdem noch sein, dass jemand aus diesem Personenkreis den Mord an Björn Schneider in Auftrag gegeben oder sonst etwas damit zu tun gehabt hat, da es unter den neuen Erkenntnissen erst recht unklar ist, wie der Mörder Schnei-ders in die Wohnung dieses Opfers gelangt ist, denn Spuren eines gewaltsamen Eindringens in die Wohnung Schneiders, wie sie sich jetzt auch am Haus der Kargs feststellen ließen, konnten schließ-lich bei der Wohnung Björn Schneiders nicht vorgefunden werden. Und zwar vielleicht auch deshalb, weil der Mörder Björn Schnei-ders vom Opfer eben selbst, aus allerdings noch unersichtlichem Grund, in die Wohnung hineingelassen worden war oder, was ebenfalls sein könnte, weil dieser Mörder einen Schlüssel für diese Wohnung hatte, was dann wiederum ein Indiz für eine mögliche Mittäterschaft wäre.

So jedenfalls die Schlussfolgerungen von Hauptkom-missar Bernd Keller und seiner Assistentin Frau Kommissarin Babara Weißmüller, als sie vom Sachverhalt rund um den Mord an Dieter Karg Kenntnis bekommen, auch wenn sie selbst mit den Ermittlungen in diesem Mordfall nicht beauftragt sind, weil sich der nämlich in Berlin-Zehlendorf zugetragen hat und Keller und Babsi lediglich für den Raum Potsdam zuständig sind. Aber natür-

lich gibt es einen Informationsaustausch zwischen der Kriminal-
polizei Potsdams und deren Kollegen aus Berlin, und so sind
Keller und Babsi auch jetzt über alle Ermittlungsergebnisse aus
Berlin, die für ihre Arbeit wichtig sind, immer auf dem Laufenden.

Demnach gehen Keller und Babsis nun doch davon aus,
dass, wenn beim Mord an Björn Schneider dem Anschein nach
auch nichts entwendet wurde, bei Schneider genauso wie nun bei
den Kargs das Motiv des Mordes in der Verdeckung eines unrecht-
mäßigen Eindringens in die jeweilige Wohnung lag, einem Eindringen begangen vermutlich aus Habgier, was im Fall Schneider
dann eher gegen einen Auftragsmord spricht.

Außerdem ist dadurch, dass man zwar hinsichtlich der
DNA jetzt zwar weiß, wer der mutmaßliche Mörder Dieter Kargs
und Björn Schneiders gewesen ist, dieser Täter noch längst nicht
gefasst, und man kennt auch weder seinen Namen noch seine
Identität. Jedenfalls ist dieser Täter, so das weitere Ermittlungser-
gebnis, zumindest hinsichtlich einer namentlichen Registrierung
seiner DNA strafrechtlich bisher noch nicht in Erscheinung getre-
ten.

Da jedoch die DNA dieses Täters nun bekannt ist, und
nicht damit zu rechnen ist, dass er – spätestens nach Verstreichung
einer gewissen Schamfrist – aufhören wird, einbruchsmäßig aktiv
zu sein, kann mit gehöriger Wahrscheinlichkeit davon ausgegangen werden, dass die Polizei früher oder später doch seiner
habhaft werden wird. Es ist wohl eher nur eine Frage der Zeit, und
dann, wenn man den Täter gefasst haben wird, wird man auch über
die Hintergründe und Motive seiner Taten mehr in Erfahrung
bringen können. So jedenfalls hoffen auch Keller und seine
Assistentin Babsi.

20.

Es geschieht dann auch nur einige Wochen später, dass
der Kommissar Zufall, wenn auch anders als erwartet, den Ermitt-
lern im Mordfall Schneider ein weiteres Mal zur Hilfe kommt. Die
Jahreszeit ist da schon fortgeschritten. Es geht allmählich auf
Weihnachten zu, und das Wetter ist ziemlich kühl geworden.

Monique hat mal wieder, wie sie es ab und zu macht, den Einsatzort für ihr Arbeitsfeld gewechselt. Sie schafft jetzt in einem Etablissement an, das einen großen Bewirtungsraum hat, mit darin einer Theke und mehreren Tischen für die Gäste, die natürlich auch hier so gut wie ausnahmslos männlich sind. In dem Bewirtungsraum werden während der Öffnungszeit auf zwei großen, links und rechts vom Raum angebrachten Leinwänden ununterbrochen Pornofilme gezeigt, in Synchronizität zueinander. Die anwesenden Prostituierten, ungefähr ein gutes halbes Dutzend an der Zahl, kümmern sich unterdessen um die Gäste und bieten gegen Bezahlung, Vorauszahlung selbstverständlich, ihre Dienste an. Die werden dann, sobald man sich handelseinig geworden ist und je nachdem, was der Gast wünscht, in einem der dafür zur Verfügung stehenden Rückzugsräume zum Beispiel in Form eines gewöhnlichen Geschlechtsverkehrs oder preisgünstiger auch gleich an Ort und Stelle als manuell verabreichte Befriedigung durchgeführt. Am Eingang, wo ein Türsteher für Ordnung sorgt, sind für den Eintritt 10 Euro zu zahlen. Dafür gibt es die Pornofilme und zweimal pro Abend in einem Extraraum eine Liveshow zu sehen. Die Getränke, die an den Tischen oder auch am Tresen bestellt werden können, kosten natürlich extra. Dass die beiden männlichen Barkeeper hinter dem Tresen unisono schwul sind und deshalb für das, was während ihrer Arbeitszeit um sie herum sexuell so abgeht, kaum eine Antenne haben, wissen nur die Insider des Etablissements und die dort Beschäftigten.

Die Dienst habenden Prostituierten geizen selbstverständlich nicht mit ihren Reizen, tragen hohe Stöckelschuhe und sind nur leicht bekleidet, wobei Monique hier die mit Abstand größte Oberweite vorzuweisen hat. Um die auch zu zeigen hat sie üblicherweise eine schulterfreie, eng anliegende Korsage an, die mehr als lediglich die Ansätze ihrer großen Brüste den Blicken der Männer preisgibt. Zu der jeweiligen Korsage, wovon sie mehrere zur Auswahl hat, trägt sie an Strapsbändern festgemachte Nylon- oder Netzstrümpfe, einen Slip, den sie bei Bedarf auch schnell mal ausziehen und danach ebenso unkompliziert wieder anziehen kann und extrem hochhackige Schuhe. Mit diesem Outfit und ihrem Aussehen ist sie hier, auch wenn sie meist nur dezent geschminkt daherkommt, jedenfalls für Gäste, die auf große Brüste stehen, unter den anwesenden Prostituierten eigentlich ohne Konkurrenz.

181

Zweimal am Abend dann gibt es in dem Extraraum und von Musik begleitet gewisse Liveshows, bei denen die Mädchen versuchen, die ringsherum sitzenden und zuschauenden Männer sexuell anzustacheln. Dazu führen sie so tabledanceartige Bewegungen durch, setzen sich auch schon mal dem einen oder anderen der Gäste auf den Schoß und streuen Stripteaseeinlagen ein. Zum Abschluss werden dann die zuschauenden Männer dazu aufgefordert, dass sich einer von ihnen melden soll, hier vor den Augen der anderen, dafür dann kostenfrei mit einem der Mädels seiner Wahl den Geschlechtsverkehr durchzuführen. Und wenn jemand dazu den Mut aufbringt, es gibt so ein paar immer wieder herkommende Spezies, die das auch machen, findet dieser GV – vom Bolero-Musikstück Ravels begleitet – auf einer großen Matratze in der Mitte des Raumes statt. Die weniger mutigen, durch die Show aber so richtig aufgegeilten Männer ziehen sich, um das Gleiche, also Sex, zu haben, dann des Öfteren direkt im Anschluss an die Show mit einem der Mädchen auf die dafür zur Verfügung stehenden Zimmer zurück.

Auch an jenem entscheidenden Tag sieht dementsprechend für Monique hier der typische Arbeitsablauf aus, wobei für sie das alles aber noch ein bisschen neu ist, weil sie eben noch nicht sehr lange, nämlich erst seit circa 2 Wochen dort anschaffen geht. Sie wollte, deshalb der Wechsel ihres Einsatzortes, mal wieder was Neues ausprobieren, denn für Neues ist sie immer wieder zu haben. So hatte sie auch nach dem Treffen mit den Russen, bei dem sie als Escort-Dame tätig war, schon zwei Anrufe von Sara mit Auftragsangeboten für sie in punkto Sex erhalten, die sie auch angenommen hat. Es handelte sich dabei jeweils um Kunden, die eine mit großen und dabei auch natürlichen Brüsten haben wollten, was Sara selbst jedenfalls hinsichtlich der Natürlichkeit ihres Busens nicht unbedingt zu bieten hat, denn ihre Oberweite ist zwar ebenfalls von enormer Größe, das jedoch nicht aus rein naturgegebenem Grund.

Monis Macker war zwar dagegen gewesen, dass sie diese Aufträge annahm, wahrscheinlich weil er nicht wollte, dass ihm jemand anderes in solcher Angelegenheit ins Handwerk pfuscht, aber Monique hat es trotzdem gemacht und auch gutes Geld dabei verdient. Und überhaupt beginnt ihr Hajo allmählich auf die Nerven zu gehen, und es rumoren in ihr schon seit längerem Überlegungen, wie sie von ihm loskommen könnte. Den ganzen Tag sitzt er nur in der Kneipe herum und spielt dort von ihrem Geld den großen Zampano, der Lokalrunden schmeißt, zockt und sich regelmäßig betrinkt. Und das gefällt ihr zusehends weniger.

Es ist sogar schon vorgekommen, dass Monique ihre Arbeit unterbrechen musste, um ihren Typen in der Kneipe mit Nachschub an Bargeld zu versorgen. Auch mit dem Sex zwischen ihnen beiden klappt es nicht mehr richtig. Der findet sogar so gut wie kaum noch statt, was sie sehr verwundert, denn bei ihren Gästen kommt sie schließlich sehr gut an und viele von denen sind ungeheuer scharf auf sie. Sie hat sich sogar schon gefragt, ob ihr Hajo vielleicht sogar Sex überhaupt nicht mehr brauche, bis sie ihn eines Nachts heimlich dabei beobachtet hat, wie er sich selbst in der Küche stehend per Masturbation einen runter geholt hat.

Wohl möglich sollte sie wirklich darüber nachdenken, den ihr neulich von Sara, wenn vielleicht auch nur halb im Scherz, geäußerten Vorschlag anzunehmen, dass sie beide zusammen einen eigenen Puff aufmachen, und zwar nur sie beide und ohne irgendwelche Macker im Hintergrund, die bloß mitprofitieren wollen, ohne dafür, abgesehen von ein bisschen emotionalem und physischem Schutz, wirklich etwas zu tun.

Moni hatte dabei den Eindruck, dass auch Sara einen Neuanfang sucht. Ebenso wie auch Moni jetzt wieder, die schon einmal, nämlich so vor circa einem Jahr, den ernsthaften Versuch unternommen hatte, ihren Macker zu verlassen, und dann zu einem ihrer Stammfreier gezogen war. Das war noch bevor mit Björn Schneider etwas Ähnliches im Raum stand.

Bei dem Stammfreier, zu dem sie damals gezogen war, hatte sie es dann aber nur gut zwei Wochen ausgehalten. Der hat sie praktisch zu Hause eingesperrt, war total eifersüchtig und hat über jeden ihrer Schritte außerhalb des Zuhauses Rechenschaft verlangt. Anschaffen gehen durfte sie natürlich während dieser Zeit ebenfalls nicht. Lange hat sie es mit diesem Typen schließlich nicht ausgehalten, ist von ihm wieder ausgerissen und reumütig zu ihrem alten Macker, also Hajo, zurückgekehrt und dann natürlich auch wieder anschaffen gegangen.

Aber trotzdem, eigentlich möchte sie schon von Hajo loskommen, der sich nur in den Kneipen rumtreibt und auf ihre Kosten lebt. Selbst arbeiten geht er nicht, abgesehen davon, dass er gelegentlich, hauptsächlich auch in den Kneipen und nur so nebenbei, ein paar Geschäfte mit Schmuck, dieser überwiegend geklaute Ware, macht.

Und auf das bisschen Schutz, was er ihr gibt, könnte sie auch verzichten. Sie hätte ihn auch bestimmt schon längst verlassen, wenn sie sich ihm gegenüber nicht so zu Dank verpflichtet fühlte, weil er sie damals aus ihrer unglücklichen Ehe herausgeholt, ja man könnte sogar im wahrsten Sinne des Wortes sagen herausgeboxt hat.

Sehr jung hatte sie damals geheiratet, als sie von ihrem Freund, der danach ihr Ehemann wurde, schwanger geworden war. Der war dann immer total eifersüchtig gewesen und konnte dabei auch brutal werden. Er konnte es nie ertragen, wenn ihr, wohl wegen ihrer auch schon zu der Zeit kolossalen Oberweite, andere Männer hinterhergeschaut haben, geschweige denn, wenn sie mit einem anderen, und sei es auch nur ein bisschen, in vielleicht flirtendem Ton bloß mal gesprochen hatte. Selbst war er dagegen permanent scharf auf sie gewesen und wollte dauernd Sex, des Häufigeren auch mehrmals am Tag. Und wenn sie das mal absolut nicht wollte, ist es auch vorgekommen, dass er sich den Sex, auf den er meinte, als Ehemann jeder Zeit Anspruch zu haben, gewaltsam genommen, sie also mehrmals regelrecht vergewaltigt hat. So hat sie diesen Mann zunehmend richtig gehasst und konnte unter diesen Bedingungen auch keine rechte Bindung zu dem mit ihm gemeinsamen Kind aufbauen. Vielmehr hat sie zum guten Teil dieses Kind sogar als Grund ihrer unglücklichen Ehe angesehen, denn schließlich erfolgte ihre Heirat hauptsächlich deshalb, weil sie von diesem Mann noch vor der Ehe schwanger geworden war.

Sie war froh, als sie dann Hajo Butt kennen lernte. Fast über Nacht hat sie ihren Mann und ihr Kind verlassen und ist bei Hajo untergekrochen. Natürlich hatte ihr Nochehemann ihr dort nachgestellt und mehrmals versucht, sie, das auch gewaltsam, zu sich zurückzuholen. Aber Hajo hat sie verteidigt, und zwar auch unter Einsatz seiner Fäuste, und hat sich dabei einmal sogar eine blutige Nase geholt. Schließlich hat es ihr früherer Mann dann aufgegeben, sie zurückzufordern.

Ihr Kind wurde von der Jugendfürsorge anschließend bei Pflegeltern untergebracht, wo Monika es jetzt so ungefähr alle zwei Wochen treffen kann. Die Scheidung von ihrem früheren Mann kam dann ungefähr ein Jahr nach der Trennung.

Hajo gab, bald nachdem sie fest bei ihm eingezogen war, seine Anstellung auf, angeblich weil er sie nicht allein lassen konnte. Damit sie beide trotzdem Einkommen hatten, begann sie schließlich anschaffen zu gehen, was bei ihrer naturbedingt extrem großen Oberweite und nachdem sie von einer erfahrenen Kollegin richtig eingearbeitet worden war, auch gut, jedenfalls gemessen an den Einnahmen, klappte.

Aber so richtig wohl hat sie sich in dem horizontalen Gewerbe, das sie seit nun ungefähr sieben Jahren ausübt, trotzdem nie gefühlt. Sie könnte sich vielmehr gut vorstellen, wieder auszusteigen und etwas anderes zu machen.

Björn Schneider stellte für sie in dieser Hinsicht eine gewisse Hoffnung dar. Er war ein treuer Stammkunde, und sie ist sogar zu ihm nach Hause gekommen. Gut möglich, dass er ihr eine Zukunft außerhalb der Prostitution hätte bieten können. Vielleicht wäre Björn dabei sogar bereit gewesen, für sie an Hajo eine gewisse Entschädigung zu zahlen, denn ohne die wäre ein sauberer Ausstieg aus der Prostitution für Monika, also ohne größere Schwierigkeiten mit Hajo zu bekommen, wohl kaum möglich gewesen; denn Hajo hätte dann ja auch sehen müssen, wie er ohne Moni und die Einnahmen durch sie hätte klarkommen können. Genug Geld für so eine Abfindung schien Björn offenbar gehabt zu haben. Und immerhin wenigstens ein bisschen hat er Monika, wie sie meint, auch gemocht.

Aber mit dieser Möglichkeit des Ausstiegs aus ihrem derzeitigen Prostituiertendasein ist es jetzt, nach der Ermordung Björns, natürlich vorbei. Zumindest vorerst muss sie jetzt weiter wie bisher anschaffen gehen und auch weiter mit ihrem Hajo vorlieb nehmen, bis sich vielleicht irgendwann eine andere Möglichkeit ergibt, ihre unbefriedigende momentane Situation zu ändern und gleichzeitig möglichst auch von Hajo loszukommen.

So aufreizend sich Moni auch während ihrer Arbeit zurechtmacht, damit beim Freier bei ihrem Anblick die aufkommende Geilheit über die Sorge obsiegt, eventuell zu viel Geld loszuwerden, außerhalb der Arbeit kleidet sie sich zumeist ziemlich unauffällig, fast sogar bieder, und abgesehen von ihrer auch dann noch auffallend großen Oberweite würde dabei kaum ein Mensch, der sie so sieht, auf die Idee kommen, auf welche Weise sie ihr Geld verdient.

Es gibt nur lediglich so manche Tage, dass sie irgendein Übermut reitet und sie sich auch abseits der Tätigkeit ihre Reize betonend kleidet und zurechtmacht, sie also hochhackige Schuhe trägt, dazu enge Hosen und sexy geschneiderte Oberteile anzieht und das alles in auffälligen Farben und Design.

Und so ein Tag ist es nun wieder einmal, dass sie sich in solch auffälliger und ihren Sexappeal unterstreichender Aufmachung bei vergleichsweise mildem und sonnigem Mittenovemberwetter des frühen Nachmittags, und damit früher als sonst meist, auf ihre Arbeit in diesem für sie noch neuen Etablissement begibt, und sie hat vor, diesmal auch rechtzeitiger als sonst, nämlich deutlich vor Mitternacht Feierabend zu machen, weil sie sich für den Zeitpunkt mit Hajo verabredet hat, um mit ihm in einer urgemütlichen Alt-Berliner Kneipe zu später Stunde ein bisschen Hajos Geburtstag nachzufeiern, den er vor einigen Tagen hatte.

Darauf freut sich Moni sogar schon, als sie an diesem Tag ihren letzten Freier bedient hat und sich anschließend ihrer Arbeitskluft aus einem rosafarbenen, trägerlosen Schnürmieder, der ihre großen Brüste über den oberen Rand des Kleidungsstücks hervorhebt, entledigt, um wieder ihre heute kaum weniger aufreizende Ausgehkluft anzuziehen, bestehend aus hautengen Hosen, hochhackigen Schuhen, tief ausgeschnittenem T-Shirt aus enganliegendem Stretch-Material, und darüber einer hüftlangen, vorn offen getragenen Jacke aus schwarzem, zotteligem Fellimitat. So stöckelt sie dann, über ihrem Arm noch ein Handtäschchen aus echtem Krokodilleder aus dem Etablissement hinaus auf die Straße, wo sie hofft, dass sie Hajo dort abholen wird, weil das so abgesprochen war.

Allerdings guckt sie sich dann eine ganze Weile draußen auf der Straße vergebens nach ihrem Macker um, den sie auch über Handy nicht erreichen kann, wahrscheinlich weil bei dem mal wieder der Akku des Handys leer ist oder er das Handy ganz ausgeschaltet oder erst gar nicht eingeschaltet beziehungsweise mitgenommen hat. Verwundert ist sie darüber nicht, denn sie kennt so etwas von ihm schon. Und außerdem gehört sie auch nicht zu dem Typ Frau, der es etwas ausmacht, wenn sie vom Mann dominiert und schlecht behandelt wird. Bestimmt ist Hajo einfach wieder in seiner Kneipe versackt.

Allerdings hätte Hajo auch kein Problem damit, leicht betrunken Auto zu fahren, denn so etwas macht er dauernd und ist dabei polizeilicherseits auch noch niemals erwischt worden, was so verwunderlich nicht einmal ist, da Hajo das Betrunkensein gewöhnt ist und man ihm diesen Zustand deshalb so einfach meist gar nicht anmerkt. Und das auch nicht beim Autofahren. Entsprechend auffällig jedenfalls fährt er dabei eigentlich nicht.

Vielleicht hat es Hajo, so denkt sich Moni jetzt, nur schlicht vergessen, sie abzuholen, oder etwas anderes erschien ihm momentan wichtiger.

Also wartet Moni auf der Straße auch nicht allzu lange auf Hajo und macht sich bald zu Fuß auf den Weg zur nächsten U-Bahn-Station. Sie kann sich denken, wo ihr Hajo zu diesem Zeitpunkt steckt, wahrscheinlich nämlich in seiner Stammkneipe. Folglich hat sie vor, so jedenfalls ihr Plan, sich nun dorthin zu begeben.

Und während sie also losstöckelt, merkt sie gar nicht, wie sie heimlich verfolgt wird. Von einem Kerl nämlich, der sie schon in dem Puff, ohne dass es Monique großartig registriert hätte, die ganze Zeit über dort in dem Gästeraum beobachtet hat und ihr von da, als sie umgezogen ihre Arbeitsstätte verlassen hat, kurze Zeit anschließend nachgegangen ist.

Gierig und verstohlen hatte er Monique schon in dem Etablissement dabei zugeschaut, wie sie mit ihren riesigen Brüsten und in sexy rosafarbenem Outfit durch den Gästeraum gestöckelt ist und mit dem einen oder anderen der dort im Schummerlicht herumsitzenden Gäste ins Geschäft gekommen ist, während auf der Leinwand die Pornofilme liefen, in immerhin genügend gedämpfter Lautstärke, um es bei dem penetranten Filmgestöhne in dem Raum noch zuzulassen, miteinander sprechen zu können.

So 20 bis 30 Männer sind es da gerade, die dort an den Tischen sowie vorne am Tresen nahe dem Eingang sitzen und sich Getränke servieren lassen, während sich ungefähr fünf oder sechs Prostituierte unter die Gäste mischen und diese ansprechen. Manchmal verschwindet dann einer der Gäste mit einer der Prostituierten in einem der dafür vorgesehenen Rückzugsräume, um dort gegen zusätzliches Entgelt Sexdienste von der Prostituierten in Anspruch zu nehmen. Mitunter wird gegen einen geringeren Obolus auch gleich in dem Gastraum von den Sexarbeiterinnen Hand angelegt und der Freier manuell befriedigt, was in dem schummerigen Licht die anderen Anwesenden nur bei genauerem Hinsehen mitkriegen. Von den Prostituierten ist Monique wegen ihrer riesigen Oberweite und dem entsprechend tief dekolletiertem Outfit die auffälligste Erscheinung, und sie hat bei den Gästen, wie es ausschaut, auch den meisten Erfolg, heißt also die meiste Kundschaft.

Währenddessen hat sich der Kerl, der Monique später verfolgt, unscheinbar mit einem Bier in eine Ecke verkrochen, von wo aus er das Geschehen und vor allem Monique beobachtet. Wird er mal von einer der Prostituierten angesprochen, wie es denn mit ihm wäre, mal miteinander intim zu werden, gibt er sich abweisend und wird deshalb von den Prostituierten, die so etwas schon kennen, fortan in Ruhe gelassen. Offenbar ist er ein Voyeur, der bloß mal gucken will. Da er aber den Eintritt bezahlt hat und sich auch sonst genug zu trinken bestellt, selbst wenn das mitunter nur ein Wasser ist, was hier aber ebenfalls seinen Preis hat, lässt man ihn gewähren.

Auch Monique, die ein bisschen doch bemerkt hat, dass sie von dem Kerl gierig angegafft wird, hat zweimal versucht, ihn anzusprechen, um mit ihm ins Geschäft zu kommen. Nachdem er dabei jedoch beides Mal den Kopf geschüttelt hat, hat sie ihn danach gleichfalls in Ruhe gelassen und sich nicht weiter um ihn gekümmert.

Als dann zu späterer Stunde zur Live-Show in einem hierfür abgetrennten Raum gebeten wird, hat sich dieser Kerl auch unter die dortigen Zuschauer gemischt. Drei der Mädchen, darunter auch Monique, sind ebenfalls mit von der Partie sowie als DJ, Moderator und Aufpasser zwei der Männer von der Belegschaft des Clubs.

Unter aufreizender Musik beginnen die Mädchen damit, die Gäste mit allerlei Mätzchen sexuell anzumachen. Sie setzen sich ihnen zum Beispiel auf den Schoß und Monique holt ihre enormen Titten heraus, präsentiert sie den zuschauenden Männern und drückt deren Köpfe da hinein. Zum Abschluss der Show fordert der Moderator dazu auf, dass sich einer der Gäste melden soll, um hier in der Mitte des Raumes auf einer dort ausgebreiteten Matratze mit einem der Mädchen seiner Wahl und das vor den Augen der anderen den Geschlechtsverkehr zu vollführen, was für denjenigen dann kostenfrei wäre.

Tatsächlich meldet sich dafür sogar jemand, was vielleicht mit dem vorher auch schon abgesprochen war, oder es handelt sich bei ihm um einen hemmungslosen Exhibitionisten, der diese Gelegenheit dazu nutzt, kostenlos seinen Trieb auszuleben. Fast selbstverständlich wählt er sich nun für den anstehenden Akt von den anwesenden Mädchen Monique aus, und während er sich anschließend in einer Ecke des Raumes entkleidet, wird bereits eine Art von Scheinwerfer auf die Matratze gerichtet.

Zu den Klängen des Boleros von Ravel geht es dann zur Sache. Der, der sich gemeldet hatte, legt sich auf die Matratze und schafft es vor all den Zuschauern sogar, wenn auch mit Moniques Hilfe, die sich vorher ebenfalls entkleidet hat, eine veritable Erektion zu bekommen.

Er bekommt von Monique ein Kondom übergestreift, und nun legt sie sich auf den Rücken. Der Typ dringt in sie ein und beginnt wie im Rhythmus zur Musik kräftig zuzustoßen, was Moniques enorme Brüste im selben Takt zur Wallung bringt.

Offenbar ohne irgendwelches Schamgefühl zu kennen, legt sich vor den Augen der stillschweigend um die Kopulierenden herum sitzenden Zuschauer anschließend wiederum dieser Kerl auf den Rücken und fordert Monique dazu auf, nun ihn zu besteigen, was sie auch macht. Mit ihren hin und her schwingenden riesigen Brüsten reitet sie den Kerl und beschleunigt im Rhythmus mit der Musik des Boleros dabei zusehends ihre Bewegungen, bevor mit Ende des Musikstücks abrupt auch der Geschlechtsakt beendet wird, ohne dass die, die außen herum sitzen, nun genau wüssten, sondern lediglich vermuten können, ob es dem kopulierenden Kerl zum Abschluss überhaupt richtig gekommen ist. Die beiden Akteure begeben sich anschließend flugs in den Hintergrund des Raumes, wo sie ihre Kleidung abgelegt hatten, die sie sich nun wieder anziehen.

Die Live-Show ist zu Ende und alle Anwesenden werden vom Moderator der Show, einem der Angestellten des Etablissements, dazu aufgefordert, diesen speziell für die Live-Shows vorgesehenen Raum jetzt wieder zu verlassen.

Kaum hat Monique sich wieder angekleidet und ebenfalls den Raum verlassen, wird sie schon von einem der zugeschaut habenden Männer angesprochen, der jetzt scharf darauf ist, bei ihr auch mal ran zu dürfen, was Monique, bevor sie sich dazu bereit erklärt, ausnutzt, dafür den doppelten des sonst üblichen Preises zu verlangen, der außerdem, was auch gemacht wird, im Voraus zu bezahlen ist, ehe Monique mit diesem Kerl in eine der für derartige Dienste vorgesehenen und gerade unbelegten Räumlichkeiten verschwindet.

Nachdem schließlich auch dieser Freier abgefertigt ist und damit für Monique trotz des beabsichtigten früheren Feierabends die Tageseinnahmen stimmen, macht sie für diesen Tag Schluss. In Vorfreude auf den mit ihrem Hajo geplanten Tagesausklang in einer urgemütlichen Berliner Kneipe zieht sich Monique rasch um und verlässt das Etablissement, wofür sie den üblichen Ein- und Ausgang benutzt. Der Monique beobachtende Spanner bekommt das mit.

Wenige Minuten nach ihr, eigentlich noch ohne konkrete Absichten, aber innerlich ziemlich aufgeregt, verlässt er ebenfalls das Lokal. Unten auf der Straße angekommen sieht er in der Ferne eine Dame davonstöckeln, die diese, wie er es sieht, schamlose Prostituierte mit der enorm großen, auffallenden Oberweite sein könnte. Aber hundertprozentig sicher, dass die es wirklich ist, ist er sich da noch nicht. Trotzdem steigert sich nun die Erregung in ihm. Fast automatisch, ohne weiter nachzudenken, beschleunigt er seinen Schritt und beginnt, die Dame zu verfolgen. Als er näher rankommt, kann er erkennen, dass es sich tatsächlich um Monique handelt.

Sie, die auf dem Weg zur nächsten U-Bahn-Station ist, um zu ihrem Hajo zu fahren, hat ihren Verfolger dagegen noch nicht bemerkt und ist sehr unvorsichtig. Bei dem dagegen steigen

Erregung und Nervosität ins beinahe Unermessliche. In seinem Gehirn ist er wie betäubt. In seiner Hosentasche spürt er das Taschenmesser und auch, wie sein Penis zu schwellen beginnt. Nun glaubt er sich am Drücker und bestimmen zu können, wie es langgeht.

Monikas Weg zur U-Bahn führt an einem Park vorbei, und in Höhe einer dort stehenden Ansammlung von Bäumen und Sträuchern steht der Verfolger mit gezücktem und geöffnetem Taschenmesser auf einmal hinter ihr. Er packt sie von hinten und hält ihr das Taschenmesser an den Hals. Er bedroht und beschimpft sie. Er zwingt sie in den Park hinein, dort wo die Bäume und Büsche stehen und man nicht so leicht gesehen wird. Er reißt ihr die Klamotten runter und drückt sie mit enormer Kraft zu Boden, und da gibt es auch keinen Beschützer mehr, der ihr hilft.

Monika sieht, dass es sich um den Spanner aus dem Club handelt, und tut ihm den Gefallen nicht, sich körperlich gegen die anstehende Vergewaltigung zur Wehr zu setzen, sondern sie macht sich ganz schlaff und lässt das, was kommt, einfach über sich ergehen, ohne zu stöhnen oder zu schreien, weil das vermutlich den Lustgewinn für den Vergewaltiger und seine Freude, in diesem Moment Macht über Monika zu haben, bloß noch steigern würde.

Unterdessen hat eine nächtliche Fußgängerin aus sicherer Entfernung den Beginn des Vorfalls einigermaßen deutlich beobachten können. Zwar traut sie sich selbst nicht einzugreifen, und es ist auch sonst niemand da, der dabei helfen könnte. Aber sie hat ihr Handy dabei, das sie mit zittriger Hand hervorholt und damit die Polizei alarmiert. Es dauert danach auch nicht allzu lange, dass man in der Ferne eine Sirene hört.

Und selbst im Rausch seiner Sinne vernimmt das auch der Vergewaltiger. Er muss sich beeilen, in Monika sein Ejakulat loszuwerden, danach schnell wieder seine Hosen hochzuziehen und sich durch den Park davonzumachen, denn die Polizeistreife ist bald vor Ort und stoppt vor der sie herbeiwinkenden Anruferin, die zum Glück bei ihrem Notruf ihren Standort ziemlich gut beschreiben konnte und nun die beiden Streifenpolizisten zum Tatort der Vergewaltigung führt, wo Monika noch schluchzend auf dem Boden liegt und unfähig zu einer zielgerichteten Handlung ist.

Die Polizisten rufen sofort einen Rettungswagen mit Notarzt herbei und auch weitere Polizeistreifen werden angefordert. Eine sofort eingeleitete Großfahndung nach dem Vergewaltiger bleibt zunächst jedoch ohne Erfolg.

Monika wird zur Beobachtung und weiteren Untersuchung in ein Krankenhaus gebracht, wo sie auch die folgende Nacht verbringt. Dort im Krankenhaus wird auch ihrer Vagina ein Abstrich mit Ejakulatresten entnommen, um diese einer ausführlichen DNA-Analyse zuführen zu können. Eine solche Analyse könnte dann helfen, dem Vergewaltiger auf die Spur zu kommen. Außerdem wird Monika einer ersten vorsichtigen Vernehmung zum Tathergang unterzogen, bei der Monika eine ziemliche genaue Täterbeschreibung abgeben kann, was die Chance weiter erhöht, den Verbrecher überführen zu können.

Wenn sich Monika schließlich von ihrem Schock einigermaßen erholt haben wird und sie aus dem Krankenhaus entlassen ist, wird man sie seitens der Polizei sicherlich noch einmal vorladen und genauer zum Tathergang befragen. Dann kann man ihr zum Beispiel auch Fotos von einschlägig Vorbestraften vorlegen und sie fragen, ob sie vielleicht unter denen den Täter erkennen könne. Außerdem wären noch entsprechende Gegenüberstellungen oder die Anfertigung einer Phantomzeichnung möglich.

Zunächst aber reicht die erste polizeiliche Vernehmung aus. Erst einmal soll sich Monika erholen und aus dem Krankenhaus entlassen werden.

Die dann vorgenommene DNA-Analyse der sichergestellten Ejakulatreste ergibt gleich mehrere Überraschungen. Zunächst einmal handelt es sich dabei nämlich um eine sogenannte Mischspur, das heißt um DNA von gleich zwei verschiedenen Individuen, woraus sich ergibt, dass es außer dem Vergewaltiger noch einen zweiten Mann geben muss, der in einem Zeitrahmen von nur wenigen Stunden vor bis hin zu der Vergewaltigung ebenfalls ungeschützten Geschlechtsverkehr mit dem Opfer gehabt hat. Es könnte sich in dem Fall, was sich durch Nachfrage beim Opfer vielleicht noch klären lässt, auch durchaus um das geplatzte Kondom eines der Freier gehandelt haben.

Besonders brisant wird die ganze Angelegenheit schließlich dadurch, dass sich beim Vergleich dieser Mischspur mit DNA-Analysen aus geklärten und ungeklärten Kriminalfällen der Region Berlin-Brandenburg aus jüngerer Zeit die Sensation ergibt, dass eine der beiden Monikas Scheide entnommenen DNA-Spuren identisch ist mit der DNA des mutmaßlichen Mörders von Dieter Karg und somit auch von Björn Schneider, und dass es sich dabei eben nicht um die bereits analysierte DNA Hajo Butts, also des Mackers von Monika, und natürlich auch nicht um die von Monika selbst handelt.

Es liegt also der Sachverhalt vor, dass es außer dem Vergewaltiger noch einen zweiten Mann gibt, der, sei es aufgrund eines geplatztes Kondom oder von vornherein ohne Kondom, was sich vielleicht klären lässt, in einem Zeitfenster von wenigen Stunden vor bis hin zu der Vergewaltigung mit Monika ungeschützten Geschlechtsverkehr gehabt hat, wobei das nicht Hajo Butt war. Und einer dieser beiden durch die DNA-Analyse identifizierten Männer, also der Vergewaltiger selbst oder dieser ominöse zweite Mann, muss, davon ist auszugehen, auch der Mörder Dieter Kargs und Björn Schneiders sein, was eine spektakuläre Wendung in der Ermittlungsarbeit für diese beiden Mordfälle darstellt.

21.

Die neue heiße Spur im Mordfall Schneider wird bald auch Hauptkommissar Keller zugetragen, der diese Neuigkeit natürlich mit großem Interesse zur Kenntnis nimmt, da dies nämlich ihn und seine Kripo-Kollegen der Aufklärung des Mordfalls Schneider und damit auch des Mordfalls Karg ein gutes Stück näher bringt. Einige Tage sind derweil seit der Vergewaltigung Monikas verstrichen, und die Dame ist schon längst wieder aus dem Krankenhaus entlassen worden.

Da der Mordfall Karg und auch die Vergewaltigung in Berlin passiert sind, gilt es für Keller und sein Team fortan, noch enger, als sie es ohnehin schon tun, mit den Berliner Kolleginnen und Kollegen in der Aufklärung dieses Verbrechenskomplexes zusammenzuarbeiten. Federführend dabei aber sind, vorerst zumindest, die Leute von der Mordkommission in Potsdam, da sie durch den Mord an Björn Schneider zuerst mit den Ermittlungen in dieser Verbrechenskette betraut waren. Sollten Keller und Babsi mit ihrem Team aber nicht bald erfolgreich sein und des Täters habhaft werden, könnte es passieren, dass das Bundeskriminalamt den Fall an sich zieht, da es sich hierbei letztlich, wie es ausschaut, um einen länderübergreifenden Straftatbestand handelt.

Also gilt es für Keller und sein Team keine Zeit zu verlieren und rasch zu handeln. Keller und seine Assistentin Babsi setzen sich mit Monika über deren private Handy-Nummer, die sie sich notiert hatten, in Verbindung und machen mit ihr für den nächsten Tag ein Treffen aus. Als Treffpunkt wird ein Café in der Nähe von Monikas Wohnung ausgemacht, und stattfinden soll es um die Mittagszeit des folgenden Tages.

Natürlich sind Keller und Babsi zu dem verabredeten Zeitpunkt auch dort, und Monika erscheint ebenfalls ziemlich pünktlich. Den Latte Macchiato, den sich die Dame als Erstes bestellt, geht auf Kellers Rechnung. Anschließend kommen er und Babsi jedoch ohne weitere Umschweife zur Sache und auf Monikas Vergewaltigung zu sprechen.

Es fällt der Befragten sichtlich schwer, über diesen Vorfall noch einmal zu sprechen. Sie gibt aber, wenn auch nur knapp und etwas stockend, die gewünschten Auskünfte. Sie teilt mit, was an dem Abend vorgefallen ist, gibt auch noch einmal eine Beschreibung von der Person des Vergewaltigers ab und erzählt, was ihr sonst an dem so aufgefiel. Die Erinnerung an das Geschehen ist ihr aber offenbar unangenehm, was auch verständlich ist.

Zu der zweiten Person, die in dem von Keller und Babsi genannten Zeitfenster mit Monika alias Monique ungeschützten Verkehr gehabt haben müsste, kann oder vielleicht auch will Monika nichts sagen. Wenn, dann könnte das nur ihr Hajo gewesen sein, was sie aber auch nicht mehr genau wisse, und es könne natürlich auch sein, dass da ein Kondom nicht ganz dicht gewesen sei, und sie das aber gar nicht richtig mitbekam, weil sich die Freier nach vollzogenem Geschlechtsakt das Kondom mitunter auch selbst abstreifen und dann auch oft selbst in den dafür vorgesehenen Mülleimer entsorgen würden.

„Können Sie sich denn daran erinnern, wie viele Freier Sie überhaupt am besagten Abend und in dem in Frage kommenden Zeitfenster gehabt haben?", will es Babsi trotzdem genauer wissen. „Na ja, so 3 bis 6 könnten 's schon jewesen sein, ick merk' mir dat nich' so jenau. Schließlich mach' ich dat Janze ja ooch nich' zum Spaß, sondern um Geld damit zu verdienen. Da merkt man sich nich' alle Einzelheiten. Die Typen kommen und jehen. Ick merk' ma die nich' besonders!" Aber ob sie sich denn noch an irgendeinen von den Freiern an jenem Abend erinnern könne, lässt Babsi nicht locker. „Nee, eijentlich nich', na ja außer den von der Live-Show natürlich. Also wir mach'n dort in dem Schuppen, wo ich jetz' anschaffen jehe, nämlich ein- oder zweimal pro Abend 'ne Live-Show, an dessen Ende dann eener der zuschauenden Jäste die Jelegenheit bekommt, direkt dort und live, also vor den Oogen der anda'n, dann für den kostenfrei, mit einem der anwesenden Mädels Jeschlechtsverkehr zu haben, das natürlich ooch nur mit Kondom. Und der, der sich dazu an dem Abend jemeldet hat, hat sich dafür mich ausjewählt. Also, den kenn' ick, weil der rejelmäßij zu uns kommt und dann immer die Show dazu nutzt, preiswert Jeschlechtsverkehr zu haben. Ick gloobe, der muss irjendwie exhibitionistisch veranlagt sein."

Ob da aber nicht sonst noch irgendjemand gewesen sei, außer dieser Exhibitionist und natürlich der Vergewaltiger selbst, der da voyeuristisch herumgesessen hat, an den sie sich noch erinnern könne. Sie solle doch bitte noch einmal scharf nachdenken.

„Nee, bestimmt nich'!", beteuert Monika, wobei zumindest Keller jedoch den Eindruck hat, dass sie ihnen dabei nicht die ganze Wahrheit sagt beziehungsweise etwas verheimlichen will.

Weiter wollen Keller und Babsi für diesmal Monika trotzdem nicht bedrängen, sondern bedanken sich stattdessen bei ihr für das Gespräch und weisen nur noch darauf hin, dass es durchaus sein könne, dass sie in dieser Angelegenheit noch einmal auf Monika zurückkommen würden. Keller bezahlt dann noch die Rechnung, bevor er und Babsi sich schließlich von Monika wieder verabschieden, die noch für eine Weile, als die beiden Kripobeamten losfahren, in dem Café hocken bleibt.

Natürlich werten Keller und Babsi schon im Auto auf der Rückfahrt nach Potsdam aus, was sie von den Aussagen Monikas zu halten hätten. Keller meint, er glaube nicht, dass ihnen Monika jetzt die volle Wahrheit gesagt habe. Vielmehr hätte er das Gefühl, dass sie ihnen etwas verschweige. Sie erschien ihm nicht wirklich offen und ehrlich gewesen zu sein.

Aber dass sie direkt etwas mit dem Mord an Björn Schneider zu tun hat, können sich weder er noch Babsi vorstellen. Und Keller glaubt ebenso wenig, dass der Vergewaltiger der gesuchte Mörder ist. Solche Morde wie bei Schneider und Karg würden zu einem solchen offensichtlich psychopathischen Triebtäter einfach nicht passen.

Dann aber sei, so im Weiteren Kellers Meinung, wahrscheinlich diese noch unbekannte zweite Person, die in dem entsprechenden Zeitfenster mit Monika ungeschützten Geschlechtsverkehr gehabt hat, der gesuchte Doppelmörder. Doch dass Monika mit dieser Person bei der Ermordung Schneiders unter einer Decke steckte, mag Keller trotzdem nicht glauben, und das natürlich erst recht nicht, was die Ermordung des Rentners Karg betrifft.

„Klar", fährt Keller fort, „könnten wir uns jetzt Monika noch einmal vorknöpfen und sie richtig ins Kreuzverhör nehmen, um vielleicht doch noch etwas über diese ominöse zweite Person in Erfahrung zu bringen, ob das aber zum Erfolg führen würde, ist fraglich." Auch Babsi ist dieser Meinung und glaubt ebenfalls nicht, dass sich Monika bei einem weiteren Verhör unbedingt ehrlicher zeigen würde, sofern sie etwas zu verheimlichen hat. Nun gut, im Extremfall könne man auch noch durch Beugehaft versuchen, Monika zum Reden zu zwingen, was dann aber durch einen Richter angeordnet werden müsste, und ob man das durchbekäme, sei auch keinesfalls sicher.

Man könnte natürlich, wirft Babsi noch ein, jetzt als Nächstes versuchen, die Identität des von Monika erwähnten Stechers aus der Live-Show ausfindig zu machen. Allerdings sei kaum anzunehmen, so Babsis wie auch Kellers Meinung, dass dieser Stecher tatsächlich der gesuchte Träger der zweiten aus Monikas Scheide sichergestellten DNA sei.

Keller meint dann, er hätte sich da in Gedanken so einen Trick überlegt, den er gern mal ausprobieren wolle. Vielleicht könnte man dadurch zu der rätselhaften zweiten Person und damit zu dem Mörder geführt werden. Näheres dazu würde er Babsi erläutern, wenn sie zurück im Präsidium seien. Sollte der Trick nicht funktionieren, könne man ja noch immer Monika ein weiteres Mal verhören und dann richtig in die Mangel nehmen oder versuchen, diesen Exhibitionisten aus der Live-Show ausfindig zu machen, oder, wenn das alles nichts bringen würde, schließlich noch die Beugehaft für Monika beantragen. Und wenn aber doch der Vergewaltiger der Mörder Schneiders und, dem Stand der Ermittlungen nach, somit auch der von Dieter Karg gewesen sein sollte, was durchaus im Bereich des Möglichen liege, ist Keller guten Mutes, dass man sich den früher oder später auch schnappen werde, sei es aufgrund der guten Beschreibung Monikas von dieser Person oder wenn der Typ ein weiteres Mal versuchen sollte, sich einem Opfer unsittlich zu nähern, und das für ihn dann schief laufen würde. Es sei nämlich fest damit zu rechnen, dass dieser Täter noch weitere solche Vergewaltigungen versuchen werde, und spätestens dann oder im Anschluss daran werde man sich ihn bestimmt greifen können.

Als dann die beiden Kripobeamten zurück im Präsidium sind, stellt Keller Babsi den Plan näher vor, von dem er möchte, dass die Kripo dem entsprechend als Nächstes vorgeht. Der Plan fußt darauf, dass Keller den Verdacht nicht los wird, dass, sollte nicht doch Kamp oder irgendjemand aus dessen Dunstkreis oder vielleicht noch irgendein bisher Unbekannter hinter Schneiders Ermordung stecken, Monis Macker, dieser Hajo, etwas mit dem Mord jedenfalls an Schneider zu tun hat.

„Zwar war es wohl nicht er selbst, denn Spuren seiner DNA waren ja weder in Schneiders Wohnung noch beim Mord an dem Rentner Karg gefunden worden. Vielmehr muss es jemand anderes gewesen sein, der direkt die Morde ausgeübt hat!" Keller hält es aber für sehr gut möglich, dass der direkte Täter mit Hajo unter einer Decke steckt. „Als dieser Täter aber kommt", wie sich Keller seiner Assistentin gegenüber äußert, „der Vergewaltiger meiner Meinung nach kaum in Frage, wohl aber diese zweite Person, die in dem fraglichen Zeitfenster mit Monika ungeschützten Geschlechtsverkehr hatte."

197

„Das es sich so abgespielt hat, ist einfach mein Gefühl. So eine Art Instinkt von mir anstatt klarer Indizien, oder, man könnte auch sagen, meine langjährige Erfahrung als Kriminalist, von mir aus auch als Bulle, wenn einem das lieber ist!"

Und Kellers Plan sieht nun vor, jetzt möglichst bald Hajo noch einmal aufzusuchen und mit ihm unter dem Vorwand zu sprechen, dass man da noch ein paar Fragen an ihn hätte, wie zum Beispiel, ob noch irgendwelche anderen außer ihm und Monika wussten, dass sie sich beide an dem Abend von Monikas Vergewaltigung noch zu einem gemütlichen Beisammensein treffen wollten.

Bei dieser Befragung sollte dann, wie nebenbei, angemerkt werden, dass man seitens der Kripo aufgrund der DNA-analytischen Untersuchungen der Ejakulatreste, die aus Monikas Scheide nach ihrer Vergewaltigung entnommen wurden, feststellen konnte, dass zwei verschiedene Männer innerhalb eines Zeitfensters von wenigen Stunden vor bis hin zu der Vergewaltigung mit Monika ungeschützten Geschlechtsverkehr, also Geschlechtsverkehr ohne Kondom, gehabt hätten, mit anderen Worten müsse es außer dem Vergewaltiger also noch jemand anderes geben, der an jenem Abend ohne Kondom mit Monika sexuell zusammen gewesen sei.

Dass das nicht Hajo selbst sein konnte, so Keller weiter, sei aufgrund der vorliegenden DNA-Vergleiche belegt. Das würde man Hajo so aber nicht sagen. Vielmehr würde man ihm sagen, dass diese andere Person Hajo deshalb nicht sein könne, weil das Monika so ausgesagt hätte, was so zwar nicht stimmt, wie Babsi mit Recht einwendet und Keller mit „das gehört zu meinem Plan dazu" kontert, also Hajo könne das eben nicht gewesen sein, wie man ihm sagen werde, weil Monika mit ihm an dem betreffenden Abend ihrer Aussage nach zu dem Zeitpunkt noch keinen Geschlechtsverkehr hatte. Diese Aussage, so würde man anfügen, wäre durchaus nicht zu seinem Schaden, denn man habe nämlich bei der Kripo des Weiteren ermittelt, dass eine der beiden DNAs aus den Ejakulatresten, die Monikas Scheide entnommen wurden, auch in der Wohnung des ermordeten Björn Schneiders aufgespürt wurde, was schließlich nun wieder der Tatsache entspräche. Nun, so würde man Hajo gegenüber fortfahren, bestehe natürlich der dringende Verdacht, dass eine der beiden Personen mit Ejakulatspuren in Monikas Scheide auch der Mörder Björn Schneiders sein müsse. Das könne natürlich der Vergewaltiger selbst sein, aber eben auch die unbekannte zweite Person. Hajo selbst käme dafür aber ja nicht in Frage, wie bereits gesagt, weil er mit Monika nach deren Aussage an jenem Abend eben noch keinen Verkehr gehabt hätte. Oder ob Hajo da anderer Meinung sei, könne man ihn noch fragen, was er aber sicherlich verneinen werde. Weiteres allerdings, so würde man Hajo noch mitteilen, habe Monika konkret nicht aussagen können, außer dass sie sich diese zweite Person nur so erklären könne, dass bei einem ihrer Freier an jenem Abend das Kondom nicht ganz dicht gehalten haben müsse. Das hätte Monika nun ja auch wiederum so ausgesagt.

Nachdem man Hajo das alles untergejubelt habe, würde man sich von ihm wieder verabschieden, fährt Keller fort, seinen Plan Babsi zu erläutern, Hajo von dem Moment an aber und in der anschließenden Zeit rund um die Uhr beschatten lassen, was natürlich mit den Berliner Kollegen noch abgestimmt werden müsse.

Sollte Kellers Vermutung nun zutreffen und Hajo wirklich mit dem Mörder Björn Schneiders unter einer Decke stecken, und dieser Mörder die zweite Person sein, die außer dem Vergewaltiger an dem fraglichen Abend mit Monika unge-schützten Geschlechtsverkehr hatte, würde Hajo jetzt nämlich wissen, dass dieser Typ, und zwar, wovon Keller ausgeht, ohne dass Hajo das bis dahin wusste, dass dieser es also mit seiner Monika getrieben hat. Und darüber, selbst wenn dieser Typ dafür ganz regulär als Freier gelöhnt hätte, würde Hajo vermutlich so sauer sein, dass er das nicht auf sich würde sitzen lassen, sondern diesen Kerl gern zur Rechenschaft ziehen wollen, und das wahr-scheinlich unverzüglich. Selbst in diesem Milieu gelte es nämlich als unschicklich, es hinter dem Rücken eines Kumpels mit dessen Ische, egal ob Prostituierte oder nicht, zu treiben und dabei viel-leicht sogar zu versuchen, ihm die auszuspannen. Hajo würde also vermutlich denjenigen dann aufgebracht aufsuchen, und man brauche seitens der Kripo jetzt bloß noch Hajo zu folgen und würde so direkt zu dem Gesuchten geführt.

Auf Babsis Einwand hin, dass man dann bei der Obser-vierung Hajos aber bestimmt sehr vorsichtig vorgehen müsse, entgegnet Keller: „Also das denke ich nicht einmal, so betrunken wie der nämlich meist ist, glaube ich nicht, dass der von der Observierung so leicht was mitkriegen wird! Aber etwas Vorsicht kann natürlich nie schaden."

22.

Kellers Plan wird wie beschrieben in die Tat umgesetzt. Die Berliner Kollegen werden, bevor es losgeht, entsprechend einbezogen. Sie sind grundsätzlich mit allem einverstanden und wollen mitmachen.

Als schließlich alle Vorbereitungen abgeschlossen sind, und die Observierungsposten ihre Stellungen bezogen haben, machen sich Keller und Babsi auf den Weg, mit Hajo das geplante Gespräch durchzuführen. Dazu begeben sie sich zu Hajos Stammkneipe, von wo der zuvor dorthin beorderte Observierungsposten übermittelt hat, dass Hajo da eingekehrt ist.

Nach ein paar belanglosen Fragen zu Beginn des Gesprächs mit Hajo wird ihm dem Plan entsprechend mitgeteilt, dass man nach der Vergewaltigung bei Monika Spermaspuren von zwei verschiedenen Männern festgestellt hätte. Zum einen sicherlich von dem Vergewaltiger selbst, aber auch noch von einem zweiten, bisher unbekannten Mann, der an diesem Abend mit Monika ebenfalls ungeschützten Geschlechtsverkehr gehabt haben müsse. Und nun habe sich herausgestellt, dass die DNA einer dieser beiden Spuren identisch mit der DNA des vermutlichen Mörders von Björn Schneider sei.

Und Hajo selbst hätte Monikas Aussage nach, was so zwar nicht stimmt, aber Kellers Plan zufolge jetzt einfach gesagt wird, mit Monika an jenem Abend, bevor es zu der Vergewaltigung kam, ja noch keinen Geschlechtsverkehr gehabt und würde somit als einer dieser beiden DNA-Träger nicht in Frage kommen. „Na ja", so Keller weiter, „vielleicht ist auch nur irgendeines der Kondome geplatzt oder war nicht richtig dicht gewesen. Denn ungeschützter Verkehr mit einem der Gäste kommt für Monika, jedenfalls sagt sie das, schließlich nicht in Frage, und das nicht einmal gegen einen Aufpreis." Man werde seitens der Polizei der Sache jedenfalls weiter nachgehen.

Dann verabschieden sich Babsi und Keller von Hajo wieder, aber nicht ohne daran zu denken, dem Wirt für die beiden von ihnen bestellten Tassen Kaffee fünf Euro auf den Tisch zu legen, wozu Keller an den Wirt gewandt noch „Stimmt so!" sagt.

Und kaum haben Keller und Babsi daraufhin die Kneipe verlassen, als Hajo auch schon wutentbrannt zur Theke rübereilt, um sich dort den Hörer des Telefonapparates zu greifen und, ganz wie es sich Keller vorgestellt hat, ein Telefonat zu führen, wobei es mehr aus Gewohnheit als aus Vorsicht passiert, dass er dafür nicht sein eigenes Handy benutzt. Und zu dem Wirt sagt er vorher nur kurz: „Ich muss mal eben telefonieren!"

Hajo tippt eine Nummer ein, und zwar eine Handynummer, und er hat auch das Glück, dass sich die Person, mit der er sprechen will, am anderen Ende der Leitung gleich meldet: „Hallo, hier Marco!", sagt diese Person, „Was gibt es denn?" „Nix Erfreuliches leider, Marco. Ich bin 's, Hajo. Ich muss dich unbedingt mal sprechen. Am besten sofort. Am Telefon jeht dat aber nich'! Also, wo können wa uns treffen?" „Gut Hajo. Du kennst doch dieses Spielkasino, wo ich öfters mal bin. Komm doch dahin. Dort können wir uns treffen. Wenn du gleich kommst, bin ich bestimmt noch da!" „Ja, ich komm' sofort!" „Gut Hajo, dann bis gleich!"

Marco steckt sein Handy wieder ein. Wer weiß, denkt er sich, was der Hajo von mir will. Der klang ja ganz aufgeregt. Aber soll er ruhig kommen. Angst hab' ich nicht vor dem.

Marco Bruhns, um den es hierbei geht, ist ein Typ, den man als auf die schiefe Bahn gekommen bezeichnen kann. Geregelter Arbeit geht er schon seit vielen Monaten nicht mehr nach. Das würde sich für ihn wohl auch kaum mehr richtig lohnen, so hoch verschuldet wie er ist. Der Großteil eines regelmäßigen Einkommens würde ihm dann bloß weggepfändet werden. Geschieden ist er auch schon längst und hat zu seinen beiden Kindern aus der früheren Ehe so gut wie keinen Kontakt mehr. Stattdessen treibt er sich in Kneipen herum, trinkt viel, gemeint ist natürlich

Alkoholisches, und beteiligt sich an Glücksspielen, darunter vielfach auch illegalem. Selbstredend unterhält er dabei Kontakte zur Halbwelt des Prostituierten- und Kriminellenmilieus. Da liegt es auf der Hand, dass er auch selbst die Dienste von Prostituierten gerne und häufiger in Anspruch nimmt.

Diese kann er aufgrund seiner Kontakte zum entsprechenden Milieu oft zwar preiswerter und mitunter sogar kostenfrei bekommen, benötigt zur Finanzierung seines aber auch sonst ziemlich aufwändigen Lebensstils dennoch sehr viel mehr Geld als er durch die Gelegenheitsarbeiten, die er ab und zu mal ausübt, oder die mitunter auch in Anspruch genommene Arbeitslosenunterstützung einnehmen kann. Derartige Einnahmen dienen ihm eher auch nur zur Tarnung. Der Großteil seines Einkommens resultiert vielmehr aus Wohnungs- und Geschäftseinbrüchen, wobei er für die Auswahl seiner Einbruchsziele auch gerne Tipps von Hehlern und ähnlichen Leuten aus der Unter- und Halbwelt entgegennimmt, an die er seine geklaute Ware des Öfteren vertickt.

Obwohl Bruhns bei seinem kriminellen Tun polizeilicherseits bisher noch nicht überführt wurde und deshalb auch noch keine Vorstrafen hat, steckt in ihm, bei dem beschriebenen Lebenswandel, den er führt, eine Menge an Haltlosigkeit, Wut und Aggression, die jederzeit aus ihm hervorbrechen kann. Angst kennt er dabei nicht. Auch nicht vor diesem Hajo. Soll der ruhig kommen.

Und dieser Hajo ist auch schon auf dem Weg zu ihm. Dass er dabei mit dem Auto trotz seines nicht unerheblichen Alkoholspiegels fährt, ist bei Hajo quasi normal. Das macht er immer so. Und da er das gewohnt ist, ist sein Fahrstil dabei nicht einmal besonders auffällig. Und zudem kennt er sich gut genug auf den Straßen Berlins aus, dass es für ihn auch im alkoholisierten Zustand kein Problem ist, die genannte Spielhalle komplikationslos zu finden.

Er parkt sein Auto vor dem Spielcasino und geht hinein. Dass er dabei die ganze Zeit über von dem Observierungsposten, der vor Hajos Stammkneipe stand, im Auto verfolgt wurde, hat Hajo aber nicht bemerkt.

Als Hajo die Spielhalle betritt, sieht er dort wie verabredet Marco Bruhns vor einem der Automaten stehen. Der ist ganz gebannt im Spiel mit diesem Automaten vertieft und dreht kaum den Kopf, als Hajo auf ihn zugestürmt kommt und herausposaunt: „Sag mal, was treibst du hinter meinem Rücken mit meiner Moni? Los, saj schon?" „Was soll ich schon mit ihr machen?", antwortet Marco. „Nix mach ich mit ihr, was nicht erlaubt wäre."

„Soll das heißen", brüllt Hajo, „dass du es für erlaubt hältst, es hinter dem Rücken eines Kumpels, mit dem seiner Ische zu treiben?" „Hör zu, reg' dich ab, Hajo!", entgegnet Marco im Versuch ein wenig zu beschwichtigen. „Sollte ich es mit Moni gemacht haben, dann habe ich dafür auf jeden Fall bezahlt, genau wie jeder andere auch." „Wie jeder andere auch! Wat soll das denn heißen?", erregt sich Hajo jetzt noch mehr. „Du hast Moni bei mir privat kennen gelernt, und da bist du keener wie jeder andere auch, so wat jehört sich nich'. Also hör' mir jetz' jut zu. Entweder koofst 'e mir Moni ab, und das wird teuer für dich, dat saj' ich dir, oder du lässt in Zukunft d'e Finger von ihr, sonst wird dat furchtbar unanjenehm für dich, dat kannst 'e mir glooben. Ich hab' da jenuj Freunde, die ma bei so wat beistehen." „Willst 'e mir etwa drohen?", kontert Marco, dabei noch immer im Spiel mit dem Automaten vertieft.

„Dat is' keene Drohung, sondern 'ne Feststellung!", sagt Hajo dazu. „Also überleg' et dir gut, sonst kriegst du es mit mir zu tun!" Sagt es und dreht sich, ohne auf weitere Erwiderungen Marcos zu warten, und verlässt das Lokal.

Noch während dieses kurzen Disputs zwischen Marco und Hajo ist der Observierungsposten – er heißt Schulz, Henry Schulz – wieder, nachdem er ebenfalls kurz die Spielhalle betreten hatte, nach draußen vor die Tür gegangen, um sich mit Keller über Handy kurz zu verständigen, wie jetzt weiter zu verfahren sei. Ob er jetzt weiter Hajo verfolgen soll, oder den Mann, mit dem sich Hajo in der Spielhalle getroffen hat? „Nimm den Mann aus der Spielhalle, wenn möglich", entscheidet Keller nach kurzer Überlegung. „Okay Chef!", meint Schulz dazu. „Dann mach ich das so."

Und folglich lässt Schulz den bis dahin von ihm observierten Hajo, als der wutentbrannt aus dem Spielcasino herausgestürmt kommt und sich in sein Auto setzt, um davon-zubrausen, unbehelligt ziehen. Stattdessen begibt sich Schulz wieder in das Spielcasino hinein, um den Mann, den er ab jetzt beobachten und verfolgen soll, etwas eingehender zu studieren und sich dessen Gestalt und Physiognomie stärker einzuprägen. Um dabei nicht groß aufzufallen, bestellt er sich zunächst am Tresen von der Spielhallenaufsicht einen Kaffee und begibt sich damit an einen der freien Automaten. Er wirft ein paar Münzen hinein, drückt die Starttaste und lässt, ohne weiter einzugreifen, den Auto-maten vor sich hinspielen. Und drückt lediglich jedes Mal, wenn eines der Spiele beendet ist, erneut die Starttaste.

Gleichzeitig beobachtet Schulz unauffällig aus seinen Augenwinkeln heraus den Mann, den es für ihn ab jetzt zu verfol-gen gilt und der so vertieft in dem Spiel mit seinem Automaten ist, dass er nichts davon mitbekommt, dass ihn Schulz gerade beob-achtet.

Der Mann ist hager, gut ein Meter achtzig groß, und macht einen nervösen, gehetzten Eindruck. Er ist glattrasiert, die Gesichtsfarbe aschfahl und das mittelblonde Haar schon ein wenig schütter. Gekleidet ist er mit Hemd, Ledersakko und Jeans, nicht unbedingt sehr stilvoll, aber auch nicht direkt ungepflegt. Er hat neben sich eine große Colaflasche stehen, von der er sich ab und zu einen Schluck genehmigt.

Während Schulz Marco Bruhns so beobachtet, ist Hajo auf dem Weg zurück zu seiner Stammkneipe und ruft unterwegs per Handy Moni an. Er will von ihr wissen, wann sie für heute gedenkt, Feierabend zu machen. „Ick muss dich nämlich dringend mal sprechen, komm doch bitte jleich nach deiner Arbeit heute Abend zu mir in die Kneipe!" „Wieso, wat jib 's denn so Drin-gendes?", will Moni wissen. „Dat wirst 'e dann schon erfahren!", antwortet Hajo. „Jetz' am Telefon können wir dat nich' so einfach besprechen. Also dann bis heut' Abend bei mir in der Kneipe." „Okay, von mir aus", gibt Monika klein bei.

Als sich unterdessen Schulz dazu entschließen will, sein Automatenspiel allmählich zu beenden und außerhalb der Spielhalle im Auto sitzend darauf zu warten, dass die Person, die er ab jetzt observieren soll, herauskommt, um dann von dort aus deren Verfolgung aufzunehmen, beginnt auf einmal der Automat, vor dem Schulz noch steht, zu rascheln und eine Menge Kleingeld auszuspucken. Und als Schulz den Gewinn nachzählt, stellt er zu seiner Freude fest, doch um einiges mehr herausbekommen zu haben als er hineingesteckt hat. Er nimmt die leere Kaffeetaste und begibt sich hinüber zum Tresen, um den Großteil der gerade gewonnenen Münzen in Geldscheine umgetauscht zu bekommen.

Anschließend geht er raus und setzt sich in sein draußen geparktes Auto, um darauf zu warten, dass die Person, die es ab jetzt zu observieren gilt, herauskommt, was aber dann doch noch fast eine Stunde dauert. Schließlich erscheint Marco Bruhns aber doch und geht zu Fuß von da aus weiter.

Schnell macht Schulz mit seinem Handy so halbwegs noch von vorn ein Foto von dem Kerl, ehe Schulz sein Auto verlässt und ebenfalls zu Fuß die Verfolgung des Mannes aufnimmt, wobei es zum Glück weder passiert, dass Schulz von dem Verfolgten bemerkt wird, noch dass er diese Person aus den Augen verliert. Zudem dauert es auch nicht allzu lange, bis es zu einem Wohnblock geht, in einem von dessen Eingängen sich Marco Bruhns hineinbegibt. Wobei zu diesem Hauseingang, wie Schulz anschließend durch einen kurzen Blick auf die zugehörigen Klingeln schnell feststellen kann, augenscheinlich sechs Wohneinheiten gehören.

Henry Schulz wartet danach noch ungefähr zwei Stunden in der Nähe des Hauses, um zu beobachten, ob der Observierte eventuell aus dem Haus wieder herauskommt. Als das aber nicht der Fall ist, setzt sich Schulz per Handy erneut mit seinem Vorgesetzten Bernd Keller in Verbindung, um mit ihm abzusprechen, wie es jetzt weitergehen soll, zumal Schulz für den heutigen Tag eigentlich schon längst Feierabend hätte. Das gemachte Foto von der verfolgten Person hatte Schulz schon während seiner vorangegangenen Wartezeit an das Handy seines Chefs gesendet genauso wie per Kurznachricht die Adresse des Hauses, in das sich der zu Observierende hineinbegeben hat.

Keller gibt Schulz die Anweisung, an der Stelle, wo er sich momentan befindet, noch eine kurze Weile auszuharren, bis er von einem Kollegen dort abgelöst wird, den Keller jetzt gleich losschicken will. Sollte zwischenzeitlich der Observierte, wovon aber nicht auszugehen sei, wieder auftauchen, müsste Schulz dessen Verfolgung, so weit das zu Fuß möglich sei, natürlich wieder aufnehmen. Ansonsten soll Schulz nach seiner Ablösung zurück zu seinem Auto gehen und dann Feierabend machen, die Wartezeit bis dahin aber noch dazu nutzen, die Namen der Wohnungsinhaber auf den Klingeln und Briefkästen aufzuschreiben, die zu dem Hauseingang gehören, den Schulz gerade unter Beobachtung hält.

23.

Währenddessen befindet sich Hajo längst wieder in seiner Stammkneipe und wartet darauf, dass Monika dort ebenfalls auftaucht. Sie hatte ihm am Telefon ja zugesichert, heute in dem Puff, in dem sie derzeit anschaffen geht, etwas früher als sonst Feierabend zu machen und sich danach zu Hajo in die Kneipe zu begeben, weil er dort unbedingt mit ihr sprechen wollte.

Als Monika schließlich in der Kneipe erscheint, hat Hajo nach seinem Treffen mit Marco Bruhns schon einige Biere mehr und dazu noch ein paar Schnäpse gezischt und ist schon ganz schön angeschäkert. Die Kneipe ist zu dieser Abendstunde um einiges voller, als sie es im Regelfall tagsüber ist oder auch dann, wenn es auf Mitternacht zugeht. Allerdings sind auch jetzt die meisten der Gäste dort Stammkunden, die sich untereinander mehr oder weniger gut kennen und gegenseitig respektieren. Einigermaßen jedenfalls, denn unter Alkoholeinfluss kann es auch zwischen ihnen immer mal wieder zu kleineren Streitereien oder gar Handgreiflichkeiten kommen.

Der Großteil dieser Stammkunden weiß oder ahnt zumindest, womit Monika und somit schließlich auch Hajo in erster Linie ihr Geld verdienen. Doch lässt man die beiden und speziell Monika das nicht spüren, indem man sich ihr gegenüber zum Beispiel abfällig verhalten würde. Vielmehr sind es eher sogar anerkennende Blicke, die sie auf sich zieht, wenn sie, wie jetzt wieder, in die Kneipe kommt und, indem sie sich ihres Mantels entledigt, die Sicht auf ihre kolossale Oberweite freigibt, die auch dann auffällt, wenn Monika, so wie jetzt, nach erledigter Arbeit nicht mehr ganz so sexy wie währenddessen gekleidet ist.

Manche in der Kneipe sind sogar ein wenig stolz darauf, eine wie sie unter sich zu haben. So begrüßt man sie freundlich, auch ohne dabei zum Beispiel aufdringlich zu werden.

Monika begibt sich rüber zu Hajo, der zusammen mit einigen anderen und einem Bier vor sich an einem der Stehtische weiter hinten herumlungert. Zur Begrüßung wird mit Monika ein flüchtiger Wangenkuss ausgetauscht, woraufhin sie dem Wirt „Für mich bitte ooch ein frisch Gezapftes!" zuruft, und der sich auch beeilt, ihr das Gewünschte zu bringen. „Na dann, Prost", sagt sie anschließend und genehmigt sich von dem Bier, das nun vor ihr steht, einen großen Schluck.

„Na Alter, was jibt 's denn so Dringendes", fragt sie Hajo danach, „dass du mich hierher bestellt hast, jeht 's um Kohle, oder wat?" Und Hajo, so angesprochen und dabei mehr schlecht als recht seinen alkoholbedingten Schluckauf unterdrückend, kommt ebenfalls gleich zur Sache: „Sag mal, hast du hinter meenem Rücken was mit dem Marco?" „Mit welchem Marco?", gibt Moni zurück und meint dazu: „Ich frage meene Jäste schließlich nich' nach ihrem Namen. Und, mein Lieber, dat du 's jleich weeßt und darauf kannst 'e dir verlassen, ohne Bezahlung läuft bei mir jar nischt. Und außerdem: Schließlich mach' ich da nur meenen Job. Und du hast bisher ooch janz jut davon profitiert, oder etwa nich'?"

„Doch Schätzchen, sicherlich", erwidert Hajo, ein wenig besänftigt. „Ich will dich ja ooch nich' in die Pfanne hauen, aba den Marco, den musst 'e doch kennen, mit dem wa 'n wir doch schon 'n paar Mal zusammen im Spielkasino, da musst 'e dich doch dran erinnern?" „Weeß ick jetz' nich' ", antwortet Monika ausweichend, „aba ohne Bezahlung, kannst 'e mir jlooben, läuft bei mir jar nischt, und hinter deinem Rücken ers' recht nich'. Dat kannst 'e ma jlooben!" ... „So, und jetz' trink 'n wa noch 'n Bier zusammen, und dann will ich nischt mehr von der Sache hör 'n, verstanden!" ... „Paule, mach uns doch noch zwei Bier!", ruft sie anschließend dem Wirt zu und trinkt den Rest aus dem Glas, das noch vor ihr steht, in einem Zug aus.

„Okay!", meint Hajo. „Aber mit dem Marco, so oder so, läuft ab jetz' nischt mehr, damit das klar is'! Ich werd' dir dann später mal 'n Bild von dem zeigen, dann kannst 'e dich bestimmt an den erinnern." „Na klar, Hajo, mach das!", gibt Monika unwirsch zur Antwort. „Aber jetz' will ick in Ruhe noch 'n Bier trinken. Die nächste Runde geht auf meine Rechnung!" ... „Hey Wirt, für die anderen hier ooch noch 'n Bier!"

Am nächsten Morgen kommt die Arbeitsgruppe, die mit der Aufklärung des Mordes an Björn Schneider beauftragt ist, unter der Leitung von Kriminalhauptkommissar Keller und seiner Assistentin Babsi zu einer Lagebesprechung zusammen, um das weitere Vorgehen abzustimmen. Vereinbarungsgemäß hatte der Beamte, der von Henry Schulz die Observierung des Hauses übernahm, in das Marco Bruhns hineingegangen war, diesen Posten gegen halb zwei nachts wieder verlassen, da man davon ausgegangen war, dass die observierte Person, wenn sie bis dahin nicht wieder herausgekommen sei, was schließlich der Fall war, dort entweder wohnen oder zumindest häufiger übernachten würde und man deshalb diese Person dort bestimmt wieder antreffen könnte.

Man ist sich in der Arbeitsgruppe rasch einig, dass es für die weitere Ermittlungsarbeit momentan am erfolgversprechendsten ist, sich auf diese jetzt zuletzt observierte Person zu konzentrieren. Zu dem Zweck will man als Nächstes vor dem entsprechenden Haus einen speziell ausgestatteten Lieferwagen parken, der so konstruiert ist, dass man von dessen umgebauten Laderaum aus die unmittelbare Umgebung beobachten, filmen und so weiter kann, ohne von außen dabei selbst gesehen zu werden. So soll es gemacht werden, vorausgesetzt, es bestätigt sich, dass die Person, um die es dabei geht, also Marco Bruhns, dessen Name der Kripo zu dem Zeitpunkt aber noch nicht bekannt ist, tatsächlich in diesem Haus wohnt oder sich dort jedenfalls regelmäßig aufhält. Das inzwischen vervielfältigte Foto von der entsprechenden Person bekommt jeder aus der Arbeitsgruppe mitgegeben und natürlich bekommen es auch alle diejenigen, die für die Observierung Marco Bruhns in den kommenden Tagen vorgesehen sind.

Im Anschluss an die Observierung soll dann voraussichtlich, so jedenfalls wird es zunächst geplant, die Verhaftung dieser Person erfolgen, die in dem Verdacht steht, in dem Mord an Schneider verwickelt zu sein. Bis dahin soll durch die Observierung und zusätzliche Ermittlungsarbeit aber noch mehr über die Lebensgewohnheiten und die Kontakte der Zielperson herausgefunden werden. So zum Beispiel, wer in diesem Haus regelmäßig ein und aus geht, in erster Linie natürlich im Bezug auf die verdächtigte Person, aber auch im Hinblick auf die anderen Mietparteien, also welche Leute das überhaupt sind, die dort ein- und ausgehen. Gleichzeitig will man die Meldebehörde kontaktieren, um von dort mehr Informationen über die einzelnen Mietparteien dieses Hauses zu bekommen, das heißt wer mit Wohnsitz in diesem Haus gemeldet ist, wie lange diese Personen da schon wohnen, wie alt sind sie, und eventuell wer zusammen mit wem dort wohnt.

Der Hausvermieter oder irgendwer von den Mietparteien beziehungsweise sonstigen Nachbarn sollen dazu aber vorerst nicht angesprochen werden, weil dieses der Person, um die es dabei in erster Linie geht, zugetragen werden könnte, und die dann dazu veranlassen unterzutauchen.

Ein paar Tage später werden die auf die beschriebene Weise gesammelten Informationen in einer erneuten Sitzung der Arbeitsgruppe dann vorgestellt. Demnach wohnt die Zielperson offenbar tatsächlich in dem observierten Haus, geht jedenfalls täglich, und das immer allein, dort ein und aus. Einer geregelten Arbeit scheint dieser Mann allerdings nicht nachzugehen. Außerdem wurde festgestellt, dass das hinzugezogene behördliche Melderegister für diese Adresse mit den Namen an den dortigen Klingeln und Postkästen übereinstimmt. Bei zwei der Wohnungen handelt es sich dabei um ein jeweils älteres und vermutlich schon verrentetes Ehepaar. Diese beiden Ehepaare leben dort auch schon seit etlichen Jahren und haben augenscheinlich mit der observierten Person nichts zu tun, wurden jedenfalls kein einziges Mal mit dieser gesichtet. Gleiches gilt für eine ebenfalls in dem Haus wohnende ältere Dame, die, wie ermittelt wurde, alleinstehend ist, aus Süd-Korea stammt, hier in Deutschland als Krankenschwester arbeitet und auch nur noch ein paar Jahre bis zu ihrem Rentenalter hat. Auch der ihr Name steht auf einer der Klingeln, und es wird davon ausgegangen, dass die zugehörige Wohnung von dieser Koreanerin allein bewohnt wird. Mit ihrer Wohnung und den beiden Wohnungen der zwei älteren Ehepaare können, darüber sind sich die zusammengekommenen Kriminalbeamten einig, bestimmt drei der sechs Wohnungen, die zu dem entsprechenden Hauseingang gehören, hinsichtlich des geplanten Zugriffs auf die observierte Person außer Acht gelassen werden. Bleiben demnach dafür noch maximal drei Wohnungen übrig. Eine davon im Erdgeschoss links und die beiden anderen ganz oben im zweiten Obergeschoss.

Daraus ergibt sich für die vorgesehene Verhaftung des Verdächtigen nun folgender Plan: Erstens soll, um eine mögliche Flucht der anvisierten Person zu erschweren, der Zugriff bei Tageslicht erfolgen, was jetzt zur dunkleren Jahreszeit dann weder ganz frühmorgens noch spät am Nachmittag oder gar abends beziehungsweise in der Nacht sein kann. Und außerdem soll die Aktion schon jetzt bald an einem der nächsten Tage erfolgen, um möglichst zu vermeiden, dass der Verdächtige vielleicht doch noch Wind von der Sache bekommt und dann abtaucht.

Während der Observierung war unter anderem herausgekommen, dass Bruhns, um den es hierbei geht, was die Kripo bezüglich des Namens zu dem Zeitpunkt aufgrund der Recherchen zwar vermuten kann, aber noch nicht mit absoluter Sicherheit weiß, für gewöhnlich gegen zehn Uhr morgens aus dem Haus geht, um sich frische Brötchen zu besorgen, und wenig später zurückkommt, um anschließend wahrscheinlich Frühstück zu machen. Das soll dann der Moment sein, so wird festgelegt, den Zugriff zu starten.

Nun ist also zu dem Zeitpunkt der Kripo aufgrund der gemachten Fotos zwar das Aussehen, aber mit hundertprozentiger Sicherheit noch nicht der Name und auch nicht die genaue Wohnung der Zielperson bekannt. Zum einen nämlich muss nicht in jedem Fall der Name an Klingel und Postkasten einer Wohnung mit dem tatsächlichen Namen der Person, die in dieser Wohnung lebt, identisch sein, und zwar selbst dann nicht, wenn dieser Name auch im behördlichen Melderegister verzeichnet ist. Es könnte nämlich trotzdem sein, dass dort jemand ganz anderes wohnt. Und außerdem konnte wegen zugezogener Jalousien beziehungsweise Gardinen bei der Observierung nicht ganz genau, sondern nur so ungefähr festgestellt werden, zu welchem Zeitpunkt in welcher der Wohnungen jeweils das elektrische Licht an- oder ausging. Zumal einige dieser Lichter oft längere Zeit, vielleicht auch ohne eigentlichen Grund, einfach eingeschaltet blieben. Trotzdem ist man sich aufgrund der gemachten Beobachtungen seitens der Kripo doch ziemlich sicher, dass die Wohnung im Erdgeschoss unten links diejenige sein dürfte, die zu der Zielperson passt. Doch weiß man es eben nicht zu hundert Prozent.

Und auch zu dem Namen Bruhns, der auf der Klingel und dem Postkasten zu der entsprechenden Wohnung steht, ist der Kripo bis dahin weder etwas bekannt geworden noch ist dieser Name im eingesehenen Vorstrafenregister vermerkt. Aus diesen Gründen sollen bei der geplanten Verhaftungsaktion auch alle drei Wohnungen, die zu dem Hauseingang gehören und noch nicht als unverdächtig eingestuft wurden, einbezogen werden.

Schließlich wird die Übereinkunft getroffen, dass es schon am übernächsten Tag losgehen soll, wobei die Observierung bis dahin, und zwar jetzt rund um die Uhr, aber fortgesetzt wird. Für den finalen Zugriff, der dann vorgesehen ist, werden acht Einsatzkräfte eingeplant, diese zuzüglich des Observierungspostens und einiger Streifenwagen, die als eventuelle Verstärkungen in der näheren Umgebung patrouillieren sollen. Die Streifenwagen sollen nach Möglichkeit von den Berliner Kollegen gestellt werden, die natürlich entsprechend eingeweiht werden müssen. Und beginnen soll, wie gesagt, die Aktion, um einen möglichen Fluchtversuch der Zielperson zu erschweren, aber eben erst nach Tagesanbruch, wenn es hell geworden ist und der Observierungsposten vor dem Haus bestätigt hat, dass sich die gesuchte Person zu dem Zeitpunkt in dem Haus befinden müsste.

Um dabei zunächst in das zugehörige Treppenhaus zu gelangen, will man versuchen, eines der Rentnerehepaare dazu zu bewegen, die Haustür zu öffnen. Dafür soll bei denen geklingelt und sich als Polizei ausgeben werden. Sollte wider Erwarten auf diese Weise kein Zutritt in das Haus möglich sein, muss die Haustür anderweitig, notfalls mit Gewalt, geöffnet werden.

Anschließend sollen sich vier der Einsatzkräfte vor die Wohnungstür gleich unten links begeben, während drei Beamte rauf ins zweite Obergeschoss eilen. Einer der Polizeibeamten soll sich unterdessen hinter das Haus postieren, für den Fall, dass die verdächtige Person über ein Hinterfenster oder den hinten am Haus zu der Wohnung angebrachten Balkon zu entkommen versucht. Und alle Einsatzkräfte werden dazu angehalten, im Verlauf der gesamten Aktion über Walkie-Talkie miteinander in Kontakt zu stehen, während die drei für den zweiten Obergeschoss vorgesehenen Polizisten sich aber erst dann in die beiden Wohnungen dort oben Einlass verschaffen sollen, wenn sich herausgestellt haben sollte, dass die Erdgeschosswohnung wider Erwarten doch nicht zu der Zielperson gehören sollte. Um dabei in diese jeweiligen Wohnungen hinein zu gelangen, soll zunächst an der entsprechenden Wohnungstür wiederum geläutet beziehungsweise geklopft und sich erneut als Polizei zu erkennen gegeben werden und erst, wenn dann der Aufforderung aufzumachen nicht Folge geleistet wird, gewaltsam in die Wohnung eingedrungen werden. Wird die Zielperson dann dort angetroffen, ist unverzüglich deren Verhaftung vorzunehmen, was möglichst natürlich gewaltfrei, ansonsten aber durch die Anwendung geeigneter Zwangsmittel und notfalls auch gegen den Willen des Zuverhaftenden geschehen soll.

So also sieht der Plan aus. Und der Tag vor dessen Durchführung wird von der Polizei dann noch dazu genutzt, sich so unauffällig wie möglich über die nähere räumliche Umgebung des observierten Hauses einen genaueren Überblick zu verschaffen. Eine Vorsichtsmaßnahme, die sich schließlich noch als nützlich herausstellen sollte. Und natürlich werden die Berliner Kollegen über das, was für den nächsten Tag geplant ist, detailliert in Kenntnis gesetzt. Sie sind mit allem einverstanden und auch bereit, die angeforderten Streifenwagen zu stellen.

Keller und seine Assistentin Babsi wollen sich an der direkten Verhaftungsaktion aber nicht beteiligen. Das überlassen sie lieber jüngeren und körperlich noch fitteren Kollegen. Sie selbst wollen währenddessen lieber draußen im Auto abwarten und mit den aktiven Einsatzkräften bei der Aktion lediglich über Walkie-Talkie verbunden bleiben. So weit, so gut also.

Und dann bricht der Tag für die Umsetzung des Plans auch an, und der Observierungsposten vor dem Haus meldet, nachdem es schon eine Weile hell geworden ist, dass die Zielperson das Haus verlassen hat, und bald darauf, dass dieser Mann, vermutlich mit frischen Brötchen fürs Frühstück, zurückgekehrt ist, was nach einer kurzen weiteren Wartezeit für die bereitstehenden Einsatzkräfte das Signal ist, die Zugriffsaktion zu starten.

Alle, die für die entsprechende Einsatz vorgesehen sind, einschließlich der Streifenwagen und dem Polizisten für die Stellung hinter dem Haus, nehmen, ohne dabei mehr als unbedingt nötig Aufsehen zu erregen, ihre geplanten Positionen ein. Sieben der Beamten begeben sich zu der Eingangstür des Hauses, die ihnen nach Betätigung der entsprechenden Klingel von einem der Rentnerehepaare auch geöffnet wird.

Als die Beamten allerdings bei der Wohnungstür unten links läuten und anklopfen, sich als Polizei ausgeben und das Öffnen der Tür verlangen, gerät der Gesuchte, der sich in dem Moment tatsächlich in dieser Wohnung aufhält und noch seine Straßenschuhe anhat, in Panik und ergreift die Flucht. Er springt über die Brüstung des hinteren Balkons und versucht zu Fuß zu entkommen. Gut für die Polizei, dass sie dort hinten einen Kollegen, und zwar einen extra jungen und sportlich fitten Polizeibeamten, postiert haben, der den Fluchtversuch mitbekommt und unverzüglich über Walkie-Talkie meldet: „Der Verdächtige ist über den Balkon gesprungen und versucht zu entkommen. Er läuft in Richtung Kaufhaus!" Und direkt anschließend nimmt der junge Polizist die Verfolgung des Flüchtenden auf.

Der bemerkt, dass er verfolgt wird. Auf dem Platz vor dem Kaufhaus, schuppt er die ihm dort im Weg stehenden Leute rücksichtslos beiseite und versucht auf diese Weise einen größeren, an manchen Stellen mit einer Kette eingefassten Parkplatz neben dem Kaufhaus zu erreichen. Ein Stück weit hinter dem Parkplatz beginnt dann ein größerer Park mit Büschen, Bäumen und so weiter. Und diesen Park will der Flüchtende erreichen, in der Hoffnung, dass ihm in dem unwegsamen Gelände dieses Parks seine Flucht gelingt.

Am Parkplatz, auf den der Flüchtende an einer Stelle, wo gerade keine Kette ist, ankommt, hat der junge, sportliche Polizist den flüchtenden Marco Bruhns beinahe schon eingeholt. Der Polizist will eine Abkürzung nehmen und kommt über der dort zur Einfassung des Parkplatzes jedoch angebrachten Kette böse zu Fall. Er zieht sich dabei mehrere Schürfwunden im Gesicht und an den Händen zu.

Bruhns gewinnt wieder Vorsprung, doch der junge Polizist gibt nicht auf. Er rappelt sich hoch und nimmt die Verfolgung erneut auf. Hinter dem Parkplatz führt ein kleines, abschüssiges Straßenstück hinunter zu dem Park. Vor den ersten Büschen des Parks gibt es noch eine Querstraße. Auf der holt der Polizist den Übeltäter wieder ein und stellt ihm ein Bein. Bruhns gerät ins Stolpern und stürzt hin. Als der junge Polizist ihn dort am Boden festhält und der zu Fall gebrachte Bruhns sich zu wehren beginnt, stoppt wenige Meter entfernt davon einer der eingesetzten und nach Ausgabe der Walkie-Talkie-Meldung losgefahrenen Streifenwagen. Zur Verstärkung des mit Bruhns ringenden Polizisten stürmen daraus zwei Polizeibeamte hervor, und zu dritt gelingt es ihnen nun, den Geflüchteten unter ihre Gewalt zu bringen. Man legt ihm Handfesseln an und bugsiert den Mann, auch wenn der sich noch immer heftig zu wehren versucht, auf die hintere Sitzbank des Polizeiautos. Dort wird er dann rechts und links von jeweils einem der Polizeibeamten festgehalten, während der dritte Polizist, nach Einschaltung der Sirene und per Funk ausgegebener Meldung von der erfolgreichen Verhaftung des Gesuchten, das Auto zum Potsdamer Polizeipräsidium chauffiert.

24.

Keller und Babsi brauchen etwas länger, bis sie im Polizeipräsidium ankommen, obwohl sie sich dahin gleich auf den Weg machen, als sie von der erfolgten Verhaftung der Zielperson erfahren. In der Zeit, bis Keller und Babsi im Polizeipräsidium eintreffen, befindet sich der Verhaftete somit ausschließlich in der Obhut der uniformierten Schutzpolizisten, derjenigen also, die ihn verhaftet haben, mit samt deren Kollegenschaft.

Die aber stecken in ihrer Verärgerung über die Grenzen, die ihnen per Gesetz in ihrer Amtsausführung oft auferlegt werden, wenn es dann hart auf hart kommt, in der Regel unter einer Decke, und sie schauen sich nun erbost ob der Verletzungen, die ihr junger Kollege durch den Sturz bei der Verfolgung des flüchtenden Marco Bruhns erleiden musste, gegenseitig an und überlegen sich ernsthaft, ob es nicht angebracht wäre, sich für das, was ihrem Kollegen da widerfahren ist, an dem Verhafteten erst einmal zu rächen, ihn mit anderen Worten mal kurz mit mehreren Leuten runter in den Keller zu führen, und ihm dort unten, von unliebsamen Blicken unbeobachtet, eine ordentliche Tracht Prügel zu verabreichen. Doch von diesem Vorhaben nehmen sie wieder Abstand, da man zum einen nicht weiß, wann dieser Keller hier auftauchen würde, was schließlich jeden Moment passieren könnte. Und Kumpanei, so ihr Eindruck, scheint diesem hier zugezogenen Kriminalhauptkommissar nicht gerade eigen zu sein. Außerdem dämmert es ihnen darüber hinaus, dass, folgt man den Aussagen des jungen Polizisten näher, es offenbar doch nicht so war, dass man den Verhafteten für die Verletzungen des jungen Polizisten direkt verantwortlich machen könnte.

Und anschließend dauert es dann auch nicht mehr lange, bis Keller mit seiner Assistentin Babsi im Polizeipräsidium eintrifft, und die beiden zügig mit dem Verhör Marco Bruhns beginnen. Der jedoch weigert sich hartnäckig, irgendetwas zur Sache und den ihm gemachten Anschuldigungen auszusagen. Lediglich, dass er Marco Bruhns heiße, bestätigt er und verlangt nach einem Anwalt. Mit dem könne er noch früh genug sprechen, wird ihm daraufhin gesagt.

Stattdessen wird Marco Bruhns als Nächstes einer erkennungsdienstlichen Behandlung unterzogen, mit also Fingerabdrücken, Fotos und der Feststellung seiner Größe und seines Gewichts. Bei der versuchten Abnahme einer Speichelprobe zum Zweck einer anschließenden DNA-Analyse beginnt sich Bruhns allerdings zu wehren, so dass er dafür von mehreren Polizeibeamten festgehalten werden muss. Anschließend wird er in einer Verwahrzelle des Polizeipräsidiums unter Verschluss gebracht. Innerhalb von spätestens 24 Stunden muss er nun einem Haftrichter zur Anordnung der weiteren Untersuchungshaft vorgeführt werden. Bis dahin bleibt Zeit, weiteres Belastungsmaterial zusammenzutragen.

Dafür machen sich Keller und Babsi auch gleich an die Arbeit und besorgen sich für die Wohnung von Marco Bruhns einen richterlichen Durchsuchungsbeschluss und bei der Gelegenheit gleich noch die notwendige Verfügung, die Marco Bruhns entnommene Speichelprobe DNA-analytisch untersuchen zu lassen. Eilig wird die Probe einem entsprechenden Labor zugestellt, mit dem Auftrag, diese, da es sich um einen Mordfall handelt, umgehend auszuwerten und mit den DNA-Analysen aus den Mordfällen von Schneider und Karg abzugleichen.

Als dies erledigt ist, begeben sich Keller und Babsi mit einigen ihrer Mitarbeiter und dem erhaltenen Durchsuchungsbeschluss in der Tasche zur Wohnung von Marco Bruhns, um die Durchsuchung dort vorzunehmen. Vorab wird der Wohnungseigentümer, eine größere kommunale Wohnungsgesellschaft, entsprechend in Kenntnis gesetzt, was eigentlich jedoch nicht nötig gewesen wäre, da zum einen die Tür zur Wohnung von Marco Bruhns, der diese freiwillig nicht geöffnet hatte, bereits aufgebrochen ist, und andererseits, als Keller und Babsi bei dieser Wohnung ankommen, Vertreter des Wohnungseigentümers schon dort vor Ort sind, und zwar in Gestalt eines Hausmeisters fürs Handwerkliche und eines Herrn aus der Verwaltung. Aufgrund einer entsprechenden Meldung von Bewohnern dieses Hauses waren die beiden hierher gekommen und im Wesentlichen auch schon von dem, was hier passiert war, in Kenntnis gesetzt worden.

Keller und Babis stellen sich vor und zeigen den Durchsuchungsbeschluss. Ja, sagen sie, der von der Polizei angerichtete Schaden an der Wohnungstür, würde finanziell erstattet. Ein formloser Antrag dafür, gerichtet an das Potsdamer Polizeipräsidium, würde genügen. Allerdings dürfe die Wohnung auch jetzt nach der anschließenden Durchsuchung von anderen Personen als der Polizei erst dann wieder betreten werden, wenn die Wohnung entsprechend freigegeben sei. Diese Maßnahme sei notwendig, um zu vermeiden, dass eventuelle Spuren noch verwischt werden könnten.

Bei der dann durchgeführten Wohnungsdurchsuchung werden zwar keine direkten Beweise dafür gefunden, dass Marco Bruhns tatsächlich der gesuchte Mörder Björn Schneiders und des Rentners Dieter Karg ist, wie zum Beispiel eine eindeutige Mordwaffe, obwohl dafür mehrere durchaus in Frage kommende Messer vorgefunden werden, alle jedoch ohne mit bloßem Auge jedenfalls erkennbare Blutspuren. Was aber gefunden wird, sind unter anderem einige Schmuckgegenstände und auch Bargeld, wovon angenommen werden kann, dass es sich dabei um Einbruchsbeute handelt. Das alles wird beschlagnahmt und dürfte mit dazu beitragen, die weitere Untersuchungshaft Marco Bruhns' von dem zuständigen Richter genehmigt zu bekommen.

Mit also diesen Fundstücken und Marco Bruhns in Handschellen, ihm zur Seite ein Pflichtverteidiger, da Marco

Bruhns einen eigenen so schnell nicht benennen konnte, geht es bald darauf zum Haftrichter. Wie vermutet ist die Anordnung der U-Haft dort bloße Formsache, was verständlich ist bei Mord als Tatvorwurf und damit einhergehender Flucht- und Verdunklungsgefahr. Diese Entscheidung wird auch von Marco Bruhns' Anwalt nicht ernsthaft in Frage gestellt.

Dennoch behält dieser Anwalt, da der Beschuldigte keine Alternative parat hat, zumindest vorerst Bruhns' Mandat und wird in Ausübung dessen am übernächsten Tag auch wieder hinzugebeten, als Bruhns erneut verhört werden soll.

Inzwischen sind auch die Laborergebnisse von der DNA-Analyse der Bruhns entnommenen Speichelprobe eingetroffen. Die Ergebnisse bestätigen den Verdacht einer Übereinstimmung mit sichergestellten DNA-Spuren aus den Mordfällen Schneider und Karg als auch mit Teilen der Spermareste, die man Monika nach ihrer Vergewaltigung entnommen hatte. Damit dürfte bewiesen sein, dass es sich bei Marco Bruhns tatsächlich um den gesuchten Mörder Björn Schneiders und des Rentners Dieter Karg handelt.

Wie allerdings die Beteiligung Monika Zilkowskis an der Ausführung dieser Verbrechen einzuordnen ist, darüber sind sich Keller und Babsi noch nicht sicher, als sie vor dem nächsten Verhör Marco Bruhns' die eingegangenen Laborergebnisse miteinander besprechen. Dass zum Beispiel Monika von Marco Bruhns vergewaltigt wurde, erscheint beiden wenig plausibel. Ihr Vergewaltiger dürfte wohl eine andere Person gewesen sein. Schon eher lässt sich da vermuten, dass Monika doch mit Marco Bruhns bei der Ermordung ihres damaligen Stammfreiers Björn Schneider unter einer Decke gesteckt hat, obwohl speziell Babsi das auch nicht so recht glauben will. Einen so gemeinen Hinterhalt traut sie Monika einfach nicht zu.

In jedem Fall, denkt und sagt Keller, muss der Sex, der zwischen Marco Bruhns und Monika stattgefunden hat, einvernehmlich gewesen sein, sei es im Rahmen einer Affäre oder dass er bei ihr als Freier war, und dass das dann ohne Kondom abgelaufen ist. „Vielleicht lässt sich das alles klären", meint Keller zu Babsi, „wenn wir uns jetzt bei der nächsten Vernehmung von Marco Bruhns geschickt genug anstellen. Ich hätte da wieder so eine Idee. Vielleicht klappt 's, lass mich mal machen!" „Gut Chef", entgegnet Babsi, „gehen wir es also an!"

Bei der erneuten Vernehmung Bruhns', die anschließend im Beisein seines Pflichtverteidigers stattfindet, wird Marco Bruhns ziemlich schnell von Keller und Babsi mit dem Ergebnis der DNA-Analyse konfrontiert. Demnach bestände kein Zweifel, dass Marco Bruhns der gesuchte Mörder sowohl Björn Schneiders als auch des Rentners Dieter Karg sein müsse, weil seine DNA mit DNA-Spuren, die im Zusammenhang mit diesen beiden Morden sichergestellt wurden, identisch sei. Weiteres Leugnen sei zwecklos, und auch die weitere Aussageverweigerung, selbst wenn das Marco Bruhns' Recht sei, mache keinen Sinn mehr. Im Gegenteil, nur wenn Marco Bruhns jetzt gestände, könne er in einem späteren Gerichtsverfahren auf Milde bei den Richtern hoffen.

Trotzdem, Marco Bruhns bleibt zunächst bei der Verweigerung seiner Aussage, und das auch, nachdem er von Keller und Babsi für eine Weile mit dem Rechtsanwalt allein gelassen wird, damit die beiden untereinander besprechen können, welches weitere Verhalten für Marco Bruhns jetzt das beste sei.

Also greift Keller zu dem Trick, den er sich vorher überlegt und seiner Kollegin Babsi gegenüber schon angedeutet hat: „Also Herr Bruhns, wir wissen auch, dass Sie mit Monika Zilkowski ein sexuelles Verhältnis hatten, da haben wir entsprechende Beweise für. Und Frau Zilkowski hatte ja auch ein enges Verhältnis mit dem ermordeten Björn Schneider, ging bei ihm Zuhause ein und aus und hatte vielleicht sogar 'nen Schlüssel zu seiner Wohnung. Und in die Wohnung von Björn Schneider ist, als er ermordet wurde, ja nicht gewaltsam eingebrochen worden, sondern der Täter hat sich da irgendwie anderweitig Zugang verschafft. Es ist also gut möglich, dass der Mörder einen Schlüssel zu Schneiders Wohnung hatte. Konkret heißt das jetzt, dass wir davon ausgehen müssen, dass Sie mit Monika Zilkowski bei der Ermordung Björn Schneiders unter einer Decke gesteckt haben. Monika wäre demnach Mittäterin oder hat sich zumindest der Beihilfe zum Mord schuldig gemacht. Und selbst nur Beihilfe zum Mord wird mit Freiheitsstrafe nicht unter drei Jahren bestraft. Frau Zilkowski müsste demnach jetzt unverzüglich in Haft genommen werden, wenn Sie, Herr Bruhns, bei der Verweigerung Ihrer Aussage bleiben."

Und diese Androhung zieht. Sei es, weil sich Marco Bruhns doch irgendwie in Monika verliebt hat, was wahrscheinlich so der Fall ist, oder sei es aus anderen Gründen, jedenfalls beginnt er nun zu reden: „Nein, Monika hat mit der ganzen Sache nichts zu tun, sie ist absolut unschuldig, auch bei der Sache mit Schneider!" „Aber den Schlüssel zu seiner Wohnung, den haben Sie doch trotzdem von ihr bekommen!?", lässt Keller nicht locker. „Nein, von ihr nicht!" „Einen Schlüssel zu der Wohnung haben Sie aber bekommen, und wenn Sie uns jetzt nicht sagen von wem und keinen Namen nennen, dann müssen wir davon ausgehen, dass das doch von Monika war! Also wenn es nicht Monika war, wer war es dann?"

So von Keller in die Enge getrieben, bleibt Bruhns, will er Monika schützen, nichts anderes übrig, mag er sich auch noch so winden, einen Namen zu nennen: „Es war Hajo, Monikas Macker, von dem habe ich den Schlüssel bekommen. Der wusste, dass Monika was mit Schneider, diesem piekfeinen, reichen Knilch, hatte und von dem manchmal sogar 'nen Schlüssel für seine Wohnung mitbekam. Da hat sich Hajo dann, wovon Monika aber nichts wusste und auch nichts gemerkt hat, mal 'nen Abdruck und dann 'nen Zweitschlüssel davon gemacht, und 'den hat Hajo dann mir gegeben. Und als ich dann bei dem in die Wohnung rein bin, war der Schneider 'ne kurze Zeit vorher von da weggefahren. Das hatte ich beobachtet. Und dass der aber dann in dem Moment schon wieder zurückkommt, als ich da gerade rein bin, konnte ich ja nicht ahnen. Und als er dann noch den Helden spielen wollte und versucht hat, mich festzuhalten, als ich dann abhauen wollte, da konnte ich nicht anders als mich dagegen wehren. Das ist nicht meine Schuld!"

„Und wie war 's bei den Kargs?", fragt Babsi dazwischen. „Auch da", gibt Marco Bruhns nun zur Antwort, „wollte der alte Mann unbedingt den Helden spielen, und ich bloß abhauen. Aber der musste sich ja unbedingt dazwischen stellen. Da hatte ich wieder keine andere Wahl. Außerdem hatte man mir vorher gesagt, dass von denen zu der Zeit gar keiner zuhause wär'. Sondern die wären im Urlaub. Sonst wär' ich da ja gar nicht eingestiegen. Mit Absicht hab' ich den jedenfalls auch nich' abgemurkst."

„Wer hatte Ihnen denn gesagt, dass bei den Kargs keiner zuhause wär'?", will es Keller genauer wissen. „War das auch Hajo oder noch jemand anderes?" „Das weiß ich nich' mehr, da kann ich nichts zu sagen", antwortet Bruhns, wohl möglich weil sich in ihm in dem Moment die Ganovenehre wieder zurückmeldet, niemand anderes zu verpfeifen, wenn das nicht unbedingt nötig ist. „Monika jedenfalls hat mit alle dem nichts zu tun, das können Sie mir glauben. Lassen Sie die aus dem Spiel!"

25.

Auch wenn sich Marco Bruhns anschließend weigert, ein entsprechendes Geständnisprotokoll zu unterschreiben und er auch bei der späteren Gerichtsverhandlung von seinem Recht der Aussageverweigerung Gebrauch macht und hartnäckig zu den Anklagepunkten schweigt, werden Marco Bruhns' Aussagen während des letzten polizeilichen Verhörs, von Kriminalhauptkommissar Keller, seiner Assistentin Kriminalkommissarin Babsi Weißmüller sowie Marco Bruhns' damaligen Pflichtverteidiger bezeugt, vom Gericht als Geständnis gewertet.

Diese Zeugenaussagen zusammen mit den DNA-Analysen sind für das Gericht Beweis genug für die Täterschaft und führen dazu, dass Marco Bruhns wegen zweifachen Mordes, begangen aus Habgier und zudem heimtückisch und zur Verdeckung einer anderen Straftat, zu lebenslanger Haft verurteilt wird. Da das Gericht außerdem die besondere Schwere seiner Schuld feststellt, wird für Marco Bruhns die Aussetzung der Strafe auf Bewährung nach bereits fünfzehnjähriger Haft nicht möglich sein, sondern frühestens erst ein paar Jahre später erfolgen können. Jetzt ist Bruhns Mitte dreißig und ehe er wieder auf freien Fuß kommen kann, wird er wohl mindestens fast 60 Jahre alt sein. An diesem Urteil kann auch der neue Wahlverteidiger, den sich Marco Bruhns inzwischen ausgesucht hatte, nichts ändern, und auch der anschließend von diesem Verteidiger eingereichte Antrag auf Revision des Urteils wird zurückgewiesen.

Hajo wird ebenfalls verhaftet und vor Gericht gestellt. Er wird der Beihilfe zum Mord für schuldig gesprochen und, dabei der Verdacht auf Hehlerei nicht einmal einbezogen, zu einer Freiheitsstrafe von vier Jahren verurteilt, was unter anderem zur Folge hat, dass sich Monika Zilkowski von ihm lossagt.

Als Monika danach nicht so recht weiß, wie es für sie weitergehen soll, kommt sie auf die Idee, Sara anzurufen. Die beiden verabreden sich und, als sie sich zu einem Gespräch treffen, schmieden sie den Plan, sich selbstständig zu machen und gemeinsam einen eigenen Puff aufzumachen. Bei ihren Oberweiten und sonstigem Aussehen dürfte es kein Problem sein, auch für das eigene Geschäft genug Freier anzulocken, und zwar auch ohne dafür unbedingt Beschützer an ihrer Seite zu wissen.

Aus dem Plan wird wenig später konkrete Absicht, die dann auch umgesetzt wird, als Sara rauskriegt, dass ihr Typ hinter ihrem Rücken mit einer reichen Tussi angebandelt hat, mit vermutlich dem Hintergedanken, von dem Geld dieser Frau profitieren zu können und so die Möglichkeit zu haben, wenn er wollte, auch außerhalb des Milieus finanziell klarzukommen. Als Sara von diesen Machenschaften ihres Mackers erfährt, zieht sie die Konsequenzen, nimmt sich eine eigene Wohnung und verlässt ihren Zuhälter, zumal ihre Liebe zu ihm seit einiger Zeit sowieso erkaltet war.

Sara tut sich mit Moni zusammen, und gemeinsam gelingt es den beiden auch rasch, für eine annehmbare Abstandssumme eine Wohnung mit schon eingerichtetem Puff zu übernehmen. Sie heuern zusätzlich noch ein paar ihnen bekannte Mädels an, und der Betrieb in Eigenregie kann losgehen.

Alles läuft auch ganz gut, und das, was für Moni und Sara an Verdienst nach Abzug aller Kosten übrig bleibt, ist reichlich. Einen Beschützer brauchen sie dabei nicht, und gibt es mal Ärger mit Freiern, wird einfach die Polizei herbeigerufen. Für Steuern und anderen Behördenkram haben sie zudem einen Steuerberater und einen Anwalt an der Hand.

Sara findet auch schnell einen neuen Freund, einen gutaussehenden, muskulösen Handwerker und passionierten Motorradfahrer, dem es nichts auszumachen scheint, jedenfalls sieht es erst einmal so aus, dass seine Freundin ihr Geld damit verdient, Sex an andere Kerle zu verkaufen und es mit denen auch selbst zu machen.

Monique andererseits hat ein paar von ihren Stammfreiern mitgeteilt, in welchem Etablissement sie jetzt zu erreichen sei. Darunter ist auch ein unverheirateter und als Single lebender Finanzbeamter, der schon seit ein paar Jahren regelmäßig zu Monique kommt und der, wie es aussieht, sogar bereit wäre, sie zu heiraten. Natürlich müsste sie dann, jedenfalls auf Dauer gesehen, die derzeitige Art, ihr Geld zu verdienen, aufgeben, schon aus Rücksicht auf die Verwandtschaft dieses Finanzbeamten.

Es ist auch sowieso so, dass Monique bald selbst merkt, dass sie die Art wie jetzt, ihr Geld zu verdienen, nicht lange durchhält, das nämlich zu tun, ohne die vor allem auch psychologische Unterstützung eines Beschützers an ihrer Seite zu wissen, von jemand also, der auch bereit ist, mit ihr trotz ihrer Sexarbeit dann, wenn sie Feierabend hat, ein entspanntes Alltagsleben zu führen, und der zum Beispiel auch keine Hemmungen hat, sich mit ihr gerade während ihrer Freizeit in aller Öffentlichkeit zu zeigen, wo es immer mal wieder vorkommen kann, dort Männern zu begegnen, die bei ihr schon mal als Freier waren und sie nun außerhalb ihrer Arbeitsstätte wiedererkennen. Monique spürt, dass sie ohne so eine schützende Person an ihrer Seite und somit auf sich allein gestellt vor allem den psychischen Stress, als Sexarbeiterin tätig zu sein, auf lange Sicht nicht aushalten kann.

Sie redet auch mit Sara darüber. Die gibt ihr den Tipp, mal Urlaub zu machen, um Abstand zu gewinnen und sich zu erholen. Der Finanzbeamte ist bereit, sich ebenfalls Urlaub zu nehmen und mit Monique eine Reise durch Italien mit Station in Venedig, Florenz, Rom und so weiter zu machen und dabei für alle Kosten, die währenddessen entstehen einschließlich der für Monique, aufzukommen. Monique willigt ein, und beide machen sich für gut zwei Wochen, jetzt wo dort unten am Mittelmeer langsam der Frühling einkehrt, auf die Reise.

Paul, so der Name dieses Finanzbeamten, stellt sein Auto, eine geräumige Limousine, für die Reise zur Verfügung. Die gepackten Koffer werden in das Auto verstaut und los geht 's. Paul ist dabei ganz aufgeregt, seine Angebetete an seiner Seite zu haben. Trotzdem, er selbst natürlich fährt, denn es ist ja auch sein Auto. Und er fährt dabei stets so aufmerksam, dass keine Gefahr für einen Unfall aufkommen könnte, was die Fortsetzung seiner Reise mit Moni schließlich gefährden würde.

Das erste Mal Station wird dann in einem schicken Hotel hinter der Grenze zu Österreich gemacht. Moni und Paul teilen sich ein Doppelzimmer, und als sie beide, jeweils ausgezogen, dort nebeneinander im Bett liegen, meint Paul, dass das jetzt eine gute Gelegenheit zum Beischlaf mit Monique wäre. Doch Moni wiegelt ab, sie brauche auch davon mal eine Pause. „Wie, soll das jetzt etwa heißen, dass ich mit dir eine Reise mache, dabei scharf wie Nachbars Lumpi bin und kein einzigstes Mal bei dir ran darf?", beschwert sich Paul dagegen. „Jedenfalls nich' jeden Tag, und auf keinen Fall heut' Abend!", gibt Monika zurück. „Dafür bin ich jetzt viel zu kaputt!" „Aber dann wenigstens morgen?", bettelt Paul. „Meinetwegen", willigt Moni ein, „und danach aba höchstens jeden zweiten Taj, einverstanden?" „Gut einverstanden", antwortet Paul, „aber das erste Mal dann gleich morgen früh!" „Von mir aus", meint Moni, „aba jetz' lass mich bitte schlafen, ich bin wirklich sehr kaputt", und bald darauf ist sie auch schon eingeschlafen, während Paul in erregter Erwartung, sich morgen früh und am liebsten gleich nach dem Wachwerden über Monika hermachen zu dürfen, Schwierigkeiten hat, in den Schlaf zu kommen.

Aber er ist zufrieden mit dieser Abmachung, die er mit Monika getroffen hat und die in dieser Form während der gemeinsamen Reise der beiden auch eingehalten wird. Paul gelingt es außerdem, Monika bald nach Beginn ihrer gemeinsamen Reise dazu zu überreden, sich neue Kleidung kaufen zu lassen und die auch anzuziehen, solche nämlich mit deutlich mehr Sexappeal als die Klamotten, die sie für die Reise ursprünglich mitgenommen und getragen hat. Und erst recht nach diesem Outfitwechsel ist er dann enorm stolz, mit einer solchen Wuchtbrumme an seiner Seite, nach der sich viele Männer umdrehen, durch Italien zu reisen, so zum Beispiel in Venedig herumzustolzieren und dort über die Rialtobrücke und den Markusplatz zu flanieren oder den Canale Grande entlangzugondeln, danach in Florenz, dem Zentrum der Renaissance, Station zu machen sowie in Rom, der Wiege des Abendlandes, und schließlich in Portofino, diesem romantischen Hafenstädtchen an der italienischen Riviera.

Doch zum Ende der Reise gibt Monika Paul zu verstehen, dass er ihr als Partner, mit dem sie zusammen leben könnte, viel zu ruhig sei. Paul ist darüber sehr enttäuscht, doch im

Innersten seines Verstandes glimmt auch bei ihm die Einsicht, dass das so für ihn wahrscheinlich ebenfalls am besten ist. Denn wie zum Beispiel sollte er Moni, selbst wenn sie dann vielleicht bloß eine Ex-Prostituierte wäre, und die Familie, aus der er stammt, unter einen Hut bringen? Doch als Freier bleibt er Moni auch nach Beendigung der Reise vorerst erhalten.

Das allerdings auch nicht mehr allzu lange, denn Moni nimmt bald darauf Verbindung zu einem gut zwanzig Jahre älteren Mann auf, den sie noch von früher her kennt, da er mit einer entfernteren Verwandten von ihr verheiratet ist. Er kam zufällig als Freier in das Bordell, das Moni mit Sara betreibt, und ist dort, nachdem sich er und Moni freudig begrüßt hatten, mit ihr aufs Zimmer gegangen.

Der Mann ist Eigentümer einer Autowerkstatt, die auf den Verkauf und die Montage von Autoreifen spezialisiert ist und damit, von ein paar Angestellten unterstützt, einen guten Umsatz erwirtschaftete. Dieser Typ kommt anschließend häufiger zu Moni und macht ihr bald darauf das Angebot, seine Dauergeliebte zu werden, für deren Lebensunterhalt er dann aufkommen will, ohne dass sie weiter als Sexarbeiterin anschaffen gehen soll. Seine Ehefrau sei sowieso ziemlich krank und habe keine lange Lebenserwartung mehr. Eine Scheidung von der komme für ihn aber nicht in Frage, denn sie beide hätten keine Gütertrennung vereinbart, und sein Geschäft gäbe es finanziell nicht her, seine Ehefrau im Fall einer Scheidung auszuzahlen. Trotzdem, Moni geht auf dieses Angebot ein.

Und Sara hat auch Verständnis dafür, dass Moni aussteigen will. Die paar Tausender, die Moni in das von beiden gemeinsam betriebene Bordell eingebracht hat, zahlt ihr Sara aus. In Zukunft wird Sara das Bordell dann alleine führen.

Für Moni bleibt nur noch die Aufgabe, Paul einigermaßen schonend beizubringen, dass sie ihren Job als Sexarbeiterin ab jetzt beenden wird und deshalb von nun an auch für ihn derartige Dienste nicht mehr anbieten werde.

Dass so etwas in der Luft liegt, ahnt Paul auch bereits, als er wieder, und nun zum letzten Mal, zu Moni ins Bordell kommt, um mit ihr Sex zu haben. „Würdest du mich heute Abend mal nach Hause fahren, ich will jetzt nämlich Feierabend machen?"; fragt sie ihn anschließend. Paul willigt ein. Auf den Weg zu ihr nach Hause, während Paul schon eine Vorahnung hat, was passiert, und auch deshalb zwischen Moni und ihm während der Fahrt kaum ein Wort gewechselt wird, fragt sie ihn, als sie fast dort angekommen sind, wo sie jetzt wohnt: „Lass uns noch zusammen hier in die Kneipe bei mir um die Ecke gehen." „Klar", antwortet Paul einsilbig. Dort dann, nachdem sich jeder von ihnen ein Getränk bestellt hat, bekommt Paul von Moni offenbart, dass sie da jetzt jemanden hätte, der ihr das Angebot mache, für sie fortan zu sorgen, und dass sie dieses Angebot auch annehmen werde und deshalb ab sofort nicht mehr als Prostituierte arbeiten würde und sich folglich dann also auch nicht mehr mit Paul treffen könne. Und auf Nachfrage gibt sie ihm sogar Auskunft darüber, wer dieser jemand sei und was er genauer mit ihr vorhabe.

Für Paul, als er das hört, bricht, obwohl er schon geahnt hatte, was auf ihn zukommt, eine Welt zusammen. Er hatte sich, trotz gegenteiliger Äußerungen von Moni, doch noch Hoffnungen auf eine irgendwie geartete Partnerschaft mit ihr gemacht, insbesondere wo jetzt langsam der Frühling kommt und man gern als Verliebte draußen in der sich regenden Natur miteinander herumturtelt. Jetzt dann so enttäuscht worden, kann sich Paul Seitenhiebe gegenüber Monika doch nicht verkneifen: „Es wäre sowieso schwierig geworden, dich mit meiner Familie unter einen Hut zu bringen!", äußert er sich. „Eben!", kontert Monika. „Und außerdem ist es meine eigene Schuld", redet Paul weiter, „dass ich mich in dich verliebt habe. Jeder vernünftige Mensch weiß doch, dass so etwas nicht gut geht und man einfach blöd is', wenn man sich in eine Prostituierte verliebt."

Damit endet diese letzte Begegnung zwischen Monika und Paul, und bei seinem Bemühen, aus der Depression, in die er anschließend aus Liebeskummer über mehrere Tage versinkt, wieder herauszufinden, hilft ihm der Gedanke, dass Monika eben einfach doch kein guter Mensch sei, wenn sie einen deutlich älteren Mann, der zudem noch verheiratet ist, ihm gegenüber vorzieht und sie außerdem, während sie sich von dem dann aushalten lässt, darauf hofft, dass dessen Ehefrau bald verstürbe. So etwas, meint er, gehört sich einfach nicht!

Doch das Leben ist nun einmal so. Aber zum Glück heilt die Zeit viele Wunden und selbst Liebeskummer ist vergänglich.

Im Übrigen werden bald nach der erfolgten Aufklärung der Morde an Björn Schneider und Dieter Karg die Ermittlungen gegen Otto Kamp wegen Steuerhinterziehung aufgenommen, und ihm kann dieses Vergehen auch nachgewiesen werden. Er wird zur Nachzahlung der Steuerschuld plus Verzugszinsen und oben drauf noch einer saftigen Geldstrafe verurteilt, was ihn an den Rand des finanziellen Ruins treibt, den er nur durch eine erhebliche Einschränkung seines Lebensstandards abwenden kann. Unter anderem muss das luxuriöse Haus verkauft werden, das er mit seiner Frau bewohnt hat, was neben anderem dazu führt, dass Kamps Ehe scheitert und geschieden wird, und er auch sonst eine ganze Weile gezwungen ist, kleinere Brötchen zu backen.

Uwe Bracht werden irgendwann ebenfalls strafrechtlich relevante Unregelmäßigkeiten nachgewiesen, und auch er zu einer hohen Geldstrafe sowie einem zweijährigen Berufsverbot verurteilt.

Nach noch weiter verstrichener Zeit gelingt es schließlich der Polizei außerdem, dass ihnen Monikas Vergewaltiger ins Netz geht. Er wird auf frischer Tat, trotzdem es wieder des Nachts war, bei einer versuchten erneuten Vergewaltigung von beherzt eingreifenden Passanten festgehalten und von der herbei gerufenen Polizei dann verhaftet. Ihm können noch mehrere andere Vergewaltigungen außer der von Monika nachgewiesen werden, und er wird zu einer hohen Haftstrafe verurteilt.

Keller schiebt unterdessen weiter Dienst und wartet darauf, in nicht mehr allzu ferner Zukunft in Rente gehen zu können. Babsi dagegen, die ja um einiges jünger als ihr Kollege Keller ist, hat noch wesentlich mehr Dienstjahre vor sich.